indayi
i
edition

Besuche uns im Internet:

www.indayi.de

Bibliografische Information der Deutschen Nationalbibliothek:

Die Deutsche Nationalbibliothek verzeichnet diese Publikation in der Deutschen Nationalbibliografie; detaillierte bibliografische Daten sind im Internet über http://dnb.d-nb.de abrufbar.

1. Auflage Mai 2019

Umschlag, Satz und Lektorat: Birgit Pretzsch
Umschlaggestaltung basierend auf der Idee von Katja Bolle (https://www.katjabolle.de/)

Printed in Germany

ISBN-13: 978-3-947003-44-0

Isaak Rosenblatt

Isarsilber

Eine deutsche Polit-Satire

Satire – Erotik – Schmiergeld

Über den Autor

Isaak Rosenblatt wurde 1957 in Tel Aviv geboren und kam als Zweijähriger mit seinen Eltern nach München. Sein Studium der Philosophie und der Komparatistik schloss er mit einer Dissertation über „Nordische und griechische Mythologie im Vergleich“ ab. Nach erfolgreicher Tätigkeit in der britischen Automobilindustrie betreibt er heute in Starnberg eine Personal- und Managementberatung. In seiner Freizeit restauriert er klassische Automobile; seit einigen Jahren schreibt er Romane und lehrt nebenbei als Gastprofessor an der Theologischen Universität Graz.

Über den Roman

Die Handlung von „Isarsilber“ orientiert sich an der Oper „Rheingold“ von Richard Wagner – die man nicht zwingend kennen muss, um das „Isarsilber“ zu verstehen, denn es ist eine Geschichte für sich. Sie spielt in der Gegenwart, alle wichtigen Personen sind aus realen Vorbildern zusammengesetzt. Aus Göttern wurden Spitzenpolitiker, aus den Rheintöchtern Edelprostituierte, Walhall ist ein nicht enden wollendes, von der Elbphilharmonie und dem Hauptstadtflughafen inspiriertes Bauprojekt – genauer: ein Opernhaus –, das allerlei zwielichtige und illegale Aktivitäten nach sich zieht, so etwa eine Entführung durch die Bauunternehmer, um der Zahlungswilligkeit des Bauherrn nachzuhelfen, und, auf der Gegenseite, ebenfalls eine Entführung sowie diverse Erpressungen, die wiederum der Finanzierung des Bauprojekts nachhelfen sollen.

Die Hauptfiguren

Harald Welser, der baufreudige Ministerpräsident von Berlinbrandenburg (Wotan); dessen Frau **Christiane** (Fricka) und Tochter **Franziska** (Freia)

Albert, reicher Unternehmer (Alberich); dessen Bruder **Max**, technisches Genie (Mime)

Logan, CIA-Mitarbeiter (Loge)

Gerda Schulze-Klemmbach, Kriminalkommissarin (Erda)

Bernhard Voith und **Urs Vasold**, Generalunternehmer des Bauprojekts (Fafner und Fasolt)

Ein silberner **Rolls-Royce**, Baujahr 1925 (der Ring)

Berlin21, Welsers kostensprengendes Großbauprojekt (Walhall)

Diverse andere Personen, die nicht bei Wagner vorkommen…

Die Handlung und alle handelnden Personen sind frei erfunden. Jegliche Ähnlichkeit mit lebenden oder realen Personen wäre rein zufällig.

Samstag, 13.6.2015, Sterntaler See

Es geschah so, wie es der Sonntagabendkrimifan erwartet: Ein frühmorgendlicher Jogger entdeckte am Westufer des Sterntaler Sees, unweit des Gedenkkreuzes für einen der berühmtesten Könige der Weltgeschichte, die Leiche eines Mannes. Sacht schaukelnd im seichten Wasser, das Gesicht dem Seegrund zugewandt. Eine Entenfamilie zog an ihr vorbei.

Der Jogger, der sich auch beim Morgensport nie von seinem Telefon trennte, verständigte die Polizeiinspektion Sterntal. Es kam ein Ortspolizist. Er hielt die Personalien des Joggers fest, bat ihn, sich zur Verfügung zu halten, sperrte den Fundort ab und benachrichtigte seinerseits den Rechtsmediziner. Der wiederum stellte erstens den unwiderruflichen Tod des Mannes und zweitens als Todesursache gewalttätige Fremdeinwirkung fest. Ein Spurensicherungsteam wurde angefordert. Es erschienen mehrere Beamte, auch der Dienststellenleiter, der, kaum am Ort des Geschehens eingetroffen, natürlich sofort alle Informationen begehrte, die ein Rechtsmediziner nur im Zuge einer ordnungsgemäßen Obduktion gewinnen kann. Der verweigerte denn auch alle Auskünfte. Die Polizei wiederum ließ sich nicht abspeisen, woraufhin der Rechtsmediziner – das übliche Spiel – eine vorsichtige Schätzung wagte und als Todeszeitpunkt den späten Abend des vorhergehenden Tages angab. Die gewalttätige Fremdeinwirkung als solche konnte er indessen schon genauer benennen: Der Mann war mit einem spitzen, schweren, zweifellos metallischen Gegenstand, etwa einer Spitzhacke, erschlagen worden. Selbstmord ausgeschlossen. Aus der Wunde am Hinterkopf stachen Knochensplitter, dazwischen quoll blutige Hirnmasse. Der Mann war mit Sicherheit auf der

Stelle tot gewesen. Und erst postmortal in den See geworfen worden.

Die Leiche wurde eingepackt und abtransportiert und bis zur weiteren Verwendung im Kühlraum der Rechtsmedizin zwischengelagert. Und die Kriminalbeamten verfassten ihren ersten Bericht.

Darin stand, dass der Tote kein Geld und keinerlei Papiere bei sich habe; nichts, das im gegenwärtigen Stadium eine Identifizierung ermögliche. Auffällig sei hingegen seine mit mehr als zwei Metern durchaus als extrem zu bezeichnende Körpergröße samt entsprechendem Volumen – der Standardsarg hatte sich als völlig unzureichend erwiesen, und man hatte eigens ein Modell für Übergrößen aus München kommen lassen müssen; die Polizisten fühlten sich, sonderbar berührt, an ihren verflossenen König erinnert. Und auffällig sei ferner eine sehr merkwürdige Fußbekleidung – merkwürdig umso mehr, als sie so gar nicht zu seinem sonstigen Outfit passen wollte. Zum dezent dunkelblauen, gewiss maßgeschneiderten Geschäftsanzug trug der Tote nämlich nicht etwa Lederschuhe, sondern eine halbwegs neue Erfindung der Sportbekleidungsindustrie: Zehenschuhe. Salamanderfarben: signalgelb und schwarz. Der Handschuh für den Fuß. Die dünne, biegsame Gummisohle war mit schwarzen Noppen gespickt. Der Polizeifotograf, womöglich ein Kenner, widmete sich den Füßen des Toten mit einer Ausführlichkeit, die später ins Protokoll der Kriminalpolizei Eingang fand.

Eine erste, eher unaufgeregte Recherche am Wochenende ergab, dass diese Schuhe, wenn man sie denn so nennen darf, seit einiger Zeit bei Wanderern beliebt waren, die sich als fortschrittlich verstanden und die Kombination von Barfußlaufen und Fußschutz für eine revolutionäre Errungenschaft hielten. Möglicherweise war die Konstruktion aber nur ein mehr oder minder fauler Kompromiss, der dem fußweichen Großstädter ein Massai-Feeling vermitteln wollte. Wie dem auch sei – zu Geschäftskleidung passt salamandereskes Schuhwerk keinesfalls, und aus diesem modischen Fehlgriff zogen die Ermittler den Schluss, dass die Schuhe nicht zum Opfer gehörten. Beziehungsweise zum Zeitpunkt seines Ablebens nicht von ihm getragen worden waren. Sie nahmen dies als freundlichen Fingerzeig des Mörders und machten sich daran, die Herkunft der Zehenschuhe zu ermitteln.

In einem Sportgeschäft wurde mit entsprechendem Material getestet, wie leicht sich dieses Fußzeug an- und ausziehen ließ. Sehr leicht, stellten die Ermittler überrascht fest: Das dürfte auch bei Leichen mühelos gehen. Weitere Recherchen ergaben, dass es solche Schuhe in der näheren Umgebung ausschließlich in diesem Fachgeschäft gab und dass in den letzten Wochen nur ein einziges Paar in der fraglichen Größe und Farbkombination verkauft und mit Kreditkarte bezahlt worden war.

Unterdessen wurden die ansehnlichen Körpermaße des Toten bundesweit mit den neuesten Vermisstenmeldungen abgeglichen, und sehr rasch ließ sich ein schwerreicher Berliner Bauunternehmer namens Bernhard Voith mit dem Toten in Verbindung bringen. Interessanterweise vermissten ihn nur seine Mitarbeiter; die Ehefrau weilte zu Selbstfindungs- und Seidenmalzwecken in der Toskana und hatte das Verschwinden ihres Gatten noch gar nicht bemerkt. Anhand der DNA-Untersuchung eines Haars aus seinem Kamm, den die Polizei bei der nach Berlin zurückgekehrten, vorerst aber nicht weiter beunruhigten Gattin des Vermissten abholte, war der Tote alsbald identifiziert. Die Kreditkartendaten des Sportgeschäfts wiederum führten zu einem jungen Mann aus Köln, der die Schuhe gut drei Wochen zuvor gekauft hatte. Dass die Schuhe Eigentum des Bauunternehmers seien, hatte man nach Rücksprache mit der Witwe, die angesichts der jüngsten

Entwicklungen nun doch ein wenig aus der Fassung geriet, ausschließen können.

Der Verdächtige aus Köln hatte kein Alibi für die Tatzeit und konnte auch seine jüngst erworbenen Zehenschuhe nicht mehr vorweisen: Er sei vom Laufkomfort enttäuscht, sagte er, und habe sie noch während seines Urlaubs in Oberbayern entsorgt. Wo? Das könne er nicht mehr sagen. Der Ermittlungsrichter stimmte einer Untersuchungshaft zu, und die Polizei konnte sich bei der Pressekonferenz schon wenige Tage nach Auffinden der Leiche eines schnellen Erfolgs rühmen. Der mutmaßliche Mörder allerdings bestritt die Tat energisch.

Bei einem Haftprüfungstermin einige Tage später stellte sich dann heraus, dass der junge Mann nicht den leisesten Anflug eines Motivs hatte. Der Richter entließ ihn unter Auflagen und verwies den Fall – von den Medien mit einer gewissen Häme „Gelbfiaßlerfall" genannt – an die nächsthöhere Polizeiinstanz. Er wurde neu aufgerollt. Somit hatte der Mörder mit seiner falschen Fährte die Ermittlungen um zwei Wochen verzögert und nicht nur der internetgeschädigten Boulevardpresse eine papierne Auflagensteigerung, sondern auch dem Sportfachhandel recht erfreuliche Zehenschuhumsätze beschert.

Mit der Wiederaufnahme der Ermittlungen wurde nun das Landeskriminalamt in München betraut, das in Gestalt der hochangesehenen, weil ungewöhnlich erfolgreichen Hauptkommissarin Gerda Schulze-Klemmbach auftrat.

Diese Frau Schulze-Klemmbach bewohnte aus Kostengründen eine Souterrainwohnung – wobei von günstigem Wohnen in München keine Rede sein kann; sagen wir so: Das Souterrain war für eine inzwischen alleinstehende höhere Staatsbeamtin erschwinglich. Dort gab es zwar wenig Tageslicht, weil die Fenster nicht mehr waren als ein paar bessere Lichtschächte mit Ausblick auf Autoreifen, Füße, Hunde und Tauben, aber sie befand sich in Zentralschwabing, und zumal im Sommer tobte vor den Lichtschächten das Leben. Die Frau Kommissarin bekam jedoch weder vom tobenden Leben noch vom mangelnden Licht sehr viel mit, denn sie arbeitete so fleißig, dass sie ihre Höhle meist nur zu nachtschlafender Stunde betrat und auch wieder verließ; und da ihr die längste Zeit ihres Lebens eine Heerschar unmündiger Kinder am Hals gehangen hatten, war ihr die Sparsamkeit zur zweiten Natur geworden; niemals hätte sie sich beschwert oder gar nach Höherem gesehnt. Ebendieser Wohnung verdankte sie ihren Spitznamen: Nachdem sich bei der Einweihungsparty etliche Kollegen von den Wohnverhältnissen ihrer Starermittlerin mit eigenen Augen hatten überzeugen können, brachte ein Scherzbold den Namen in Umlauf, und der stieß allseits auf schmunzelnde Akzeptanz. Und blieb hängen. Im Kollegenkreis hieß die Kommissarin fortan „Erda".

Erda hatte die fünfzig knapp hinter sich und hatte, wie erwähnt, allein mehrere Kinder großgezogen, über deren Vater oder Väter sie sich ausschwieg. Als erfahrene Kommissarin wusste sie natürlich, dass der ersten Spur nicht zu trauen war, und sie ließ daher bei ihren Ermittlungen die gelben Schuhe weitgehend außer Acht.

Von den Ereignissen, die letztlich zum Ableben des Herrn Voith geführt hatten, ahnte sie noch nichts, obwohl sie, wie es der Zufall wollte, einen der Drahtzieher sogar persönlich, mehr noch: aus einstmals geteilter Nähe kannte. Erst hinterher, als sie den Zusammenhängen auf die Spur gekommen war, wunderte sie sich ausführlich über die verworrenen Wege des Lebens. Und des Verbrechens im Besonderen.

Der Weg, den Erda diesmal nachzuzeichnen gezwungen war, hatte einige Zeit zuvor mit dem Anruf eines hochrangigen Politikers aus Berlin begonnen. Der hatte eine Nummer gewählt, die in keinem öffentlichen Telefonbuch stand und unter Eingeweihten wie ein Schatz gehütet wurde. Sie hatte ihn, den Berliner, zu einer exklusiven Personal- und Managementberatung am Sterntaler See geführt.

Mittwoch, 17.4.2013, Sterntal

Ein wichtiger Schauplatz unserer Geschichte, an dem etliche Fäden des Szenarios zusammenlaufen – Fäden, die kriminell, wenigstens aber verwerflich sind, und von unseren Ordnungshütern und -innen unbedingt bekämpft werden müssen, teilweise aber leider derart tief in den normalen Alltag eingewoben sind, dass ihre Heraustrennung und Beseitigung das gesamte Gesellschaftsgebäude ins Wanken brächte –, befand sich in Oberbayern und nannte sich „Personal- und Managementberatung Sterntal“. Hier trafen sich nicht nur die Lokalgrößen, sondern dank der Mundpropaganda von Begeisterten verkehrte hier zunehmend die Creme des Berliner politischen Lebens. Und eine zentrale Figur der Geschichte, ein hochrangiger Politiker aus der Hauptstadt, hatte schon lange vor den hier zu berichtenden Ereignissen Wind von jener exklusiven Einrichtung am Sterntaler See bekommen und, wie es seinem Charakter entsprach, alle Hebel in Bewegung gesetzt, um der Telefonnummer habhaft zu werden. Und als er sie endlich hatte, gönnte er sich eine Pause in seinem ausgefüllten Arbeitstag, begab sich zu Fuß ans Spreeufer, wo er vor unerwünschten Lauschern sicher war, und rief an.

„Personal- und Managementberatung Sterntal“, meldete sich eine angenehm neutrale weibliche Stimme. „Andrea Schmidt am Apparat. Was kann ich für Sie tun?“

„Tach! Welser hier! Aus Berlin! Verbinden Sie mich mit Ihrem Chef!“

„Gerne verbinde ich Sie mit meiner Chefin. Wen darf ich melden, ich habe Ihren Namen leider nicht ganz verstanden, Entschuldigung!“

„*Welser* hier! *Harald* Welser! Aus *Berlin!* Mein Name dürften Ihnen nicht unbekannt sein!“

„Darf ich ausrichten, in welcher Angelegenheit?“

„Das werde ich nicht gerade *Ihnen* auf die Nase binden, gnädige Frau! Und wenn Sie mich jetzt *bitte* mit Ihrer *Chefin* verbinden …!“

Eine Stille trat ein. Eine wirklich vollkommene Lautlosigkeit, nicht zerstört durch Kleine Nachtmusiken oder Große Elektronikklänge. Welser vermerkte es mit Befriedigung.

Unterdessen stellte die Empfangsdame Andrea die Verbindung zu ihrer Chefin her. „Madame du Rhin, ich habe einen Herrn Welser in der Leitung, der Sie sprechen will. Prominent und wichtig.“

„Kann ich jeden kennen?“, fragte die Chefin mit gereiztem Unterton. „Welser? Wer soll das sein?“

„Harald Welser, sagt er, aus Berlin, und er klingt auch so. Zackpreußisch.“

„*Der* Welser? Das ist ja interessant. Stellen Sie bitte durch.“

Madame du Rhin legte großen Wert auf die richtige Aussprache ihres Nachnamens. Zwar war sie seit Generationen durch und durch deutsch, doch hatte sich vor gut zwei Jahrhunderten ein napoleonischer Soldat in ihren Stammbaum eingeschlichen, und weil der frühe Fraternisierer ein gutkatholischer Mann gewesen war und seine bayrische Kriegsbraut geehelicht hatte, trugen seine Nachkommen fortan den Namen des deutsch-französischen Grenzflusses. Hausintern war die korrekte Aussprache natürlich gesichert, zumal Madame du Rhin grundsätzlich nur sehr kultivierte, somit auch mehrsprachige Mitarbeiterinnen einstellte. Nachdem sich aber auch die Kundschaft ausschließlich aus den höheren

Gesellschaftsschichten rekrutierte, die von der galoppierenden Anglifizierung der deutschen Sprache noch nicht vollständig erfasst waren, wirkte der französische Name wie tänzelndes Treibgut in wilden Wassern und ragte lieblich und wohltuend aus der fast- und ganzenglischen Flut. Sofern er denn französisch ausgesprochen wurde.

„Grüß Gott, Herr Welser“, begrüßte sie ihn warm, wie einen alten Bekannten.

„Guten Tag! Welser mein Name! Harald Welser! Berlin! Sie dürften wissen, um wen es sich handelt! Ein Bekannter hat mich an Sie verwiesen und mir Ihre Nummer gegeben!“

„Darf ich fragen, wer Ihr Bekannter ist?“

Der Schwall stockte unerwartet, und da sich das Zögern über ganze zwei Sekunden hinzog, wähnte Madame, die auf zackpreußisches Tempo eingestellt war, bereits eine Störung in der Leitung und war im Begriff, nachzufragen. Indessen: „Ja, äh … der Holzi … wie heißt der jetzt …“ Herr Welser aus Berlin schien zu grübeln. Dann aber rief er, leicht ungehalten über die selbstverursachte Bresche in seiner Dynamik: „Der Name tut ja wohl nichts zur Sache! Ihr Etablissemang ist mir sehr empfohlen worden! Und da ich dienstlich des Öfteren in Ihrer malerischen Gegend zugange bin … ha! Also ein Bekannter von mir, sozusagen Kollege, hat mir *alles* über Sie und Ihren Laden dort unten im schönen Bayern erzählt und Sie mir *wärmstens* ans Herz gelegt!“

„Wie schön.“

„Ja! Und ich plane baldmöglichst einen Besuch bei Ihnen! Daher Termin, erstens! Und eine Frage, zweitens, zu Ihren, äh, Abrechnungsmodalitäten! Sie verstehen, dass ich in meiner Position peinlichst genau darauf achten muss, keiner Verschleuderung von Staatsgeldern bezichtigt zu werden, ha! Folglich müsste ich Ihre etwaigen Rechnungen, obwohl Ihr – sagen wir: Service – von staatserhaltender Relevanz sein dürfte, aus privater Tasche bezahlen! Und dies wiederum könnte gewisse, äh, innereheliche Turbulenzen verursachen, Sie verstehen! Wie man mir aber sagt, sind die Kosten, die bei Ihnen anfallen, völlig neutral deklariert und als Beratungsaufwand steuerlich absetzbar!“

„Herr Welser, darf ich Ihnen mit Nestroy antworten? ‚Die schönen Tage sind das Privileg der Reichen, aber die schönen Nächte sind das Monopol der Glücklichen.‘ Unser Service, wie Sie sagen, ist umfassend auf allen nur denkbaren Ebenen. Und selbstverständlich sind unsere Rechnungen unverfänglich und halten jeder Prüfung durch Finanzbeamte und Ehefrauen stand. Im Besonderen hängt es natürlich auch von Ihrer Position ab. Sie sind im öffentlichen Dienst?“

„Jawohl, leitender Angestellter im öffentlichen Dienst! Und neugierig, wie Sie sind, werden Sie mich jetzt bestimmt noch nach meiner Besoldungsgruppe fragen, wie? B11!“

„So viel hätte gar nicht sein müssen, Herr Welser. Aber wir sind ja alle recht bewandert in der Alphanumerik der monetären Verschleierung auf Steuerzahlerkosten, nicht wahr? In Ihrer Position können Sie nicht nur jede unserer Rechnungen, die Sie privat zahlen, steuerlich vollständig absetzen. Die Kosten für ein persönliches Coaching sind sogar voll erstattungsfähig und können beim Arbeitgeber – Dienstherrn in Ihrem Fall – geltend gemacht werden.“

„Wie bitte?! Ich selbst zahle nichts?! Mein lieber Schwan.“ Letzteres in untypischer, geradezu andächtiger Zurückhaltung.

„Na ja, Herr Welser, das hängt natürlich auch von der Beschaffenheit und Intensität Ihrer Wünsche ab: Wenn sie den

Rahmen des normalen Coachings übersteigen, fallen zusätzliche Kosten an. Auf jeden Fall erhalten Sie für unsere Dienstleistungen eine detaillierte Rechnung samt Mehrwertsteuer und allen gesetzlich vorgeschriebenen Angaben. Wie sich das gehört. Wenn Sie mir aber doch noch einen Hinweis auf Ihren Bekannten geben könnten? Wissen Sie, Mundpropaganda ist wichtig für uns, aber sie soll natürlich auch nicht ausufern – wir hätten schon gern eine gewisse Kontrolle …"

„Ich verrate Ihnen seinen Vornamen! Den Nachnamen habe ich sowieso nicht parat, leider! Holger-Zacharias heißt der arme Mann!"

„Ja, Herr Welser, dann weiß ich schon Bescheid. Er zählt ja zu unseren Stammgästen. Wollen wir also einen Termin für ein erstes Gespräch zum gegenseitigen Kennenlernen vereinbaren?"

„Wenn die Lufthansa nicht wieder streikt, bin ich nächsten Dienstag in München! Um einundzwanzig Uhr kann ich bei Ihnen sein, passt das?!"

„Das passt ausgezeichnet. Ich werde Sie persönlich in die Usancen unseres Hauses einführen."

„Ich bitte darum!"

„Unsere Adresse haben Sie? Finden Sie her oder brauchen Sie eine Wegbeschreibung?"

„Danke, ich kenne mich aus in Ihrem schönen Bayern!"

„Ja, Herr Welser, dann bis nächste Woche, wir freuen uns auf Ihren Besuch."

„Ja! Wiederhören!"

Er hatte aufgelegt. Auch Madame du Rhin legte auf, befriedigt. Wieder ein Kunde nach ihrem Geschmack. Mächtig, vermögend und vollkommen ichbezogen. Sie kannte diese Sorte von politischen Amtsträgern. Sie predigten Familientugenden und schützten anfangs gewisse Hemmungen vor, sobald sie aber erkannten, dass ihnen nicht nur jeder noch so aberwitzige Wunsch erfüllt wurde, sondern sie sich zudem die Kosten teilweise oder sogar ganz erstatten lassen konnten, fiel alle Scheinheiligkeit von ihnen ab, und sie erwiesen sich als ebenso unersättliche wie profitable und vor allem treue Gäste.

Dienstag, 23.4.2013, Sterntal

Welser hatte seinen Fahrer zum Flughafen bestellt, wo er den Wagen von ihm zu übernehmen gedachte, und der Fahrer freute sich auf den halbfreien Tag samt Abend in der bayrischen Hauptstadt. Er konnte seinem Chef den Wunsch, eigenhändig zu chauffieren, sehr gut nachfühlen – er war ja selber so begeistert von dieser Luxuskarosse, dass ihm seine jüngst angetretene Stelle tatsächlich Spaß machte. Unangenehm war nur, dass die Soundanlage der Limousine im Wesentlichen Wagneropern zu bieten hatte, die er nicht ausstehen konnte. Diesmal blieben sie ihm erspart, sein Chef reiste ohne ihn, fliegend, und er fuhr den ganzen Weg von Berlin nach München allein. Steuergeldverschleuderung, gewiss, aber auch reinster Genuss – ohne das gehörvernichtende Getöse hysterischer Sopranistinnen betrachtete er diese vergleichsweise harmlose, quasi nebenbei begangene Sünde des Chefs mit Milde. So fuhr er ganz ohne Heldengesang und Göttergedonner fröhlich und flott übers Land, ließ sich von ZZ Top und Led Zeppelin beschallen und war pünktlich am Flughafen „Franz Josef Strauß".

Dort nahm er seinen Chef in Empfang, kutschierte ihn in die Innenstadt, parkte illegal hinter dem Rathaus, wo Harald Welser vom Oberbürgermeister erwartet wurde, übergab Wagenschlüssel und Papiere und empfahl sich.

Welser brachte einen weitgehend öden Tag in Gesellschaft diverser Vertreter des Deutschen Städtetags zu, doch der Gedanke an den Abend hielt ihn aufrecht. Und als auch noch das – zugegeben: delikate – Büffet überstanden war, begab er sich beschwingten Schritts treppab zu seinem Wagen, entfernte die hinter den

Scheibenwischer geklemmte Zahlungsaufforderung der Landeshauptstadt und fuhr los. Stadtauswärts, nach Süden.

Innerhalb einer guten halben Stunde – phänomenal, dieser Wagen! S-Klasse natürlich, schwarz, alle Schikanen – ließ er sich zu der Adresse navigieren, an der die Personal- und Managementberatung Sterntal, kurz PMS, ihren Sitz hatte. Zu seiner Verblüffung aber stand er, als sein Navigationsgerät behauptete, er sei am Ziel angelangt, weder vor einem Bürogebäude noch vor einer schicken Villa aus der Zeit der letzten Jahrhundertwende. Sondern vor dem bekannten Designmuseum. Dessen Tor hoch und verschlossen war. Dahinter war alles dunkel, wie nicht anders zu erwarten; Museen schließen früh. Welser war sicher, dass ihn sein Lotse in die Irre, sprich: bayrische Wildnis geschickt hatte, und in einem Anfall von Jähzorn zückte er sein Telefon, um seinen Anwalt zu kontaktieren. Nicht mit mir!, sagte er sich, wer bin ich denn! Aus eigener leidvoller Erfahrung und daraus entsprungenen früheren Aktionen seines vielbeschäftigten Rechtsbeistands wusste er, dass die Präzision der Kartierung vom Autoadel abhing: Die oberen Ränge der kartografischen Hierarchie nahmen die Vorstände der Unternehmen ein, die serienmäßige Abnehmer der jeweiligen Navigationsgeräte waren, und daher waren Stuttgart, München, Wolfsburg und Ingolstadt die am präzisesten erfassten Orte in Deutschland. Hier unten in der bayrischen Provinz hingegen … *Terra incognita*, dachte Welser, *hic sunt leones*, und tippte, Zorn im Herzen, die Privatnummer seines Anwalts. Dann fiel ihm ein, dass im Landkreis der Millionäre zweifellos auch etliche Vorstände und Aufsichtsräte von Automobilherstellern siedelten und Navigationsfehler, wie sie bei Billigfabrikaten serienmäßig zu erwarten waren, hier nicht vorkommen durften, löschte die Nummer wieder und wollte die PMS anrufen, doch im selben Moment öffnete sich ferngesteuert und lautlos das Tor. Wie gut, dass er nach dem ersten Telefonat noch einmal angerufen und sein Kennzeichen genannt hatte: B-W 1.

Das Gebäude, vor dem er anhielt und ausstieg, war eine Bauhaussymphonie – weißer Beton, helles Holz, weiß gekieste Zufahrt. Der Bau selbst rechtwinklig, ohne jede Verzierung, in seiner Nüchternheit überaus elegant; ein Eindruck, zu dem nicht zuletzt die vielen Glasflächen beitrugen. Welser bewunderte die Harmonie der übereinander geschachtelten Kuben. In den Proportionen ausgewogen wie ein Schweizer Wahlergebnis, dachte er. Das ist ja ein Schiff!, dachte er dann, als er ein paar Schritte gegangen war und das Gebäude von der Seite betrachtete. Den Bug bildete ein Steg, der hoch über dem See auf- und hinausragte. Majestätisch und überaus angemessen. Welser kehrte zum Wagen zurück und sah sich nach einem Parkplatz um, als eine junge Frau aus dem Haus kam. Sie trug eine Art Chauffeursuniform, schwarz, dazu eine entfernt militärisch wirkende Mütze, ebenfalls schwarz, aber mit umlaufender Goldkordel und Fliegerbrille, was Welser mit einem inneren Grinsen als Anzeichen dafür nahm, dass die Dame auch Cabriolets und Flugzeuge betreute: offene Doppeldecker vermutlich. Er würdigte ausgiebig ihre Erscheinung, die enge schwarze Uniform, die vorteilhaft ihr gesäßorientiertes Bewegungsmuster betonte, die hohen schwarzen Stiefel, und während er noch überlegte, welche Art von Dienstleistung die Dame neben der Fuhrparkbetreuung wohl erbringen mochte, stand sie schon vor ihm und begrüßte ihn: „Herr Ministerpräsident, Madame erwartet Sie bereits.“ Und fügte kokett hinzu: „Vertrauen Sie mir Ihren Wagen an?“

Nach kurzem Zögern reichte er ihr den Schlüssel. Was soll’s, sagte er sich, Schäden sind sowieso gedeckt, die Kutsche gehört ja dem Land, und das hat Geld genug. Und würde bald noch mehr haben, wenn sein Plan aufging, den er auch in München kurz angerissen hatte, nämlich die ebenso raffinierte wie raffiniert verschleierte Neuberechnung des Bruttosozialprodukts seines und weiterer Bundesländer. (Kurz zusammengefasst: Weniger öffentlichkeitstaugliche Posten wie unsaubere Einnahmen aus Waffengeschäften, Prostitution, Drogenhandel etc. werden umdeklariert, nicht anders, als es zum Beispiel Gammelfleisch- und Dioxineierverkäufer tun, und fließen in ihrem neuen, vielmehr gereinigten Gewand in die Staatseinnahmen ein, wo sie dann der Umsetzung drängender Projekte wie Autobahnbau und Bezahlung von Expertenkommissionen dienen können.) Von seinen ebenfalls überwiegend klammen Amtskollegen hatte er parteiübergreifende Zustimmung erhalten. Damit stiege nämlich automatisch die Verschuldungsmöglichkeit im Haushaltsplan, was ein paar entscheidende Jahre mehr bis zum GAU ergäbe, und diese Zeit gedachte er in den Dienst seines Lieblingsprojekts sowie seines eigenen bescheidenen Vergnügens zu stellen. Um Nachruhm ging es ihm! Er wollte der Nachwelt Bleibendes hinterlassen! Eine möglichst umfangreiche Nachkommenschaft – wobei der Weg zu deren Erzeugung nicht einfach angenehmes Beiwerk war, sondern auch Zweck an sich! Deshalb war er heute hier! – und, noch wichtiger: *Bauwerk*! Ein grandioses Bauwerk, das für immer mit seinem Namen verbunden wäre. Dessen Glanz das pedestre Bewusstsein der Normalbürger himmelhoch überstrahlte! Alle Großen hatten gebaut, Nero, Ludwig Zwo, Zar Peter … auch Hitler. Keine geistige Verwandtschaft mit dem Kerl, natürlich nicht. Aber: Der Verbrecher hatte im brandenburgischen Sand ein Fundament hinterlassen, das er, Welser, nun einer neuen Nutzung zuführen wollte.

Wie so oft riss es ihn hin, und er schwelgte in traumhaften Gedanken an sein neosakrales Bauwerk. Unterdessen folgte er der uniformierten Dame ins Gebäude. Und als er im Geist bei seiner Privatwohnung mit Garten und Pool auf dem Dach des Opernhauses angelangt war, von der sein Architekt erst im Nachhinein erfahren hatte, was nicht nur die statische, sondern auch die finanzielle Planung zusätzlich ins Wanken gebracht hatte, – da stand vor ihm die Dame, mit der er jenes einladende Telefonat geführt hatte, die Dame mit der überaus angenehmen Stimme und dem klingenden französischen Namen, Madame du Rhin. Ihre Erscheinung übertraf die telefonische Verheißung noch um einiges.

„Guten Abend, Herr Ministerpräsident", sagte sie mit tiefem, rauchigem Timbre, das seine erotische Färbung keinem Nikotingenuss und der Natur nur partiell verdankte: Madame war nach dem Studium der Betriebswirtschaft ihrer wahren Neigung gefolgt und hatte sich an der Theaterakademie beworben. Wo man sie auch auf Anhieb angenommen hatte. Ihre Stimme war professionell gebildet. Ihr jetziges Betätigungsfeld allerdings behagte ihr mehr als jede Bühne.

„Guten Abend! Aber hören Sie, reden Sie mich doch mit meinem Namen an! Ich bin schließlich inkognito hier! ... Darf ich fragen, welche Funktion Sie hier im Hause ausüben?"

„Selbstverständlich. Ich bin die Geschäftsführerin."

„Und wer ist dann dieser Albert Schwarz, der im Handelsregister steht? Sie können sich denken, dass ich gern vorbereitet bin! Ich habe recherchieren lassen!"

„Herr Schwarz ist geschäftsführender Gesellschafter. Leider hält er sich in geschäftlichen Angelegenheiten derzeit in Indien auf. Aber wenn Sie öfter zu uns kommen, werden Sie ihn sicher noch kennenlernen", versprach sie ihm und führte ihn durch die Eingangshalle. „Und machen Sie sich keine Sorgen", sagte sie, „Ihr Inkognito ist bei mir in den allerbesten Händen. Viele Personen des öffentlichen Lebens sind unsere Kunden – Politiker jeden Ranges und jeder Parteizugehörigkeit, Industrielle, Kirchenmänner, Botschafter. Bei uns muss sich niemand verkleiden – Bärte ankleben oder Sonnenbrillen aufsetzen. Sie, Herr Welser, haben nun mal ein bekanntes Gesicht, unsere Damen werden Sie sicher aus den Medien kennen.“

Welser schnaubte nur; er war in die Betrachtung ihres Hüftschwungs vertieft und nicht ganz Ohr, trotz erotischen Timbres. Sie öffnete die Tür zu ihrem Büro und ging ihm voran.

Der Raum war kühl und stilsicher eingerichtet. An den Wänden hingen expressionistische Gemälde erotischen Inhalts aus dem Museumsbestand, die in der öffentlich zugänglichen Ausstellung keinen Platz mehr gefunden hatten oder aber dem Publikum vorenthalten werden mussten, weil die Provenienz der Bilder nicht lückenlos nachweisbar war. Oder anders: In der Provenienz klafften Lücken der Schande, die man nicht öffentlich zugab. Die Gäste der Personal- und Managementberatung stellten keine Fragen und waren ohnehin anderweitig in Anspruch genommen. Madame jedenfalls betrachtete sehr gern die Kunst an ihren Wänden, und wenn sie sich bürokratischen Notwendigkeiten widmete, residierte sie inmitten ihrer Gemälde an einem großen, mit weißem Leder nahtlos bespannten Schreibtisch. Weil der Tisch gut drei Meter lang und mindestens eineinhalb Meter tief war, wunderten sich Besucher bisweilen und fragten sich, aus welchem Tier sich derart große rechteckige Stücke herausschneiden lassen – aus weißen Elefanten? Walen? Welser aber, luxusgewöhnt, wie er war, wusste natürlich, dass sich Ziegenleder nach ausreichender Bewässerung fast beliebig dehnen und strecken lässt. Er war beeindruckt.

Madame erkundigte sich so zartfühlend wie zurückhaltend nach seinen Wünschen und Vorlieben, und als er sich zierte, sicherte sie ihm nicht nur volle Zufriedenheit, sondern auch vollständige Diskretion zu. „Nun“, sagte sie, „lassen wir das Thema vorläufig, Sie haben jederzeit Gelegenheit, uns zu sagen, auf welche Weise wir Sie glücklich machen können.“

Stattdessen erklärte sie ihm das interessante Geschäftsmodell: Tagsüber diene der Bau kulturbeflissenen Mitbürgern als Museum, nachts werde er anderweitig genutzt; in manchen Räumen fänden Tag- *und* Nachtaktivitäten statt, andere seien exklusiv der Personal- und Managementberatung vorbehalten, wieder andere allein Ausstellungszwecken. Die Doppelfunktion des Gebäudes, so Madame weiter, sei Gegenstand eines Mietverhältnisses zwischen dem Träger des Museums und dem Coaching-Institut. Dieses habe sich damit eine weltweit einmalige Location gesichert, was ein nicht zu überbietender Trumpf bei der Kundschaft sei, die schließlich die Spitzen der Gesellschaft repräsentiere. Die Einnahmen aus dem Mietverhältnis wiederum dienten der Querfinanzierung des Kulturbetriebs – eine Win-win-Situation, schloss Madame lächelnd, mit der alle Beteiligten mehr als zufrieden seien.

Welser war noch mehr beeindruckt. Und beschloss auch für sein künftiges Opernhaus sogleich eine Mehrfachnutzung. Kolossale Idee, dachte er, geradezu genial!

„Wollen wir uns die Räumlichkeiten ansehen?“, fragte sie.

„Sehr gern!“

Sie führte ihn in einen großen Saal, in dem Möbel berühmter Designer ausgestellt waren, speziell historische Sitzmöbel. Während er sich noch fragte, weshalb er sich für das fünfstellige Tageshonorar, das ihm die PMS berechnete, uninteressante und zweifellos unbequeme alte Sitzmöbel anschauen sollte, die er auch für zehn Euro zu den üblichen Museumsöffnungszeiten besichtigen konnte, wies ihn Madame auf eine mit Ponyfell bespannte Liege hin, die sich in geschwungene, blank verchromte Stahlrohrkufen auf einem schwarzen Untergestell schmiegte.

„Das ist die berühmte LC4. Kennen Sie sicher. Der Bauhaus-Klassiker. Symbol des modernen Möbeldesigns.“

„Ach!“

„LC steht offiziell natürlich für Le Corbusier. Bei uns für Love Chair.“

Welser war entzückt. Unglaublicher Einfall, diese Doppelnutzung eines öffentlichen Gebäudes, noch dazu bis in die Möblierung hinein! Bewundernswerte Folgerichtigkeit! Er stellte sich vor, was man mit den Requisiten der künftigen Inszenierungen auf seiner Bühne alles anfangen konnte. Ungeahnte Möglichkeiten! Es wurde ihm warm ums Herz.

„Stellen Sie es sich so vor“, sagte Madame. „Er liegt auf dem Rücken, sie reitet auf ihm. Dank ihrer besonderen Mechanik lässt sich die Liege stufenlos so verstellen, dass der lustoptimale Penetrationswinkel gefunden werden kann. Zumal man auf diese Weise auch einstellen kann, wie stark sie sich mit den Füßen auf dem Boden abstützt, das heißt, der Mann bestimmt, wie weit er sie an den Hüften hebt.“

„Aha! Sehr anregend!“, lobte Welser, der schon immer ein Freund der Technik gewesen war, auch und gerade in Liebesdingen.

„Dies hier ist ein Stück aus den Siebzigern.“ Madame deutete auf eine Hängekugel, unbunt, aus transparentem Acryl, die mittels Feder und Stahlseil an der Decke des Raums befestigt war. Als sie das Sitzpolster herausnahm, zeigte sich im Boden der Kugel ein espressountertassengroßes Loch.

„Ein Klassiker des Möbeldesigns. 1968. Eero Aarnio!”

„Eros?“

„Nein!“ Madame lachte. „Eero Aarnio ist ein finnischer Designer. Unsere Gäste benutzen seine Erfindung gern folgendermaßen: Der Mann liegt bequem unter der Kugel, ohne Körperkontakt mit der Frau, die entspannt über ihm im Sessel sitzt. Er kann nun nämlich mithilfe der beiden Griffe hier an der Unterseite die Kugel gegen die Federkraft leicht auf und ab bewegen und – ganz besonders schön – samt Inhalt drehen. Dabei tordiert das Stahlseil, und wenn er nach ein paar Umdrehungen loslässt, dreht sich die Kugel von allein langsam zurück. Sie kennen diese Technik vielleicht auch als Chicken-in-the-basket? Das ‚Huhn im Korb' empfinden wir allerdings als ziemlich frauenverachtend und nennen den Sessel deshalb so, wie ihn sein Erfinder genannt hat: Bubble Chair. ‚Weniger ist mehr', sagte schon Mies van der Rohe. Ist das nicht ein Meisterwerk der Reduktion?"

„Sehr schön, in der Tat!", sagte Welser, der im Geist bereits unter der Kugel lag. Dieses Museum hatte prachtvolle Schätze zu bieten. „Und das dort, was ist das? Dient wohl zu BDSM-Praktiken?"

„Nein", sagte sie und lachte wieder ihr reizendes, aufreizendes Lachen. „Das ist der Red and Blue von Rietveld. Klassiker von 1917 – sieht vor allem gut aus, aber bequem ist anders. Zum trivialen Sitzen geht es. Wir haben alle möglichen Experimente gemacht, keines hat uns überzeugt. Außerdem ist der Stuhl lausig verarbeitet, bei Paarbenutzung, zumal mit Bewegung, würde er sofort zusammenbrechen. Man kann hier wirklich nur *sitzen*. Allein. Und natürlich zuschauen, gegebenenfalls. Übrigens handelt es sich bei diesem Objekt um ein seltenes Original, das in den zwanziger Jahren gebaut wurde."

Sie ging ein paar Schritte weiter. „Aber schauen Sie, ist der nicht schön? Stuhl kann man das ja nicht nennen. Ein Sitzobjekt." Sie deutete auf ein futuristisches Gebilde aus schwarzem Metall, groß, geschwungen, von der Seite entfernt einer Maske ähnelnd, mit geringster Bodenauflage und daher, trotz seiner Materialschwere, geradezu ein Inbegriff der Bewegtheit.

„Ron Arad, ein Meisterwerk! Ganz neu, der Entwurf ist erst ein paar Jahre alt. Es gibt auch eine günstige Kunststoffversion, aber wir haben das Original aus Gusseisen. Ist ja auch viel stabiler. Er liegt, kann schaukeln und sie hockt auf ihm. Die zusätzliche Schaukelbewegung ist wunderbar, Sie werden sehen, Herr Welser. Unsere Gäste schwärmen, ausnahmslos!“

Welser lächelte versonnen. „Sagen Sie“, fragte er, „kann man hier eigentlich auch im Freien …? In warmen Sommernächten, mit so einem Objekt draußen auf dem Steg? Mit Blick übers Wasser? Die Sterne über einem, die fernen Lichter am anderen Ufer und ein Schaukeln zu zweit mit einer langhaarigen Schönheit …“

„Sie geraten ja allein beim Anblick ins Schwärmen, Herr Welser! Aber ja, selbstverständlich. Nachts gehört das ganze Gelände uns. Und das“, fuhr sie fort, als sie beim nächsten Stück angelangt waren, „ist der Christine-Keeler-Stuhl.“

„Kieler? Wie die Woche?“

„Welche Woche? Nein, Keeler, die Affäre Profumo, Sie wissen schon. Aber das hier ist nur ein museales Stück – eine historische Kuriosität sozusagen, das ist nämlich das Original aus dem Londoner Fotostudio … Und hier“, sagte sie, weitergehend, „das ist wirklich kurios! Ikea hat es ins Museum geschafft. Ein Traktorsitz auf einem Bein mit einem umgedrehten Pilz als Fuß. Hier sitzt er, sie nimmt auf seinem Schoß Platz, ihm zugewandt oder auch nicht. Dank dem Pilzfuß haben Sie völlige Freiheit, den optimalen Unterstützungswinkel zu finden. Wenn Sie’s allerdings bequemer wollen, dann kommen wir jetzt zu den italienischen Designersofas und Wasserbetten. Die Freiheitsgrade sind hier naturgemäß höher und vielfältiger, und Ihrer Fantasie sind keine Grenzen gesetzt. Übrigens gehören die Liegemöbel zum größten Teil unserem Institut und sind nicht Teil der Ausstellung; wie Sie sehen, haben Sie hier, falls gewünscht, auch Ihre Privatsphäre.“

Madame hatte eine unauffällige Museumsschiebewand geöffnet und betrat einen langen Flur, von dem aus man in abgetrennte Zimmer gelangte. Die meisten Türen waren geschlossen, vor einer offenen Tür zu einem unbesetzten Raum blieb Madame stehen. „Für unsere ökologisch gesinnten Gäste“, sagte sie, „gibt es sogar das Wasserbett mit Solarheizung. Aber natürlich haben wir auch elektrisch temperierte Exemplare mit Flüssigkeiten unterschiedlichster Viskosität.“

„Das hier scheint mir ja auch sehr interessant“, sagte Welser und deutete auf ein von der Decke hängendes Gebilde aus Lederriemen, Karabinerhaken, Schnallen.

„Das ist unsere Liebesschaukel. Nennt sich Love Swing und ermöglicht eine hohe Anzahl lustvoller Kombinationen. Wir zählen übrigens eine bemerkenswert gelenkige Spezialistin zu unseren Mitarbeiterinnen, die Sie gerne einführen wird, denn ohne die praktische Unterweisung von Roswitha bleiben dem Neuling viele Möglichkeiten verschlossen. Sie werden sie sicher bald kennenlernen … Und hier, dieses kleine Sofa, das könnte Sie auch interessieren. Es ist so weich, dass es Sie förmlich aufsaugt, während die Dame Sie einsaugt. Es nennt sich, aus gutem Grund, Tactile. Stellen Sie sich vor, wie Sie hier einsinken und von allen Seiten umschlossen werden wie in Abrahams Schoß.“

„No ja“, sagte Welser zweifelnd. Kontrollverzicht war seine Sache nicht. „Das da kenne ich, das habe ich schon gesehen.“ Er deutete auf ein Objekt wie aus der Computersimulation eines Raumschiffs.

„Zaha Hadid. Große Architektin. Bekannt sind eigentlich vor allem ihre fantastisch weich anmutenden Kreationen aus Beton, Prinzip moderner Atlantikwall in Soft. Aber dieses ist ein Stuhl von ihr. Und zwar aus dem Drucker. Erstaunlich, nicht? Es ist mir gelungen, das Programm für uns zu sichern: Wir sind das erste

Museum, das exklusiv ein Computerprogramm besitzt, mit dem es möglich ist, ein Möbelstück auszudrucken. Dieses Objekt ist neulich leider unter dem Liebesspiel eines Paares zusammengebrochen, denn natürlich hat Frau Hadid solche Nutzungsvarianten nicht vorgesehen, aber statt das Ding zu reparieren, konnten wir es einfach neu ausdrucken lassen. – Aber ich schlage vor", fügte Madame hinzu, „dass wir unseren Rundgang an dieser Stelle beenden. Wenn's Ihnen recht ist, werde ich für unsere Damen Ihr Profil erstellen."

„Wie bitte, Sie wollen ein Profil von *mir* erstellen?!", protestierte Welser. „Ich pflege umgekehrt vorzugehen! *Ich* wähle aus."

„Wissen Sie, unsere Mitarbeiterinnen erfahren hier die höchste Wertschätzung von allen Seiten. Sie erhalten für ihre Tätigkeit nicht nur ein sehr anständiges Gehalt mit Gewinnbeteiligung und Jahresbonus, sondern sind selbstverständlich auch frei von jeglichem Druck oder gar Zwang. Wir sind ein Haus für höchste Ansprüche, unsere Damen sind gebildet, belesen, mehrsprachig, fantasievoll, jede verfügt über eine besondere Spezialisierung und, ganz wichtig, geht ihrem Beruf mit Lust und Liebe nach. Folglich haben sie alle das Recht, sich ihre Partner selbst auszusuchen. Natürlich sähen wir es nicht gern, wenn sie von ihrem Vetorecht allzu oft Gebrauch machten, aber in der Praxis kommt es tatsächlich nicht häufig vor – schließlich sind unsere Gäste gutsituierte, erfolgreiche Herren wie Sie, die es im Leben zu viel gebracht haben; natürlich legen sie auch großen Wert auf ihre Erscheinung. Und natürlich nützt gegenseitige Sympathie allen Beteiligten, nicht zuletzt den ökonomischen Interessen unseres Hauses."

„Ich werde doch wohl vorher erfahren dürfen, mit *wem* ich mich hier einlasse!", sagte Welser missmutig. „Ich suche mir meine Frauen *immer* selbst aus."

„Natürlich, Herr Welser. Selbstverständlich haben unsere Gäste dasselbe Einspruchsrecht wie unsere Mitarbeiterinnen. Aber ich kann Ihnen versichern, dass derlei in den ganzen dreizehn Jahren unseres Bestehens kein einziges Mal vorgekommen ist. Das glauben Sie mir jetzt nicht“, sagte Madame lächelnd, „aber warten Sie, bis Sie unsere Damen kennengelernt haben. Sie werden bald eines Besseren belehrt sein. Bevor Sie aber, Herr Ministerpräsident, bei uns zum ersten Mal tätig werden, brauche ich einen Gesundheitsnachweis. Wir arbeiten mit einer Ärztin zusammen, die fast täglich hier im Haus ist und verschiedene Funktionen wahrnimmt, unter anderem führt sie gern die Untersuchung zum Einstand unserer Gäste durch. Aber wenn Sie lieber zu Ihrem Hausarzt …? Wie auch immer. Wenn Sie zu uns kommen, erhalten Sie selbstverständlich eine ordnungsgemäße Rechnung, die Sie bei Ihrer Krankenkasse einreichen können. Das Ergebnis der Untersuchung erfahren Sie binnen weniger Tage.“

Welsers Gesichtszüge sackten herab. „Das ist nicht Ihr Ernst?! Ich soll heute noch gar nicht zum Zug kommen?!“

„Es tut mir leid, Herr Welser, aber wir sind sehr auf unser Niveau bedacht und machen keine Ausnahmen. Wir können aber bereits heute einen oder mehrere Termine für Ihre nächsten Besuche vereinbaren. Kommen Sie noch mal mit mir in mein Büro, ich würde doch gern mehr über Ihre Neigungen und Wünsche wissen, damit wir uns darauf einstellen können. Wir müssen dann natürlich auch wissen, ob Sie unsere Räumlichkeiten exklusiv für einen Abend nutzen möchten, ob Sie ein eigenes Zimmer wünschen, oder ob Sie es vorziehen, sich in einem Saal zu betätigen, in dem zeitgleich andere Aktivitäten … Ach!“, unterbrach sie sich, „sehen Sie, da kann ich Sie doch gleich mit unserer Ärztin bekanntmachen. Dorothea!“, rief sie durch den Raum, wo durch die Tür am anderen Ende eine zierliche, dunkelhaarige Gestalt im wehenden weißen

Ärztekittel eingetreten war und mit energischem Stiefelschritt auf die zweite Tür gegenüber zustrebte. Bei Madames Ruf hielt sie abrupt inne und blickte zu den beiden her. „Dorothea, haben Sie einen Moment Zeit? Ich möchte Ihnen einen neuen Gast vorstellen."

Unvermindert energisch wechselte Dorothea die Richtung und strebte auf Madame du Rhin und Harald Welser zu, den bei ihrem Anblick freudiges Erschrecken durchschauerte. Eine Lolita, dachte er und fand, als sie vor ihm stand und zu ihm aufblickte, seinen ersten Eindruck vollkommen bestätigt. Sie war klein und mager wie eine Zwölfjährige, ihr Gesicht aber, zumal mit dem farbenfrohen Makeup, das sie trug, verriet eine durchaus erwachsene, gar nicht mehr junge Frau. Mit einer Miene, die kindlich und lasziv zugleich war, sah sie ihn an. Welser erspähte Stethoskop und nackte Haut unter ihrem halb geöffneten Kittel und lächelte.

Madame du Rhin hob zur gegenseitigen Vorstellung an, doch Dorothea kam ihr zuvor. „Ich weiß, wer Sie sind", sagte sie, „Ministerpräsident Harald Welser, nicht wahr? Ich freue mich sehr, Sie zu unseren Gästen zählen zu dürfen. Wir werden uns bald näher kennenlernen, ja?"

„Sehr gern!", antwortete Welser, auf einmal der Inbegriff des Charmeurs, mit einer angedeuteten Verbeugung, ergriff die ihm gereichte Hand und hob sie zu einem angedeuteten Kuss in die Nähe seiner Lippen.

„Es tut mir leid, ich werde erwartet", sagte Dorothea und entzog ihm ihre Hand. „Aber bis sehr bald, hoffe ich?"

„Sehr gern!", wiederholte Welser. „Es wird mir ein besonderes Vergnügen sein, mich von Ihnen untersuchen zu lassen!" Er blickte der Enteilenden nach, die auch von hinten eine überaus prickelnde Erscheinung war. Phänomenal, dachte er, Kind und Domina, jung und – nun: nicht alt, aber doch auch nicht jung – in ein und demselben Körper. „Ist sie nur die Ärztin hier?“, fragte er Madame. „Oder auch Sexarbeiterin?“

„Sexarbeiterin!“ Madame war pikiert. „Herr Welser, Sie erfassen, scheint’s, noch immer nicht, wo Sie sich hier befinden! Sex bekommen Sie natürlich, so viel Sie wollen, aber doch von sehr besonderer Art. Wir pflegen Kunst und Kultur auf allen Ebenen, wir verwöhnen Sie, wir erfüllen Ihre innigsten Wünsche, und wenn Sie vor und nach dem Akt das intelligente Gespräch suchen, finden Sie auch das. Jede unserer Damen ist etwas Besonderes, eine Perle im Ozean.“

Als sie den Saal verließen, wies Madame du Rhin mit einer schwungvollen Geste zu einer prunkvollen Freitreppe, die nach oben führte. „Das Dachgeschoss und den Dachgarten kann ich Ihnen heute nicht zeigen – der Gast hat das ganze Stockwerk exklusiv gebucht, Sie verstehen …“

„Sicher. Aber wie darf man sich diesen Dachgarten vorstellen? Blick über den See, über einem die Sterne, die fernen Lichter am anderen Ufer …?“

„Der See hat es Ihnen angetan, Herr Welser, wie?“, sagte Madame mit ihrem bezaubernden Lachen. „Es ist wunderschön, Sie werden sehen. Wir haben einen japanischen Architekten mit der Gestaltung einer sehr speziellen Zen-Landschaft beauftragt. Neben dem eigentlichen japanischen Garten mit seiner wunderbaren Kombination von Ziergewächsen und Kiesflächen gibt es dort oben Nischen, Séparées eigentlich, untereinander uneinsehbar, aber jede mit Blick auf das Alpenpanorama. Und auf den nächtlichen See natürlich. Und in jedem Séparée steht ein Zuber aus Teakholz – aber Sie dürfen sich das nicht klein und eng vorstellen: Jeder Zuber hat die Größe einer Zweipersonenwanne –, eine

Geisha bringt Ihnen heißes Wasser, entkleidet Sie, lässt Sie ins Wasser gleiten, massiert Sie mit Duftölen, teilt mit Ihnen das Bad …"

„Nein, nein", fiel ihr Welser ins Wort, „keine Japanerinnen bitte! Flachbrüstige, knopfnasige, plattfüßige Wesen, aus denen Vogelgezwitscher quillt … Bitte seien Sie mir nicht böse, das klingt fürchterlich rassistisch, ich weiß, aber mit Japanerinnen kann ich nicht, ich *kann* nicht!"

Madame lachte herzlich. „Keine Sorge! Wir beschäftigen hier gar keine Asiatinnen. Aber wie ich Ihnen schon sagte – jede unserer Mitarbeiterinnen verfügt über eine Besonderheit, eine spezielle Fähigkeit, und in unserer Branche gehören dazu eben auch die fernöstlichen Liebestechniken. Sie werden Augen machen, das verspreche ich Ihnen."

Harald Welser war herb enttäuscht, dass er an diesem Abend nicht mehr zum Durchbruch gelangen sollte, die Vorfreude aber, die Madame in ihm geweckt hatte, war eine beträchtliche.

Überhaupt diese Madame du Rhin! Was für eine bezaubernde Frau! Als Geschäftsführerin war sie zweifellos in anderen Bereichen tätig als ihre Mitarbeiterinnen. Aber war sie darum unempfänglich für die erotische Anziehung männlicher Macht? Als er ihr wieder zu ihrem Büro folgte, als er ihr schimmerndes schwarzes Haar betrachtete, das ihr in lockenden Wellen auf die Schultern fiel, als ihm ihr dezenter Parfumhauch in die Nase stieg, als er ihr seidiges Rascheln vernahm und nahe daran war, in taktiler Lust die Hand nach ihr auszustrecken, da war in ihm ein Entschluss gereift. Eines Tages, schwor er sich, gehört sie mir.

Welser, der große Welser, war betört.

Mittwoch, 24.4.2013, irgendwo in Indien

Während im dekadenten Abendland die Sterntaler Geschäfte florierten und einen breiten, gleichmäßig dahinfließenden Umsatzstrom in die Kasse lenkten, saß Albert Schwarz, der geschäftsführende Gesellschafter der PMS, achttausend Kilometer weiter östlich mit einem Mr. Vikram Radja, dem Bevollmächtigten eines Großindustriellen und Maharadschas, in einem indischen Salon zusammen, trank einen zuckersüßen, im Abgang wermutbitteren Tee, begutachtete die teilverschleierten Schönheiten, die ihn bedienten, kalkulierte aus alter Gewohnheit seine Aussichten, bei einer Inderin zu landen, verwarf sie („lohnt den Aufwand nicht") und fragte sich, wie der Chef dieses Herrn Radscha zu seinem Fürstentitel kam – waren solche Herrschaftsformen nicht mit der Unabhängigkeit Indiens abgeschafft worden? Zweifellos ein windiger Versuch, bei Ausländern Eindruck zu schinden. In einer Hinsicht jedenfalls war dieser selbsternannte oder aus der Vergangenheit herübergerettete Maharadscha ganz auf der Höhe der Zeit und hatte den von den Vätern ererbten Wohlstand nicht nur bewahrt, sondern ins Riesenhafte vermehrt. Stinkend reich war er und hatte es daher leider nicht nötig, über den Preis, den er für seinen Rolls-Royce haben wollte, zu verhandeln.

Der Grund, weshalb der Wagen überhaupt zum Verkauf stand, war eine Privatfehde des Maharadschas, der, seitdem die Entscheidungen nicht mehr in Manchester, sondern in München getroffen wurden, mit den arroganten Herren von Rolls-Royce Motor Cars aneinandergeraten war und dabei den Kürzeren gezogen hatte. Seit Anbruch der neuen Zeit war es vorbei mit dem alten Understatement der Engländer, wie auch mit den nicht weniger alten Originalersatzteilen; stattdessen musste man sich aus München den ernst gemeinten Rat anhören, auf ein zeitgemäßes Modell umzusteigen oder aber das indische Handwerk improvisieren zu lassen. Für den angewiderten Maharadscha bedeutete dies die Trennung von seinem antiken Fahrzeug, das von Beginn an, seit 1925, Mitglied seiner Familie gewesen war: ein Phantom I in der offenen Version mit 7,7-Liter-Sechszylindermotor, das allererste Modell der Serie. Mit geringen, rein ästhetischen Verbesserungen, die sein Großvater vorgenommen hatte: Der hatte sich eine Karosserie aus massivem Silber dengeln lassen, um dem Fahrzeug einen würdigen Platz innerhalb seiner Tigerjagdflotte einzuräumen. Für jagdliche Zwecke waren auch ein paar zusätzliche Einbauten erfolgt – auf die Bordbar, fand der Enkel, hätte man zwar gut verzichten können, zumal die amerikanische Eiswürfelmaschine nicht nur unsäglich laut, sondern auch chronisch inkontinent war, was unschöne Flecken auf dem Teppichboden verursachte. Nützlich aber waren die nachträglichen Gewehrhalter, Fernrohrstützen und hydraulischen Neigungsregler, die dafür sorgten, dass der Wagen auch auf schiefen Ebenen und überhaupt unebenem Untergrund horizontal stehen konnte. Letztere, vier Stück an der Zahl, dienten gleichzeitig als integrierte Wagenheber – eine phänomenale Neuerung aus den zwanziger Jahren, die leider in Vergessenheit geraten ist. Die heutigen Neuwagen sind mit einer billigen, völlig unzulänglichen, weil instabilen Kurbelvorrichtung ausgestattet. Mit Geduld und Glück, unter Inkaufnahme schmutziger Finger, abgebrochener Nägel und sonstigen Unbills lässt sich damit auch ein Reifen wechseln. Wie unvergleichlich komfortabel dagegen der alte Rolls: Man öffnete eines von vier Ventilen, eine Stütze fuhr aus, und der Wagen hob sich, schwebte in die Höhe, levitierte gleichsam, so dass der Chauffeur das Rad elegant, ja fast im Stehen abziehen und austauschen konnte. Sozusagen mit weißen Handschuhen. Die Hydraulik hinter dem Levitationsmechanismus verlor zwar gelegentlich ein-zwei Tropfen Öl, funktionierte aber immer noch tadellos, wie Mr. Radja seinem europäischen Interessenten stolz vorgeführt hatte.

Ja, was für ein Wagen. Ein Unikat, wie es die Welt noch nicht gesehen hatte. Hinter dem Stolz weinte Herrn Radjas Herz, dass sein Chef dieses Prunkstück verkaufen wollte. Seine Selbstachtung verbot ihm jedoch, einem Ausländer auch nur eine Träne zu zeigen. Stattdessen flüchtete er sich in eine Brandrede wider die modernen Automobilhersteller. „In der ruhmreichen Pionierzeit des Autobaus wurde die Intelligenz der Ingenieure *genutzt*!“, rief er. „Sie durften erfinden und experimentieren, und ein Heer von Arbeitern stand parat, um die Erfindungen und Verbesserungen und Neuerungen zu bauen! Heute geben nicht mehr die schöpferischen Techniker und Enthusiasten den Ton an, heute herrschen Krämerseelen. Controller! Juristen! Nichtsnutzige Manager!“ Er geriet in Fahrt, die inneren Tränen wichen einem frohen Zorn. „Vom Autobau keine Ahnung! Ihre Innovationen bestehen in aberwitzigen Einsparungen, am Fahrzeug und an den Produktionsabläufen, und entsprechend schauen die Autos dann auch aus: eine fade Einheitssoße, die zur vorberechneten Zeit verdirbt! Es gibt doch nichts, was sich nicht noch billiger und also schlechter machen lässt. Aber bitte, der Käufer will es nicht anders, er schaut ja nur darauf, dass es möglichst nichts kostet, der Wert einer Sache ist ihm egal, er will die Aldifizierung der gesamten Wirtschaft, und da geschieht’s ihm ganz recht, wenn die Wirtschaftsbosse sich einen fröhlichen Lenz auf seine Kosten machen, er will es nicht anders, der Konsument, und er bekommt, was er verdient.“

Aldifizierung?, dachte Albert verblüfft. Was weiß dieser Inder von Aldi?

Aber aus Mr. Radja sprudelte es schon wieder weiter: „Aber sehen Sie, sehen Sie sich diesen Rolls-Royce an, diesen Phantom:

eine Technik wie aus der Hand des Dädalus und eine Qualität, die ein *Weltreich* überlebt hat!“

Ja, der Wert war hoch, unbestreitbar, zumal bei einem Methusalem aus der ruhmreichen Pionierzeit und einer Karosserie aus, tatsächlich, Silber. Entsprechend hoch war die Preisvorstellung des Maharadschas.

Allerdings, und diesen Einwand führte Albert mit Erfolg als kaufpreisminderndes Argument ins Feld, klaffte an prominenter Stelle der Armaturentafel ein großes rundes Loch: Hier war einst eine Uhr gewesen. Was war aus ihr geworden? Mr. Radja hob bedauernd die Schultern und schwieg. Gern wäre Albert der Legende auf den Grund gegangen, der zufolge der Rolls-Royce-Motor so leise lief, dass man auch bei voller Fahrt die Uhr ticken hörte. Aber sein Bruder Max, das technische Genie, war bereits, noch ehe man in Indien handelseinig geworden war, mit der Planung diverser Umbauten am Wagen befasst, unter anderem einer modernen Auspuffanlage mit abstimmbarem Schalldämpfer – ohne Katalysator übrigens: Unverschleiertes Abgas, fand Max, sei nun mal giftig, und Tricksereien lehnte er ab. Die ganze Anlage aber werde leiser sein als das Ansauggeräusch der Verbrennungsluft im Luftfilter – wenn der Rolls dann an dir vorbeifährt und du stehst am Straßenrand, hörst du es nur ganz leise zischeln. Außerdem, fügte Max hinzu, hätten die Uhren damals ja mit der Lautstärke der klassischen Zeitbombe getickt, kein Wunder, dass sie einen Motor übertönten.

Die fehlende Uhr also tat der ursprünglichen romantischen Preisvorstellung des Maharadschas ein wenig Abbruch. Man einigte sich schließlich auf zwei Millionen Dollar, in bar und quittungsfrei für den Wagen als solchen, sowie einen Metallzuschlag von sechshundert Dollar pro Kilo für die Silberkarosserie. Ein symbolischer Preis, wie Radja nicht zu betonen vergaß. Der

Maharadscha wollte das Fahrzeug schließlich loswerden. Wäre es nach ihm, Radja, gegangen, hätte er den Rolls nicht für Milliarden verkauft, aber der Chef war Argumenten nicht zugänglich.

Loswerden wollte Mr. Radja hingegen seinen Kunden. Der war hässlich wie eine türkische Nacht, untersetzt, trug seinen Bauch vor sich her, als wäre er stolz darauf, war nach allen, selbst europäischen, Maßstäben zu dicht behaart, um zur Sapiens-sapiens-sapiens-Version des Menschen gerechnet zu werden, er roch aus dem Mund, und offenbar kam er nicht aus einer Kinderstube, sondern aus einem Schweinestall. Der Niedergang des Abendlandes, hatte Radja gedacht, als ihm *Mr. Black from Germany* vorgestellt worden war. Er konnte keinen Tee trinken, kein Gebäck verzehren, ohne seine Vorderfront damit zu garnieren, und dabei beglotzte er das weibliche Personal, als hätte er nie eine Frau gesehen. Radja verachtete diese neureichen Europäer, aber einem Deutschen verkaufte er den Wagen immer noch lieber als einem Engländer, Understatement und Tradition hin oder her. Kolonialressentiments sind zäh. Ein Jammer war nur, dass man ein Prachtstück wie dieses in derart abstoßende Hände geben musste. Der Chef wollte auch dies. Anscheinend war er von dem Deutschen eingenommen, der bereits bei der ersten Kontaktaufnahme versichert hatte, sein Bruder, begabter Techniker und Eigner einer international tätigen Metallbaufirma, werde den Wagen liebevoll und aufwändig restaurieren, bei ihm sei er in den besten Händen. Auch werde er eine neue Kühlerfigur gießen – die alte *Spirit of Ecstasy* sei ja leider unauffindbar verloren. Was Albert nicht zuletzt wegen des Namens bedauerte. Natürlich war auch dieses Manko ein kaufpreisminderndes Argument.

Mr. Black wiederum – das war Alberts Entgegenkommen, um den Inder nicht mit deutschen Konsonantenballungen zu behelligen – akzeptierte nicht nur den geforderten Preis minus Uhr und

Ecstasy, sondern trug auch die Kosten für das Gutachten zur Ermittlung des Silbergewichts durch den TÜV. Die natürlich rasch amortisiert wären; der Rolls war schließlich nicht Privatvergnügen, sondern Teil eines Geschäftsmodells. Und auch Albert hatte es eilig, die Verhandlungen zum Ende zu bringen. Antipathie ist ja häufig, wie die Liebe, ein gleichmäßig verteilter Affekt, und so hielt sich das Missfallen auf beiden Seiten des Verhandlungstisches die Waage. Albert empfand die hohe Inderstimme als Bohrer, der sich ihm durchs Trommelfell direkt ins Hirn schraubte und dort ein Zusammenzucken verursachte, wann immer Radja nach einer Pause wieder zu sprechen anfing; hatte er eine Weile gesprochen, trat eine Gewöhnung ein; aber weil immer wieder Höflichkeitspausen das Gespräch unterbrachen, vergaß Alberts Hörrinde das Gefistel wieder und zuckte jedes Mal neu. Ein böser Anziehungspunkt für den Blick war das lange schwarze Haar auf des Inders Nase. Eine Borste eigentlich. War er blind oder fand er das schön? Hatte er keine Frau, die ihn davon befreite? Nein, wahrscheinlich schwul, befand Albert, – bei *der* Klamotte! Geschäftsverhandlungen im weißen Nachthemd, bestickt und mit Stehkragen. Und auf dem Kopf ein weißes Schiffchen wie ein Küchengehilfe bei der Bundeswehr im ersten Lehrjahr.

Aber was interessierten ihn die sexuellen Vorlieben dieses Herrn. Lieber beschäftigte er sich mit dem Wagen, von dessen Besitz er nur noch einen Geldkoffer entfernt war. Max, den genialen, zwar gewertschätzten, aber wenig geliebten Bruder, hatte er von Anfang an in die Planung einbezogen: Mit ihm stand und fiel das ganze Vorhaben, denn Albert hatte allerlei Um- und Einbauten im Sinn, die sehr spezieller Natur waren. Gegenwärtig war er bei der Planung von Sitzvorrichtungen zur Damenbeglückung, bei denen jeder Rolls-Royce-Erbauer der Vergangenheit oder Gegenwart vor Abscheu erbleicht wäre. Und dazu brauchte es natürlich eine ganz neue Polsterung. Ohnehin war die ursprüngliche Lederbespannung der Sitze ruiniert. In den Garagen des Maharadschas haust wahrscheinlich eine Menagerie von heiligen Viechern, dachte Albert abfällig, und dank lebenslanger Schonfrist dürfen sie treiben, was ihnen einfällt – in einem Fahrzeug der Götter die antiken Polster zerstören, Vishnu strafe sie mit Reinkarnation als Nacktschnecken. Am Ende jedenfalls, wenn der Wagen in neuer und, dem Laienauge unsichtbar, raffinierter Pracht erstrahlte, wollte er die Silberkarosserie farblos lackieren lassen, und zwar um der optischen Wirkung willen, ohne zuvor die nahezu schwarze, aber nicht gleichmäßig gefärbte, gleichsam mit Edelpatina überzogene Silberoberfläche zu reinigen. Er war sicher, dass seine Ideen bei den Damen der Münchner Schickeria und der Sterntaler Millionärsumgebung nicht nur sehr gut, sondern auch in Windeseile ankämen. Denn genderbewusst, wie Albert war, zielte er mit seiner Personal- und Managementberatung keineswegs nur auf die vermögenden Männer, sondern auch auf deren reiche und gelangweilte Gattinnen und andere sexuell Vernachlässigte, die sich ausgefallene Vergnügungen leisten konnten.

Radja ahnte freilich nichts von solchen Plänen, er führte die Anweisungen seines Chefs aus, schielte nebenbei nach einer Wirtschaft in die eigene Tasche, was ein Grund war, weshalb er auf Barzahlung bestand, und schließlich arbeitete einer seiner 413 Verwandten beim Ausfuhramt: Dem schuldete er einen Gefallen.

Zunächst aber wurde der Kauf mit Handschlag besiegelt. Eine Kaufurkunde gab es immerhin; Mr. Radja versicherte ihm, dass er keinerlei Schwierigkeiten mit der indischen Bürokratie bekäme. Albert öffnete nun seinen Aktenkoffer und begann, von Radja scharf beäugt, Dollarpäckchen auf dem Tisch zu stapeln. Als er fertig war und den Koffer zuklappte, leerte Mr. Radja den restlichen Tee in die nächststehende Topfpflanze, läutete einer Schönen und ließ Champagner auffahren. Die Schöne schwebte herbei und servierte, von Albert lüstern beäugt, eine Sorte Champagner, die Alberts europäischem Gaumen noch unliebsamer war als der süßbittere Tee, aber der Liebreiz der Schönen war groß, und Geschäftsabschlüsse ohne Champagner waren nichts wert, sagte er sich und machte gute Miene.

Mit vorgetäuschter Herzlichkeit und echter Befriedigung auf beiden Seiten verabschiedete man sich voneinander. Albert ließ sich zu den Garagen begleiten, vor denen bereits ein Transporter mit geöffnetem Heck wartete, und überwachte die sachgemäße Verladung des Rolls. Er freute sich. Sein Herz schlug sehr hoch.

Unterdessen aber hatte Radja seinem Verwandten das verabredete Signal gegeben, woraufhin dieser die Ausfuhr des Rolls-Royce wegen einer fehlenden Exportgenehmigung blockierte, und als Albert Schwarz mit seinem Schatz im Hafen von Mumbai stand und ihn an Bord chauffieren wollte, fiel seine Freude erst einmal in sich zusammen und wich einer Beschimpfungsflut wider alle Inder. Es kostete ihn einen ganzen Tag und sehr viele Dollars, bis er die Genehmigung in der Tasche hatte. Für deren Erwerb immerhin erhielt er eine Quittung, was immer sie wert sein mochte, halbseitig in Sanskrit geschrieben und immerhin ganz dekorativ; vielleicht konnte man sie rahmen und zu Hause an die Wand hängen – scherzhafte Erinnerung an eine silberne Reise.

Herr Albert Schwarz, geschäftsführender PMS-Gesellschafter, wollte nichts wissen von den obskuren Kanälen der hiesigen Bürokratie, er wollte nur sein Auto an Bord des Schiffs begleiten und herzlich verabschieden und sich anschließend zum Flughafen bringen lassen. Keine weitere Nacht in Indien, er hatte übergenug von diesem Land. Dass die zwei Millionen Dollar nicht ganz vollzählig an den letzten Besitzer des Rolls flossen und dass Exportbürokraten, Schiffskapitäne und eine hierarchische Kette zunehmend subalterner, aber unverzichtbarer Bewacher an Bord extra bezahlt werden mussten, verstand sich. Es spielte keine Rolle. Glücklicherweise speiste sich Albert, der in punkto Geschäftsideen so fantasievoll war wie sein Bruder als Erfinder, seit einiger Zeit aus genügend Geldquellen, zumal solchen, von denen der Fiskus nichts ahnte, und der Schmerz war zu ertragen. Allerdings – dies als kleingeistige Privatrevanche – nahm er sich vor, dafür zu sorgen, dass hinfort jeder Inder unter den Gästen seines Etablissements etwas intensiver zur Kasse gebeten würde.

Wie es der Zufall wollte, saß er auf dem First-Class-Rückflug von Bombay, nein: Mumbai, über Frankfurt nach München neben einem Würdenträger der Katholischen Kirche. Man kam ins Gespräch. Man unterhielt sich über das explosive Indien, über das Kastenwesen, das längst abgeschafft gehörte wie die indischen Fürsten und deren Titel, man unterhielt sich über das großindustrielle Maharadschafossil, man unterhielt sich über Buddhismus und Hinduismus und die spirituellen Werte, die der abendländischen Zivilisation so bedauerlich abhandengekommen waren, man trank Whiskey und war sich sympathisch. Es wurde viel gelacht. Von den spirituellen Werten kam man zu den immer noch erhabenen, aber merklich diesseitigeren Werten wie den tantrischen Praktiken und der Unterweisung im Kamasutra durch qualifizierte Eingeweihte und schwenkte zuletzt, schon über Deutschland dahinfliegend, zu den eindeutig niederen materiellen Werten wie goldenen Badewannen und Luxuskarossen.

Man war sich so sympathisch, dass man kurz vor der Landung in Frankfurt Visitenkarten tauschte. Mit der Beiläufigkeit der Vertreter des internationalen Business-Jetsets, die sich eher teeren und federn lassen als so etwas wie Neugier zu bekunden, verschwanden die Karten in den Tiefen der Anzugtaschen. Erst später, bei der Verabschiedung im Flughafengebäude, sagte der Kirchenmann beschwingt: „Jetzt haben wir uns so prächtig unterhalten, und ich weiß überhaupt nicht, wie Sie heißen, ist das nicht sonderbar?“; und er zog Alberts Visitenkarte wieder hervor. Darauf stand schlicht: *Albert Schwarz, Personal- und Managementberatung Sterntal, Shareholder*. Dazu die Kontaktdaten.

Albert zückte seinerseits die kirchliche Karte und staunte. Auf violettem Karton las er, goldgeprägt, nur einen Namen: *Aurel Guldenschuh*. Kein Titel, kein Amt. Understatement? Oder war seine Karriere so steil, dass es sich nicht lohnte, die jeweils aktuelle Position zu vermerken? Er drehte die Karte um: Auf der Rückseite prangte ein Kruzifix samt Heiland. Es teilte die Karte in vier Sektoren, in denen Telefonnummer, Postanschrift, Mailadresse und Webseite standen. Über dem sehr realistischen Heiland stand, wie auf ein flatterndes Band gemalt: INRI. Was ist das denn, fragte sich Albert, der gänzlich unkirchlich sozialisierte, während er Herrn Guldenschuh scharf ins Auge fasste, um abzuschätzen, ob hier ein künftiger Stammkunde zu rekrutieren sei. Ein Geistesblitz streifte ihn, und er begann zu lachen. „Iris, Natascha, Rosi und Izabela!“, rief er erheitert. „Woher kennen Sie meine Mitarbeiterinnen?“

Guldenschuh sah ihn verständnislos an. Selbst als ihm der immer noch lachende Herr Schwarz mit kryptischen Andeutungen auf die Sprünge zu helfen versuchte, brauchte er lange, bis er zum einen verstand, dass Albert in der europäischen Geistesgeschichte gnadenlos unbewandert war, und zum anderen zu ahnen begann, dass sich hinter dieser Firmenbezeichnung möglicherweise etwas ganz anderes verbarg. Etwas Anrüchiges. Letzteres erzeugte auch in Herrn Guldenschuh eine gewisse Heiterkeit, in die sich hohes persönliches Interesse mischte.

Man verabredete ein informelles Telefonat in naher Zukunft.

1970, München, Quito, München

Es ist an der Zeit, dass wir uns einmal mit diesem Herrn Schwarz beschäftigen, denn er spielt in unserer Geschichte eine nicht unerhebliche Rolle – ist er doch der Erfinder einer multifunktionalen Geschäftsidee, die ihren Betreibern Reichtümer bescherte und sogar dem berlinbrandenburgischen Ministerpräsidenten Harald Welser hohe Bewunderung abnötigte und ihn zur Nachahmung anspornte, oder sagen wir: Sie inspirierte ihn.

Albert und sein Bruder Max waren Wunschkinder, lang ersehnt, lang erwartet, sorgfältigst geplant. Ihre Mutter, die, wenn sie konnte, nichts dem Zufall überließ und gern im Hintergrund an Drähten zog, hatte alles getan, damit ihre Söhne – denn Söhne mussten es sein – wohl gerieten und zu guten, schönen und klugen Menschen heranwüchsen. Die Mutter war eine sehr ernsthafte Astrologin, wenngleich ihr jüngstes Vorhaben dem wahren Wesen der Astrologie völlig zuwiderlief, aber sei's drum. Schon den Vater der prospektiven Sprösslinge hatte sie nach planetaren Kriterien gewählt, sodann den richtigen Zeitpunkt der Empfängnis bestimmt, nicht nur tages-, sondern minutengenau in Harmonie mit ihrem mondkorrespondierenden Zyklus – es war nicht ganz einfach gewesen, den Erzeuger für ihren Plan zu gewinnen und zur Kooperation zu überreden, doch ihr Wille siegte. Erst der eine, dann der andere Sohn wurden mit Liebe gezeugt und fürsorglich, nach dem neuesten Stand ihres Wissens ausgetragen, und als sie selbst sich gewiss fühlte und zum Frauenarzt eilte, der ihr auch prompt die erfreuliche Nachricht bestätigte, bestimmte sie sogleich die Sternenkonstellation zum vorausberechneten Geburtstermin an ihrem Wohnort.

Dem ersten Knaben verhießen die Sterne zum Zeitpunkt und am Ort der Niederkunft so wenig Gutes, dass sie Einfluss nehmen musste. Ihr Gatte war glücklicherweise vermögend genug, so dass sie hochschwanger, einen Monat vor dem erwarteten Termin samt ihrer Hebamme nach Quito fliegen konnte, um sich von dort aus mit Zug, Autobus und zuletzt Maulesel – eine einigermaßen beschwerliche Reise in ihrem beschwerten Zustand, doch sie nahm sie frohen Herzens und im ersten, zaghaften Vorgefühl des Triumphes in Kauf – in ein Dorf in den ecuadorianischen Anden zu begeben. Assistiert von ihrer Hebamme und einer kräuterkundigen Indiozauberin, die ihr einen halluzinationsfördernden, hauptsächlich aber wehenbeschleunigenden Saft einflößte, gebar sie ihren Knaben: Saturn stand im siebenten Sonnenhaus, Jupiter im vierten, der Mond schob sich seitwärts in die Bahn des Mars, und Venus lächelte wohlwollend dazu. *Just in time* hieße es heute – die junge Mutter dachte nicht in solchen Begriffen, sondern freute sich, dass sich alles auf Beste gefügt hatte. Sogar die Nabelschurdurchtrennung erfolgte in stellarer Harmonie.

Es hatte viertausend Jahre gedauert, bis Astrologen und Astronomen ihre Fachgebiete separierten, um fortan getrennt zu ackern. Bis aus Meteorologen auch Metronomen mit verlässlichem Zeitgefühl werden, kann es ähnlich lang dauern: Trotz vorhergesagtem Schönwetter hatte sich der Himmel, als Alberts Mutter niederkam, schwefelgelb und giftgrün verfärbt, Gewitter, Wolkenbruch und Hagelschlag erbrachen sich über dem kleinen Andendorf, und das Neugeborene schrie.

Alberts Mutter aber war glücklich. Den Säugling schützend an sich gedrückt, trat sie die Heimreise an. Alles ging gut, einen Monat später wurden Mutter und Kind vom überglücklichen Vater, den Ungewissheit und Sorge in den vergangenen Wochen fast ein wenig ausgezehrt hatten, in die Arme geschlossen. Eine Weile lebten die drei in Seligkeit. Doch es dauerte kein Jahr, bis sich ins Herz der Mutter ein astrologischer Zweifel fraß und sie endlich einsehen musste, dass die räumliche und zeitliche Platzierung des Kindes ins irdische und universale Geschehen nicht annähernd so gut gelungen war, wie sie geglaubt hatte: Schon in zartestem Alter erwies sich Albert als ebenso unansehnliches wie unangenehmes Kind, er war hässlich und wurde hässlicher, er wollte nicht recht wachsen und kompensierte seine Kleinheit mit Herrschsucht und täglichen Wutanfällen, als er zu pubertieren begann, ging gar nichts mehr in die Höhe, sondern nur in die Breite, und an seiner Stirn, die niedrig und fliehend war, bildeten sich Wölbungen, die sich bis zu seinem dreißigsten Jahr zu archaischen Wülsten auswuchsen. Aus kindlichem Speck wurde weiches Fett. Als im Biologieunterricht die Evolution des Menschen sowie allerlei Vor- und Nebenformen des heutigen Homo, des so genannten Sapiens etc. pp., vorgestellt wurden, begannen ihn seine Schulkameraden mit seiner herausgemendelten Neandertalerverwandtschaft aufzuziehen – seine Mutter, behaupteten sie grausam, habe ihm täglich ein rohes Kotelett um den Hals gehängt, damit wenigstens der Hund mit ihm spielte.

Davon war natürlich kein Wort wahr. Doch der Spott seiner Kameraden trug dazu bei, dass sein problematisches Wesen sich im Misanthropischen verfestigte und Albert schon als Jugendlicher mehr an Tausch- und sonstigen Geschäften interessiert war als an seinen Mitmenschen. Seine Mutter hatte die Drähte falsch gezogen und sich mit Zeitpunkt und Ort der Geburt vertan, die Eigenschaften, die sie eigentlich angestrebt hatte, waren mehr oder minder in ihr Gegenteil verkehrt. Ihre Bestürzung wuchs mit jedem Jahr. So viele vergebliche Mühen! – die Natur wirkte, zumindest in diesem Fall, unbeeinflusst vom menschlichen Willen, wahrscheinlich war die Massenanziehung zwischen Kind und Hebamme größer gewesen als die Gravitationswirkung sämtlicher Fix- und Wandelsterne auf das Kind, und dessen Charakter kam auf anderen Wegen zustande.

Zum Ausgleich war Albert, wie sich nach und nach erwies, maßlos schlau. Weil von Empathie wenig behindert, konnte sich seine Intelligenz ungehemmt in alle Richtungen ausbreiten. Auch war er von einer geistreichen Boshaftigkeit, mit der er als Erwachsener oft gut ankam: Er war kein erfreulicher Anblick, aber man lachte viel mit ihm. Eine weitere schöne Eigenschaft war der angenehme Bariton, der sich nach dem Stimmbruch entwickelte und ihm eine Telefonstimme bescherte, die ihm im Verein mit seiner Schlagfertigkeit und seinem schwärzlichen Humor manches Frauenherz gewogen machte. Wenn auch leider nicht unbedingt den dazugehörigen Leib: Die Enttäuschung folgte oft auf dem Fuße, auf beiden Seiten.

Die Idee, dass ein sonnenhelles Horoskop sich nicht mit Gewalt herbeiführen ließ, sondern womöglich höheren Ortes entschieden wurde oder dass überhaupt nichts entschieden wurde und die Sache einfach lief, wie sie lief, kam seiner Mutter zwar, doch war sie nicht gewillt, die Flinte darum ins Korn zu werfen. Sie, die Flinte, wurde aber sozusagen in den Gewehrschrank gestellt: Wegen der geringen Erfolge bei ihrem Ältesten wurde der jüngere Bruder Max zwar noch astrologisch günstig gezeugt und mit Messers Hilfe auch zeitlich optimiert in die Welt gesetzt, doch auf die geografische Feinjustierung verzichteten die Eltern. Max wuchs zu einem etwas hübscheren Knaben heran, war aber psychisch schwach und seinem schikanösen Bruder nicht gewachsen. Allerdings hatte auch er vom Schicksal einen gütigen Ausgleich erhalten: Schon früh zeigte sich bei ihm eine technische Begabung, die seine Umgebung vor Ehrfurcht erbleichen ließ. Er konnte kaum lesen, erlernte niemals eine Fremdsprache, und er dachte nicht in Worten und Sätzen, sondern in mechanisch bewegten Bildern, doch bereits mit zehn Jahren hatte er mit vorgefundenem Material aus dem väterlichen Keller sein erstes Windrad gebaut und befriedigte den Strombedarf seiner Familie fortan selbst. „Was für Kinder“, sagten die Freunde der Eltern hinter deren Rücken, „beängstigend eigentlich. Man will nichts mit ihnen zu tun haben.“ Und zur betrübten Mutter sagten sie: „Mach dir nichts draus, Alma. Schönheit ist nicht alles. Du hast zwei Genies aufgezogen! Sie werden beide Großes vollbringen.“

Nun ja. Sie wurden beide keine Professoren, Ministerialräte oder Bundeskanzler. Beide lehnten die Schule ab und mussten folglich auch das Studium ablehnen. Es ersparte ihnen die Mühen einer akademischen Ausbildung. Bei beiden blieb die Decke der Zivilisation dünn. Sie machten trotzdem ihren Weg: Der eine sprühte vor Geschäftsideen und wurde sehr reich, war auch trotz seiner mangelhaften Erscheinung in der Gesellschaft nicht unbeliebt; der andere legte eine Erfindung nach der anderen vor, konnte seine Konstruktionen dank seinen begnadeten Händen auch selbst bauen und wäre sehr reich geworden, hätte er sich nicht ständig um Gotteslohn von seinem Bruder einspannen und, ja, auch ausnutzen und – nun: betrügen lassen.

Sie waren eher krumm, die Wege, die sie zurücklegten, krumm wie ihr Charakter. Das kommt davon, wenn der Mensch glaubt, in die Natur eingreifen zu müssen.

Sonntag, 26.10.2014, Berlin

Einer, der auch sehr gern ins Schicksal eingriff, weil ihm als letzter Beweggrund allen Handelns das Hinterlassen dauerhafter Fußspuren galt, war – wir kennen ihn – Harald Welser, Ministerpräsident mit Drang zum Höheren und Neigung zu allem Schönen.

An einem herbstlichen Sonntagmorgen saß er mit seiner Frau Christiane – nicht so schön wie Madame du Rhin, für die er jüngst entflammt war, aber noch immer sehr ansehnlich und, vor allem, seine Vertraute und die einzige, deren Meinung er ernst nahm – in der Küche des gemeinsamen Berliner Hauses. „Haus“ ist natürlich untertrieben. Es war eine Villa am Wannsee, Jugendstil, zwölf Zimmer, teilweise mit der ursprünglichen Inneneinrichtung, die sich allen Kriegswirren und dem Zahn der Zeit widersetzt hatte, vier Bäder, diverse Wirtschaftsräume, zwei Hundehütten, ein Pferdestall, ein Gärtnerhäuschen; das ganze Anwesen war vor einigen Jahren aufwändig aus Treuhandmitteln renoviert worden und strahlte nun in aristokratischem Glanz. Im Übrigen wäre auch „Garten“ als Bezeichnung für die ringsum sich erstreckende Natur untertrieben: Es war ein Park, teils romantisch bewaldet, teils dem Welserschen Stilwillen unterworfen und so weitläufig, dass man eine eigene Jagd hätte einrichten können, und wirklich hatte Welser schon über die Ansiedlung von Damwild und Fasanen nachgedacht. Doch der Bau seines Opernhauses band vorläufig alle Energien, die ihm neben den Regierungsgeschäften, der Netzwerkerei, der Wagnerliebe noch verfügbar waren, und er musste sich – vorläufig! – mit der Schürzenjagd begnügen. Was ja kein Opfer war. Und Damwild wäre ohnehin besser als Damzahm benannt: Es lief nicht weg. Welser konnte warten.

In dem saalähnlichen Raum im Erdgeschoss, der eine Kombination aus Empfangs-, Wohn- und Esszimmer war, hielt sich der Hausherr nur in vielköpfiger Gesellschaft gern auf; war er allein mit seiner Frau, saß er lieber in der Küche, die mit ihren vierzig Quadratmetern die ideale Größe für ihn hatte. Aus der Soundanlage erklang die Meistersinger-Ouvertüre und versetzte ihn in erhabene Stimmung. Von seinen Mitmenschen empfanden die wenigsten die Wagnerschen Klänge als geeignete Frühstücksuntermalung, Christiane aber war nach anfänglichem Widerstand zwangsbekehrt, und die Tochter Franziska kannte es nicht anders und wäre nie auf die Idee gekommen, ihren Vater morgens mit dem quatschenden Dauerfrohsinn von Radiomoderatoren und der weltweit verwechselbaren angloamerikanischen Popmusik zu behelligen.

Diese geräumige, opernbeschallte Küche war eingerichtet wie der Traum jedes Profikochs. Die professionelle Komponente war notwendig, denn Welser hätte keinen Kochlöffel in die Hand genommen, und Christiane, Pathologin von Beruf und, wohl auch berufsbedingt, Veganerin, fand in ihrer Auffassung von angemessener Ernährung keinerlei Gemeinsamkeit mit ihrem Mann, weshalb für die Zubereitung der häuslichen Mahlzeiten stets externe Kräfte engagiert wurden; es kam nicht so häufig vor, man aß ja auch sehr oft auswärts, zwangsläufig. Küchenuntypisch war hier zweierlei: ein großer Flachbildschirmfernseher, der zu jeder Zeit, weil im N24-Dauerbetrieb, die Hausbewohner mit Nachrichten aus der Welt versorgte, und ein sehr großer, luxuriöser Vogelkäfig, fast eine Volière, mit kupfernen Futter- und Trinkschälchen, Badewanne, Bettchen, Schaukeln und Spielsachen und allem Sonstigen, was ein gezähmtes Vogelherz begehren kann. Hier residierten Honey und Money, zwei Schwarzpapageien. Auch zur Vogelhaltung in der Küche war Christiane zwangsbekehrt worden, aber es war ja genug Platz, so dass die geflügelten Freunde, wenn sie einer scharrenden, sandausstreuenden Bautätigkeit nachgingen, mit den Kollateralschäden ihres Kraftaufwands – Sand, Federn, Spielsachen, großräumig verteilt – weder Esstisch noch Arbeitsflächen erreichten. Und Christiane mochte die beiden inzwischen ganz gern, was sie allerdings nicht zugegeben hätte. Sie hatten durchaus Unterhaltungswert. Und waren zudem dank ständiger Nachrichtenberieselung gar nicht schlecht informiert über das Weltgeschehen.

„Alhamdulillah“, krähte Money, der seinen Namen nicht etwa seinen Anschaffungskosten verdankte, sondern Welsers gelegentlich durchbrechender bodenständiger Ader: Eigentlich hieß er Manfred. Leider hatte sich Christianes spöttische Proloversion Manni durchgesetzt, und Welser hatte, kleine Ehrenrettung, wenigstens deren schriftliche Form zu adeln versucht. Moneys Gefährte, der später gekommen war und nicht nur aus reimlicher Zwangsanpassung, sondern auch wegen seiner Vorliebe für Süßigkeiten Honey hieß, erwiderte darauf: „Afghanistan wird am Hindukusch verteidigt.“

Christiane lachte. „Die zwei sind heute ja wieder brandaktuell“, sagte sie, und Welser, der große Stücke auf die Intelligenz der beiden hielt – er pflegte seine ornithologischen Interessen mit den schlauen Schwarzpapageien zu begründen, die alles sahen und ihm in konzentrierter Form ihre Gedanken und Erinnerungen mitteilten –, stand auf und trat an den Käfig: „Hört doch richtig zu!“, sagte er. „Wozu lässt man euch den ganzen Tag das Neueste aus der Welt hören? Also, um was geht’s jetzt? Na?“

„Koooohle“, sagte Money leutselig, denn er freute sich immer, wenn sich eine Möglichkeit zum speziesübergreifenden Dialog ergab.

„Genau, um die Börsenkurse. Kluges Kerlchen. Der Dax ist wieder gefallen. Wahrscheinlich ist wieder mal irgendwo eine Immobilienblase geplatzt.“

Aus dem Dialog wurde diesmal nichts. Geistesabwesend reichte Welser dem Papagei seine Belohnung durch die Käfigstäbe, ein Stück Parmesan, das stets das Ende eines Zwiegesprächs bedeutete, und kehrte ihm den Rücken.

Als Welser an den Tisch zurückkehrte, war seine Stimmung jäh umgeschlagen. Hinter seiner sorgengefalteten Stirn stand derzeit kein ornithologischer Gedanke.

„Was ist los?“, fragte Christiane, die aufgestanden war, um das Frühstück mit zwei Tassen Espresso in ehelicher Eintracht zu beschließen, ehe sie wieder beide ihrer Wege gingen. „Läuft es nicht, wie es soll?“

Welser winkte stumm ab.

„Sag schon, was ist? Ärger mit der Geliebten?“

„Mit welcher Geliebten?“, fragte er. „Ach!“, schnaubte er dann. „Wenn's das wäre! Nein. Die Opposition verweigert mir den Nachtragshaushalt! Die wollen erst dann wieder Mittel freigeben, wenn ein aktueller Terminplan mit den weiteren Realisierungsschritten bis zur Fertigstellung von Berlin21 vorliegt, ferner ein belastbares Finanzkonzept mit detailliert ausgewiesenen Kosten, eine mittelfristige Liquiditätsplanung, und was weiß ich was noch alles. Ich muss dir nicht sagen, was das bedeutet. Natürlich fällt mir sofort die Hälfte der beteiligten Baufirmen aus, wenn ich nicht zahle. Bin sowieso scheußlichst in Verzug. Mir wird schlecht, wenn ich mir die Folgen ausmale. Lawine nichts dagegen.“

„Was wollen sie denn?“

„Wir müssen ihnen natürlich bei ihren ökologischen Lieblingsprojekten entgegenkommen. Hamster- und Krötenkram. Sie lassen sich alles bezahlen, jedes noch so winzige Entgegenkommen! Außerdem, und das ist leider nicht zu leugnen, sind wir bei der verfassungsmäßig maximal zulässigen Schuldengrenze angelangt. Mehr geht tatsächlich nicht."

„Und was wird jetzt?"

„Was soll werden. Wir rechnen ja schon die Einkünfte aus Prostitution, Drogen- und Waffenhandel in das Bruttosozialprodukt ein. Somit steigt die Verschuldungsgrenze. Trotzdem brauche ich unbedingt Geld! Sonst Bauruine. Und das geht ja wohl nicht bei einem Projekt dieser Größenordnung! Dieses Prestiges!"

„Ach, dein Operettenhaus …"

„Opern, Christiane, Opern. Berlin21 wird ein Opernhaus! Mir ist neulich eine kolossale Idee gekommen, wie sich durch schlichte, aber geniale Doppelnutzung des Gebäudes massenhaft Geld machen lässt, aber das kann ich dem Landtag erst verkaufen, wenn das Haus fertig ist und der Opernbetrieb läuft, quasi operativ ist."

„Ach ja?", fragte sie. „Was denn? Weitere Bühne und dann doch seichte Muse?"

„Nur über meine Leiche. Nein, was ganz anderes, da kommst du nie drauf, aber ich kann jetzt noch nicht drüber reden. Kennst mich ja, alter Aberglaube. Du erfährst es als Erste, sobald es spruchreif ist."

„Geht denn was auf offiziellen Kanälen? Lassen sich noch irgendwo Quellen erschließen?"

„Die Haushaltspolitiker bewilligen mir gar nichts mehr. Konkret geht es um die Freigabe einer Finanzspritze von 58 Millionen. Die Bedingungen des Haushaltsausschusses für die Freigabe weiterer Haushaltsmittel seien nicht erfüllt, sagen sie. Idioten! Hinter jedem Alleebaum in Berlinbrandenburg hockt inzwischen ein Polizist mit Laserpistole und treibt Kohle für den Staat ein. Ich hab alte Stasis zu Parkplatzkontrolleuren umgewidmet. Sie rennen uniformiert durch die Straßen, und in der Freizeit sitzen sie zu Haus hinter der Gardine und notieren Missetaten. Aber der Punkt der höchsten Effizienz ist bald überschritten. Bei noch mehr Strafe werden sich die Autofahrer am Ende doch zusammenreißen, und dann geht's wieder abwärts mit den Einnahmen! Bei der Tabaksteuer war's genauso: Erst bringen Steuererhöhungen mehr Geld, aber von einem gewissen Punkt an hören die Leute entweder tatsächlich zu rauchen auf, oder sie holen sich ihre Zigaretten aus Polen. Also das bringt nix."

„Froh kannst du sein, dass Steuerverschwendung nicht genauso bestraft wird wie Steuerhinterziehung. Fair wäre es", sagte Christiane. „Haben sich die Kosten nicht schon verfünffacht? Wenn ich richtig mitgezählt habe."

Sie hatte nicht richtig gezählt. Sonst hätte sie gewusst, dass es weitaus schlimmer stand. Sie hätte es wissen können, wenn sie mehr Anteil an den kulturellen Ambitionen ihres Gatten genommen hätte. Es interessierte sie nicht. Sie interessierte sich für Pferde und, allerdings nur beruflich, für Leichenteile, und den Wagner nahm sie missbilligend, aber protestlos in Kauf.

Welser zog es vor, diesen Aspekt nicht zu vertiefen. „Tja", sagte er ausweichend. „Aber was noch keiner weiß: Die Fundamente senken sich ab."

Christiane grinste. „Das ist doch fantastisch! Wolltest du nicht sowieso noch ein Stockwerk draufsetzen, damit wir mit Aussicht über die Schorfheide baden können? Wenn sich der Keller wegen sinkender Fundamente tieferlegt, bleibt die Höhe über Grund gleich, und du musst nicht schon wieder neue Bauanträge stellen. Äußerst praktisch, finde ich. Kostendämmungsmaßnahme. Da brauchst du nur ein paar zusätzliche Treppen, und fertig ist die Laube."

„Die Fundamente senken sich einseitig.“

Christiane kicherte albern. „Dann sollten wir das Teil umbenennen. Pisa21.“

„Schweig, Weib! Wir sind pleite!“

„*Wir* hoffentlich nicht… Was sagt dein Finanzsenator?“

„Dass wir pleite sind.“

„Schmeiß ihn raus.“

„Hab ich schon. Morgen wird er seinen Rücktritt erklären.“

„Wer wird Nachfolger?“

„Der Schulz.“

Christiane war empört: „Der Schulz, der neulich mit seinem Mann auf unserer Party war? Diese windige Type?! Emporgekommener Pädagoge von der Integrationsschule! Deutsch und Sport, wenn ich mich recht erinnere – hat mir sein Lebenspartner gesteckt. Wie wäre der denn als Finanzexperte qualifiziert?“

„Eben durch sein Nichtwissen. Ein Kopf, der wirklich Bilanzen lesen kann und Ahnung vom Bauen hat, ist in unserer Landespartei nicht mehr vorhanden, geschweige denn im Aufsichtsrat von Berlin21. Alternativ hätte mir der Pädagogenflügel der Partei Frau Dr. Başbakan-Nüsslein aufs Auge gedrückt, Sonderschullehrerin und Gewerkschaftsmitglied. Nüsslein! Eine ausgewachsene Nuss ist sie! Fragt sie neulich glatt, wann denn jetzt endlich Eröffnung ist. Als würde darüber nicht schon ausreichend in den Medien berichtet. Mittlerweile verschieben sich ja nicht nur die Eröffnungstermine, sondern sogar die Termine, zu denen die Eröffnungstermine bekanntgegeben werden sollen …“

Aus dem Vogelkäfig mischten sich die Schwarzpapageien ein. „Nüsse haben, Nüsse haben, Nüsse haben!“, zeterte es flügelflatternd im Chor.

Christiane griff zu ihrer Geheimwaffe. „Coq au vin!“, rief sie scharf, und das Geflügel verstummte.

„… außerdem habe ich interne Ermittlungen am Hals. Die sind auf Unstimmigkeiten bei den Gehältern aufmerksam geworden. Studentische Hilfskräfte seien wie Fachleute abgerechnet worden, vor allem bei diesen ewigen Nachträgen. So habe man angeblich höhere Monatssätze für die Dienstleistungen durchgedrückt. Natürlich lasten sie alles mir an. Einer muss ja verantwortlich sein, und das ist nun mal der Chef. Grauenhaft verfahrene Situation!“

„Ja, und jetzt?“

„Brauchen wir, ich sagte es schon, neue Finanzquellen. Und zwar schleunigst. Ich muss diese Nachtragskünstler Voith und Vasold bezahlen, das Land schuldet ihnen schon über hundert Millionen. Noch sind es nur Landesbürgschaften, aber irgendwann, in nicht allzu ferner Zukunft, kracht es. Eigentlich war ich immer überzeugt – und bin es nach wie vor –, dass sich schon eine Finanzierungslösung finden wird, wenn der Bau erst mal begonnen ist und es kein Zurück mehr gibt. Aber in letzter Zeit geht wirklich manches schief …“

„Wo, bitte, sollen diese ominösen Quellen denn sprudeln?“, fragte Christiane. „Deine geniale Zweitnutzungsidee hilft dir im Moment ja gar nichts.“

„Offen gestanden, sehe ich nur eine einzige Quelle. Und die sprudelt nicht freiwillig zu meinen Gunsten. Logan könnte sie mir erschließen.“

„Was? *Der*? Dieser zwielichtige dauerqualmende Amispion?“

„Ist er doch gar nicht. Also zwielichtig und dauerqualmend ist er wohl, aber kein Spion, sondern Regierungsmitarbeiter mit Immunitätsstatus. Ich muss ihn als notwendiges Übel akzeptieren. Mein Glück ist, dass er mir einen Gefallen schuldet.“

„Ah – die Sache mit den Guantanamos, die von Kuba ins rumänische Befragungszentrum über Tempelhof geschleust wurden? Der *Spiegel* hat dich damals ja ziemlich fertiggemacht.“

„Ja. Scheußliche Sache, wäre beinahe ins Auge gegangen. Aber dann hat er diese interessante Stasiakte aus dem Templinfund bekommen, und jetzt ist er wieder nett zu mir.“

„IM Pysikus?“

„Kein Kommentar.“

„Harri, mein Schatz, was hast du mit Logan vor?“, fragte Christiane so neugierig wie beunruhigt: Sie hegte einen tiefen Argwohn gegen diesen Logan. Schleimglatter Amerikaner, bei dem man nie wusste, für wen er arbeitete. Mal trat er als CIA-Mann auf, mal als Mossad-Offizier, mal schien er rein private Interessen zu verfolgen.

„Kann sein, dass sich über ihn eine Notfinanzierung aus dem schönen Bayern organisieren lässt. Quasi inoffizieller Länderfinanzausgleich. Man wird sehen, ob das geht – hoffentlich; es muss schnell gehen, Voith und Vasold sind bereits extrem ungemütlich. Logan kennt dort unten einen wohl recht einflussreichen Geschäftsmann, einen gewissen Schwarz, den ich angeblich schon mal in München getroffen habe, aber keine Ahnung, keine Erinnerung an den Kerl. Jedenfalls sagt mir Logan, dass dieser Mensch, der Schwarz, der am Sterntaler See sitzt und schwerreich ist, womöglich an einer Beteiligung an Berlin21 interessiert ist. Das wäre gut – ich muss mir dringend diese zwei Bauriesen vom Hals schaffen. Außerdem mache ich mir Sorgen wegen euch."

„Wirst du bedroht?", fragte Christiane, auf einmal sehr ernst. Von den Verbindungen der beiden Bauunternehmer zum internationalen organisierten Verbrechen hatte sie nicht nur gerüchteweise gehört.

„Nicht konkret. Voith ließ mir neulich ausrichten, ich hätte nicht mehr viel Kredit bei ihm. Wenn nicht bald Geld in seine Kasse fließe und ihm dann wegen momentaner Zahlungsunfähigkeit ein Großauftrag am Golf durch die Lappen ginge, sagt er, lässt er die Bombe platzen. Auch wenn er letztlich nur Staatsknete abzocken will, dürfen er und der andere Kartellbruder nicht insolvent gehen. Wenn die abstürzen, kann ich nicht nur mein Opernhaus vergessen – und du deinen Pool auf dem Dach –, sondern bin bei der nächsten Wahl weg vom Fenster, weil natürlich Tausende Arbeitsplätze in der ganzen Region auf dem Spiel stehen beziehungsweise flöten gehen. Ich bin dann aber nicht nur politisch erledigt, sondern auch als Privatmann. Details willst du nicht wissen. Aber wenn diese zwei Verbrecher auspacken, stehe ich mit einem Bein im Knast. Und es geht nicht nur mir allein an den Kragen: Der Kerl fährt noch eine Privatrache gegen mich, und gegen wen wird die sich richten, wenn ich im Gefängnis sitze?"

„Gegen uns. Franziska, mich."

„Du sagst es, meine Liebe."

Christiane war deutlich erbleicht. Sie ließ sich die Worte ihres Gatten durch den Kopf gehen. Dachte an Scheidung. Dachte an Flucht mitsamt ihrer Tochter. Beschloss vorerst, auf Logan zu setzen und zu hoffen, dass er Rat wusste.

Mittwoch, 11.2.2009, München

Mehr als fünf Jahre vorher war in Sterntal alles seinen Gang gegangen, Sorgen, wie sie Welser plagten, kannte man dort nicht. Ärgerlich war's, wenn eine bewährte Mitarbeiterin ausschied, weil sie sich verändern wollte, aber es kamen ja immer wieder neue – stets gab es mehr Interessentinnen, als Stellen frei waren, und Madame du Rhin konnte, auch bei ihren hohen Ansprüchen, aus dem Vollen schöpfen.

Der Ärztin Dorothea sind wir ja schon begegnet; sie hatte Welser bei seinem ersten Besuch im Sterntaler Etablissement als späte Lolita im Ärztedress beeindruckt, und er war nicht der Einzige, der sich beeindrucken ließ: Der Kreis ihrer Stammgäste war beachtlich. Wie aber war sie, die doch Ärztin war und kein Coach oder Personal Trainer der einen oder anderen Fachrichtung, zur Personal- und Managementberatung Sterntal gestoßen?

Nun: als Ärztin natürlich.

Madame du Rhin bestand bekanntlich darauf, dass die Gäste ihres Hauses sich vor ihrem ersten aktiven Besuch medizinisch untersuchen ließen, denn sie war der Überzeugung, dass ihre Mitarbeiterinnen – und sie selbst – mit allen größeren und kleineren Meisen, die ihre Gäste womöglich umtrieben, gut umgehen könnten, ansteckende körperliche Krankheiten hingegen ruinierten den Ruf eines Hauses im Handumdrehen. Dieses Risiko ging sie nicht ein, dagegen half nur Vorbeugen.

So hatte sie sich, schon ehe die PMS den Betrieb aufnahm, auf die Suche nach einer Ärztin gemacht, die willig war, die ärztliche Seite des vielfältigen Dienstleistungsspektrums, das ihr Etablissement anbot, wahrzunehmen. So viel musste es jedenfalls sein;

dass die neue Mitarbeiterin bei Interesse auch weitere Aufgaben übernähme, war wünschenswert und würde gegebenenfalls begrüßt.

Madames Mission war also eine delikate. Sie suchte lang; führte ungezählte Gespräche, und am Ende wurde sie dort fündig, wo sie es am wenigsten erwartet hätte, bei ihrer Hausärztin. Die hatte sich nämlich auf La Gomera zur Ruhe gesetzt und ihre Praxis einer jüngeren Kollegin verkauft, wovon Madame aber nichts wusste, denn den Termin für den jährlichen Check-up hatte eine Mitarbeiterin für sie vereinbart, und so war sie nicht wenig überrascht, als sie im Sprechzimmer keine liebe alte Bekannte vorfand, sondern eine Frau, die sie persönlich sehr wenig anziehend fand, aber persönliche Sympathien waren in dieser Angelegenheit ganz unerheblich. Madame war durch und durch Profi und ergriff sofort die Gelegenheit. Etliche Gäste ihres Hauses gerieten, das wusste sie, beim Anblick einer Frau wie dieser sofort ins Schwärmen: einem kindlich, ja knabenhaft wirkenden Körper nämlich, der mit einer durchaus gereiften Physiognomie einherging und einer nicht zuletzt mit der Art des Make-ups lauthals verkündeten Bereitschaft zu allerlei Schandtaten. Und die Anhänger dieses Typus scheuten keine Kosten, um sich von „einer Solchenen“, wie Madames bayrische Mutter despektierlich gesagt hätte, umfassend versorgen zu lassen. Eine Goldader. Mit wem wäre sie besser erschließbar als mit „einer Solchenen“.

Die Ärztin, deren kinnlanges dunkles Haar hauteng um den Kopf anlag, trug den weißen Kittel ihrer Zunft, die oberen drei Knöpfe standen offen und gönnten jedem Betrachter einen großzügigen Blick in schwarze Spitzenunterwäsche über sehr sparsamer Brust, und das Stethoskop, das sie um den Hals hängen hatte, lag so, dass sie es aus der Tiefe ihres Dekolletés ziehen musste, bevor sie es zu Abhörungszwecken einsetzen konnte – körperwarm. Ihre

Lippen waren blutrot, die Augen lagen in dunkelgrünen Seen, und wenn sie lächelte, zeigte sie viel Zahn. Unter dem Kittel trug sie kniehohe schwarze Stiefel mit einer umlaufenden Metallkette auf Höhe des Knöchels. Am Mittelfinger der linken Hand einen Ring, dessen Besatz kein edler Stein war, sondern ein weiterer, viel kleinerer Ring. An beiden Daumen einen breiten Reif mit abgerundetem Dorn. An ihrem nackten Hals allerlei Markierungen, deren Herkunft nicht mehr eindeutig war: Vor Tagen waren sie zweifellos violett gewesen, jetzt nur noch hellgrün und gelb mit verwischten Konturen. Und, fand Madame, man sah ihr an, dass sie Patienten lieber hatte als Patientinnen.

Die Voraussetzungen waren verheißungsvoll. Madame ließ sich abhören (mit körperwarmem Gerät) und den Blutdruck messen, spendete etwas Blut für diverse Laboruntersuchungen und gab Auskunft auf Fragen. Zum Beispiel die nach ihrer beruflichen Tätigkeit. Bereitwillig erzählte sie von der Personal- und Managementberatung Sterntal, verzichtete nicht auf die zu Humortestzwecken hinzugefügte Bemerkung: „Abgekürzt PMS, das kennen Sie ja von Ihrem Gebiet, allerdings steht hinter Ihrer medizinischen Abkürzung was ganz anderes als bei uns“, – beide lachten verständnisinnig, die Ärztin mit viel Zahn – und schlug dann, eben weil man einander verstand, jenen vertraulichen Ton an, der ihr das Geständnis ermöglichte: „In Wirklichkeit steht ja auch hinter der ‚Personal- und Managementberatung’ etwas ganz anderes … Interessiert es Sie?“

Im Raum knisterte es vor Spannung.

Und nach der Antwort der Ärztin, die mit einer eigenartigen Mischung aus Gleichgültigkeit des Tons und jäher Gier in der Miene „ja, sicher“ sagte, lehnte Frau du Rhin sich gemütlich zurück und berichtete mit einiger Ausführlichkeit und ihrerseits einer Mischung aus zwei Extremen, nämlich hohem Ton und kalkulierter Obszönität, von ihrem Sterntaler Etablissement, das, sagte sie, vor kurzem mit seiner kometenhaften Karriere begonnen habe.

„Kommen Sie doch mal zu uns heraus. Wenn Sie die Ausstellungsräume schon kennen, vereinbaren wir einen Abendtermin. Dann zeige ich Ihnen das, was die bürgerliche Museumsklientel nicht zu sehen bekommt."

Man verabredete einen Besuch in naher Zukunft.

Eine Woche später war Frau Doktor da. Den Ärztekittel hatte sie abgelegt, sie kam in enganliegendem, tief dekolletiertem Schwarz, mit viel funkelndem Metall geschmückt, die Hose aus matt schimmerndem Leder. Knabenhaft war nur ihre obere Hälfte, sah Madame jetzt: Von hinten präsentierte Dorothea unter der engen Rinderhaut eine Üppigkeit, die der weiße Kittel niemals hätte vermuten lassen.

Madame war recht angetan und ahnte, dass ihr die neue Mitarbeiterin bereits sicher war. Sie kredenzte den gewünschten Wodka und begann alsbald mit der Führung durchs Haus. Sie zeigte alle Räume, kommentierte die Möbelstücke, erklärte das Geschäftsmodell. Bot ihr eine Dauerstellung als Ärztin des Hauses an und beobachtete sie dabei genau. Selbstverständlich war Dorothea interessiert. Und durchaus nicht nur an der Stellung als Ärztin. „Wie weit soll meine Kompetenz denn gehen?", fragte sie, und Madame antwortete: „Darüber einigen Sie sich unter vier Augen mit dem Herrn, während Sie ihn untersuchen. Falls Sie sich mit ihm zum Sex verabreden, müssen Sie nur die Leistungen, die Sie dann erbringen, im Einzelnen festhalten. Sie sind völlig frei. Die ärztliche Untersuchung stellen Sie in Rechnung wie einem Ihrer Privatpatienten, alles darüber Hinausgehende regeln wir beide miteinander. Gehe ich recht in der Annahme, dass Sie Ihr Spezialgebiet bereits gefunden haben?“

„Ja“, sagte Dorothea freimütig, „früher habe ich öfter die Sub-Seite bedient, aber in der letzten Zeit war ich als Femdom aktiv und wundere mich selber, wieso ich nicht schon viel früher auf die Idee gekommen bin – das passt viel besser zu mir.“

„Ausgezeichnet“, antwortete Madame, „diese Funktion ist bei uns noch gar nicht besetzt. Es steht in Ihrem Ermessen, wen Sie lediglich als Patienten untersuchen und mit wem Sie persönlich ins Geschäft kommen. Ich freue mich, wenn meine Mitarbeiterinnen initiativ und fantasievoll sind.“

Die Bezahlung, erfuhr Dorothea, war exzellent; was bisher nur Hobby gewesen war, brächte fortan auch noch Gewinn. Die Freiheit, deren sie sich erfreuen sollte, war ein Traum: Als Ärztin musste sie nehmen, was kam; bei ihrer erweiterten Tätigkeit wäre sie frei, jedes Ansinnen abzulehnen, das sie nicht persönlich interessierte. Sie malte sich bereits aus, wie sie, weil die Finanzen endlich stimmten, ihre Kassenpatienten völlig abschob – „in den Wind schießen“ war die Formulierung, die sie gegenüber Madame gebrauchte – und nur ihre Privatpatienten behielt. Sie stellte eine Überschlagsrechnung an und wurde euphorisch: nur noch zwei, drei Tage die Woche als Ärztin, mehr Zeit brauchte es nicht, und zwei, drei Abende hier; dann wäre sie insgesamt nur die halbe Woche beschäftigt, hätte viel Zeit für sich, und die Praxis wäre dennoch bald abbezahlt. Und zur Krönung das nie versiegende sexuelle Vergnügen, die unschätzbare Abwechslung, die ihr neues Aktionsfeld bot, die große Auswahl und obendrein die Gewähr, dass keinerlei Gefahr für Leib und Leben bestand. Sie konnte ihr Glück nicht fassen.

Sie saß mit Madame in deren Büro in der ledernen Sitzecke. Champagner war das angemessene Getränk, um das Zustandekommen ihrer neuen Geschäftsbeziehung zu feiern. Madame war in Plauderstimmung und beschrieb der ebenso erheiterten wie vorfreudig erregten Dorothea den Kundenstamm der PMS.

„Unsere Gäste rekrutieren sich aus den gehobenen Schichten; andere könnten sich uns ja auch gar nicht leisten. Den Mainstream bedienen wir grundsätzlich nicht – die so genannte bürgerliche Mitte, das sind alles Kleinbürger im Geist, auch wenn sie reich sind; die sind geizig und haben sehr viel Angst vor der Ehefrau, sie streben nach gesicherten und harmonischen Verhältnissen, sind anfangs treu, halten sich später die eine oder andere Geliebte, wildern dabei aber vorzugsweise im Vorgarten, also im Freundes-, Bekannten-, Kollegenkreis, und falls sie sich trotzdem mal scheiden lassen, ist die neue Frau der abgelegten oft auffallend ähnlich, natürlich gern jünger und blonder und zwecks Zementierung sofort schwanger. – Dass sich so jemand zu uns verirrt hätte, habe ich noch nicht erlebt.

Die breite Masse unserer Kundschaft, das sind die Machos mit fraglosem Führungsanspruch. Sie sind sehr konservativ, kultiviert, sitzen unanfechtbar in ihrem Reichtum und wissen Kompetenz zu schätzen. Gern finanzieren sie eine junge Geliebte, aber die wird sofort abgeschafft, sobald sich ein Risiko für die Ehe abzeichnet, und das ist dann der Zeitpunkt, zu dem sie zu uns kommen. Wir bieten ja alles, den Komfort der Ehefrau, dazu das aufregend Neue, gehobene Unterhaltung und totales Entgegenkommen, die Erfüllung jedes Wunsches. Und das alles ohne Gefahr, dass ihnen die Gattin auf die Schliche kommt. Sie sind sehr gute Kunden, gut zu befriedigen, erwarten keine Sonderbehandlung, sondern konventionellen Sex, den allerdings ausgiebig und qualitativ hochwertig, was sie auch finanziell anerkennen. Durchaus großzügig. Diese Herren sind Geschäftsführer von Unternehmen, Vorstände, Politiker. Solang sie nicht zu viel Alkohol bekommen, sind sie friedfertig. Wenn es von Natur aus nicht mehr so geht, wie es nötig ist, helfen sie von sich aus nach, wir müssen uns da nicht groß bemühen. Unanstrengend und angenehm im Umgang. Unter Umständen ein bisschen langweilig. Aber: häufig Personen des öffentlichen Lebens. Hochrangige Politiker darunter. Der Ministerpräsident von Berlinbrandenburg zum Beispiel. Und Josef M. Bauer, der Ökopolitiker – die sind Stammgäste bei uns. Kurz und gut – Performer aller Art. Sie wissen schon."

„Performer", wiederholte Dorothea und lächelte versonnen. „In sexueller Hinsicht?"

„Eher nicht. *Leider* nicht, muss ich sagen. Die Geschäftsleute, die zu uns kommen, sind eher diejenigen mit einer ausgeprägten Affinität zu einer untergegangenen Fastdreiprozentpartei. Effizienzorientierte Leistungselite mit globalökonomischem Denken. Von unserem Herrn Schwarz – den Sie übrigens, wenn Sie wiederkommen, beim nächsten Mal persönlich kennenlernen –, von Herrn Schwarz also gelegentlich als ‚*fils de pute*' bezeichnet; dabei zählt er selber zu ihnen. Aber unabhängig von ihren sexuellen Vorlieben, ob verschroben oder nicht, legen alle unsere Gäste Wert darauf, dass ihre Gefährtin ihnen geistig gewachsen ist. Daher sind unsere Mitarbeiterinnen fast ausnahmslos Akademikerinnen."

„Aber", warf Dorothea ein, „es gibt sicher auch andere. Sie sagten vorhin, die Position der Domina sei noch zu besetzen. Da werden Sie ja eine entsprechende Nachfrage haben, oder?"

„Unbedingt. Manchen unserer Gäste haftet zum Beispiel eine leichte Weihrauchnote an: Die sind Ihre Kandidaten. Aber nicht nur, in diesem Bereich haben wir auch viele Unternehmer. Sehr reich natürlich – wohnen in großen Häusern, sammeln windige Berater, kritiklose Verehrer, geschmacklose Innenarchitekten um sich, leisten sich aber den größten Luxus, auch den einer großen Varianz an Sexualpartnerinnen. Typische Vertreter dieser

Sorte sind zum Beispiel zwei Berliner Bauunternehmer, die tatsächlich jede Woche bei uns sind, manchmal öfter – der eine kann anscheinend gar nicht mehr ohne uns. Sie sind erbitterte Konkurrenten, arbeiten aus Vernunft und Einsicht aber häufig zusammen, hassen sich trotzdem und wollen dem anderen schaden und sind sich doch ähnlich wie Brüder. Sie riechen gar nicht nach Weihrauch, sondern nach Geld, und das verdienen sie nicht nur mit lauteren Methoden. Im Umgang mit ihren Geschäftspartnern sind sie eiskalt und wahrscheinlich brutal, womöglich Verbrecher, aber uns geht das nur indirekt was an, denn bei uns wollen sie sich für ihre Bosheiten auf anderen Ebenen bestrafen lassen. Und sie sind nicht die Einzigen", fügte Madame hinzu. „Wir haben, wie gesagt, auch etliche Kleriker unter unseren Stammgästen, die es durchaus schätzen, beherrscht zu werden. Sehen Sie, Dorothea, wenn das die Sorte Männer ist, die Sie bevorzugen, werden Sie sich nicht langweilen."

„Sehr gut", sagte Dorothea. Ihre Finger zuckten kaum merklich. „Finden übrigens auch Gruppenaktivitäten statt? Ich liebe Sex mit zwei Männern auf einmal."

„Ja, natürlich. Was immer Sie wollen, wir kennen keine Tabus. Übrigens wollen sich manche unserer Gäste gern filmen lassen, zumal bei Orgien. Aber die Aufnahmen dürfen sie sich nur hier ansehen, wir geben grundsätzlich nichts aus dem Haus. Diskretion ist unser oberstes Gebot."

Sie hob ihr Glas. „Was meinen Sie, Dorothea? Sind wir uns einig?"

„Natürlich!", rief Dorothea fast unbeherrscht und fügte, leiser, hinzu: „Ich freue mich sehr. Wann kann ich anfangen?"

Mittwoch, 12.6.2013, Sterntal

Schon etliche Jahre ging Dorothea nun ihrer Sterntaler Nebentätigkeit nach, die schnell zu ihrem Haupterwerb geworden war – aus Leidenschaft. Das Medizinstudium hatte sie seinerzeit nicht aus Neigung, sondern aus Geltungswut aufgenommen; seitdem sie sich aber mit ganz anderen Methoden die dringend benötigte Anerkennung verschaffte, begegnete sie ihren Patienten mit wachsender Lustlosigkeit. Deren weibliche Hälfte suchte sie an Kollegen abzuschieben, die männliche hingegen prüfte sie auf Tauglich- und Brauchbarkeit als PMS-Kunden. Welser war von ihr untersucht und für ebenso gesund wie potent befunden worden, doch nachdem er sie gleich nach Erhalt seiner Unbedenklichkeitsbescheinigung, noch in ihrem Sterntaler Zweitsprechzimmer, von hinten genommen hatte, kamen sie kein zweites Mal zusammen; er wollte nicht mehr, weil ihm trotz der starken Erregung, in die ihn ihr Hinterteil versetzte, ihr herrschsüchtiges Wesen missfiel – leider ein verbreitetes Übel bei kleinen Ärztinnen! –, und sie lehnte ihn aus dem sozusagen umgekehrten Grund ab: Er ließ sich nicht dominieren. Wir sind nicht kompatibel, sagte sie, auf deren Nachfrage hin, ausweichend zu Madame.

Man ging einander fortan aus dem Weg.

Aber es gab einen Neuzugang, eine äußerlich und innerlich bemerkenswerte junge Dame aus Jever (bekannt durch das gute Bier, bekannter noch aus der nervtötenden Werbung für das gute Bier) mit Namen Gesa Hansen. Sie war am ganzen Körper naturblond und rosig und hatte schönes volles, hüftlanges Haar, das sie nach Timoschenko-Art geflochten um den Kopf schlang; bei Bedarf trug sie es auch offen. Ihr Haar war ein Trumpf. Auch ihre

Körpergröße: Mit 1,92 Metern überragte sie alle Gäste des Sterntaler Hauses außer zwei Berliner Bauunternehmern und, natürlich, Welser, der ihr stehend ins Auge sehen konnte. Und als er ihr zum ersten Mal in selbiges blickte (murmelblau), da konnte er nicht anders als sie zu umschlingen und an sich zu drücken. Sie war schmiegsam wie ein Kätzchen trotz ihrer Größe. Ihr Walkürenhaar, an diesem Tag offen, umwallte ihn, alle Dorotheen waren vergessen, und sogar der zwanghafte Eroberungsgedanke an Madame, der ihn bei keinem seiner Sterntaler Besuche aus seinen Fängen entließ, trat vorübergehend in den Hintergrund.

Man verabredete sich für seinen nächsten Aufenthalt hier.

Gesa Hansen hatte sich einen Künstlernamen zugelegt: Seitdem es sie – aus Liebe – in den äußersten Süden der Republik verschlagen hatte, nannte sie sich Roswitha Kirchschläger. In ihrem ursprünglichen Beruf war sie Ethnologin, hatte in den Nebenfächern Linguistik und Soziologie studiert und mit einer Dissertation des Titels „Die Ontologisierung des Dialekts bei den autochthonen Bayern und Bayerinnen“ promoviert, denn sie war seit früher Jugend für alles Bayrische entflammt. Nun ist Bayern schon lang keine Terra incognita mehr und seine Bevölkerung nach Jahrhunderten der Zuwanderung aus aller Herren Länder nicht das, was man unter einem unerforschten Naturvolk versteht, aber Gesa, oder Roswitha, zielte auf ebenjene autochthonen Reste in abgelegenen Gegenden, und daher war es folgerichtig, dass sie einen Mittenwalder liebte. Ihre berufliche Perspektive aber war trüb. Dann starb auch noch ihre Liebe infolge eines Fahrradunfalls im Karwendelgebirge, und sie musste sich neu orientieren. Eine Zeitlang verfasste sie, vermittelt durch ihren einstigen Doktorvater, Dissertationen für Politiker; diese Tätigkeit aber langweilte sie extrem, außerdem war das Wirken im Verborgenen ihre Sache nicht. Wie sie letztlich zu Madame du Rhin kam, ist unklar. Böse Zungen behaupten, sie sei an besagtem Unfall nicht unbeteiligt gewesen; sie habe aus Enttäuschung und Wut gehandelt. Wir wissen es nicht und wollen ihr nichts unterstellen: Juristisch gesehen, ist sie unbescholten. Tatsache ist, dass sie eines Tages als neue Mitarbeiterin der PMS begrüßt wurde und nicht lang danach dem Herrn Welser auf der Dachterrasse mit Seeblick wiederholt beilag.

Da die materielle Not nun bis auf Weiteres gebannt war, konnte Roswitha, von ihren Freiern liebevoll Rosi, auch Rosl genannt, ungehemmt ihren ethnologischen Privatstudien frönen. Eifrig übte sie den bayrischen Dialekt und sprach ihn so enthusiastisch, dass die Laute aus ihrem Mund auf nichtbayrische Gäste des Hauses faszinierend authentisch wirkten – besonders Welser geriet in Erregung, wenn sie ihre Sätze mit bedenkenlos, gelegentlich auch unpassend eingestreutem „mei“, „fei“ und „gell“ würzte und dem Partizip Perfekt die Vorsilbe nahm, wenigstens aber deren Vokal („I hob eam fei gliabt“, pflegte sie über ihren Verflossenen zu sagen: dialektal, um nicht zu sagen dialektisch einwandfrei; was sie aber nicht bedachte, war, dass das Wort „Liebe“ im Bayrischen als maßlos übertrieben empfunden wird und daher gar nicht vorkommt; man behilft sich anderweitig und ersetzt „lieben“ durch „meng“) („Meng?“, fragt der Nichtautochthone ratlos. Ihm sei geholfen: „mögen“!), trug immer Dirndl und manchmal auch zwei rustikale Blondzöpfe, stählte ihren Körper mit täglichem Schwimmen im See, auch bei Kälte und Regen, und erfreute ihre Besucher mit ihrem muskulösen, auffällig gelenkigen Hünenleib. Ihre größten Verehrer waren nicht die Jungen, Gleichaltrigen, sondern die durch permanenten Zugriff auf die Fleischtöpfe des Wohlstands gesättigten, ja eigentlich übersättigten reiferen Herren wie Welser: Für sie war Roswitha der reinste Jungbrunnen. Nicht nur auf der Dachterrasse.

Bei jenem ersten Mal aber, als sich ein violettsamtener Himmel wölbte und die Sterne diamanten funkelten und Rosi mit Welser allein auf dem Museumsdach kniete – mit weicher Unterlage, versteht sich –, sie auf allen Vieren und er über ihr, beide mit Blick auf den See und die fernen Lichter, die sich am Ufersaum spiegelten; als Rosi beim schaudererzeugenden Eindringen ihres Besuchers ein leiser Schrei entfuhr – wider Willen, muss man sagen, denn derlei verstieß eigentlich gegen das Ethos der Ethnologin, die beobachtet, ohne sich vom Gegenstand ihrer Forschung persönlich beeindrucken zu lassen –, als dieser Zeitpunkt gekommen war und der Mensch zum Augenblicke sagt: Verweile doch!, da begann sich Welser, ganz gegen seine Gewohnheit, zu zügeln und fing ein perikoitales Gespräch an.

„Erzählen Sie doch mal, Rosl, wie geht's Ihnen denn so im schönen Bayern, fühlen Sie sich wohl hier als Nordmädchen, das Sie sind? Was tun Sie in Ihrer Freizeit, steigen Sie auf Berge, jodeln Sie, gehen auf die Jagd, fraternisieren mit der einheimischen Bevölkerung? Diese sonderbare bajuwarische Sprache beherrschen Sie ja ganz famos, wie mir scheint!" Er hatte sie, das müssen wir hinzufügen, nach wenigen Sätzen aus ihrem Mund als Zugereiste enttarnt. Was ihn keineswegs, sie erheblich mehr störte.

„Ach", seufzte Roswitha und konnte im ersten Moment gar nichts sagen; dieser erstaunliche Mann, der sie von hinten einfing wie ein pelzarmer Bär, warm und stark und mächtig, umschlingend und unwiderstehlich besitzergreifend – er fühlte sich göttlich an. Zeus in Stiergestalt kam ihr in den Sinn; und als sie dann weitersprach, waren ihre Sätze rhythmisch zerstoßen. „Wissen Sie, wo ich am liebsten bin? … Auf Almen … Überall dort, wo es sommerfrischende Kühe gibt … ich liebe Kühe … Und einmal…" – die Geschichte entsprang ihrem unbezähmbaren Plauderdrang – „einmal bin ich am Morgen … nackt über eine taunasse Wiese gelaufen … Die Sonne war schon lang auf, … warf aber noch Schatten … übers Gras, in dem es funkelte … wie von lauter Bergkristall. Die Jungkühe sind ja … immer draußen, den ganzen Sommer, und ich hatte … in der Almhütte übernachtet …“

„Allein?“, fragte Welser interessiert von hinten. Beidhändig umfing er ihre Brüste, was ihn leicht aus dem Gleichgewicht brachte, auch sie geriet ein wenig ins Wanken, und der unsichere Untergrund eines rhythmisch bewegten, haarumflorten Frauenleibs befeuerte ihn derart, dass er wieder den Blick in die Ferne richten musste. Vorsichtshalber dachte er zusätzlich an seine noch immer unerfüllte Sehnsucht nach der Chefin des Etablissements; ein Gedanke, der als Wurm in seinem Herzen saß.

„Allein, ja … Aber warten Sie, die Geschichte geht … in eine andere Richtung … Ich lief also barfuß durchs Gras, das nass war und … nachtkalt, meine Füße waren davon schon … ein bisschen empfindlich, taten fast weh, … aber ich ging der Sonne entgegen, und die … war schon warm, weil es Juli war, … ein blanker Julimorgen, … *so* verheißungsvoll, der strahlende Himmel … und die Sonne auf … meiner Haut, über mir ein Raubvogel, der Kreise … im Blauen flog.“

„Komm zur Sache, Rosi“, sagte Welser, leicht entnervt.

„Ja, gleich, ich muss das … noch ausführen, Moment. Aus dem Gras also … steigt zarter Dunst, auch aus den kauenden … Kuhmäulern dampft es, … ich geh auf meine Lieblingskuh zu, Burgl heißt sie, … eine Schönheit, Tiroler Grauvieh … die Rasse, schwarze Augen, schwarze Wimpern, … rote Stirnfransen, das Fell … seidengrau schattiert, ein Pracht…gehörn – *das* sind Schönheiten, sag ich Ihnen, …das müssen Sie gesehen haben … gehen Sie mal mit mir auf die Alm? ...“

„Spinnst du, Rosi?! Ich will vögeln und keinen landwirtschaftlichen Vortrag hören! Halt endlich die Klappe und konzentrier dich!"

„Entschuldigung! Aber ich *muss* ... das noch fertig erzählen! Ich hab's gleich! … Also ich barfuß, Fußsohlen kalt, … schmerzempfindlich, eigentlich schon … ein bissel wie steifgefroren. Im nächsten Moment aber … dringt mein nackter rechter Fuß in etwas … Weiches, Warmes ein, so warm ist es, … dass es mir nach der Kälte fast … heiß vorkommt, ich sinke tiefer, … ganz langsam, es ist reine … Wonne, ich bin ganz umschlossen von dieser strotzenden, … schmatzenden Weiche und Wärme, … stelle den zweiten Fuß … gleich dazu, und wieder macht es … pflatsch, und das ist die Burgl … bei ihrem Morgengeschäft, einen Fladen … nach dem andern lässt sie ins Gras fallen, und ich hinter ihr, … pflatsch, das können Sie sich nicht vorstellen, … wie sich das anfühlt, … dieser Übergang von kalter Nässe mit spitzen Steinen dazwischen … zu diesem weichen, warmen, formlosen Brei, der einen packt … und umfängt und einsaugt, wie Morast, … wie Sumpf, wie Moor, aber besser, … weil es aus einem heißen … Körper kommt, weil es duftet nach Alm und … Sommer und Kuh, … ungeheuer ist das, es nimmt einem den … Atem, ich sag's Ihnen, und die höchste … Lust, Herr Welser, die höchste Lust ist … wenn es zwischen den Zehen heraufquillt …"

Um Himmels willen.

Dieses Bild, sinnliches Quellen zwischen Rosis Zehen, war zu viel; es brachte ihn um seine Beherrschung. Was schon kilometerweit herangerollt war, entlud sich jetzt mit einer Wucht, die ihm Hören und Sehen vergehen ließ. Was allerdings sehr zum Vorteil der übrigen Sinne gereichte – es zuckte und quoll und wollte kein Ende nehmen, Lava durchfloss ihn und breitete sich rotglühend aus, seine Brust weitete sich, er fühlte sich gottgleich.

Welser, hoch aufgerichtet, atmete tief aus geweiteter Brust, blickte hinaus auf den nachtschwarzen See, blickte hinab wie auf sein ihm untertanes Reich, und ließ den Strom fließen.

Auch Roswitha riss es unter seinen Händen hin, sie krümmte sich einwärts und hauchte: „Oh Gott!“

Ja, dachte Welser. Gott. Ja.

Ein letztes Mal bäumte er sich.

Dann ließ er von ihr ab. Sank auf den Rücken, streckte einen Arm aus und zog sie an sich. Sie lag neben ihm. „Du bist verrückt, Rosi, total unmöglich“, sagte er kopfschüttelnd, „an dir ist ein Adalbert Stifter verlorengegangen. Was für ein irres Geschwurbel.“

Rosi seufzte. Das irre Geschwurbel war doch ihr Alleinstellungsmerkmal. Aber das verstanden die Männer immer erst später. Mancher zu spät.

Es verging eine Zeit. Ein halber Mond warf sein Licht über den See, in der Ferne rief ein Kauz, und aus Welser tönte der Beginn eines Schnarchens.

Roswitha wollte den Abend nicht jetzt schon ausklingen lassen. Postkoitale Vertraulichkeiten kamen nicht infrage; also wurde sie sachlich. „Herr Welser“, weckte sie ihn, „darf ich was fragen?“

Welser schreckte auf. „Nur zu“, sagte er jovial.

„Sie sind doch der berlinbrandenburgische Ministerpräsident. Wie schaut’s denn aus mit der Arbeitslosigkeit in Ihrem Land?“

„Wollen Sie sich beruflich verändern?“, fragte er zurück. „Natürlich können wir eine Frau mit Ihren Fähigkeiten immer gut brauchen, aber ich rate Ihnen, bleiben Sie hier in Ihrem schönen Bayern. Sie haben den prächtigsten Arbeitsplatz hier, und Sie machen Ihre Sache ausgezeichnet. Ich kann mir schwer vorstellen, dass Sie es anderswo besser hätten."

„Nein, nein, ich will nicht weg, ich frag nur aus Interesse. Man hört und liest ja so allerlei von Berlin21. In der Presse steht auch viel Negatives. Aber so ein Projekt müsste doch ein grandioser Motor für die Region sein, vielleicht fürs ganze Land, sichert das nicht unheimlich viele Arbeitsplätze oder schafft sie überhaupt erst?"

„Doch, selbstverständlich. Erstens auf der unmittelbaren Ebene, nämlich bei den Bauunternehmen und ihren Zulieferern, und zweitens natürlich indirekt: Es reißt auch die Beamten aus ihrem Behördenschlaf und beschäftigt Heerscharen von Juristen. Deutschlandweit klagen Architekten, die bei der Ausschreibung leer ausgegangen sind – was glauben Sie, wie viele Menschen da in Atem gehalten werden! Sogar der Verband der Konzertveranstalter hat wegen unlauteren Verdrängungswettbewerbs beim Landgericht Klage gegen mein Land eingereicht. Begründung: Missbrauch von öffentlichen Subventionen. Beschuldigt bin natürlich ich persönlich, ich bin ja der Chef. Ha!"

„Was ist denn draus geworden?"

„Natürlich abgewiesen. Wie auch die tausend Protestversuche der Möchtegerns unter den Architekten. Was glauben Sie denn! Das Gericht verneint den Vorwurf, es finde eine unlautere Verdrängung anderer Anbieter statt. Die Kostenunterdeckung sei gerechtfertigt durch das Ziel Zuschauergewinnung mit niedrigen Preisen. Aus wirtschaftlicher Sicht sei es nachvollziehbar, dass Opern mit besonders zugkräftigen Sängern – ich sage nur Netrebko! Kaufmann! – ohne Kostendeckung angeboten würden, denn die positiven Nebeneffekte in Sachen Öffentlichkeitswirkung seien ja gar nicht hoch genug zu bewerten! – Meine Rede."

Roswitha verlor das Interesse. Sie gähnte und setzte sich auf. „Wie wär's, lieber Herr Welser – lieber Harald – mit einem zweiten Gläschen Champagner und einer zweiten Runde?", fragte sie lächelnd. „Haben wir's nicht wunderschön hier oben? Vielleicht hätte ich ja noch einen Stifter für Sie …"

Zwischenbemerkung

Liebe Leserinnen und Leser, gestatten Sie uns eine Zwischenbemerkung. Sie finden vielleicht, dass wir ganz schön viel auf diesem Sterntaler Etablissement herumreiten, dieser sogenannten Coaching-Agentur, die sich in einem berühmten Museum eingenistet hat; dass wir vor allem ganz schön viel auf diesen Sexgeschichten herumreiten. Haben Sie Nachsicht: So wird es nicht weitergehen. Es musste deshalb sein, weil zum einen die Personal- und Managementberatung Sterntal ein zentraler Schauplatz unserer Geschichte ist, an dem die handelnden Personen sich nicht nur verwöhnen und coachen lassen, sondern auch einander kennenlernen und wiedertreffen und fernab von unliebsamen Ohren ihre Ansichten diskutieren und das eine oder andere planen, womöglich in Synergie mit einem Gesinnungsgenossen; ist ja klar, wie das läuft, und warum auch nicht, es gibt alle möglichen Orte der Begegnung. Wir wollen Ihnen einfach schildern, was für einer dieser hier ist: Die hier herrschende Atmosphäre, dieses Neben-, zum Teil sogar Ineinander von Kunst & Design, Sex und Verbrechen, ist etwas sehr Besonderes, vielleicht Einmaliges. Wer es nicht selber erleben kann, soll zumindest lesend eine Vorstellung davon bekommen. – Und zum anderen musste es sein, weil wir Ihnen unsere Protagonisten ja erst einmal vorstellen wollen, Sie werden ihnen in dieser Geschichte und deren Fortsetzungen immer wieder begegnen, und wo lernt man jemanden besser kennen als in einem Umfeld, in dem der Mensch so schnurstracks auf den Kern seines Wesens zusteuert wie in einem Bordell; das gilt übrigens für beide Seiten der finanziellen Transaktion, die ja integraler Bestandteil aller dort stattfindenden Wechselwirkungen ist. Ah, ein weites Feld, die Institution des Bordells! Aber wir haben nicht die Absicht, über das Bordell als solches zu philosophieren, sondern werden Ihnen, liebe Leser und -innen, mehr und anderes erzählen als ein paar Sexgeschichten. Sollte Sie also während dieser ersten Seiten ein gewisses Befremden beschlichen haben, verzagen Sie nicht! Es kommt anders. Und schlimmer. Das Sinnen und Trachten des Menschen beschränkt sich ja keineswegs nur auf Sex. Leider, mag man hinzufügen. Eine Bonobo-Gesellschaft ist unvergleichlich friedlicher als eine menschliche. Vielleicht langweiliger.

Harald Welser jedenfalls, einer unserer Stars, wenn nicht *der* Star, ist nicht langweilig, er hat auch jenseits seiner polygamistischen Meise vieles zu bieten. Er hinterlässt bleibende Spuren. Er ist Machtmensch, Drahtzieher, Protagonist auf jeder Bühne, die er betritt (und das sind nicht wenige), Eroberer der holden Weiblichkeit, aber auch in der männlichen Hälfte der Bevölkerung hat er viele Anhänger, ja Jünger, und er selbst mag sich als Gott fühlen – in unseren verbreitet gottlosen Zeiten sieht man ihn eher als Cäsar. Er kommt, sieht, siegt. Meistens jedenfalls – wir wissen, dass ihm nicht alles so vorzüglich gelingt, wie er es geplant hat, aber das dürfte an der Vielzahl der Bühnen liegen, die er bespielt. Sogar ein Cäsar verzettelt sich gelegentlich, wenn er es übertreibt mit der Multifunktionalität.

Im Übrigen – dies aber wirklich nur nebenbei: nur um Ihnen vor Augen zu führen, welche Kreise dieser Welser zieht, egal, welche Bühne er betritt – hat er einen neuen Trend in die Welt gesetzt, der nicht nur die PMS, sondern bereits den Landkreis Sterntal ergriffen hat, derzeit nach München überschwappt und auch anderswo erste Wurzeln treibt: blaue Brustwarzen. Nein, nein, nicht durch Misshandlung gebläut, sondern gefärbt. Das kam so: Vor Rosi verkehrte Welser, wenn er in Sterntal war, gern mit deren

Kollegin Iris, und die kam wie er aus Berlin und war die Tochter eines verhinderten Künstlers, der das Überleben seiner Familie mit einem Geschäft für Künstlerbedarf sicherte; das ging mit der Zeit ganz gut, sehr viel besser als die Kunst. Und weil er aus stürmischen Jugendzeiten Kontakte nach Afghanistan unterhielt, importierte er auf diesem Weg hin und wieder echten Lapislazuli, den er als Pigment zu verschiedenen Malfarben verarbeitete, unter anderem zu einer in Künstlerkreisen berühmt gewordenen Tempera. Seine Tochter wiederum ergriff nach diversen im Sand verlaufenen Studien- und Ausbildungsanläufen den Beruf, den sie heute ausübte, und weil sie das ästhetische Empfinden ihres Vaters geerbt hatte, verwendete sie viel Sorgfalt auf die Gestaltung ihres Äußeren. So trug sie unter anderem ihr langes Haar in einem sehr schönen Kunstblond, ließ ihr Achsel- und Schamhaar wachsen, wie es wollte, allerdings ebenfalls aufgeblondet, und färbte sich passend dazu die Brustwarzen mit der ultramarinblauen hautfreundlichen Temperafarbe aus der Produktion ihres Vaters, manchmal bemalte sie auch andere Körperteile damit, und immer machte sie mit ihrer blond-blauen Farbkombination Furore. Besonders Welser war beeindruckt, und hätte ihn nicht Rosi – die er natürlich längst zu blauen Brustwarzen überredet hat – in Bann geschlagen, so wäre er allein um des Farbeffekts willen bei Iris geblieben; dass er allen Damen, mit denen er verkehrte, von diesem leuchtenden Blau vorschwärmte, ist nicht nur eine Hommage an seine verflossene Gespielin, sondern hat auch ihrem Vater einen neuen Markt erschlossen: Wie man hört, greift der Trend rasant um sich, auch in Berlin gibt es bereits die ersten Anhängerinnen der Lapislazulibemalung. Ganz schön eigentlich. Mal was Neues nach der jahrzehntelangen Tattoo- und Rasiermanie.

Nach Sterntal war Harald Welser durch einen Parteifreund gekommen, und seitdem er dort als Stammgast verkehrte, stand er plötzlich mit Kollegen und Geschäftspartnern aus Berlin und der halben Welt auf eigentlich unangenehm vertrautem Fuß – man freut sich ja nicht unbedingt, wenn man ins Intimleben von Menschen Einblick gewinnt, denen man schon in Konferenzräumen ohne Freude begegnet; und dort, wo man sich freuen könnte, weil einem die Kenntnis privater Details theoretisch eine gewisse Überlegenheit in geschäftlichen Angelegenheiten einbrächte, hilft es einem in der Praxis eben doch nichts, weil man leider selber im Glashaus sitzt und froh sein muss, wenn privates Treiben privat bleibt. Den Herrn Welser störte es allerdings nicht, wenn Geschäftsfreunde und -feinde von seinen nächtlichen Aktivitäten am und über dem Sterntaler See erfuhren, er hatte hier nichts zu verbergen: Die PMS zählte nicht zu den verbergenswerten Baustellen seines Lebens, deren Hintergründe er vor den Flutscheinwerfern des medialen Interesses geschützt wissen wollte, sie war überhaupt keine Baustelle, sondern bot Entspannung, Inspiration, Kontakte der vorteilhaften und der beflügelnden Art – kurz, den Kollateralnutzen, der einem Mann seines Formats und seines Weitblicks unverzichtbar ist.

Es gab andere unter den Sterntaler Gästen, denen das Verbergen zweite Natur war; die aus Prinzip desinformierten und verschleierten und alles, was ihnen begegnete, zumal wenn es andere Leute betraf, auf seine Verwendbarkeit für eigene Zwecke prüften. Eine solche Gestalt war Josef M. Bauer, auch er Politiker, Bundestagsgrüner sogar – aber grün war er nicht aus weltanschaulichen, sondern aus Nützlichkeitserwägungen: In der Ökopolitik, fand er, konnte man einen wie ihn noch brauchen.

Als er erstmals in Sterntal auftauchte, war die Verwunderung allerdings groß. Er hatte jüngst dem *Spiegel* ein Interview gegeben, in dem er sich geoutet hatte – „vom anderen Ufer“, sagte er charmant altmodisch, und fügte errötend eine Kürzestvorstellung seines neuen Lebensgefährten hinzu, eines niedersächsischen

Ökolandwirts, der eine Herde nicht nur freilaufender, sondern sogar behornter Kühe sein Eigen nannte.

Alles Lüge. Den Landwirt gab es zwar, auch seine Kühe, und er hatte tatsächlich keine Gattin-samt-Nachwuchs. Aber eine Liebste hatte er, die auf dem Hof mitarbeitete und – gegen eine kleine Gratifikation – zu ihrer medialen Zweckentfremdung als Magd gute Miene machte; und überhaupt war der Tierfreund und Biobauer Josefs Vetter und hatte sich aus Freundlichkeit und Subventionsbedarf bereit erklärt, den Zirkus mitzumachen. Denn wie Rosi in einer Pause zwischen einem Berliner und einem Hamburger (sie hatte das Gefühl, dass sie speziell auf Nordmänner anziehend wirkte; die bayrischen Ureinwohner verkehrten entweder nicht bei Madame du Rhin oder – so Rosis jüngster Verdacht – wurden absichtlich von ihr ferngehalten, damit ihr bayrisches Flair nicht zerstört würde: Dem autochthonen Muttersprachler hätte ihre Fiktion ja nicht standgehalten) – wie Rosi also von ihrer Kollegin Izabela erfuhr, als sich die beiden, restauriert und frisch gestrichen, eine Pause in der Lounge gönnten und sich Cocktails servieren ließen, hatte sich Josef M. Bauer der Öffentlichkeit in nutznießerischer Absicht als schwul präsentiert.

„Hat das wieder sein müssen!“, kommentierte Rosi kopfschüttelnd. „Muss heutzutage jeder Politiker hinausposaunen, mit wem er sich nachts ins Bett legt?“

„Ja“, sagte Izabela. „Das ist doch das Einzige, was die Leute interessiert. Unser zotteliger Herr Bauer allerdings tut es nicht nur, um sich interessant zu machen und weil der Normalo in gewissen Kreisen automatisch als Spießer gilt. Sondern es gibt in seiner Partei wohl Quoten für alles, Schwule, Lesben, Transsexuelle – auch Frauen! –, und anscheinend war in der Schwulenfraktion noch ein Platz frei. Sicher wäre er auch als Lesbe gegangen, wenn sein Bauch nicht so typisch männlich wäre. Und weil er’s anders zu keinem Platz an den Fleischtöpfen gebracht hat, hat er sich halt offiziell zum Schwulsein entschlossen. Auf der Karriereleiter dürfte es ein Upgrade gewesen sein.“

„Und was“, fragte Rosi, „wenn ihn jemand verpfeift? Es ist ja nicht unwahrscheinlich, dass er hier mal einem Bekannten über den Weg läuft.“

Izabela zuckte die Achseln. „Der ist doch nie um Ausreden verlegen. Und schräge Ideen hat er ja, das muss man ihm lassen. Sein Busenmemory hast du noch nicht mitgemacht, oder?“

„Wie bitte?“, fragte Rosi entgeistert. „Was ist das denn?“

„Das hat er erfunden. Sein Spiel. Wenn er einen Besuch bei uns plant, fragt er vorher bei Gleichgesinnten an, ob vielleicht jemand mit ihm spielt. Dafür lässt er einiges springen, so toll findet er das. Denn es müssen ja mindestens fünf von uns antanzen! Er hat sich dafür eine Spezialburka ausgedacht, die alles verhüllt, aber den Busen freilässt, und dann stehen wir da, fünf Gespenster in Ganzkörperschwarz, aber barbusig, und er tritt gegen einen oder mehrere Konkurrenten an. Es gibt verschiedene Schwierigkeitsgrade, die auch verschiedene Preise haben – Busen mit Gaze verschleiert, vergittert, halbnackt, ganznackt; nur Anschauen, blindes Befühlen, Fühlen-und-Schauen, Beriechen ohne Anfassen … Solche Sachen. Er gewinnt immer. Allein daran siehst du, dass er unmöglich schwul sein kann.“

Was Izabela nicht wusste und was sie, hätte er es ihr verraten, nicht im Geringsten interessiert hätte, denn sie war Schlimmeres gewöhnt, das war die Herkunft der Euros, die Herr Bauer für sein Hobby berappte. Sie stammten nicht aus seinem regulären Abgeordnetengehalt, sondern kamen nur mittelbar vom deutschen Steuerzahler, nämlich aus Bauers diversen Nebenjobs. Er war etlichen

Unternehmen als Berater verpflichtet, sprich: Schnittstelle zwischen Politik und Industrie.

Zu diesem Zweck hatte er sich Spezialgebiete und Lieblingsthemen zugelegt. Eines war – dies nur als Beispiel, damit sich der geschätzte Leser eine Vorstellung von Herrn Bauers nutznießerischer (man kann es tatsächlich nicht anders nennen!) Gesinnung machen kann – das besonders vom katastrophenbewegten linken Flügel seiner Partei immer wieder beschworene virtuelle Wasser. Es weiß ja jedes Kind, dass bei der Produktion einer Jeans rund achttausend Liter Wasser verbraucht werden. Der Bauer-Flügel nun wollte wählerwirksam einen Ausgleich schaffen, zumal das wertvolle Nass meist aus den mageren Vorräten unterentwickelter und notorisch wasserarmer Länder stammte. Die Industrie war nicht abgeneigt, und unser Josef entwickelte einen Ausgleichsvorschlag, der auf einem durchaus innovativen Zertifikatesystem beruhte. Anders als bei den Gratiszertifikaten für die CO_2-Massenerzeuger, die das ursprünglich sinnvolle Modell zur Klimarettung durch Verringerung der Treibhausgase erfolgreich unterminieren, sollte es bei Josef M. und seinen Mitstreitern einen Zertifikateausgleich geben: Jedes einzelne Land, so die Forderung, musste eine ausgeglichene Wasserbilanz vorweisen können. Findige Industrielle waren daraufhin auf die nicht minder klimasabotierende Idee gekommen, die Automobil- und Waffenexporte gegen die Textilimporte aufzurechnen. Die Herstellung eines einzelnen Autos verschlingt nur rund 300 000 Liter Wasser, für einen ausgewachsenen Kampfpanzer aber braucht es das Fünfzigfache. Wenn man nun die Waffenexporte an menschenrechtsverachtende Autokratien in ariden Wüstenregionen in die Kalkulation aufnahm, so war nicht nur die deutsche Bilanz ausgeglichen, sondern auch das Wasserproblem der Entwicklungsländer rein rechnerisch gelöst. Zwar dürsten Mensch und Tier nach wie vor, und das weltweite Klima wird keineswegs besser, hochwertige Kampfpanzer aber verleihen religiösen Ansichten erheblichen Nachdruck und eröffnen die Möglichkeit, Interessenskonflikte mit den Nachbarländern in öligen wie anderen Fragen auf breiter Basis auszutragen.

Was ist gegen Kampfpanzer als Argumentationsverstärker bei religiösen Auseinandersetzungen einzuwenden? Nichts. Lästige Journalisten pflegte Herr Bauer mit einem unwiderleglichen Zirkelschluss abzukanzeln, den er von seinen arabischen Freunden übernommen hatte: Wenn zur Klärung der Frage, was der rechte Glaube denn sei und wie er zur größtmöglichen Verbreitung fände, Panzer eingesetzt werden, dann deshalb, weil es Allah so gefällt. Gefiele es ihm nicht, so hätte Er die Wüstenländer nicht mit dem Öl gesegnet, mit dem man, unter anderem, all die Leoparden, Füchse und Dingos bezahlen konnte.

Dies aber nur nebenbei. Es liegt uns fern, uns hier über Gebühr mit theologischen Spitzfindigkeiten aufzuhalten. Wir befinden uns, derzeit und immer noch, in einer ganz untheologischen Einrichtung, die sich euphemistisch Personal- und Managementberatung nennt, und dort verkehren Personen, die bei unserer Geschichte auf die eine oder andere Weise ihre schmutzigen Hände im Spiel haben. Hätte Josef M. Bauer (wofür steht eigentlich das M? Mobutu? Muammar? Molotow?) als Ökopolitiker nicht dafür sorgen sollen, dass die Industrie von solchen verwerflichen Vorhaben Abstand nimmt? Als Ökopolitiker vielleicht; aber er identifizierte sich, nicht zuletzt aus finanziellen Gründen, mehr mit seinem Schnittstellennebenjob als einer im Grunde mediatorischen Tätigkeit, deren Zweck es war, den politischen Spitzen seines Landes die Interessen der wirtschaftlichen Spitzen als alternativlos nahezubringen. Und er machte seine Sache so gut, dass er nun Teile des Jahres in einer hübschen Villa in der Toskana verbringen konnte, die, weil sie ihm gehörte, vererbbar gewesen wäre. Auf die Erben aber musste er aus den bekannten Gründen verzichten.

Dort jedenfalls pflegte er sich von seinem ausgefüllten Leben zu erholen. Die Villa stand nahe Amperra inmitten sanfter Hügel, verfügte über einen eigenen Weinberg, einen eigenen Olivenhain, ein eigenes Schwimmbad und war von keiner Google-Such-und-Finde-Funktion erfasst. Dies verdankte Herr Bauer nicht etwa politischer Hebelwirkung auf amerikanische Überwachungskonzerne, sondern einer diskreten Politfreundschaft mit einem Piraten, der, natürlich, IT-Spezialist war und gegen eine kleine Gratifikation und den einen oder anderen Italienurlaub dafür sorgte, dass Josef M. Bauer nicht nur vor Einbrechern und Finanzbeamten Ruhe hatte, sondern auch vor alten und neuen Toskanafraktionen aus der Heimat.

Im Grunde hätte alles so gut sein können … hätte sich nicht Herr Bauer immer wieder selber ein Bein gestellt. Zwar war sein fiktives Coming-Out wie geplant verlaufen, doch in der Toskana wäre er beinahe nicht nur gestolpert, sondern gestürzt. Und am Ende stürzte er wirklich und stand nicht mehr auf. Aber der Reihe nach.

Ein Fotograf, der im Auftrag einer links-alternativen Ökozeitschrift unterwegs war, hatte ihn beim Ferrarifahren erwischt und dokumentiert – exzellentes Foto übrigens; das war unverkennbar er, Josef M. Bauer, auf einer Gebirgsstraße zwischen Himmel und Meer, wie ein Pfeil in den Sonnenuntergang zielend: sein Auto, sein Profil, sein wehendes Langhaar, seine triumphale Miene. Es folgte ein hämischer Artikel über Opportunisten mit grünem Schutzanstrich, und als Josef Bauer hinterher auf eine Gegendarstellung pochte und einen Mitarbeiter der Zeitschrift in sein italienisches Landhaus einlud, konnte er wieder mal seinen Stolz auf das Erreichte nicht bezwingen, musste mit seinem Luxus prahlen und fuhr den besten Barolo auf, dazu Wildschweinschinken, Bärenblutwurst, Trüffelpastete, hundertjährigen Käse, Grappa im Wert von zehn Euro der Tropfen … Genug; es kam, wie es kommen musste, der Journalist, von einer Ferrariprobefahrt über toskanische Maultierpfade zurück, sprach den Köstlichkeiten zu, man verstand sich, man betrank sich, und Bauer ließ sich zu allerlei Bemerkungen hinreißen, die er später bereute, etwa dass die Menschheit ohnehin nicht eher ruhen werde, als bis der Erde auch der letzte Tropfen Öl, das letzte Körnchen Kohle abgepresst seien, und dass es ihm persönlich herzlich egal sei, ob das Ende der fossilen Energie in zehn, fünfzig oder hundert Jahren käme, die entstehende Menge an Treibhausgasen sei dieselbe. Außerdem müsse er ja mithelfen, das restliche Erdöl schnellstmöglich zu verbrauchen, um den Ausbau der regenerativen Energien voranzutreiben, denn nur aus dem Mangel heraus entstünden echte Kreativität und wirklicher Entscheidungsdruck.

Unrecht hat er damit ja nicht, der Herr Bauer, jedenfalls was die Not als Antrieb des menschlichen Erfindergeistes betrifft. Seiner Wählerschaft aber war solche Kaltschnäuzigkeit schwer zu vermitteln, parteiintern gab es kolossalen Ärger, und er hätte um ein Haar seinen nutznießerisch erbeuteten Listenplatz wieder eingebüßt, ja er sah sich schon genötigt, seine eigene Kreativität zu bemühen, und zwar auf existenziellere Weise als für die Erfindung läppischer Pornospiele – hätte nicht einer der bedeutendsten Sponsoren der Partei, ein ebenso erfolgreicher wie spendabler Automobilhersteller, mit Entzug der regelmäßigen Zuwendungen gedroht.

Also Kommando zurück. Nach einer Beschwichtigungsaktion in der Presse – natürlich war alles ganz anders gemeint! – gelang es dem weitgehend rehabilitierten Herrn Bauer, sich eine Weile bedeckt zu halten. Bis ihn ein Skandal ereilte, der mit seinen Kerngebieten gar nichts zu tun hatte. Entsprechend empört war er und gebärdete sich als verfolgte Unschuld. Es half ihm nichts; als

Politiker war er erledigt, die Wirtschaft wollte ihn nicht mehr, und er stand vor der Wahl, entweder in die Karibik zu fliehen, wo er eine Handvoll Dollars gebunkert hatte, oder auf seinen Weinberg zurückzuweichen und sich fortan bodenständigeren Tätigkeiten zu widmen.

Was hatte ihn zu Fall gebracht?

Geduld, liebe LeserIn. Wir können nicht vorgreifen.

Donnerstag, 9.7.2015, München

Wir können uns aber auch nicht immer nur an den Lustbarkeiten erfreuen, die zu nachtschlafender Zeit auf den Dächern und in den Räumen multifunktionaler Museen stattfinden. Die Geschichte, die hier erzählt werden muss, hat einen Brennpunkt, ohne den sie nicht geworden wäre, was sie ist: Sterntal. Und in Erweiterung jene Stelle am gegenüberliegenden Ufer des Sterntaler Sees, an der drei Wochen zuvor ein ermordeter Riese im seichten Wasser gelegen hatte. Und Ermordete, das ist bekannt, ziehen, sofern sie kein Fall für Paläontologen oder Vertuscher sind, in der Regel polizeiliche Ermittlungen nach sich. Deren Leiterin war, wie wir wissen, seit Neuestem Frau Gerda Schulze-Klemmbach vom Landeskriminalamt in München. Und wir müssen uns immer wieder mal so weit mit ihr solidarisieren, dass wir ihr wenigstens ein paar Stufen hinab in den Sumpf aus Korruption, Betrug, Vorteilsnahme und schlichter Dummheit folgen; ihr Leben als Kriminalkommissarin ist schließlich kein Ponyhof, und sie hat Anteilnahme verdient.

Im bayrischen Voralpenland war sie keinen Schritt weitergekommen. Niemand hatte Bernhard Voith zu Lebzeiten in der näheren oder weiteren Umgebung seines letzten Fundorts gesehen, weder ein Gastronom noch ein Tankwart oder Zugschaffner, noch ein Spaziergänger – der Mann schien sich erst als Leiche und Ludwig-Zwo-Reminiszenz materialisiert zu haben. Die Identifizierung als Berliner Bauunternehmer, die dank digitaler Vernetzung schließlich gelungen war, nötigte die Frau Kommissarin, ihre Ermittlungen nach Berlin zu verlegen.

Sie setzte sich an ihren Schreibtisch, rollte mit dem Stuhl zurück, zog mit einer Schuhspitze die unterste Schublade heraus und stellte beide Füße auf die Kante: eine bei telefonierenden Kommissarinnen seltsam verbreitete Geste, wer weiß, warum. Telefonierende Kommissare legen die Füße eher auf die Schreibtischplatte.

Sie rief bei der Voith Bau GmbH in Berlin an. Die Telefonperson in der Zentrale (ob männlich oder weiblich, war unklar) verband sie mit der Assistentin des geschäftsführenden Gesellschafters, die allerdings einen verwirrten Eindruck machte. Man konnte es ihr nicht verdenken: Nach dem Ableben des Chefs war die Zukunft des ganzen Unternehmens und damit auch ihre eigene ungewiss geworden. Frau Schulze-Klemmbach – nein, lassen wir diesen unhandlichen Namen! Was für eine Unsitte sind Doppelnamen! Übernehmen wir lieber den liebevoll-spöttischen, vor allem angenehm kurzen Spitznamen, den sie von ihren Kollegen bekommen hatte, nennen wir sie Erda – Erda also hatte die Assistentin lediglich nach den laufenden Projekten gefragt und hätte sich gern noch zu einem Besuch in Berlin angekündigt, so weit aber kam sie nicht, denn aus dem Telefon quoll Schluchzen.

Erda wartete. Nach einer Weile verebbten in Berlin die Tränen, und die Assistentin murmelte etwas wie: „Tschuldjense." Nach allerlei undefinierbaren Geräuschen sprach die Assistentin weiter: „Det kann ick nich so jut sajen. Muss Sie verbinden. Frajen Se Betonski. Det is unser Nachtragsmanager. Der weeß allet. Sorri", fügte sie noch hinzu; dann fand sich die Kommissarin mit den elektronisierten Klängen einer Kleinen Nachtmusik in der Warteschleife.

Es dauerte eine Weile, bis die Klänge verstummten. „Betoniarski", schmetterte es.

Erda stutzte. Sollte der Mann nicht Betonski heißen? „Hallo, grüß Gott", sagte sie, eine direkte Anrede vermeidend. „Ich habe, fürchte ich, Ihren Namen nicht genau verstanden ... Schulze-Klemmbach hier, LKA München. Ich ermittle im Mordfall Voith."

„Tach“, sagte es am anderen Ende. Eine hohe, leicht gepresste, schmetterfähige Stimme. „Betoniarski der Name. Polnischer Herkunft. Leider nennen sie mich hier Betonski. Sajen Se nichts. Der Scherz bejleitet mich seit meiner Schulzeit, und ick Wahnsinnjer bin dann auch noch ins Baujewerbe einjestiegen. Selbst schuld. Aber diese ständje Verunzierung von Namen …“

„Wem sagen Sie das“, seufzte Erda. „Aber“, fuhr sie fort, „ich brauche Ihre Hilfe.“

„Jut.“

„Wie Sie wissen, ist Ihr Chef unter völlig unklaren Umständen bei uns in Bayern umgekommen. Auf brutale Weise erschlagen. Wissen Sie – weiß irgendjemand im Unternehmen –, was Herr Voith in Bayern getan hat?“

„Nicht die leiseste. Der Chef tut, wat er will, und sagt keenem Bescheid. Private Termine wurden nich notiert, die verwaltete er selber. Ick weeß wirklich nich, wobei ick behilflich sein könnte.“

„Ich komme auf jeden Fall nach Berlin“, sagte Erda. „Ich muss mir persönlich ein Bild machen. Wir ermitteln in alle Richtungen, der Mörder kann aus seinem beruflichen Umfeld stammen, aber es kann ja auch eine Beziehungstat gewesen sein.“

„Jut. Dann kommen Se mal her, dann spricht et sich leichter.“

Sie hatte die Füße von der Schubladenkante genommen, sich zum Bildschirm gebeugt und nach einem Flug gesucht. „Ich kann morgen gegen zehn bei Ihnen in der Geschäftsstelle Friedrichsstraße sein.“

„Jut.“

„Verraten Sie mir die wichtigsten Projekte, mit denen die Firma zurzeit beschäftigt ist? Dann kann ich mich schon mal vorbereiten.“

„Erstens: Berlin21. Zwotens: Berlin21. Drittens: Berlin21.“

„Ach!“, sagte Erda verblüfft. „Sie? Also die Voith GmbH? So stark involviert? Das ist ja interessant.“ Im Grunde war es nicht weiter interessant, aber sie, Frau Gerda Doppelname, kannte den Bauherrn. Sehr gut kannte sie ihn. Da musste sie ihn natürlich unbedingt sprechen, sie hatten einander lang nicht gesehen, und ihr zuliebe wäre er vielleicht auskunftsfreudiger als sonst; das war er ja selten, und auch ein Polizeiausweis konnte ihn, wenn er in verstockter Stimmung war, nicht zur Redseligkeit bewegen. „Gut, bis morgen. Wiedersehen, Herr Betons– Betoniarski.“

Sie legte auf und gab der Sekretärin ihren Reisewunsch durch. Dann zitierte sie ihren Assistenten zu sich und teilte ihm mit, wie er den Nachmittag zu verbringen habe: Recherche. Er müsse alles über das Großprojekt Berlin21 heraussuchen, was das Internet und das Intranet der Polizei hergäben. Informationen über die Akteure inklusive.

Sie studierte währenddessen, recht wahllos, Presseberichte aus dem Archiv, von denen sie sich einen Überblick über den Werdegang von Berlin21 versprach. „Vor einigen Jahren“, hieß es in einer Berliner Lokalzeitung, „hatte der Arbeitslose Ronny K. (damals 25) bei der Suche nach Pilzen und verschollener Munition aus dem zweiten Weltkrieg auf einer Brachfläche alte Fundamente im brandenburgischen Sand entdeckt. Die Kellerräume waren nahezu vollständig verschüttet, über der Erde wuchsen Birken und Gestrüpp, und dass Ronny K. seine Entdeckung überhaupt machen konnte, verdanken wir dem Umstand, dass er in einen Hohlraum einbrach und gut eineinhalb Meter tief versank, bis er wieder festen Grund unter den Füßen hatte. Weil er sich aus eigener Kraft nicht befreien konnte, schrie er laut um Hilfe. Nach seiner Extraktion aus dem Boden wurden Experten sowohl für Archäologie als auch für Zeitgeschichte von der Humboldt-Universität hinzugezogen, die sich ausgiebig mit der Erforschung der Fundamente befassten. Wie inzwischen bekannt ist, handelt es sich um die erste Anlage zu einer von Adolf Hitler selbst geplanten ‚Führerresidenz' vor den Toren Berlins ..."

Das Feuilleton der *ZEIT* kommentierte in diesem Zusammenhang: „... Doch der Wahnsinn siedelte in seinem Hirn, und aus den Siedlungen wurden Städte. In diesem Fall handelte es sich allerdings um die im Planungsstadium steckengebliebene Welthauptstadt ‚Germania'."

Monika Schmidt von der *FAZ* wiederum schrieb: „Das Wenige, was von der Organisation Todt noch 1944 oberirdisch gebaut worden war, hatten die Royal Air Force und die sowjetischen Truppen gnädig eingeebnet und so den Boden für eine komplette generelle Neuplanung bereitet. Das Areal war weiträumig betoniert, es war wohl ein in Herrscherkreisen übliches Verlangen, eine große repräsentative Residenz vor den Toren der Stadt allein für die Führungselite neu aufzubauen. Schon Ludwig XIV. hatte ihm nachgegeben, die Preußenkönige hatten sich Potsdam auserkoren, die Habsburger sich mit dem ebenfalls weit außerhalb des damaligen Wiens liegenden Schönbrunn ihrerseits dieses Gedankens angenommen und den Franzosen nachgeeifert. Die monarchischen Bauten in Versailles, Potsdam und Wien haben die Unbilden der Zeit allerdings überlebt."

Und ein anderes Suchwort ergab den *FAZ*-Artikel „Schwund bei Stasiakten": „Die Pläne des heute nicht mehr von allen geliebten Führers zu einer Residenz vor den Toren der Welthauptstadt Germania wurden dem Endsieg geopfert und gerieten in Vergessenheit, nachdem dieser sich ungeplanterweise auf der Gegenseite manifestiert hatte. Lediglich die Stasi nutzte einige Kellerräume als Archiv, es wurde 1989 in der Hoffnung auf bessere Zeiten versiegelt und zehn Jahre später durch Zufall wieder aufgefunden. Die Akten wanderten als ‚Templinfund' in die Archive der Landesregierung, wo sie allerdings einem gewissen Schwund unbekannter Ursache unterlagen, bis sie dann zur weiteren wissenschaftlichen Aufarbeitung an die Stasiunterlagenbehörde weitergeleitet wurden."

Einen Artikel aus anderer Quelle mit dem Titel „Mythos Germania" las sie erst gar nicht.

Hingegen berichtete *Architektur heute* in seiner Serie „*y-esterday*", dass Baupläne und statische Berechnungen zu den Fundamenten nicht überliefert seien, es gebe nur einige Luftbilder amerikanischer Aufklärungsflugzeuge, die das Zerstörungswerk der Alliierten in den ersten Monaten des Jahres 1945 in Augenschein genommen hätten. Probebohrungen im großdeutschen Beton hätten auf sehr solide Arbeit schließen lassen, man habe bei der Bauplanung offenbar auch Luftschutzerwägungen berücksichtigt. Die Fundamente hätten sich über die Jahrzehnte etwas gesenkt, Risse gebe es aber so gut wie nicht.

Aus Disziplinlosigkeit (sie selbst nannte es Ablenkbarkeit und interpretierte es positiv: Sie war eben offen für alles!) las Erda zwischendurch im *Kleinen Tierfreund*, in der Kolumne „Frosch und Lurch", von einigen in der Umgebung des Fundortes heimischen, nicht näher spezifizierten Grottenolmen, die von den lärmenden menschlichen Aktivitäten rasch vergrämt worden seien. Wieder ein absterbender Ast der Evolution, dachte sie, aber ohne kuscheliges Fell und süße Knopfaugen hat man keine Lobby, und niemand merkt es, wenn der Ast abbricht. Mit leisem Bedauern wandte sie sich von den Olmen ab und der Gegenwart zu.

Der *Märkische Beobachter*, auch dieser schon etliche Jahre alt, berichtete: „Auf Initiative des Ministerpräsidenten prüfen Statiker derzeit die Möglichkeit eines kostengünstigen Neubaus auf den alten Fundamenten. Natürlich soll hier keine Herrscherresidenz mit demokratischem Überbau oder gar ein Schloss entstehen – derlei wird ja bekanntlich bereits im Berliner wie im Potsdamer Zentrum verwirklicht. Geplant ist vielmehr, wie auf der gestrigen Pressekonferenz verlautbart, ein Kultur- und Eventcenter mit großem Konzertsaal, integriertem Meeting- und Hospitalitybereich und vor allem einem zweiten Saal mit großer Bühne samt Orchestergraben für Opernaufführungen sowie mit Plätzen für 2000 bis 2500 Zuschauer. Auch angemessene Probenräume für Sänger und Orchester sind vorgesehen, und um der optimalen Auslastung des Gebäudes willen sieht Ministerpräsident Welser ferner einen musikpädagogischen Bereich für die Nachwuchsförderung sowie ein modernes Tonstudio vor."

Erda beendete ihre Zeitungslektüre und griff wieder zum Telefon. Warum hatte sie ihn eigentlich nicht gleich angerufen? Sie kannte ihn ja seit dreißig Jahren; sie hatte sehr viel mit ihm erlebt, auch durchgemacht; sie hatte seine Kinder großgezogen; seine Unterstützung dabei war stets eine finanzielle, selten eine moralische, niemals eine praktische. Warum sie es trotzdem immer wieder getan hatte, insgesamt sechs Mal, das ist eine Frage, mit der wir uns hier nicht befassen werden. Diskretion! Das Privatleben und die Psychologie von Kommissarinnen gehen uns nichts an. Jetzt war jedenfalls Schluss damit, sie war über fünfzig und hat andere Prioritäten. Auf beruflicher Ebene aber sehen wir es gern, wenn sie ihre enge, ja lebenslange Vertrautheit mit dem Mann, von dem sie sechs Kinder hatte, der gegenwärtig Ministerpräsident von Berlinbrandenburg war und noch viel höher- und weiterfliegende Pläne hegte, der nicht nur in der politischen, sondern auch in der Kulturgeschichte seine Spuren hinterlassen wollte, – wenn sie diese

Vertrautheit nutzte und ihn, den sie nicht mehr liebte, dem sie aber in immerwährender Freundschaft verbunden war, so oft zurate- und als Besprechungspartner für heikle kriminalistische Fälle heranzog, wie es möglich und nötig war.

Selbstverständlich musste sie weder den Weg über seine Ehefrau nehmen noch den Filter zweier hintereinandergeschalteter Sekretärinnen durchlaufen, noch sich von seinem Diensthandy abwimmeln lassen. Sie hatte seine private Mobilnummer.

„Servus Harri“, sagte sie fröhlich, als er sich prompt meldete.

„Mensch, Gerdi!“, rief er, hörbar erfreut. „Altes Haus! Wie geht's dir denn?“

„Ganz gut. Man lebt. Man arbeitet. Nicht so spektakulär wie du. Was ich tue, steht selten in der Zeitung. Und bei dir, wie läuft alles?“

„Man kämpft sich durch. Wann kommst du nach Berlin? Ich bin ja gelegentlich in München, aber selten in der Stadt, meistens fahr ich direkt vom Flughafen Richtung Süden in euer schönes Oberbayern! Hör zu, wir müssen uns *unbedingt* verabreden! Genauen Termin ausmachen, sonst klappt das niemals! … Aber zum Plaudern rufst du ja nicht an, oder? Wo brennt's? Kommst du bitte gleich zur Sache, ich bin auf dem Weg in eine Besprechung!“

„Berlin21 …“

„Aaach!“ Welser stieß einen entnervten Schrei aus, der Erda bewog, den Telefonhörer von ihrem Ohr zu entfernen. „Jetzt kommst du mir auch noch!“

„Moment. Ich ermittle in einem Mordfall. Bernhard Voith. Wie ich höre, ist seine Firma am Bau deines gigantomanen Protzbaus stark beteiligt. Dass er tot ist, dürfte dir nicht entgangen sein, und ich habe einen Katalog Fragen ...“

„Habt ihr da unten im schönen Bayern keine Zeitungen? Steht doch alles drin!“

„Harri, wir haben sogar Internet, stell dir vor. Wir haben auch Flugzeuge, und ich komme morgen nach Berlin und schau mir diese Firma Voith an. Und ich würde auch dich gern sehen, und das nicht privat. Was sagst du mir über den toten Firmenchef?“

„Blutsauger. Was soll ich dir sagen! Er ist wie alle. Sie füttern einen billig an, und nachher wird alles hundertmal teurer. Dann zahlt man nicht so, wie sie sich das vorstellen, und sofort fühlen sie sich misshandelt und rennen zum Anwalt und zum Staatsanwalt und machen einen Riesenterz, die Kosten explodieren noch viel mehr, sie rennen nicht nur zum Gericht, sondern auch zu den Medien und behaupten, man sei vertragsbrüchig, etc. Was soll ich dir sagen. Die Kacke ist am Dampfen, und wir müssen sparen, bis es quietscht, aber das kannst du doch alles nachlesen, dazu brauchst du mich doch nicht! *Dazu* nicht!“

„Das ist wahr. Bist du denn mit ihm ausgekommen? Hattet ihr juristische Auseinandersetzungen – ist es schon so weit? Habt ihr euch privat gekannt? Jetzt lass dir doch nicht alles aus der Nase ziehen.“

Welser war nahe daran zu erwähnen, dass Voith und sein Konkurrent Vasold immer wieder Drohungen gegen ihn ausgestoßen hatten, deretwegen *er* vor Gericht gehen sollte oder überhaupt zur Polizei, um Personenschutz zu beantragen; dass sie etwas noch viel Schlimmeres getan oder in Auftrag gegeben hatten, was er aber leider nicht beweisen konnte; dass man einander hin und wieder bei der PMS begegnete, dass er seit einiger Zeit aber jedes Zusammentreffen mit Voith – und natürlich auch Vasold – strikt vermieden habe (zu welchem Zweck er sogar die verehrte Madame du Rhin ins Vertrauen hatte ziehen müssen, leider); doch paradoxerweise genierte er sich vor der Mutter einiger seiner Kinder, seitdem ihr Verhältnis kein amouröses mehr war – völlig unverständlich eigentlich; besser hätte er sich früher des Öfteren genieren und nicht immer gleich alles ausplaudern sollen, was er nebenbei so trieb – jetzt bestand zu Heimlichtuerei doch keinerlei Veranlassung mehr, zumal sie selbst fragte ... Welcher Grund auch immer ihn dazu bewog: Er verschwieg die PMS und seine private Bekanntschaft mit Voith und sagte nur: „Nö."

Erda seufzte und sagte nichts. Sie wartete. Nicht lang.

„Gerdi, ich hab wirklich andere Sorgen. Geld! Ich bin pleite! Das heißt, das Land ist pleite! Mir steht das Wasser bis zum Hals, ich habe Verbindlichkeiten, bei denen dir schwarz vor den Augen würde, und kann nicht zahlen! Da geht mir ein toter Bauunternehmer mehr oder weniger am... Na gut, es geht mir nahe, natürlich geht es mir nahe! Was das wieder für eine Störung in dem sowieso total gestörten Baubetrieb bedeutet, wenn der Chef einer nicht unerheblichen Firma ausfällt! Aber persönlich geht es mir *nicht* nahe! Der Kerl war entweder ein Mafioso, oder er hatte innige Beziehungen zur Mafia, und ich kann dich nur bedauern und dir viel Glück wünschen, wenn du den Mord an diesem Menschen aufklären musst! Ich wundere mich, dass ihm nicht schon längst jemand das Licht ausgeknipst hat! Dafür kämen Hunderte infrage, ach was sag ich – Tausende! Und du halt dir schon mal die nächsten Jahre für diesen Fall frei!"

„Also gut", sagte Erda resigniert. „Reden wir also von deinen Problemen. Du willst doch für dein Berlin21 ein paar der bisherigen Berliner Opernhäuser schließen, nicht? Das bedeutet doch gewaltige Einsparungen. Beziehungsweise eine Verlagerung von Kulturgeldern, die dann in dein Projekt fließen können. – Welche sollen denn übrigens geschlossen werden?"

„Das erfahren sie dann, wenn es so weit ist. Man muss die Pferde ja nicht kopfscheu machen. Aber ja, natürlich, meiner

Ansicht nach kann man in ganz Norddeutschland nirgends adäquat Wagner hören – das ist hier ganz anders als in eurem schönen Bayern! Das reinste Brachland hier! Aber eine zusätzliche Bühne wäre mir natürlich niemals genehmigt worden, Berlin hat genug Häuser. Also mach ich ein paar alte Läden zu und dafür einen neuen auf. Ich will die modernste Bühne Europas und einen Orchestergraben wie in Bayreuth und eine Intendanz, bei der ich was mitzureden habe! Ich stelle sie ein, die Intendanten! Und die Regisseure suche *ich* aus!“

„Und was machst du mit den jetzigen Opernhäusern? Abriss? Was hast du mit den freiwerdenden Flächen vor?“

„Nix Abriss. Luxuswohnungen. Berlin kann den Zuzug von frischem Kapital dringend brauchen. Und nichts ist für junges Geld so attraktiv wie das Gefühl, auf altehrwürdigem Boden zu wandeln.“

„Wann wird dein Opernhaus denn fertig? Den Ausfall von Voith nicht eingerechnet?“

„Offiziell oder inoffiziell?“

„Beides!“

„Offiziell ist zumindest eine erste Etappe bewältigt. Samstag in einer Woche ist Richtfest. Kommst du?“

„Und inoffiziell, sag? Wann wird es fertig?“, bohrte Erda nach.

„Nie. Wir Berliner bauen nie was fertig! Und das ist auch gut so! *Panta rhei*, wie der alte Grieche sagt, Stillstand ist der Tod, und wer rastet, der rostet! Wir bleiben im Fluss! Aber bitte, ihr da unten im schönen Bayern, ihr könnt doch ebenfalls ein Lied von unfertigen Neubauten singen! Und da habt ihr die längere Tradition als wir! Siehe Neuschwanstein! Heute stehen sich die Touri-

Schlangen aus China und Japan die Füße in den Bauch, um einen Rohbau zu besichtigen! Und ihr verdient euch an denen dumm und dämlich!“

„Sag nicht ‚ihr'. Bei mir kommt davon sicher nix an ... Dann treffen wir uns morgen nicht, sehe ich das richtig, aber in anderthalb Wochen zum Richtfest? Krieg ich dann eine Privatführung?“

„Selbstverständlich, Liebste! Ich nehme mir Zeit für dich! Und solltest du Fragen zu deiner Ermittlung haben, wende dich vertrauensvoll an mich! Jetzt muss ich leider los! War schön, mit dir zu plaudern! Melde dich, wenn du bei uns übernachten willst, Christiane freut sich immer, dich zu sehen! Mach et jut, Süße!“

Erda legte auf und dachte an alte Zeiten zurück, doch es war ihr keine Nostalgie vergönnt, denn es klopfte einmal kurz und scharf an der Tür, dann stürmte der Assistent herein und legte ihr seinen Recherchebericht auf den Schreibtisch. „Großbauprojekt Berlin“, lautete die Überschrift.

Erda hob den Kopf. „Mein lieber Schwan, wo haben Sie denn recherchiert, bei Albert Speer?“

„Nein“, grinste der Assistent, „das hab ich vom *Spiegel.*“ Er warf einen Blick über ihre Schulter, schlug nach kurzem Blättern eine innere Seite seines Berichtes auf und las vor: „Seit mehr als einem Jahr soll die ‚Reformkommission Bau von Großprojekten' darüber nachdenken, wie sich ‚Kostenwahrheit, Kostentransparenz und Termintreue' für die Zukunft gewährleisten lassen. Drei Dutzend Experten diskutieren, ob Haushaltsmittel erst genehmigt werden sollen, wenn die Planungsphase wirklich abgeschlossen ist, wie sich Risiken besser abschätzen lassen und welche Rolle die Digitalisierung dabei spielen könnte. Am Ende, vielleicht im nächsten Jahr, soll es ein ‚Handbuch Großbauprojekte' geben, das Handlungsempfehlungen für künftige Bauvorhaben ausspricht ...“

Erda winkte ab. „Schon recht. Was tut ein Nachtragsmanager, haben Sie mir das auch aufgeschrieben? Und wie läuft überhaupt – in diesem konkreten Fall – die Auftragsvergabe? Alles über Ausschreibungen?“

„Steht alles hier, Chefin. Ich hab’s Ihnen zusammengeschrieben, lesen Sie, ich hol mir derweil einen Kaffee. Für Sie auch?“

Erda schüttelte den Kopf. „Nein, nein, vielen Dank“, sagte sie geistesabwesend und schon in die Lektüre vertieft.

Die Aufträge für das Großbauprojekt, las sie, *wurden zwar europaweit ausgeschrieben, da indes die Partei von Ministerpräsident Harald Welser nicht nur gute Kontakte nach Brüssel, sondern auch in die nationalen Entscheidungsgremien unterhält und zudem ein Land mit hoher Arbeitslosigkeit regiert, fügte es sich, dass zwei deutsche Gesellschaften die Ausschreibungen für die Planung und den Rohbau gewannen: Man entschied sich für zwei Berliner Unternehmen, die Voith Bau GmbH und die Vasold AG, deren scharfe Konkurrenz bei früheren Projekten die Vermutung zuließ, dass für jedes Gewerk infolge der Wettbewerbssituation eine preisreduzierende Wirkung zu erzielen sei. Die angebotenen Preise waren absurd untertrieben, die Unternehmen setzten wie üblich auf interpretierbare Lücken in der Ausschreibung, die sich in Nachträge verwandeln ließen. Dieses war und ist die Aufgabe eigens engagierter Nachtragskünstler, offiziell Nachtragsmanager genannt, denn nur Nachträge ermöglichen die Realisierung teurer politisch motivierter Bauwerke, ohne gegenüber der Öffentlichkeit im Vorfeld die Karten offenlegen zu müssen.*

Da es indes (hach, schon wieder „indes“!, dachte seine lesende Chefin, hat er sich vom Guttenberg inspirieren lassen? Hoffentlich nur im Sprachgebrauch …) *keine Pläne und Berechnungen der Fundamente gab, wollte kein Bauunternehmen das Risiko einer Festpreiskonstruktion eingehen, und so entschloss man sich zur projektbegleitenden Bauplanung. Das ist bei großen Projekten nicht unüblich und erspart nicht nur eine vorbereitende Baurisikobewertung, sondern macht auch die genaue Kostenplanung obsolet. Natürlich gab es Schätzungen zu Berlin21, nur hatten alle Beteiligten selbstverständlich ein großes Interesse, die Gesamtsumme so gering wie möglich zu veranschlagen: Das gilt für die Bauunternehmen, die sich um Aufträge bewerben, ebenso wie für die politischen Entscheidungsträger, die Bund- und Länderfinanzminister sowie die Steuerzahler ruhighalten müssen, und natürlich auch für die Architekturbüros, die ja von einem prozentualen Anteil der tatsächlichen Bausumme leben.*

Der Entwurf und die weitere Hochbauplanung stammen von dem bekannten Londoner Stararchitekten (Einzelheiten hierzu siehe S. 12 dieses Berichts), der sich selbstverständlich des Risikos bewusst war, das es bedeutet, wenn ein noch nicht endgültig definiertes Bauwerk auf ein vorhandenes Fundament gesetzt wird; er verzichtete aber darauf, seine diesbezüglichen Bedenken öffentlich zu machen, denn ihm ging es verständlicherweise um das Prestige dieses Auftrags. Hilfreich ist immerhin, dass die alten Fundamente bereits bezahlt sind („oder auch nicht!", hatte der Assistent handschriftlich an den Rand gekritzelt, „aber dafür gibt es ja den Zwangsarbeiterausgleichsfonds") *und immerhin dieser Posten nicht in die Kostenplanung einfließen muss.*

Die Zusammenarbeit trägt den schönen Titel „doppelte öffentlich-private Partnerschaft", auch dies ein Euphemismus zu Verschleierungszwecken, weil mit einem „Großbauprojekt" gewöhnlich Attribute wie „teuer", „verspätet", „verplant", „versagt" in Verbindung gebracht werden, und das gilt es zu vermeiden. („Übrigens", hatte der kommentierungsfreudige Assistent wiederum an den Rand geschrieben, „ist das in manchen unserer Nachbarländer anders! Die Schweizer untertunneln ihre Alpen zwar teuer, aber ohne nennenswerte Mehrkosten, und die Dänen haben, weil alpenlos, den Fehmarnbelt ohne deutsche Beteiligung untertunnelt, man wollte schließlich irgendwann fertig werden! Was lernen wir daraus? Kleine Länder sind wendiger. Segelboot versus Supertanker.“)

Erda brach ab. Meier, du hättest Oberlehrer werden sollen, dachte sie. Sie stand auf und versenkte den noch weitgehend ungelesenen Assistentenbericht zusammen mit einem Stapel von Ausdrucken, die von Berlin21 und den beteiligten Unternehmen handelten, in ihrer Aktentasche: Das konnte man alles auch zu Hause auf dem Sofa lesen, Abendlektüre vor der Abreise. Sie dankte ihrem Assistenten-und-Oberlehrer herzlich für seine Mühe und fuhr nach Hause.

Müssen auch wir die Informationen, die sie sich einverleibte, im Einzelnen kennen? Nein. Begnügen wir uns mit der Essenz dessen, was sie sich nach und nach erfragt, erliest und schlussfolgert. Wie solche Großbauprojekte zustande kommen, wie sie zum Abschluss gelangen – falls sie dieses Stadium jemals erreichen –, das interessiert im Grunde doch nur Architekten, Bauunternehmer, Anwälte für Bau- und Vergaberecht, und zuletzt muss es wohl auch Richter und Journalisten interessieren. (Unsere Leser und Leserinnen, die diesen Berufsgruppen angehören, bitten wir hiermit um Verzeihung für die Vorenthaltung interessanter Informationen!) Kommissarinnen interessiert es nicht, aber wenn ihre Kundschaft aus diesem Milieu stammt, müssen sie sich notgedrungen damit befassen. Lieber wäre Erda ein reines Beziehungsdrama gewesen, das können Sie uns glauben, geschätzte Leser und -innen. Aber kann man es sich aussuchen? In den seltensten Fällen. Man sucht sich ja nicht einmal die Beziehungsdramen aus, in die man sich persönlich hineinbegibt oder

-stürzt, jedenfalls nicht bewusst. Und nicht jeder hat das Glück, dass es wie in Erdas privatem, hier nicht weiter diskutierten Fall, dem man die Bezeichnung „Beziehungsdrama“ nicht absprechen kann, letztlich gut ausgeht und in Freundschaft mündet statt in Mord und Totschlag. Aber das gehört jetzt wirklich nicht hierher …

Donnerstag, 6.6.2013, Hamburg, Landshut

Mehrere Wochen nach Alberts Rückkehr aus Indien wurde in Hamburg das Containerschiff erwartet, das den Rolls-Royce an Bord hatte. Es traf auch planmäßig ein, und Albert war natürlich zur Stelle, um seinen Wagen in Empfang zu nehmen. Er hätte ihm einen roten Teppich ausgerollt, aber das ging nicht. Stattdessen ragte eine Hürde um die andere auf, und Albert wurde von einem neuerlichen Wutanfall ereilt.

Denn bei der Entladung des Schiffs stellte der Zoll fest, dass es keine ordentlichen Frachtpapiere gab, nur einige indische Unterlagen ohne Übersetzung, weshalb der Container vor den Augen seines entsetzten Empfängers aus dem Warenstrom herausgefischt und zur Seite geschafft wurde. Nach mehreren Stunden, in denen Albert tobte und mit krassen Maßnahmen drohte, die auf der gegnerischen Seite keine Reaktion auslösten, erschien immerhin ein Übersetzer, ein in Hamburg lebender Inder, der die Papiere entziffern konnte, und als er dem Zoll den Inhalt des Containers mitteilte, ließ der ihn endlich öffnen.

Die Verblüffung war groß, die Bewunderung ebenso, obwohl der Wagen in keinem blendenden Zustand war, sondern ziemlich schmutzig, mit platten Reifen, die Ledersitze waren fleckig und brüchig, an zwei Stellen sogar aufgerissen. Einiges fehlte, nicht nur die Kühlerfigur. Er hatte nur indische Papiere, kein Nummernschild, war weder auf einer Positiv- noch auf einer Negativliste vermerkt, steckte womöglich voller Ungeziefer und war überhaupt suspekt. Also stellte ihn die Zollbehörde erst einmal sicher und verhinderte seinen Abtransport aus dem Hamburger Freihafen. Der Container wurde wieder verschlossen, versiegelt und zwecks

Entwesung für mehrere Stunden mit Gas geflutet – tropisches Ungeziefer sollte ja nicht unbedingt eingeführt werden.

Dass die Karosserie aus massivem Silber bestand, registrierte sonderbarerweise niemand. Gut, das Silber war sehr dunkel angelaufen, aber es sah ja nicht wie gleichmäßig lackiert aus, sondern war dunkelbraungrau mit bläulichen Stellen dazwischen, die Farbverläufe fließend; und vielfach war die Oberfläche stumpf, wie mit Ruß überstäubt, aber das dürfte einfach Schmutz gewesen sein. Jedenfalls hätte schon jemand merken können, dass das keine normale Karosserie war. Aber es achtete niemand darauf, und das war sicher Alberts Glück – unabsehbarer Zoll- und Steuerärger wäre auf ihn zugekommen, hätte man das Material, aus dem dieser Oldtimer bestand, bei seiner Einreise treffend diagnostiziert. Im Nachhinein war Albert so erleichtert, dass er das Gelübde tat, das Silber nicht protzblank zu polieren, sondern zu lassen, wie es war, um keinen unnötigen Bürokratenneid, kein vermeidbares Begehren zu entfachen. Der Kenner schweigt und genießt.

Immerhin erkannten die Spezialisten vom Zoll, dass der Fahrzeugtyp auf keiner Tarifliste zur Bestimmung des geltenden Zollsatzes stand. Bis zur weiteren Klärung der Angelegenheit wurde der Container samt seinem nicht unproblematischen Inhalt daher erst einmal in ein Sonderlager verbracht, wo er wahrscheinlich noch lange gestanden hätte, wenn Albert, dem im Zustand der Wut die Kräfte eines Riesen zuwuchsen, nicht einen auf Problemfälle spezialisierten Zollagenten aufgetrieben und eingespannt hätte. Der Mann war freier Zollmitarbeiter, und seine Tätigkeit bestand unter anderem darin, dass er seiner auftraggebenden Behörde gelegentliche Tipps über unerwünschte Beifrachten aus Kolumbien und anderen Erzeugerländern lieferte; dank seiner exzellenten Vernetztheit und seinem zahlungskräftigen Kunden Albert Schwarz bekam er den Container bereits am übernächsten Tag frei.

Anhand der Parameter für Antiquitätenimporte wurde ein Zollsatz festgelegt, auf den sich alle einigen konnten. Alberts Wut verrauchte; er zahlte die fälligen Gebühren und Nebengebühren und murrte nicht mehr.

Nach drei Nächten im Hotel – denn so lange dauerte es dann doch, bis die Mühlen der Bürokratie wieder ruhten – konnte er der Verladung des Rolls auf einen LKW beiwohnen, der das kostbare Stück nach Süddeutschland brachte, genauer: an den Stadtrand von Landshut in Niederbayern, wo Bruder Max seine private Werkstatt hatte. Und wo er auch von Max mit einem symbolischen roten Teppich erwartet wurde.

Im Innenhof wurde der Wagen ausgeladen, in die große Halle geschoben, aufgebockt. Max war schon vor längerer Zeit instruiert worden, was auf ihn zukam, er hatte sich vorbereitet, alle sonstigen Aufträge abgelehnt oder vertagt und war freudig erregt. Aus einem Museum in Manchester hatte er sich Kopien der Konstruktionszeichnungen besorgt und seinerseits die Einbauten entworfen, die er nach Anweisung seines Bruders anzufertigen und unterzubringen hatte. Von den fehlenden Teilen des Motors und der Bremsen konnte er nur Weniges auf Oldtimermärkten und im Internet auftreiben, vieles – aber das war ihm schon vor der ersten Begegnung klar gewesen – musste er ganz neu herstellen.

Als es aber endlich so weit war, als diese erste Begegnung stattfand, da stockte ihm fast der Atem, und das Herz ging ihm auf. Max Schwarz war von diesem Rolls-Royce nicht weniger hingerissen als sein Bruder, wenn auch aus einer anderen Perspektive: Wo Albert-der-Geschäftsmann materiellen Reichtum sah, den aktuellen Wert wie auch den zu erwartenden künftigen, da sah Max den Reichtum des Ingenieurwissens vergangener Zeiten, die vollendete Schönheit der von der Funktion bestimmten Form; und wo Albert-der-ewig-Verschmähte eine endlich glückliche Beziehung entstehen zu sehen meinte, da erwartete Max die tiefe Befriedigung, die ihm arbeitende Maschinen bereiteten.

Gemeinsam, in seltener Eintracht, begannen sie mit der Besichtigung. Max war eine ganze Weile stumm, unaussprechliche Gefühle verschlossen ihm den Mund. Redselig war er ja noch nie. Doch dann verfiel er zum Erstaunen seines Bruders in einen regelrechten Redefluss, allein die Silhouette des Wagens brachte den sonst Wortkargen ins Schwärmen. „Aber als allererstes", sagte Max empört, als er sich auf die rückwärtige Bank setzte, „fliegt diese Eiswürfelmaschine raus." Ein Amerikaner hatte sie irgendwann in den fünfziger Jahren dem seinerzeitigen Fuhrparkleiter des Maharadschas aufgeschwatzt; unerträglicher Stilbruch, fand Max, dem schon die Bordbar sauer aufstieß, aber gegen sie war er machtlos, Albert bestand darauf.

Max stieg wieder aus und setzte sich hinters Steuer, Albert neben ihn.

„Wir machen ein neues Armaturenbrett", sagte Max. „Ich weiß auch schon, wie. Ich habe ein Stück mittelalterliche Eiche. Stammt von einem Deckenbalken, der den Brand der Burg Trausnitz überlebt hat; leicht angesengt, aber das ist egal, ich brauche nicht viel, und die Brandpatina kommt gut. Jahrhundertealte Eiche, das glaubst du nicht. Total durchgetrocknet, schönste Maserung. Daraus mach ich dir ein neues Armaturenbrett, edler als dieses. Das ja wirklich schon ziemlich ramponiert ist. Aber schau, das ist noch echtes Holz, das gibt's heute nirgends mehr!"

Und er setzte zu einem Vortrag über den „sogenannten technischen Fortschritt" an, dem, weil die Massenmotorisierung für wichtiger befunden wurde als Gediegenheit, als erstes das Massivholzbrett zum Opfer gefallen war, das erst durch Sperrholz, dann durch einzelne auf das Blech geschraubte Sperrholzteile ersetzt wurde. Dann, fuhr Max in seiner neuen Eloquenz fort, fiel das

Holz ganz weg und wurde durch Blech ersetzt, das Blech wiederum durch billigen schwarzen Kunststoff, der zunächst noch mit Echtholzfurnieren verkleidet wurde, später nur noch mit holzähnlich bedruckten Folien. „Um die Jahrtausendwende“, dozierte Max, während Albert schon stöhnte, „hat man dann den sphärischen Buntdruck erfunden, mit dem man Kunststoffoberflächen hölzern aussehen lassen kann. Holzmaserung, auf Reispapier aufgedruckt: Das Papier wird aufgelöst, und nur die Farbe bleibt und wird übertragen. Tolle Erfindung, aber wenn du dir anschaust, wie aus einem Brett mit einem Zoll Dicke eine Farbschicht wird, die nur noch einen hundertstel Millimeter stark ist, wie aus Eiche oder Walnuss Reispapier wird, dann fragst du dich schon, was daran Fortschritt sein soll! Ein Fortschreiten ist das halt, fort von der Qualität, hin zur Windigkeit.“

„Natürlich ist das Fortschritt, was denn sonst?“ Albert denkt betriebswirtschaftlich, und seine Kriterien zur Beurteilung von Kategorien wie Schönheit und Innovation unterscheiden sich so grundsätzlich von der Auffassung seines Bruders, dass sie ein wiederkehrender, niemals entscheidbarer Streitpunkt zwischen den beiden sind. Aber sie streiten sich sowieso über alles, natürlich auch über die Details eines neunzigjährigen Rolls-Royce; das ist eigentlich nicht weiter erwähnenswert. Sowenig wie die Tatsache, dass Albert sich immer durchsetzt.

„Ja, der Käufer frisst alles“, sagte Max. „Er nimmt es hin, der Käufer, und die Aktionäre der Autokonzerne nehmen es mit. Gute Konstruktionen sind immer auch schön, umgekehrt gilt das leider nicht. Zum Beispiel diese.“ Er drehte sich um und klopfte an die Scheibe hinter ihm. „Heutige Cabrios haben nur ein billiges Windschott, das der Autobesitzer dann auch noch selber montieren muss. Während hier – zweite Windschutzscheibe! Genial, oder? Übrigens hab ich da schon eine Idee, was wir da machen.“

Die vordere Windschutzscheibe werde ersetzt, erklärte Max, und zwar durch eine Scheibe aus Sicherheitsglas, auf die über Head-up-Display Informationen projiziert würden, „Hard- und Software kriege ich fertig geliefert, da muss ich nicht viel umbauen. Da musst du zwar auf ein Stück Oldtimerflair verzichten, aber der Vorteil ist, dass das Armaturenbrett nicht mit Schaltern und Anzeigen vollgestopft wird."

Und die hintere Windschutzscheibe, hinter der die Gäste sitzen, solle durch verspiegeltes Sicherheitsglas ersetzt werden, damit die reiche Kundschaft zwar durchschauen, der Chauffeur aber nicht seine Fahrgäste sehen könne, geschweige denn mitbekomme, was sie dort hinten trieben. Falls sie was trieben.

Ferner hatte Max vor, sechs neue Stahlfelgen anzufertigen – denn zusätzlich zu den vier fahrenden Rädern hatte der Rolls rechts und links je ein Reserverad, dessen unteres Segment sich so in den Kotflügel versenkte, dass das Rad sicher verstaut und zugleich für jedermann sichtbar war – und verchromte Drahtspeichen einzuziehen. Aluminiumfelgen, fand Max, hätten nicht zum Charakter des Fahrzeugs gepasst. Überhaupt werde Aluminium überschätzt, sagte er: „Aluminium entlarvt den schlechten Leichtbauspezialisten! Nur der gute Konstrukteur nutzt das Material richtig! Und überhaupt", fuhr er fort, „kann ich Motorradreifen verwenden, da stimmt sowohl der große Durchmesser als auch die geringe Breite, Breitreifen hat es seinerzeit ja gar nicht gegeben, die englischen Konstrukteure damals wussten noch, dass der Reibwert einer Materialpaarung nur von einer Materialkonstante abhängt und nicht von der Kontaktfläche der Reibpartner – das wissen die heutigen Reifenkonstrukteuren nicht mehr, oder sie ignorieren es absichtlich, oder die Kunden bestehen heute auf Breitreifen, auch wenn man damit besser gleitet als fährt, aber bitte, von mir aus, sollen sie. Unser Rolls wird dadurch ein bisschen hochbeiniger wirken, als er jetzt ist, aber das macht nichts, wer will sich bücken, wenn er in einen Rolls-Royce einsteigt!"

„Max, lass es", sagte Albert entnervt. „Das interessiert doch kein Schwein. Du tust, was ich dir sage. Gib mir die Rechnungen und lass mich mit deinem Scheiß in Frieden."

Max zuckte innerlich zusammen, tat aber, als hätte er nicht gehört. Er war ausgestiegen und begleitete seinen Vortrag mit den Händen, die zärtlich über die Karosserie strichen, die Reserveräder, die Motorhaube. Die Scheinwerfer … „Ah, die Scheinwerfer!", schwärmte er weiter. „Da mach ich was ganz Modernes. Extra leistungsstarke LED, die mit einem beweglichen Linsensystem gekoppelt werden, das nicht nur die verschiedenen Neigungsgrade aufgrund des unterschiedlichen Beladungszustands ausgleicht, sondern, pass auf!, über Beschleunigungsaufnehmer die Fahrzeugvibrationen kompensiert, damit der Lichtstrahl auf der Straße ganz ruhig bleibt. Das hab ich mir schon alles ganz genau überlegt! Die Technik stammt aus dem Kamerabau, da muss ich nur vier Teleobjektive hernehmen und ein bisschen modifizieren, dann klappt das …"

Der James-Bond-Q hätte seine helle Freude gehabt.

„Und die Federung!", fuhr Max fort. „Die werde ich komplett überarbeiten, da baue ich Luftfedern ein, die dämpfen optimal jede Unstetigkeit des Untergrunds. Für die pneumatisch betriebenen Einbauten, die dir vorschweben, wird es sowieso einen Kompressor brauchen."

Welche pneumatischen Einbauten schwebten Albert vor? Eine Damenbeglückung. Natürlich ging es ihm nicht um deren Glück als solches, er hatte nur die Mehrung eigenen Reichtums im Sinn und sah nicht ein, weshalb die PMS-Kundschaft sich auf die reichen Herren beschränken sollte – es gab schließlich auch reiche

Damen. Unzufriedene Gattinnen und frustrierte Alleinstehende, die nicht nur das nötige Kleingeld, sondern auch einen Sinn für exklusive Vergnügungen besaßen – und exklusiv war es unbedingt, sich, beschallt von Klängen eigener Wahl aus der Dolby-Surround-Anlage, in einem neunzigjährigen Oldtimer aus Silber durch liebliche Landschaften kutschieren und auf raffinierteste Weise, für die Welt unsichtbar, von unten erfreuen zu lassen.

Um die entsprechenden Einbauten vornehmen zu können, musste Max natürlich alle Sitze vollständig ersetzen. Die Polsterung sollte ein Sattler herstellen, der ausschließlich argentinisches Pferdeleder verarbeitete, weich und anschmiegsam, dazu verschleißfest und unempfindlich gegenüber Reinigungsmitteln.

So weit, so gut. Der eigentliche Stilbruch – Max vollzog ihn mit äußerstem Widerwillen und völligem Unverständnis für die Forderungen seines Bruders – war der Einbau ganz neuartiger Sitze: schmaler, ergonomisch gestalteter Sportsitze mit viel Seitenhalt und integrierter Klimatisierung; die Sitzflächen konnten nicht nur erwärmt, sondern auch gekühlt werden. Der Clou aber – und die Hauptursache von Maxens Missfallen – waren die beiden Rücksitze: Unter der Sitzfläche sollte sich eine Matrix aus Infrarotsensoren verbergen, die hochauflösend ein Temperaturprofil erstellten. Drucksensoren bildeten eine weitere Matrix. Die Technik war einem Touchscreen angelehnt, aber die neuartige Anwendung hatte Albert sich ausgedacht, und Max musste sie umsetzen, ob Missfallen oder nicht. Die auf diese Weise gewonnenen Daten jedenfalls wurden permanent an einen Rechner weitergeleitet, der exakt bestimmte, in welcher Körperhaltung eine Person auf der Rückbank saß, welchen Geschlechts sie war und welchen Kontakt zur Sitzfläche sie unterhielt. Über die Kombination dieser beiden „Fingerabdrücke“ war eine Person eindeutig identifizierbar, der Rechner konnte dann sofort das individuelle Nutzerprofil abrufen. Die technische Herausforderung lag darin, die beiden Matrizen zur Datengewinnung nicht nur zu überlagern, sondern so flexibel zu gestalten, dass sie sich dem Körper leicht anschmiegten. Denn die Doppelmatrix war ferner mit dehnbaren Öffnungen versehen, so dass sich zum gewünschten Zeitpunkt von unten her an genau der richtigen Stelle ein annähernd zylindrischer Gegenstand hochschob, der aus einem unterhalb befindlichen Magazin mit individuellen Nutzeroberflächen bestückt werden konnte.

Dies nun war die von Albert so genannte Damenbeglückung, deren hauptsächlicher Reiz darin bestand, dass die Kundin sich nicht nur durch exakte Ausbalancierung von Kinematik, Hydraulik und Temperatur in einer Art Schwebezustand halten konnte, dessen Dauer sie nach Belieben verlängert oder verkürzte, sondern dass sie sich quasi vor den Augen der Öffentlichkeit beglücken ließ, während sie, mit Hut und Schal und ganz Dame, vom Chauffeur über Land gefahren wurde, sei's mit geöffnetem oder mit geschlossenem Verdeck, und die Passanten sich den Hals nach dem extravaganten Auto verrenkten. Was unterhalb der Gürtellinie des Fahrzeugs und der weiblichen Fahrgäste ablief, ahnte niemand.

Alberts jüngste Geschäftsidee sollte sich, wie alles, was er anfasste, als golden erweisen. Und sein genialer Sklave Max musste sie, Verachtung im Herzen, umsetzen, wie er alles umsetzte, was Albert sich einfallen ließ. Er tat es wie immer mit vollem Einsatz, wie immer war sein Werk perfekt.

Aber zum Abschluss aller Restaurierungsarbeiten und Umbauten erlaubte sich Max einen privaten Scherz, und zwar mit der Dichtung der Ölablassschraube. Ein schnöder Kupferring war es im England der zwanziger Jahre gewesen – zugegeben: einigermaßen dicht, und ohnehin bekam ihn niemand, der nicht mit dem Ölwechsel betraut war, je zu Gesicht; aber Kupfer in einem silbernen Auto empfand Max als unmöglich. Er entschied sich für Silber. Er ließ ihn eigens gravieren. „*Fuck you, Albert!*" lief jetzt in Kursivschrift rund um den Ring, und die drei Wörter fassten seine jahrzehntelange Demütigung durch den tyrannischen Bruder zusammen, seinen Neid auf dessen geschäftlichen Erfolg, seine Enttäuschung vom eigenen einsamen Leben, denn außer seiner Genialität als Mechaniker hatte er nichts, keine Frau, keinen Freund, nicht einmal einen Goldhamster, und nicht zuletzt seine Verachtung – gegenüber sich selbst, weil er sich widerstandslos von seinem Bruder unterwerfen ließ, und gegenüber Albert, der alles hatte und doch nie, nie genug bekam. Mehr Platz war zum Glück nicht, sonst hätte er einen halben Roman gravieren lassen.

Fuck you, Albert.

Mit einem Lächeln setzte er den Ring ein und zog vorsichtig die Ölablassschraube fest.

Samstag, 2.5.2015, Sterntal

Kehren wir zwischendurch nach Sterntal zurück, wo Albert-der-Tyrann für das Knechten seines Bruders hin und wieder eine Strafe erhält. Indirekt natürlich: sozusagen kosmische Gerechtigkeit.

In Sterntal war seit einiger Zeit eine Dame beschäftigt, die es dem indienreisenden Geschäftsführer sehr angetan hatte, ja er stand in Flammen und sann auf Eroberung. Denn getreu den Statuten der PMS, in denen Freiheit, folglich Freiwilligkeit, an oberster Stelle stand, konnte er auf kein Vorgesetzten- oder sonstwie herbeifantasiertes Herrenrecht pochen und ihre Gunst etwa erzwingen. Auch käuflich war sie nicht: Sie verdiente genug. Er konnte nur seine Spezialwaffen einsetzen, und die waren, in Ermangelung von Schönheit, seine Stimme, sein Witz, seine Charmanz. (Nein, letzteres ist kein Versehen: Natürlichen Charme besaß er nicht; aber er verstand es, sich recht charmant zu gebärden, wenn es ihm nötig schien. Hier schien es ihm sehr nötig.)

Natascha hieß die Dame seines Herzens; sie war Russin und überragte ihn um Haupteslänge, und dass sie ihr langes dunkles Haar auf selbigem zu türmen pflegte, tat ihm keinen Gefallen. Wenn er zu ihr aufschaute, blickte er in ein eigentlich schönes, aber seltsam disharmonisches Gesicht, dessen obere und untere Hälfte von keiner inneren Verwandtschaft zusammengehalten wurden, sondern eher zufällig vereinigt schienen, so scharf war der Kontrast zwischen der hohen, wohlgeformten Denkerstirn über scharfen grauen Augen und den vollen, begierigen Lippen, die alle Aufmerksamkeit des Betrachters bannten und quasi einen verheißungsvollen Brennpunkt ihres Wesens bildeten. So war es jedenfalls an ihrem gegenwärtigen Arbeitsplatz, an dem sich die leibseelische Gestimmtheit aller Betrachter von der Geisteshaltung, wie sie etwa auf einem internationalen Mathematikerkongress herrscht, naturgemäß sehr wesentlich unterschied.

Warum erwähnen wir ausgerechnet die Mathematik? Weil Natascha, die Petersburgerin, hauptberuflich Mathematikerin war. Mathematik und Philosophie hatte sie in ihrer Heimatstadt studiert, hatte in ihrem ersten Fach auch promoviert, doch leider führt in unserer Zeit die reine Wissenschaft eine Randexistenz: Was nicht auf direktem Weg kapitalisierbar ist, braucht es anscheinend nicht. Und da Frau Dr. Natalja Nikolajewna Nikitin, liebevoll Natascha genannt, weder eine Hochschulkarriere noch ein IT-Spezialistentum anstrebte, jedoch über einen pragmatischen Charakter verfügte, besann sie sich nach einigen vergeblichen Stellenfindungsversuchen auf ihre sonstigen nicht unerheblichen Talente. Schon ihr Studium hatte sie als Fremdenführerin finanziert, denn sie beherrschte auch allerlei Fremdsprachen, und mit ihrem interessanten Gesicht und ihrem in anderer Weise interessanten Körper (der wiederum zeichnete sich durch eine geradezu betörende Harmonie seiner Bestandteile und deren Bewegtheit aus!) konnte sie sich eines regen Touristenzulaufs erfreuen. Und als sich abzeichnete, dass sich neben oder besser im Anschluss an die eine oder andere Fremdenführung zu den Petersburger Schätzen gelegentlich auch noch ein individuelles *tête-à-tête*, besser: *corps-à-corps,* ergab, sagte sie nicht nein. Nein sagte sie auch nicht zu den finanziellen Zuwendungen, die solche Verschlingungen mit, besser: Umschlingungen von Ausländern mit sich brachten. Selbstverständlich arbeitete sie immer in eigener Regie, sie war freischaffend und frei im Geist; niemals hätte sie sich einer Organisation oder einem Beschützer – gar einem Zuhälter, Gott bewahre! – unterworfen, die sie womöglich um die Früchte ihrer Arbeit gebracht oder jedenfalls daran hätten teilhaben wollen; auch Suchtmittel aller Art lehnte sie als freiheitsbeschränkenden Unfug ab. Sie war und blieb ihre eigene Herrin auf allen Gebieten.

Auf welchem Weg war sie von Petersburg nach Sterntal gelangt? Sie hatte in ihrer Heimat ja nicht schlecht verdient; sie war klug, apart, jung, sinnlich, gebildet, man riss sich um sie, sei es als Touristenführerin oder als Begleiterin ins Petersburger Nachtleben; in ihrer Freizeit spielte sie Cello und las deutsche Philosophen, Fichte, Schelling, Frege. Wozu hätte sie auswandern sollen?

Madame du Rhin, der unermüdliche Talentscout, hatte sie entdeckt und gewonnen. Die PMS-Chefin unternahm von Zeit zu Zeit einsame Reisen in ferne Städte, in denen es berühmte Konzertsäle und berühmte Orchester gab. Sie tat dies aus Neigung, weil sie die klassische Musik liebte, aber die Musik war es nicht allein: Sie liebte auch einen Dirigenten, der – zu Recht! – international berühmt war. Sie liebte ihn heimlich; das heißt, natürlich mit seinem Wissen und seiner Erwiderung (durchaus stürmisch!); die Welt aber durfte von dieser Liebe nichts wissen, und auch wir wollen weder den Grund des Heimlichkeitsgebots noch die Identität des Dirigenten kennen. Seine Konzerttermine fielen mit gewissen Auslandsreisen von Madame zusammen, und als sie einmal in Sankt Petersburg war und ihren Liebsten dirigieren sah und hörte, fügte es sich, dass sie, in der ersten Reihe sitzend, eine junge Dame mit getürmtem Haar (sehr zum Missfallen der hinter ihr Sitzenden) und einem Bleistift darin neben sich hatte, mit der sie vor und nach der Musik ins Gespräch kam, erst englisch, dann deutsch. In der Pause verließen sie den Saal gemeinsam, die junge Dame ließ sich auf ein Glas Sekt einladen, und es lässt sich schwer sagen, wie es kam, dass das Gespräch sich rasch auf eine gewisse Art der Lebensunterhaltsbestreitung verlagerte, in der sowohl Madame als auch Natalja, wenn auch von je unterschiedlicher Warte aus, Expertinnen waren – wahrscheinlich erwirbt man sich, wenn man länger in der Branche tätig ist, einen Blick, der erst ahnungsvoll, dann wissend ist. Madame jedenfalls begann nach erfolgreicher Verständigung durch ein-zwei Blicke – mehr brauchte es tatsächlich nicht – von ihrem Etablissement im bayrischen Fünfseenland zu erzählen, und Natascha lauschte verblüfft und interessiert und nahm gern die herzliche Einladung an, unbedingt auch nach Sterntal zu kommen, falls sie jemals in der Nähe wäre; und als Madame sich empfahl und zu ihrem Liebsten entschwand, kehrte Natascha sinnierend nach Hause zurück.

Schon tags darauf rief sie Madame an. Die beiden Damen trafen einander erneut, und die Gespräche, die sie führten, mündeten in die Verabredung zu einem unverbindlichen Besuch der PMS – ob passiv oder aktiv, sei der Besucherin anheimgestellt, versicherte Madame; sie könne sich alles nur ansehen, sie könne aber auch selbst tätig werden: Nichts gegen die Touristen in Petersburg, aber die Herrschaften, die in Sterntal verkehrten, seien doch von etwas anderem Kaliber. Einzelheiten ersparte sich Madame, doch ein tiefer Blick in Nataschas wintermeergraue Augen sagte genug.

Natascha wickelte ihre noch ausstehenden Verbindlichkeiten ab, und einen knappen Monat später stieg sie in München aus dem Flugzeug und wurde von der hauseigenen Fahrerin der PMS in Empfang genommen.

Nach Besichtigung der Räumlichkeiten und ihrer prospektiven Kolleginnen, die sie als überaus angenehm empfand (mit Ausnahme der herrschsüchtigen Ärztin, die allerdings nicht weiter ins Gewicht fiel), musste Natascha nicht lang überlegen. Sie wurde der jüngste Neuzugang. Ihr exotischer russischer Reiz, ihr schönes Schwarzhaar mit dem darin steckenden Bleistift – eine Marotte aus der Zeit, als Natascha noch vorwiegend mit Mathematik beschäftigt war und in allen Lebenslagen einen Stift zur Hand haben wollte, um Eingebungen zu notieren; inzwischen war der Bleistift, farblich auf die Kleidung abgestimmt, zum reinen Stilmittel geworden –, ihre vielfältigen Talente auf den verschiedensten Gebieten machten sie zum neuen Magneten in Sterntal; alle Herren wollten sich wenigstens einmal mit ihr verabreden, viele öfter. Mit ihrem breiten Spektrum an Konversationsthemen war sie allen Kolleginnen und zahlreichen Gästen haushoch überlegen (die Gäste allerdings merkten davon nichts), und wenn sie im kleinen Kreis ein Cellokonzert gab – nackt, mit gespreizten Beinen das Instrument umschlingend, die Brüste mit ultramarinblauem Herzstück und rhythmisch wogend, das schwarze Haar aufgesteckt, bis sich irgendwann (auf diesen Zeitpunkt warteten die lauschenden Herren immer) der Bleistift befreite und die Haarpracht sich über Schultern, Cello und Brüste ergoss … – wenn Natascha ein Konzert gab, lag ihr das Publikum zu Füßen. Mancher lag wirklich: Einen gab es, den seine Verehrung weiblicher Schönheit buchstäblich in die Knie zwang, so dass er die cellierende Natascha von unten betrachten musste.

Madame du Rhin beglückwünschte sich zu ihrer neuen Mitarbeiterin. Nachdem sich die Gäste ausnahmslos lobend und bewundernd über Natascha äußerten, fragte Madame einmal, wie es denn sein könne, dass sie trotz ihres zeitintensiven Studiums und ihrer studentischen Nebenjobs über eine derart reiche Erfahrung verfüge. „Unsere Männer werden nicht besonders alt“, antwortete Natascha. „Wir haben gelernt, keine Zeit zu verschwenden.“ Übrigens schenkte ihr Madame zum ersten Jahrestag ihres Eintritts ein weißes Cello, und seitdem war bei ihren Zuhörern kein Halten mehr: Die sinnliche Russin mit ihrem Alabasterleib und schwarzem Haar auf weißem Grund, nur mit ihrem Bleistift bekleidet, brachte manchen wenigstens vorübergehend an die Grenze seines Verstands. Auch Albert. Den besonders.

Ach, Albert. So erfolgreich er als Geschäftsmann war, so erfolglos war er in Liebesdingen. Unter allen, die er verehrte und begehrte, war Natascha seine Göttin. Wann immer sie in der PMS aufkreuzte, um Verabredungen wahrzunehmen, war auch Albert zur Stelle und umschwänzelte sie, bevor sie mit dem jeweiligen Herrn im Separée verschwand, und wenn sie nach einer gewissen Zeit, in der er sich in Schmerzen wand, wieder herauskam, umwarb er sie mit Erfrischungen, Scherzen, geistreicher Konversation, Charmanz.

Es half alles nichts. Irgendwann warf Albert seine sinnlose Strategie über Bord und fiel mit der Tür ins Haus. „Natascha, meine Teuerste!“, begann er, zu ihr hinaufblickend. „Sie sind schön wie Athene, und ich begehre und liebe Sie. Ich muss Sie wenigstens einmal besitzen, sonst sterbe ich! Meine Liebste, muss ich Sie bezahlen, oder schenken Sie sich mir freiwillig?“

„Was reden Sie für einen furchtbaren Unsinn, Herr Schwarz“, antwortete sie. „Sie lieben mich nicht, das glauben Sie nur, und ich Sie ebenso wenig. Ich bin Ihre Mitarbeiterin! Als Geschenk können Sie mich vergessen, und kaufen lasse ich mich nicht.“

„Ich zahle, was immer Sie verlangen. Ich bin reich! Mit Frauenschönheit, sagt der Volksmund, lässt sich jeder Mann kaufen, wenn sie nur groß genug ist; aber Frauenschönheit lässt sich mit Geld kaufen, wenn es nur genug Geld ist.“

„Das mag bei anderen so sein, Herr Schwarz, aber nicht bei mir. Ich habe nicht die Sowjetunion überlebt, um mich ausgerechnet Ihnen hinzugeben. Niemals!“

Der Widerstand erhöhte seinen Kampfgeist parallel zu seinem Begehren. Albert rückte ihr sehr dicht auf den Leib, berauschte sich an ihrem Duft und fühlte sich wachsen. Er hätte gern an ihrem Haar geschnuppert, kam aber nur bis zur Achsel. Natascha wich zurück.

„Herr Schwarz!“, rief sie. „Wenn Sie mich nicht in Frieden lassen, schreie ich das ganze Haus zusammen und inszeniere einen Skandal, dass Sie erledigt sind.“

„Natascha!“, sagte er begütigend. „Warum quälst du mich? Weißt du nicht, dass man dem kleinen Mann eine besondere Begabung als Liebhaber nachsagt? Ich bin der lebende Beweis dafür. Du wirst es nicht bereuen, das schwöre ich beim Leben meiner toten Mutter!“

„Herr Schwarz, Sie sind abstoßend. Reden Sie keinen Scheiß über Ihre Mutter, die arme Frau. Wären Sie nur klein! Aber Sie sind auch dick, Sie sind ungepflegt, Sie können nicht essen, ohne sich vollzusauen, Sie sind aufdringlich und lästig wie eine Zecke, und Sie verbreiten einen Geruch wie totes Fleisch. Sie bilden sich tatsächlich ein, Sie könnten sich mit Ihrem Geld alles kaufen. Sie wissen nicht, wann Sie verloren haben. Ich kann Sie nicht riechen! Sie widern mich an! Gehen Sie fort und belästigen Sie mich nie wieder!“

„…“

„Nein! Nur über meine Leiche!“

„Ich werfe Sie hinaus!“

„Das können Sie gar nicht ohne Madames Einwilligung.“

„Dann als Leiche! Ich töte dich, und wenn du hin bist, gehörst du mir!“, schrie Albert, der vor Begierde vollkommen von Sinnen war. Es beherrschte ihn eine seltsame Gleichzeitigkeit der Gefühle – aggressive Erregung und ohnmächtige Furcht, sie könnte ihm schon für immer entglitten sein; und die beiden bedingten sich gegenseitig, etwa so wie bei kommunizierenden Gefäßen: Es schwoll das eine Gefühl, floss über und leerte damit das andere, das nun seinerseits bis zum Überfließen anstieg.

Natascha deutete seinen Zustand sofort und richtig. „Albert“, sagte sie unerwartet sanft und neigte ihr schwarzhaariges Haupt. „Lassen Sie’s bleiben. Richten Sie Ihre Begierden auf andere Objekte. Mit mir wird das nichts.“ Sprach’s, kehrte ihm den Rücken und ging davon.

Albert kochte. „Krötenkacke!“, schrie er in blinder Wut. Hieb fäustlings gegen alle Ziele – Wände, Möbel, Oberschenkel –, die den Fäusten erreichbar waren. Und marschierte seinerseits davon und hinaus in den Hof, wo der Rolls-Royce in edlem Schwarzsilber auf Kundinnen wartete. Warf einen Blick in sein Schlaufon und stellte fest, dass der Wagen für den Rest des Abends frei war. Er riss die Wagentür auf und schlug sie wieder zu und genoss den fetten Klang, mit dem sie sich schloss. Riss sie erneut auf, stieg ein, schlug sie abermals zu und genoss den fetten Klang von innen. Gute Arbeit, sagte er sich und widmete seinem Bruder Max, der zuletzt noch daran gedacht hatte, sämtliche Hohlräume der Karosserie mit modernsten Dämpfungsmaterialien zu füllen, einen anerkennenden Gedanken.

Über den Touchscreen gab er die Codedaten ein, und der hubraumstarke Wagen sprang mit einem sanften Blubbern an. Ruckte ganz kurz und beschleunigte, ohne dass man groß Gas geben musste. Alberts Libido begann sich ganz allmählich vom einen Objekt der Begierde auf ein anderes zu verschieben. Motorkraft! Hubraum ist eben durch nichts zu ersetzen außer durch noch mehr Hubraum. Er bog auf die Landstraße ein, und ein genussvolles Stöhnen entwich ihm. Die Höchstgeschwindigkeit des Wagens war nicht berauschend, die Beschleunigung bis dorthin aber grandios. Aufrecht saß er hinter der noch aufrechteren Frontscheibe des Wagens und betätigte mit sanftem Druck das Gaspedal. Der Motor war ein Gedicht. Er liebte ihn. Sehr zu Recht hatte der englische Meistermechaniker, der ihn seinerzeit mit seinen Gehilfen zusammengebaut hatte, ein stolzes Messingschildchen mit seinem Namen und einer laufenden Nummer hinterlassen: Die Inschrift „Smith 027“ kündete der Nachwelt von seiner Tat.

Albert brauste auf der Landstraße dahin Richtung Süden. Ein neureicher Sportwagen tauchte hinter ihm auf und setzte sich ihm auf die Stoßstange. Albert fuhr breit in der Mitte der Straße und wurde etwas langsamer. Der Sportknabe hinter ihm blinkte hektisch mit allen verfügbaren Lichtern. Albert wurde noch langsamer. Als das erste Hupsignal ertönte, fühlte er sich zu einer Strafmaßnahme gedrängt und drückte zwischen den vielen chromblitzenden Armaturen einen von seinem diabolischen Bruder eingebauten Geheimknopf. Die Zündung wurde kurzzeitig unterbrochen, der Auspuff füllte sich mit Benzindampf, und als Albert den Knopf einen Sekundenbruchteil später losließ, zündete das Gemisch mit einem lauten Knall, und aus dem Auspuff schoss eine Flamme. Im Rückspiegel beobachtete Albert mit einem Lächeln, wie der Sportknabe hinter ihm zu schlingern anfing und jäh zurückfiel. Lektion gelernt, sagte er sich und rauschte davon. Minutenlang gehörte die Straße ihm. Als er dann – gemächlich und bei einsetzender Dämmerung – auf die Autobahn auffuhr, zog der Sportknabe inbrünstig hupend an ihm vorbei. Der Fahrzeugtyp war nicht zu erkennen: 08/15-Design, dachte Albert, die Form einzig und allein vom Windkanal diktiert. Da sieht natürlich einer so aus wie der andere. Sein antiker Rolls hatte zwar den Luftwiderstandsbeiwert einer gotischen Kathedrale, aber Aerodynamik, so Alberts Credo, war nur etwas für Leute, die keine Motoren bauen konnten. Er sah die Ventile vor sich, die in ebenmäßigem Rhythmus ihre Arbeit verrichteten, sah das Motoröl sich heiß und seidig um Metallteile schmiegen. Sah, wie die sechs Kolben in ihren Zylindern sich auf- und abwärts bewegten, wie er, hätte dieses russische Weib ihn erhört, es getan … Nein! Stattdessen: Kühlerlamellen, die sich unter der schneidigen Neo-Spirit-of-Ecstasy in Abhängigkeit von der Temperatur des

Kühlwassers thermostatgesteuert langsam öffneten. Herrlich, wie leise das alles ablief! Lyrische Empfindungen erfüllten sein Herz. Nur ein leises Zischeln des Luftfilters war zu hören und … tickte da nicht eine Borduhr? Hatte Max tatsächlich eine mechanische Borduhr aufgetrieben? Oder hatte er ihm eine moderne Quarzuhr untergeschoben und gedachte ihn mit digital erzeugtem, lautsprecherverstärktem Pseudoticken hinters Licht zu führen … Zuzutrauen war es ihm.

Die einzige Mühsal an diesem Wagen war, fand er, das Fehlen einer Servolenkung. In Kurven war das Lenkrad doch recht schwergängig, aber er fühlte sich reichlich entschädigt durch den wunderbaren Geradeauslauf: Mit diesem schweren Motor und den schmalen Reifen lief der Wagen stur und unbeirrbar in eine einzige Richtung wie ein Eisenbahnergewerkschaftsfunktionär.

Wenn man dieses Wunderwerk automobiler Technik mit den vermeintlichen Wunderwerken Gottes verglich … In Alberts Herz schwand das lyrische Empfinden und wich dem alten Groll auf die gesamte Weiblichkeit, das verfluchte Gezücht. Was war eine Frau im Vergleich zu diesem Auto? Eine Fehlkonstruktion. Wie sähe selbst Natascha – Gott strafe sie – aus, hätte sie das Alter dieses Wagens, der jetzt in makellosem Glanz erstrahlte und technisch auf neuestem Stand war? Eine Mumie wäre sie oder überhaupt längst Staub. Dieses Fahrzeug machte ihn reich, materiell und seelisch! Anders als jedes Weib konnte er es fast jederzeit zu seinem Vergnügen nutzen! Widerspruchslos fügte es sich seinen Wünschen. Mit einer Frau hingegen muss man reden und reden, muss sich ihre Probleme anhören und ernst nehmen und Blütenkränze um ihr Seelchen winden, und wenn sie selber momentan keine Probleme hatte, wollte sie über die Probleme ihrer Freundinnen reden, und wenn auch das erledigt war, wollte sie ins Kino und über Filme reden und über Bücher, in denen Frauen Probleme hatten, oder sie wollte ins Konzert oder gar in die Oper … Die einzige Musik, die ein Mann brauchte, war der Klang eines Rolls-Royce-Motors. 7,4 Liter Hubraum, auf sechs Zylinder verteilt.

Auf einer Strecke von zwei Kilometern lauschte er der Symphonie aus den Wohllauten seines Autos. Dennoch nagte ein Wurm an seinem Herzen, der Natalja hieß. Die einer Papiermotte gleich intellektuelles Zeug in sich hineinfraß statt sich ihm hinzugeben. Die anscheinend *jeder* Mann haben konnte, nur er nicht, Kruzifix! Und im Gefolge dieses russischen Wurms nagte Madame du Rhin, Gott strafe sie, es nagten weitere Würmer mit Namen wie Izabela und Roswitha und bildeten eine Legion. Albert blickte auf sein bisheriges Leben zurück und erkannte, dass seine Sehnsucht, seine Hoffnung auf ein innig liebend Herz sich tatsächlich kein einziges Mal erfüllt hatte. Nicht einmal seine Mutter war mit ihm einverstanden gewesen.

War sein wirtschaftlicher Erfolg etwa schicksalhaft mit *diesem* Unglück in der Liebe zusammengespannt?

Wenn ja: worauf verzichtet man leichter? Geld oder Liebe?

…

Auf Liebe.

…

So sei es denn, schwor er sich grimmig, während er über die Autobahn brauste. Wo steht geschrieben, dass die Frauen einen lieben müssen? Man kann sie sich auch gefügig machen, mit Geld oder Gewalt. Oder beidem. Und wenn nicht die Frauen aus dem eigenen Haus, dann eben andere; Frauen für Geld gab es in dieser geldigen Gegend genug.

An der nächsten Ausfahrt verließ er die Autobahn und bog ab nach Tuttling, wo ein Geschäftsfreund ein großes Anwesen besaß, auf dem er stets einige Ukrainerinnen vorrätig hielt. Die redeten nicht, waren willfährig, fügsam und blond.

Ein kurzes motorfremdes Geräusch überraschte ihn, und es fühlte sich an wie ein doppeltes Stolpern. *Gnuk-gnuk*. Er blickte in den Rückspiegel und sah im Licht der ersten Straßenlaterne: Vorder- und Hinterrad hatten ein Eichhörnchen überfahren. Dummes Viech, dachte er, warum rennt es mir vor den Kühler statt auf seinem Baum zu hocken, wo es hingehört, und Nüsse aufzunagen. „Possierlich, aber von geringen Geistesgaben" – von wem war das, Alfred Brehm? Dürfte stimmen. Wenn ich es nicht tiefergelegt hätte, hätte es sich der Fuchs geholt. Jetzt taugte es immerhin noch als Lesezeichen. Aber hoffentlich hatte es beim Sterben keine Flecken hinterlassen. Tiere waren Nahrung und Mitmenschen Mittel zum Zweck. Und der Zweck? Mehrung von Reichtum und Macht. Der Sinn des Lebens war es, in der Nahrungskette möglichst weit hinten zu stehen. Die Steaks, die er sich gönnte, waren manifest gewordener Sinn der Schöpfung.

Jetzt erst recht. Albert war Nahrungs- und Sexualopportunist. Er nahm, was er bekam.

Eine Biogasanlage tauchte auf, und er warf einen Blick auf die zwei dunkelgrünen Kuppeln der Fermenter, bei deren Anblick schon wieder diese Russin von ihm Besitz zu ergreifen drohte. Die nackte Natascha beim Cellospiel. Verfluchte Weiber, der Teufel hole sie alle. Er schob sie von sich – diesmal sogar mit Erfolg. Denn jetzt, im Ortskern von Tuttling, fuhr er an der verspiegelten Fassade einer Bank entlang. Das Licht einer wechselstromgespeisten Straßenlaterne strahlte die Drahtspeichenräder seines Wagens an, deren Drehzahl zufällig im richtigen Verhältnis zur Leuchtfrequenz der Lampe stand: Sie schienen fast stillzustehen. Nein, besser: Es sah aus, als drehten die eleganten Weißwandreifen sich langsam rückwärts. Fast lautlos lief der Sechszylindermotor, und

Albert fühlte sich im warmen Nachtwind schweben. Er liebte dieses Auto! Ein silberner Rolls-Royce. Reines Silber! Er drehte noch eine Ehrenrunde um die Bank, langsam, und betrachtete sein Spiegelbild. Bewunderung erfüllte ihn und, ja, Glück. Was war die Liebe einer Frau gegen diesen Schatz? Flüchtig, substanzlos wie ein Auspuffwölkchen.

Er bog ab und hielt vor dem gut getarnten Bordell seines Bekannten. Trat ein und folgte der erstbesten Osteuropäerin aufs Zimmer, um die sexuelle Not zu stillen, die eine unsägliche Russin in ihm erzeugt hatte. Die Geschlechtsteile des Menschen sind wie Kolben und Zylinder, nur ärmer, hässlicher, prosaischer. Ob das organische Vorbild bei der genialen Erfindung der Dampfmaschine, der Urahnin des Ottomotors, Modell gestanden hatte? Solchen ersprießlichen Gedanken hing er nach, während die willige Ukrainerin sich alle Mühe gab, sich möglichst aufreizend zu entkleiden. Sie war ganz gut gebaut, das immerhin. Aber ihn konnte sie nicht täuschen – natürlich waren weder das Russisch-Blond auf ihrem Kopf noch die Wimpern, noch die Brüste original.

Egal, die Dame verstand ihr Handwerk. Die Zunge einer Frau war ein wunderbares Organ, solange sie sie nicht zum Reden benutzte. Zur Hölle mit Natascha und sämtlichen Edelnutten, dachte er verbittert. Die Vorgänge des Lebens liefen auch ohne Liebe ab. Bis sie mit einem *gnuk-gnuk* endeten.

Freitag, 10.7.2015, Berlin

Unterdessen ist Erda in Berlin eingetroffen und hat sich auf den bisweilen unergründlichen Pfaden der Berliner Verkehrsgesellschaft – denn Taxifahrten sind ihr von ihrem Dienstherrn nur im alleräußersten Notfall vergönnt – bis zur Friedrichstraße vorgearbeitet. Sie hat sich von der Empfangs- und Telefonperson der Voith-Bau GmbH (auch wenn man ihr leibhaftig ins Angesicht blickt, ist nicht klar, wes Geschlechts sie sei) beim Herrn Betoniarski anmelden lassen. Sie kommt gut vorbereitet – ihr Assistent hat ihr ein derart umfassendes Dossier zusammengestellt, dass sie sich in der Materie halbwegs zu Hause fühlt. Schwer war es nicht, nur etwas langwierig, sich aus den zahllosen Einzelinformationen von Behörden (an den weiß-blau rautierten Grenzpfählen vorbei über landesgrenzenüberschreitende Amtshilfe errungen), Pressearchiven und einer Million Berichte im Internet ein komplettes Bild zusammenzubauen. Und nachdem wir versprochen haben, unseren geschätzten Lesern und -innen Erdas Einsichten Zug um Zug in der Kurzfassung mitzuteilen, hier die Übersicht:

Der öffentliche Part des Bauvorhabens wurde zunächst über den Bauausschuss der Landesentwicklungsbehörde organisiert. Als diese jedoch auf kleinteilige und pedantische Weise Planungsdetails zu verwalten begann, wurde die Planungshoheit der Kulturbehörde des Landes übergeben. Die verteidigte zunächst ohne eigenes Fachwissen die Belastbarkeit der Kostenschätzungen und manövrierte sich dadurch in eine Defensivposition, aus der sie nicht mehr herausfand, weshalb sie eine große Zahl von Projektänderungsmeldungen („PÄM") des Architekturbüros und der beiden Bauunternehmen ohne weitere Prüfung durchwinkte. Viel zu spät verpflichtete die Kulturbehörde einen Antinachtragsmanager.

Wertvolle Zeit verstrich, bis eine neue Planstelle für ihn geschaffen war. Es dauerte sogar so lang, dass die Nachtragserfindungsabteilungen beider Bauunternehmen schon für jedes Gewerk den *point of no return* überschritten hatten und das Land wohl oder übel zahlen musste. Rollten erst einmal die Bagger, dann rollte unaufhaltsam auch der Rubel. So wurde aus einer einträchtigen Partnerschaft und einer Allianz des Optimismus ein konfliktträchtiges Dreiecksverhältnis von Politik, Bauwirtschaft und Architekturbüro; ein Dreiecksverhältnis, in dem lästige Entscheidungen so lange hin- und hergeschoben wurden, bis die Kostenentwicklung dem Baufortschritt um Lichtjahre voraus war.

Das charakteristische Merkmal des Baukörpers sollte eine einmalige und unverwechselbare Silhouette sein: umgesetzt durch eine bewegte Glasfassade, die rechte Winkel konsequent vermied. Das heißt, es mussten alle 1096 Glaselemente individuell geformt und darüber hinaus recht aufwändig mit einem aufgedruckten Raster versehen werden, damit sie das Licht auf je einmalige Weise reflektierten. Nebenbei sollte die Bedruckung das einstrahlende Sonnenlicht in Strom umwandeln, was zwar etliche Kritiker aus dem grünen Lager begütigte, aber Rücksicht auf bis dato unberücksichtigte Vorschriften in Sachen Brandschutz und Elektrik forderte. Die Folge war, wie nicht anders zu erwarten, weiterer Planungsaufwand, zumal eben erst fertiggestellte Ebenen nun partiell wieder ausgehöhlt werden mussten, damit neue Kabelkanäle und Rauchabzugswege entstehen konnten.

Mit diesem Wissensstand, allerdings nicht nur dem bloßen Gerüst, sondern behängt mit einer Fülle von Details, die wir unter den Tisch fallen lassen, betrat Erda das Büro des Voithschen Nachtragsmanagers, der ihr ein überraschend fröhliches „Juten Morjen!“ entgegenschmetterte.

„Grüß Gott, Herr Betoniarski“, antwortete Erda jovial.

Es wurden zwei, drei Höflichkeiten gewechselt, Kaffee wurde gebracht, ein Fläschchen Mineralwasser für die Weitgereiste, und als beide saßen, sagte Erda, die alle ihre Gesprächspartner erst einmal in der Sicherheit zu wiegen pflegte, dass sie grundsätzlich unverdächtig seien, ihre Expertenmeinung aber hochwillkommen: „Wie läuft es denn jetzt, wo der Chef nicht mehr da ist?“

„Jehn Se mir! Schlecht! Diese Fassade macht mich wahnsinnig. Ham Se die schon jesehen? Früher hat man LSD jenommen, um det Jefühl zu bekommen, det sich beim Anblick dieser Fassade von alleene einstellt. Wenn det so weiterjeht, ham wir hier bald ne zwote Sagrada Familia. Die wird auch nie fertig!“

Passender Vergleich im Zusammenhang mit Harri, dachte Erda. Diesem Familien- und Fortpflanzungsfanatiker war jede Familie heilig, und seine nachwuchsmäßig relativ unergiebige Ehe mit der Pathologin hatte ihn auch nie von irgendwas abgehalten: Harald Welsers Kinder waren ungezählt.

„Und diese *ewigen* Änderungen!“, stöhnte Betoniarski, den Blick himmelwärts gerichtet.

„Aber ist das nicht das Wesen Ihrer Tätigkeit hier?“

„Doch“, sagte Betoniarski. Und stimmte ein Klagelied an, das eine knappe Viertelstunde dauerte.

Wir kürzen etwas ab. Den Kern seiner Jeremiade bildete dies: Es versteht sich von selbst, dass jede Planänderung die Kosten in die Höhe treibt, das war schon bei den Pyramiden so und ist seither nicht besser geworden. Eher im Gegenteil: Auch in dieser Hinsicht hält Berlin21 einen Rekord.

Architektonisch gilt der Bau als grandioser Wurf, seine Realisierung hingegen ist ein mittelschweres Desaster, das viele Väter und ein paar Mütter hat. Für die öffentliche Hand schienen die Baukosten zunächst kein Problem, zumal es private Spendenzusagen in vielstelliger Millionenhöhe gab und eine Quersubventionierung durch Luxuswohnungen in den oberen Etagen vorgesehen war. Von Anfang an war es ein Prestigeprojekt der Hochkultur – neben der Opernbühne würde es auch einen Konzertsaal geben, beide mit einem Fassungsvermögen von knapp dreitausend Sitzplätzen. Stadt und Land schwelgten in einhelliger Begeisterung. Doch als es an die bauliche Umsetzung ging, fing das Malheur an. Eine Legion von Würmern bohrte im Gebälk. Welsers Ehrgeiz und Ungeduld erzeugten komplett unrealistische Zeitpläne, und das Architekturbüro sowie die staatlichen Projektmanager einerseits und die Generalunternehmer Voith und Vasold andererseits begannen einander zu hassen und anwaltlich zu bekämpfen. Architektonische Großprojekte, so Betoniarski, begannen gern mit einer Lüge, und die war in diesem Fall die Behauptung eines Festpreisvertrags, die natürlich ein trauriger Witz war. Von wegen Festpreis – die Nachforderungen rissen seither nicht mehr ab. Dabei war der Kulturtempel mitsamt seiner Umgebung, dieser kühn geschwungene Glaskörper am Rand des Naturparks und der nicht minder kühne Kontrast zwischen einem Höhepunkt der Architektur und Ingenieurskunst und relativ wilder Natur (die Zufahrts- und Zugangswege verliefen unterirdisch, um das erhabene Bild nicht zu stören: Wäre Richard Wagner, der Bayreuther Bauherr, vor Neid erblasst, oder hätte er vor Begeisterung jubiliert?), ursprünglich doch eine Ikone der Schönheit und der Hoffnung!

Seit dem Anfangsenthusiasmus reihte sich Katastrophe an Katastrophe, und das jüngste Desaster – das bei der Frau Kommissarin auf besonderes Interesse stieß, weil der tote Bauunternehmer stärker davon betroffen war als der überlebende und ein

Zusammenhang mit dem Mord nicht ausgeschlossen schien – war die Entdeckung, dass sich mit zunehmendem Baufortschritt und Schwere der auf dem Fundament lastenden Masse ein Absenken desselben eingestellt hatte. Es senkte sich nicht sehr, aber es senkte sich, was natürlich eine gemähte Wiese nicht nur für die Feuilletonisten dieser Republik war: Es blühten schadenfrohe Wortspiele und Metaphern, die, nächstliegend, vom Untergang der Hitlerei über, immer noch naheliegend, berühmte Eisbergopfer bis hin zu den etwas weniger deutlich in der Alltagsikonographie präsenten versunkenen mythischen Städten, Atlantis & Co., reichten.

Neue Nahrung erhielten die Spötter, als sich erwies, dass das Fundament sich ungleichmäßig senkte. Eine statische Katastrophe ersten Ranges! Der Höhenunterschied bewegte sich zwar im kleinsten Bereich, aber Schieflagen haben naturgemäß eine lawinenhafte Tendenz: Was auf der unteren Ebene um Millimeter abweicht, hat in lichter Höhe eine Abweichung um Meter; ein fingerbreites Fehlen am falschen Ort fällt einen Burj Khalifa. Die Schiefheit – die wiederum nächstliegende Metapher war natürlich Pisa; nur ein Kommentator, fantasievoller als die übrigen, sprach von architektonischer Skoliose – wirkte sich bis ins kleinste Detail hinein aus: So mussten etwa im ganzen Gebäude die individuell konstruierten konkaven Rolltreppen ausgetauscht werden, da sich die Stufen beim Probelauf regelmäßig verklemmten. Das war noch das allergeringste Übel. Unvergleichlich schlimmer wog, dass die von den beiden Generalunternehmern beauftragten Gutachter nach zahlreichen Simulationen und Berechnungen zu der fatalen Einsicht gelangten, dass die für die Stahl- und Glaskonstruktion erforderliche Sicherheit nicht mehr gewährleistet sei. Folglich wurden zusätzliche Fundamentierungsarbeiten notwendig, was wiederum weitere millionenschwere Nachträge und -forderungen mit sich brachte.

„Und dann noch dieser Akustiker! Japaner und Pedant! Er macht uns ständig neue Qualitätsvorgaben. Seine Zustimmung wurde aber plötzlich als eine Voraussetzung für die Endabnahme des Gebäudes durch das Land definiert. Jetzt müssen wir die Innenverkleidungen des Opern- *und* des Konzertsaals wieder rausreißen und ersetzen!“

„Aber dafür gibt es doch Projektkoordinatoren, die im Vorfeld …“

„Die können Se jetrost vergessen. Die werden permanent durchjetauscht, weil deren Qualifikation zumeist eine politische und keine fachliche ist. Diese sogenannten Koordinatoren können mich! Die sollen sich mal lieber um die Frau Ministerpräsident kümmern.“

Erda horchte auf. Ließ Harald Welser etwa ein Zwischenfunken seiner Gattin zu?

„Wieso, was hat die denn damit zu tun?“, fragte sie.

„Tja. Aus der Politik kamen Forderungen nach einer Bauerweiterung, sprich Erhöhung um drei Stockwerke, in denen Superluxuswohnungen entstehen sollen. Die offizielle Begründung lautet: Beitrag zur Finanzierung des Janzen durch die zu erwartenden Mieteinnahmen – da zahlste locker einen Fuffi für den Quadratmeter. Jibt ja jenug Reiche“, sagte Betoniarski grimmig. „Leider hat sich Christiane Welser, die Ehefrau des Ministerpräsidenten, über das Architekturbüro in die Detailplanung des Pool- und Saunabereichs eingemischt, und weil eben niemand weiß, was sie das angeht, fingen die Medien natürlich eifrig zu investigieren an, und inzwischen ist klar, dass sie sich schon eine dieser Luxuswohnungen reserviert hat, und zwar die größte und luxuriöseste von allen.

Mit eigenem Swimmingpool. Eine Oper mit Schwimmbad und Sauna. Was denn noch alles."

„Da schau her", kommentierte Erda, und bei sich dachte sie, dass ihr Verflossener, entgegen dem Augenschein, offenbar nicht mehr ganz auf der Höhe seiner Kraft war: Dass er weibliche Einmischung zuließ, ob seitens der Ehefrau, einer Geliebten oder auch einer Tochter, sah ihm nicht ähnlich; so hatte sie ihn nicht gekannt.

Sie wäre allmählich gern zur Sache gekommen und hätte das Gespräch auf den toten Voith gebracht, doch Betoniarski war vorläufig nicht zu bremsen. Er setzte zu einem Vortrag über Rückstellungen an: „Nachdem mehrere Nachtragsforderungen in dreistelliger Millionenhöhe durch die Landesregierung genehmigt waren", dozierte er, „wurde eine pönalenbewehrte Festpreisregelung vereinbart, wie das im Fachjargon heißt. Aber es mussten Bürgschaften für weitere zweihundert Millionen Euro pauschal für Baurisiken gestellt werden. Pro Werktag Verzögerung ist eine Vertragsstrafe von fünfhunderttausend fällig, die Summe aber auf maximal dreißig Millionen begrenzt. Die ham wer natürlich sofort steuermindernd zurückjestellt!

Und irgendwann", fuhr er fort, „kamen die Anwälte und machten alles noch schlimmer, denn auf einmal hatten wir x Prozesse am Hals, vor allem mit dem Architekturbüro, und zwar sowohl als Kläger wie als Beklagtem, aber nicht nur. Die strittjen Punkte wurden später außerjerichtlich beijelegt" – Erda hatte inzwischen den Zusammenhang zwischen zeitweiliger Abregung Betoniarskis und stärkerer Neigung zum Berlinern erkannt und passte ihren Aufmerksamkeitspegel entsprechend an –, „nachdem ein Jutachten festjestellt hatte, dass es nicht Aufgabe der Jerichte sei, Leistungsbeschreibungen von Anbietern und Fachabteilungen zu prüfen. Allerdings wurden Bestechlichkeitsvorwürfe gegen mehrere leitende Bürokraten erhoben, so dass alle – ich sag Ihnen:

alle! – hier relevanten Vergabeverfahren überprüft werden müssen, denn unterlegene Bewerber klagen jetzt auf Schadensersatz. Das schafft Beschäftigung, sach ich Ihnen! Und ich mach hier mehr Juristenkram als Bau-Steine-Erden", fügte er hinzu.

„Aber Sie sind doch der Nachtragsmanager, das muss doch so sein, nicht?"

„Ja, aber die Jejenseite hat einen Antinachtragsmenschen einjestellt, und der macht mir det Leben zur Hölle."

„Dem Voith auch?" Endlich ergab sich die Gelegenheit, das Gespräch auf den eigentlichen Zweck ihres Hierseins zu lenken.

„Nicht janz, der macht Friedensverhandlungen. Det is Chefsache."

„Was heißt das?"

„Tja, das jejenseitje advokatische Wettrüsten zwischen Architekturbüro, Bauunternehmen und Behörden beschäftigt derart viele Juristen, dass böse Zungen behaupten, die Bauunternehmen hätten sich zu Anwaltskanzleien mit anjehängten Bauabteilungen jewandelt. Und wie zum Ausklang eines teuren Wettrüstens üblich, entschließt man sich, bevor alle Beteiligten hin sind, Abrüstungsverhandlungen zu führen. Motto: ‚Du bewilligst meinen Nachtrag, ich klage nicht gegen deine Leistungsbeschreibung', oder ‚Ich plane noch ein Stockwerk, und du pfeifst deine Jutachter zurück.' Diese Absprachen laufen immer drauf hinaus, dass Mehrkosten verschleiert, Sicherheitsbedenken zurückgestellt, Zusatzaufwendungen ignoriert und unser aller Steuergeld am Parlament vorbei verplant werden." Er unterbrach sich. „Und im Übrigen, dies nur als Hinweis für Sie, Frau Dings, – unser Chef hat doch bei Ihnen unten in Bayern das Zeitliche jesegnet. Wissen Sie eigentlich, dass die sich immer dort unten jetroffen haben? Der Unsrige, der Vasold, der Ministerpräsi, der Architekt und etliche Mitarbeiter, sicher auch der eine oder andere Behördenfritze. Angeblich in einer Art Unternehmensberatung am Sterntaler See, aber det könnse ihrer Großmutter erzählen – seit wann muss man nach Bayern, um sich beraten zu lassen! Nee, det waren janz andere Sorten von Treffen. Da hamse dann gleich vor Ort ne frische Übereinkunft zu Lasten Dritter jebührend jefeiert. Wenn Se mich fragen, Frau Dings, Frau Kommissarin: Det war keene Beziehungstat, wie Sie das nennen, det war ne knallharte jeschäftliche Anjelegenheit. Abrechnung zwischen Kollegen. Wenn Se den Fall lösen wollen, müssen Se in die Wirtschaftskriminalistik einsteigen, det sach ick Ihnen."

Betoniarski holte kurz Luft, und Erda sprang sofort in die Lücke. „Herr Betonski", warf sie ihre Retourkutsche für „Frau Dings" hinein, „Sie haben mir enorm geholfen, und ich will Ihre Zeit auch gar nicht länger in Anspruch nehmen. Aber darf ich Sie noch um eines bitten? Dass Sie mir eine Zusammenstellung der Namen sämtlicher Beteiligter und der dazugehörigen Funktionen machen? Damit sind Sie mich auch schon wieder los. Ich bin Ihnen sehr dankbar für diesen Überblick. Jetzt bin ich bestens gerüstet und kann mit meiner Polizeiarbeit beginnen. Wären Sie so lieb, mir die Liste zu mailen?" Sie reichte ihm ihre Karte und stand auf.

Betoniarski, etwas überrascht von diesem abrupten Aufbruch, erhob sich ebenfalls und stotterte: „Ja … äh. Klar. Aber … war's das jetzt schon, oder wie? Und mich verdächtigen Sie nicht?"

„Nein, Herr Betonski. Mein Eindruck von Ihnen ist ein makelloser. Aber Eindrücke können sich natürlich jederzeit ändern, gell. Ich melde mich wieder! Sie sind ja in der nächsten Zeit im Lande? Einstweilen vielen Dank und viel Erfolg für Ihre schwierige Aufgabe!"

Sprach Erda, schüttelte ihm die Hand und ging.

Montag, 13.7.2015, München

Wieder in München, kehrte Frau Schulze-Klemmbach in den Umkreis des Tatorts zurück und zog Erkundigungen nicht nur über Unternehmensberatungen im bayrischen Oberland ein, sondern auch über die gehobene Gastronomie, über Hotels und Landgasthäuser, die sich als konspirative Treffpunkte eignen, wenn Bauriesen und deren Großauftraggeber zu intransparenten Zwecken zueinander streben. Sie wurde nicht fündig, obwohl sie auf heimischem Terrain Gott und die Welt kannte und die Fäden ihrer Vernetzung tief hinein in die Halb- und Unterwelt reichten. Die museale Verschleierung, die sich Madame du Rhin und Albert Schwarz ausgedacht hatten, machte die PMS so unsichtbar, als trüge sie einen Tarnhelm. Erda zweifelte an ihrer Kompetenz. Ein erneuter Anruf beim Herrn Betonski ergab nicht mehr als das, was er ihr ohnehin gesagt hatte: ein Haus am See, südlich von München, Details unbekannt.

Aber was wären wir ohne den Zufall, der uns nicht nur Gesprächsthemen beschert, sondern manchmal auch wahre Wendepunkte des Lebens, um nicht zu sagen: Wunder. Für Erda wendete sich an Tag drei nach ihrer Rückkehr aus Berlin zwar kein Schicksal, doch immerhin das Blatt, und ihre Ermittlung kam endlich in Fahrt. Zeit war's: Voiths Leiche lag noch immer unbestattet in der rechtsmedizinischen Kühlung.

Erda saß also mittags in der Kantine ihrer Behörde, aß Kartoffelsalat und richtete ein halbes Ohr zum Nebentisch, an dem ein ihr flüchtig bekannter Kollege in männlicher Runde die Geschichte von seiner Begegnung mit einer jungen polnischen Dame zum Besten gab, die einen Einbürgerungsantrag gestellt hatte und im Zuge dieses Verfahrens zur Offenbarung ihrer Vermögensverhältnisse aufgefordert worden war. Sie sei, berichtete der Kollege, in der Coaching-Branche tätig und erziele ein Jahreseinkommen von hunderttausend Euro, und da das dem Einbürgerungsantrag beiliegende Passfoto der Dame vielversprechend gewesen sei, habe er sie zu sich bestellt, denn er habe wissen wollen, welcher Art dieses lukrative Coaching sei; da sie zudem im Millionärslandkreis gemeldet sei, habe er ihr eine relativ geringe Auskunftsfreude in Finanzangelegenheiten unterstellt und in den angegebenen Hunderttausend die Spitze eines Eisbergs vermutet. Eine nicht ganz abwegige Einschätzung: In solchen Kreisen pflegte man Einkünfte doch meist großzügig nach unten abzurunden. Auch das Foto, so der Kollege weiter, sei nur eine Eisbergspitze gewesen: Realiter sei die Dame umwerfend. Knisternde Erotik, gepaart mit gletscherblauer Schönheit und scharfem polnischem Akzent bei exzellentem Deutsch, dazu eine Arroganz, die nicht Herablassung sei, sondern sexuelle Macht.

„Man würde sie ja vom Fleck weg heiraten“, sagte er, „nur um sie täglich zu sehen. Aber eine wie sie ist mit einem Ehemann natürlich nicht ausgelastet.“

Die Kombination Coaching und Sterntal ließ Erda aufhorchen. „Und hat sie Ihnen verraten, womit sie so viel verdient?“, fragte sie zum Nebentisch hinüber.

„Klar“, antwortete der Kollege. „Wie gesagt. Sie ist Coach. Arbeitet in so einer Beratungsagentur mit Sitz in Sterntal am See. In einer Kategorie, die sich allerdings nur die dünne oberste Schicht unserer Eliten leisten kann.“ Sein Lächeln hatte nicht allein die gelbliche Färbung des Sozialneids, es schwang darin auch die Verachtung des Fuchses mit, der die Trauben vorausgreifend als zu sauer verwirft – und dieses Lächeln versah die kollegiale Auskunft gewissermaßen mit einem doppelten Boden.

„Mit der würde ich gern mal reden“, sagte Erda, deren Fahndungsinstinkt geweckt war: Krumme Nägel erkannte sie sofort. „Wie heißt die Dame, und wie kann man sie erreichen? Haben Sie eine Telefonnummer?“

„Klar“, antwortete der Kollege wieder. „Sie können nachher gleich mit in mein Büro kommen, dann kriegen Sie, was Sie brauchen.“

Und so kam es, dass Erda nach dem Abstecher in eine andere Dienststelle wieder an ihrem Schreibtisch saß, die Füße auf der Kante der untersten Schublade, und eine Mobilnummer anrief. „Isabella“, meldete sich, nach dem ersten Läuten, eine erotisierte Stimme, die direkt von der Bettkante zu sprechen schien, und nach einer Schrecksekunde nannte Frau Schulze-K. ihre Funktion nebst Grund ihres Anrufs. „Sie wundern sich vermutlich, wie ich auf Sie komme, aber ich ermittle im Mordfall Voith, von dem Sie vielleicht gehört haben: Er scheint Kunde einer Coaching-Agentur in Ihrer Gegend gewesen zu sein, und ich frage mich, ob Sie ihn womöglich kennen. Oder kannten.“

„Ja“, antwortete die polnische Dame, die nicht Isabella heißt, sondern Izabela, was am Telefon natürlich keine Rolle spielt; wir erwähnen es nur aus ästhetischen Gründen. „Natürlich. Er war tatsächlich Kunde bei uns. Wir bedauern sehr, dass er tot ist; er war ein häufiger und gern gesehener Gast. – Hoffentlich finden Sie den Täter bald“, fügte sie gleichsam höflichkeitshalber hinzu.

„Gast?“, wiederholte Erda befremdet. „Machen Sie noch was anderes als Coaching etcetera?“

„Nein“, sagte Izabela, „nur Coaching. Das ist natürlich ein weites Feld. Aber wenden Sie sich doch bitte an meine Chefin, die wird Ihnen alle Auskünfte geben. Moment, ich kann Sie, glaub ich, gleich verbinden …“

Und damit hatte sie sich der Befragung schon wieder entzogen, und Erda wartete eine Weile, bis sich am anderen Ende eine weitere erotische Stimme meldete (die Kommissarin hatte den Glauben an die Seriosität des Coaching-Unternehmens, an das sie da geraten war, inzwischen verloren), sich als „du Rhin“ vorstellte und, nachdem sie sich der Kommissarin Anliegen angehört hatte, sagte: „Ja, ich dachte mir schon, dass früher oder später auch zu uns jemand kommt. Wie kann ich Ihnen helfen?“

„Indem Sie mir alles erzählen, was es mit Ihrer Coaching-Agentur, oder was das ist, auf sich hat. Mir ist jede Information willkommen. Kann ich gleich zu Ihnen rauskommen?“

„Ab sieben Uhr abends stehe ich Ihnen zur Verfügung. Vorher ist hier niemand“, sagte Madame, und Erda seufzte innerlich, allerdings nicht vor Unmut, dass sie warten musste, sondern vor Erleichterung, dass sie mit diesem obskuren Unternehmen endlich auf eine Spur gestoßen war, und ließ sich den Weg beschreiben. Dann verließ sie ihr Büro, ging zu ihrem Wagen und fuhr hinaus nach Sterntal, um sich ein wenig umzusehen. Und als ihr klar wurde, dass sie zu einem – was heißt einem: zu *dem* Designmuseum geschickt worden war, als auch ihre erste Reaktion darauf, eine Gefühlsmischung aus Zweifel, Befremden, Ärger, Empörung, abgeklungen war, weil sie ein winziges, tatsächlich sehr leicht übersehbares Messingschild am Tor mit der Inschrift „PMS, Personal- und Managementberatung Sterntal“ entdeckt hatte, da entschloss sie sich, um die Wartezeit zu überbrücken, zu einem Museumsbesuch.

Montag, 13.7.2015, Sterntal

Madame du Rhin erteilte der Kommissarin bereitwillig Auskunft, als sie einander abends am ziegenlederbespannten Schreibtisch gegenübersaßen. Viel war es allerdings nicht, was sie zur Aufklärung des Mordes beitragen konnte, denn angesichts der brachialen und heimtückischen Art, wie Herr Voith ins Jenseits befördert worden war – mit einem Spitzhackenschlag aufs Hinterhaupt, bitte sehr! –, konnte man die klassische Beziehungstat, etwa einen Racheakt seitens einer verschmähten Geliebten beziehungsweise der beleidigten Gattin, eher ausschließen: Ausführung und Begleitumstände – spitzer Schlag, wie gesagt, meuchlings mit erheblicher Kraft vollzogen, Mitnahme sämtlicher Wertgegenstände sowie Identifikationspapiere, der Scherz (man kann es nicht anders nennen!) der gelb-schwarzen Zehenschuhe und die Aussetzung des Leichnams an geschichtsträchtiger Stelle im See – ließen auf einen männlichen, pragmatisch gesinnten, womöglich auch humoristischen Täter schließen, der keineswegs unter Einwirkung einer roten Wolke der Wut, sondern mit kaltem Herzen gehandelt hatte.

Aus permanenter Sorge um Diskretion, die bei der PMS an erster Stelle steht, kümmern sich die dort beschäftigten Damen nicht um die beruflichen Hintergründe ihrer Gäste, und wenn sie doch einmal ein Gespräch zwischen Herren mitbekommen – die ja nicht einfach nur *prae* oder *post festum* Erfrischung und Konversation suchen, sondern in vielen Fällen den Ort für inoffizielle geschäftliche Zusammenkünfte nutzen –, so interessiert es sie nicht weiter, denn sie sind, in der Mehrheit jedenfalls, schöngeistig gesinnt. Unter den Sterntaler Gästen wiederum sind Schöngeister eine Seltenheit: Denen fehlt es in der Regel am nötigen Reichtum. Mit einigen Auskünften über den Charakter und die sexuellen

Vorlieben des Mordopfers konnte Madame allerdings dienen, und so erfuhr Erda, dass Voith, bei aller Riesenhaftigkeit seiner Physis wie seines Unternehmens und bei aller Skrupellosigkeit als Geschäftsmann, im Privaten ein devoter Knabe gewesen war und treuer Kunde der dominierenden Dorothea. Wie im Übrigen auch sein schärfster Geschäftsfeind Vasold. Erda erfuhr ferner, dass auswärtige Gäste gern im Nobelhotel Bellavista übernachteten, das direkt ans Grundstück des Designmuseums angrenzte und dank einer Vereinbarung zwischen den jeweiligen Betreibern vom Museum aus durch einen geheimen unterirdischen Gang und zwei zahlencodegesicherte Türen unbemerkt betretbar war. So pflegten die häufig prominenten nächtlichen Museumsgäste nach Befriedigung aller Lüste ohne Aufsehen das Bett zu wechseln, erwachten anderntags seriös und salonfähig im Hotel und frühstückten, wenn es das Wetter zuließ, auf der Hotelterrasse.

Dienstag, 4.11.2014, Sterntal

Auch die Berliner Bauriesen Voith und Vasold nahmen diese Annehmlichkeit gern in Anspruch. „Sieh an, die Konkurrenz ist auch schon wieder da!“, begrüßte Voith, gut sieben Monate vor seiner Ermordung, seinen Freund-und-Feind Vasold, als er ihn auf die Terrasse des Nobelhotels Bellavista herauskommen sah. Die lag direkt angrenzend an die PMS unmittelbar am See, allerdings gut fünf Meter erhöht, so dass man sich wie auf dem Kapitänsdeck eines Schiffes fühlen konnte: Ungehindert wanderte der Blick übers Wasser, das sich dunkel kräuselte, zu den intensiv blauen Alpen hin, auf deren sonnenfernen Nordhängen jetzt, Anfang November, die ersten Schneefelder lagen. Ein herrlicher Tag begann – einer jener gläsernen, silbrigen Herbstsommertage, die der Föhn beschert.

„Na gut“, fuhr Voith fort. „Prachtwetter, wie? An so einem Tag bin ich milde gestimmt. Du kannst dich hersetzen, Kollege.“

„Danke, mir ist schon schlecht. Ich steh lieber an der Bar.“

„Nachdurst oder Alcoholiday?“

„Nichts dergleichen. Ich will stehen, und zwar dir möglichst fern.“ Bei einem Kellner in blendendem Weiß bestellte er Cappuccino, Croissants, vier Bioeier im Glas, Toast, Ostschweizer Höhlenkäse, drei Scheiben Lachs, Orangenmarmelade, Meerrettich, Senf, Honig, kleines Bier.

„Ah, verstehe. Spanking bei Dorothea im Keller?“, fragte Voith grinsend. „Hat sie gestern fester zugelangt?“

Vasold würdigte ihn keiner Reaktion.

„Okay, kratzt mich nicht. Geht's heute zurück nach Berlin? Elf-Uhr-Maschine? Ich lasse mich von der Hotellimousine zum Airport bringen und nehme dich mit. Eventuell."

„Ja, ist recht. Ausnahmsweise wird ja nicht gestreikt."

„Hör mal", fuhr Voith fort, der guter, also redseliger Laune war. „Wir sollten uns über die Bewertungen und eventuellen Abschreibungen auf die Landesbürgschaften unterhalten. Die Banken fangen an zu nerven."

„Ach ja? Mir sitzen sie schon lang im Nacken, mein Aufsichtsrat quält mich, wir brauchen Cashflow, dringend, und dieser Shit-Welser zahlt nicht. Es muss jetzt endlich was geschehen, so geht das nicht mehr. Wir sollten vielleicht gemeinsam vorgehen. Und ich meine übrigens keine offiziellen Wege mehr. Es ist Zeit für eine Planänderung."

„Ja, lass uns das später bereden, auf der Fahrt. Hast du die Kostenschätzungen für die Pools in der dreizehnten Etage schon vorgelegt?"

„Keine Ahnung, mein Nachtragsmanager wollte das bis gestern erledigt haben. Übrigens haben wir optional eine spektral verschiebliche Unterwasserbeleuchtung angeboten."

„Mein Projektteam hat sich laserbeleuchtete Luftblasenvorhänge ausgedacht. Die Blasen lassen sich einzeln und beim Aufsteigen individuell illuminieren."

„Und davon sagst du mir nichts, Mistkerl? Kostenpunkt?"

„Eins-fünf."

„Vergiss es. Das kriegst du nie durch. Die haben jetzt einen neuen Antinachtragsmanager."

„Wetten? Wir haben dafür den Wissenschaftsetat angezapft, Innovationscluster Optik. Die hatten noch Bedarf an einem EU-förderwürdigen Referenzobjekt."

„Der Schlag soll dich treffen."

„Tja, da hab ich wohl die Nase vorn. Die Striemen am Hintern geschehen dir recht."

„Wovon redest du?"

„Sollte ich mich irren? Warum setzt du dich dann nicht zu mir?"

„Wie gesagt, deine Nähe ist mir widerlich."

„Jaja, unser aller Dorothea …", sagte Voith. „Im Ernst. Was tun wir, um dem Welser endlich Dampf zu machen? Der denkt überhaupt nicht dran, sich an die Verträge zu halten, dabei ist sein Wahnsinnsbau längst schon so viel Privatvergnügen, dass er es nicht mehr so leicht aufs Land abwälzen kann. Den gerichtlichen Weg gehe ich nicht – dauert erstens viel zu lang, und zwotens kann ich mich nicht selber exponieren. Ich nehme an, du siehst das genauso. Erpressbar wäre er, weil er genügend Leichen im Keller hat, aber was wird ihm passieren – er verliert sein Amt, *so what*. Uns nützt das gar nix. Also was tun, welchen Hebel ansetzen? Wie steht er denn zu seinen hundert Kindern und Weibern?"

„Weiber weiß ich nicht, und mit den Kindern will er halt seine Gene verstreuen, das einzelne Kind dürfte ihm wurst sein. Aber seine Fassade ist ihm wichtig; damit steht und fällt seine Macht. Und zur Fassade gehört die offizielle Familie. Mit der fangen wir an. Ehefrau, Tochter – das trifft ihn. Gerade die Tochter ist sein später …"

„Warte", unterbrach ihn Voith mit einem warnenden Blick auf den herannahenden Kellner. „Verschieb das mal auf nachher."

Als eingespieltes Team, das sie trotz aller Feindschaft waren, verfielen sie in eine belanglose Plauderei, in der weder Geschäftliches noch die geheime nächtliche Nachbarschaft vorkamen. Erst als sie sich später von der hoteleigenen Limousine, deren Chauffeur ein im Deutschen weitgehend sprachloser Kirgise war, zum Flughafen bringen ließen, besprachen sie, welche Optionen sie hatten, um Welser in den Zustand zu nötigen, in dem sie ihn haben wollten: zahlungswillig. Und alle Schlupflöcher, in die er sich sonst gern davonstahl, verbarrikadiert.

„Können wir uns mit der Opposition verbünden?", fragte Voith. „Füttern sie mit allen brisanten Daten, die wir haben, was ja nicht wenig ist, und setzen auf einen zahlungsbereiten Nachfolger?"

„Spinnst du?", fragte Vasold zurück. „Seit wann fallen Parteivorsitzende im Kampf mit dem politischen Gegner? Wenn überhaupt, vernichtet sie die eigene Partei. Abgesehen davon steckt der Welser bis zum Hals in Zahlungsverpflichtungen, die er nicht nur als Landesvertreter, sondern persönlich eingegangen ist. Um die Staatskohle ist mir nicht bang, aber um seine: Ich will das, was er persönlich schuldig ist. Was das Land mir schuldet, kriege ich schon irgendwie. Hab schließlich einen Haufen Arbeitsplätze als Erpressungsmaterial. Aber wie kriege ich ihn persönlich dran?"

Voith starrte sinnierend aus dem Fenster. „Du hattest doch mal", fing er nach einer Weile wieder an, „einen Kontakt zu einem russischen oder jedenfalls osteuropäischen Inkassounternehmen, oder? Gibt's den noch?"

„Willst du dem Welser die Bude ausräumen und seine Inneneinrichtung verhökern? Hier geht's doch um ganz andere Summen, mir jedenfalls. Und dir ebenfalls. Wir sitzen im selben Boot. Respektive in derselben Scheiße."

Voith zuckte die Achseln. „Sei nicht dämlich“, sagte er. „Auf diesem Niveau mach ich mir nicht mal den kleinen Finger schmutzig. Nein, die Russen, die ich meine, sind doch für alle möglichen Geschäftsmodelle zu haben. Dmitri heißt der Chef, ich weiß es wieder, mit einem Nachnamen, der leicht zu merken ist – warte … Pissarow. Und sein Schwager, wie hieß der noch, Iwan Andrejewitsch Irgendwas? Mir schwebt die Entführung der einen ehelichen Tochter vor. Erst mal. Wenn das nicht reicht, folgt die Gattin. Oder wir holen uns beide gleichzeitig, aber getrennt voneinander. Dann sehen wir weiter. Dem Welser muss einerseits klar sein, dass *wir* hinter der Sache stecken, andererseits darf nicht der Schatten eines Verdachts auf uns fallen. Oder sagen wir so: Wir lassen die Tochter nicht entführen, sondern holen sie uns als Pfand. Das motiviert ihn vielleicht zur Freigabe fälliger Zahlungen. Zwölf Millionen sind das Mindeste, was er herausrücken muss, und zwar für jeden von uns. Wenn ich wieder liquide bin und die Verträge für Dubai unter Dach und Fach sind, lassen wir das Kind laufen. Jedenfalls ist das meine Bedingung. Lässt sich der Vater nicht drauf ein, versucht er wieder zu lavieren oder rennt womöglich zur Polizei, werden der Tochter halt ein paar Härchen gekrümmt. Erst mal. Die Gattin nehmen wir uns von mir aus dann auch noch vor.“

„Ja“, sagte Vasold, „das könnte gehen. Es darf jedenfalls keine nachweisbare Verbindung von den Entführern zu uns führen; das muss garantiert sein. Nur der Welser muss wissen, dass er uns lang genug verarscht hat. Ja, mal sehen. Nachher, in Berlin, mache ich einen Anruf. Du hörst von mir.“

„Ich bitte darum.“

Sie wechselten keinen Blick miteinander und kein weiteres Wort, es herrschte Einigkeit. Die Entführung der Welsertochter Franziska war beschlossene Sache.

Samstag, 29.11.2014, Berlin, Odessa

Knapp vier Wochen nach jenem blausilbernen Föhntag in Bayern lernte Franziska Welser, die einzige eheliche Tochter des Ministerpräsidenten, im herbstlichen Berlin auf einer Trashparty einen jungen Mann kennen, der ein ausgeprägt rollendes *r* sprach. Weil die beiden sich auf Anhieb verstanden und viel Spaß miteinander hatten, konnte er sie zu fortgeschrittener Stunde zu einer Spritztour mit seinem Wagen überreden, einem Lancia Beta Spider, der silbergrau und mindestens fünfzehn Jahre älter als sein Besitzer war. Trotz hauchzarten Nieselns und nachtschlafender Zeit fuhren sie mit offenem Verdeck, Franziska ließ ihr langes Haar wehen und lauschte den Geschichten des jungen Mannes, dessen Namen sie sich nicht merken konnte, aber zum dritten oder vierten Mal nachzufragen war ihr definitiv peinlich. Zumal er, seitdem sie miteinander die Party verlassen hatten, zwar nach wie vor witzig war und sie zum Lachen brachte, doch mit einem Mal etwas Distanziertes und Respekteinflößendes an sich hatte, das sie ihrerseits zu ungewohnter Zurückhaltung nötigte. Jedoch lockte das Abenteuer, Franziska wischte ihre Bedenken beiseite und ließ sich zur Hasenheide fahren. Dort stellte der Spiderfahrer sein Auto in einer dunklen Nebenstraße ab und lud sie zu einem Spaziergang im Park ein. Franziska, ostentativ unbekümmert und furchtlos, stieg aus.

Auf einer Parkbank ließen sie sich nieder, die Nacht war, obwohl Ende November, erstaunlich mild, der bewölkte Himmel reflektierte das Großstadtlicht, dessen Widerschein auch den nachtaktiven Heidehasen leuchtete, und der junge Mann zog aus den Tiefen seiner voluminösen Lederjacke eine Flasche roten Krimsekt samt zwei Pappbechern. Nach dem ersten geleerten Becher zauberte er eine weitere Überraschung hervor, ein interessantes weißes

Pulver, und verführte Franziska ohne große Mühe, ihr süßes Näschen dafür zur Verfügung zu stellen. Sie folgte seinen Anweisungen. Die Fortsetzung des Abends entzog sich dauerhaft ihrer Erinnerung.

Als sie wieder erwachte, fand sie sich in einem nicht unkomfortablen Hotelzimmer mit Meerblick wieder. Draußen war heller Tag, in der Ferne dröhnte Baulärm, und Franziska lag auf einem Bett, von dem aus sie, wenn sie den Kopf hob, aufs Meer schauen konnte, auf das gleißend die Sonne schien. Sie hob den Kopf aber nur ein einziges Mal, der darin wühlende Schmerz zwang ihn sofort aufs Kissen zurück. Auf dem Nachttisch stand ein Glas Wasser, das dort wohl schon länger stand; eine Fruchtfliege hatte sich darin ertränkt. Franziska war zu benommen, um sich über ihren unbekannten Aufenthaltsort zu wundern oder gar aufzuregen; durstgequält entfernte sie die kleine Leiche, trank das Glas gierig aus und schlief augenblicklich wieder ein.

Als sie das nächste Mal erwachte, saß ein Mann im Sessel vor dem Bett und starrte sie an. Franziska starrte zurück. Gesprochen wurde nicht. Nach einer Weile stand er auf und verließ den Raum, den er hinter sich absperrte. Franziska vergewisserte sich, dass ihre Handtasche noch da war, empfand Erleichterung, als ihre Finger das Handy ertasteten, und gleich darauf herbe Enttäuschung, denn der Akku war fast leer und gab noch während ihres ersten Versuchs, mit der Welt Kontakt aufzunehmen, den Geist auf. Franziska wurde von einer ersten Panikattacke heimgesucht. Sie hatte jedoch Glück, denn kaum begann ihr die Panik die Kehle zusammenzuschnüren, wurde die Tür wieder aufgeschlossen, der Bewacher kam herein, reichte ihr ein Ladegerät und wies sie in gebrochenem Deutsch an, eine Botschaft an ihren Vater in ihr Telefon zu sprechen: Es gehe ihr gut, solle sie sagen, sie befinde sich in einem Hotel am Meer („an welchem?!“, unterbrach Franziska, „wo bin ich?“), wo prima für sie gesorgt sei, und ihre Entführer würden sich bald mit ihren Forderungen an ihn wenden; bis dahin möge er sich gedulden und nichts unternehmen. Keine Polizei selbstverständlich: Eine Einmischung der Kripo hätte zur Folge, dass er seine Tochter nicht wiedersähe, weder lebend noch tot. Und im Übrigen sei sie am Schwarzen Meer; Details unerheblich.

Ihre Nachricht wurde erst über einen ukrainischen, dann über einen kasachischen Server an ihren Vater weitergeleitet, und Franziska regte sich wieder ab, denn wie sich während der nächsten Tage zeigte, behandelten ihre Entführer sie tatsächlich sehr gut: Sie bekam ausreichend zu essen und zu trinken, täglich frische Kleidung, abends ukrainischen Sekt in Gesellschaft ihres Bewachers, eines beleibten Mannes in mittlerem Alter, der weder ansehnlich noch redselig, noch gar unterhaltsam war, aber mit ihr Krimsekt trank und ihr ein Kartenspiel beibrachte, das sich Durak nannte. Tagsüber las sie *Die Brüder Karamasow* in einer Übersetzung aus den zwanziger Jahren des vergangenen Jahrhunderts, die sie unter normalen Umständen nicht mit der Zange angefasst hätte, doch die Langeweile trieb sogar antiquierte Weltliteratur in sie hinein. In der Not frisst der Teufel eben Fliegen. Mit der Zeit verloren sogar die Fliegen ihren Schrecken, und Franziska las mit wachsender innerer Anteilnahme. In der ihrem Zimmer angeschlossenen Nasszelle kam heißes Wasser aus der Brause, sie konnte duschen, so viel sie wollte, und zwischen den Karamasows verbrachte sie viel Zeit mit der Beobachtung der Möwen. Wenn sie einen Wunsch hatte, durfte sie ihn immerhin äußern; bescheidene Wünsche wurden erfüllt. Nur eines bekam sie nicht: Kontakt zur Welt. Das Smartphone hatte gerade so viel Strom erhalten, wie für das eine Lebenszeichen erforderlich gewesen war, und war seither tot.

Das war misslich. Franziska protestierte, jedoch vergeblich. Sie protestierte auch gegen das fettreiche, fleischlastige Essen und wurde daraufhin auf Äpfel mit Joghurt und Honig gesetzt, dies immerhin reichlich. Gewöhnungsbedürftig fand sie die Kleidungsstücke, die ihr hingelegt wurden: kurze, weite Röckchen, vorzugsweise in Rot oder Blau, und weite weiße, langärmlige Blusen, manchmal mit folkloristischer Stickerei, manchmal mit Paillettenverzierung. Nach einer Woche fing die Garderobenserie von vorn an. Franziska vermutete ihren Aufenthalt irgendwo in Osteuropa. Welche Länder grenzten ans Schwarze Meer? Geografie war leider nicht ihre Stärke. Wenn sie sich bei ihrem Bewacher beschwerte und fragte, weshalb ihre Haft im silbernen Käfig so lang dauere, so zuckte der nur die Achseln und sagte: „Nix wissen. Ich Aufpasser. Vater muss zahlen. Zahlt aber nicht."

Franziska schlug vor, sie könne doch selbst bei ihrem Vater intervenieren und ihn um die Zahlung des geforderten Lösegelds anflehen. „Nix Lösegeld", sagte der Bewacher. „Väterchen hat viele Schulden und muss zahlen, sonst du bleibst hier. Warten noch eine Woche hier in Hotel, dann neue Verwendung für dich. Arme Kind. Wird nicht konvenieren."

Der entführten Tochter schwante Düsteres, sie sah sich bereits in einem russischen Bordell. Einmal legte sie eine hysterische Szene hin, bei der sie Äpfel und Wassergläser an die Wand schmiss, sich auf dem Boden wälzte und ihre folkloristische Bluse zerfetzte, schließlich das Fenster aufriss und laut um Hilfe schrie – unten auf der Straße blickte nur hier und dort ein ausdrucksloses Gesicht zu ihr herauf, die meisten Passanten reagierten gar nicht. Ihre Auflehnung hatte eine zweitägige Strafe zur Folge: Das Fenster wurde so versperrt, dass sie nicht einmal lüften konnte, sie bekam keinen Sekt, keine Gesellschaft, kein Kartenspiel, zu essen am ersten Tag eine Scheibe Zwieback, am zweiten gar nichts, zu trinken hatte sie das immer nur heiße Wasser aus der Brause und kein Glas, und die Brüder Karamasow waren verschwunden. Franziska saß auf dem

Bett und kämpfte gegen die Panik; nur ihr von Natur aus sonniges Gemüt bewahrte ihr einen Hoffnungsrest. Als am dritten Morgen der dicke Bewacher hereinkam und eine Scheibe Zwieback brachte, war sie ein Lämmchen. Sie hätte ihm alles versprochen. Überschwänglich bedankte sie sich, als er ihr den Dostojewski zurückgab, und als er abends noch einmal kam und die Spielkarten mitbrachte, war sie so erleichtert, dass sie nahe daran war, ihm um den Hals zu fallen.

Die anfänglich freundliche Behandlung hatte sie in trügerischer Sicherheit gewiegt. Bis die Entführer ihr zeigten, dass sie auch anders konnten: Wenn sie jetzt aus dem Fenster blickte und auf der Straße die tarngrünen Panzer sah, die mit Soldaten in farblich passenden Uniformen bemannt waren, hatte sie zum ersten Mal das Gefühl, sie könnten auch ihretwegen hier sein. Vielmehr wegen ihres Vaters.

Man hatte ihr nämlich erklärt, dass ihr Vater einige nicht unerhebliche Rechnungen offen habe, aber nicht solvent sei; dass der Ministerpräsident nicht nur der Zahlungsunfähigkeit seines Landes entgegenblicke, sondern auch seinem privaten Ruin; dass man sie, die Tochter, als Pfand für seine Schulden genommen habe und er nur zu zahlen brauche, um ihre sofortige Freilassung zu erwirken. Daher diene ihre Entführung nicht der Lösegelderpressung, sondern lediglich der Schuldeneintreibung bei ihrem Erzeuger.

Und Franziska, die sich für Politik gar nicht und für die megalomanen Projekte ihres baufreudigen Vaters nur mäßig interessierte, begann zu ahnen, dass ihre Entführung in einem Zusammenhang mit Berlin21 stand. Dass öffentliche Bauvorhaben immer um ein Vielfaches teurer waren, als die ursprüngliche Planung vorgesehen hatte, war ihr klar; es war zu ihren Lebzeiten nie anders gewesen. Sie wusste auch, dass ihr Vater staatliche und persönliche Angelegenheiten, Dienst und Privatleben nicht sauber trennte und dass er, der Ärgergewohnte, der Unbill sonst an sich abfließen ließ wie warmen Mairegen, sich seit einiger Zeit zunehmend verdüsterte, weil er viel Ärger mit zwei Bauunternehmern hatte, die er als „Kartellbrüder“ zu bezeichnen pflegte. Als Luxustöchterchen, das sie war, stand Franziska zwar grundsätzlich auf Vaters Seite und hielt ihn für ein unschuldiges Opfer ungerechtfertigter Vorwürfe, doch von ihrer Mutter hatte sie neuerdings erfahren müssen, dass der große Welser durchaus nicht so unangreifbar war, wie er sich gern darstellte, und das Wasser ihm bis zur Oberkante der Unterlippe stand.

Das eigentlich unschuldige Opfer war anscheinend sie, Franziska.

Die zweitägige Isolation hatte sie zu dieser Erkenntnis geführt. Hoffentlich bin ich ihm wichtig genug, dachte sie. Was wird aus mir, wenn er mich nicht auslöst?

Wovon sie nichts wusste: Über ihren Facebook Account war verbreitet worden, Franziska halte sich in Südamerika auf. Manipulierte Selfies vor malerischen Hintergründen von Mexiko bis Patagonien informierten ihre realen und virtuellen Freunde über ihren angeblichen Verbleib samt täglich aufdatierter Route; man glaubte sie auf Reisen und vermisste sie nicht.

Und Welser? Er hatte schon vor ihrer Nachricht von der Entführung seiner Tochter erfahren. Er hielt sich an die Anweisung, keine Polizei einzuschalten; war froh, dass es Franziska laut eigener Aussage an nichts fehlte, und suchte seine Frau, die verständlicherweise außer sich war, mit der lakonischen Bemerkung zu beruhigen: „Wer immer sie hat – er wird sie bald zurückgeben.“ Nachdem nun aber klar war, dass sich das Problem nicht länger verdrängen ließ, entschloss er sich, zur Tat zu schreiten und anstelle der

Polizei Freund Logan einzuschalten, den er als Ausbund der Tüchtigkeit kannte. Wenn einer es schaffte, Voith und Vasold schnell und nachhaltig zufriedenzustellen, so war das der „zwielichtige dauerqualmende Amispion“, wie ihn Christiane in ihrem Leichtsinn bezeichnet hatte, als sie noch nicht wusste, wie sehr sie eines Tages auf ihn angewiesen wäre.

Wer ist dieser Logan? Ein undurchsichtiger Charakter jedenfalls. Multifunktionalist wie Welser, allerdings auf anderen Gebieten. Offiziell Mitarbeiter der CIA, inoffiziell Agent des Mossad, arbeitet er in Wahrheit selbstständig, allerdings für mehrere Herren, wobei er gern auftraggeberübergreifend die Ressourcen speziell seiner amerikanischen Freunde anzapft und allfällige Loyalitätskonflikte elegant umschifft. Zum Zeitpunkt unserer Geschichte ist er Mitte Vierzig, hatte keinerlei Anhang wie Frau oder Freundin oder gar Kind, Kegel, Hund, auch keine Freund- und Verwandtschaften; sein Wesen ist so einnehmend wie sein Aussehen blendend, auch wenn seine Schönheit eine konventionelle, leicht verwechselbare ist; er spricht die Sprache seiner deutschen Vorfahren perfekt, aber mit leichtem amerikanischem Akzent, und seiner Überzeugungskraft widersteht niemand, denn niemand vermag die Schwachstellen seiner Kontrahenten so treffend zu analysieren und so vorzüglich zu nutzen wie er. Er selber scheint nur eine einzige Schwäche zu haben, und das ist sein unamerikanischer Tabakkonsum. Er qualmt nicht nur wie der reinste Vesuv, sondern saugt wie ein schwarzes Loch jede Rauchschwade in sich ein, die seines Weges weht. Meine Lunge ist so schwarz wie meine Seele, pflegt er zu scherzen, aber ein Scherz ist das nicht. Sein besonderes Kennzeichen ist ein benzinbetriebenes Sturmfeuerzeug der Marke Zippo, dessen Klappdeckel er, wenn er einmal nicht raucht, ununterbrochen auf und zu schnappen lässt, was die Nerven manches Gesprächspartners schlimmer strapaziert als der erzeugte Qualm, doch Kritik prallt an Logan grundsätzlich ab. In einer

Geruchswolke aus Rauch und Benzinduft steht er in undurchsichtigem (konkret auch rauchverschleiertem) Verkehr mit den Mitarbeitern diverser mehr oder minder geheim operierender amerikanischer Regierungsorganisationen, die seit der missionarischen Präsidialzeit von George W. Bush über noch größere Mittel und Macht verfügen. Virtuos spielt er die Stärken und Schwächen des amerikanischen Sicherheitsapparates zum eigenen Vorteil aus und gebietet über Ressourcen, von denen bundesrepublikanische Geheimdienste nicht zu träumen wagen.

Wem dieser Logan einen Gefallen schuldet, dem ist er Geheimwaffe. Und selbige gedachte Welser nun einzusetzen: illegal zwar, aber Ultima Ratio. Es war alles ausführlich besprochen und vereinbart: Albert Schwarz, der stinkend reiche Geschäftsmann aus dem Süden, sollte von der Notwendigkeit einer gehaltvollen Investition in Berlinbrandenburg überzeugt werden, und dies nicht auf dem Umweg langwieriger Verhandlungen, sondern so schnell wie möglich, eigentlich über Nacht; sollte er nicht willig sein, so würde Logan ein gewisses Maß an Gewalt gebrauchen und den Herrn Schwarz zwangsweise festsetzen, wie Voith und Vasold, die Hauptleidtragenden von Welsers drohender Insolvenz, die Welsertochter festgesetzt hatten. Praktisch Auge um Auge. Die Revanche-Entführung sollte die Finanzmisere vorläufig und vielleicht für längere Zeit beenden. Woraufhin der Rückkehr Franziskas in die liebenden Arme der Eltern nichts mehr im Wege stünde, was vor allem ein Segen für Frau Christiane wäre, deren Nerven inzwischen so zerrüttet waren, dass ihr Ehemann sie kaum noch vom Gang erstens zur Polizei und zweitens zum Scheidungsanwalt abhalten konnte. Ihm hingegen, dem Ministerpräsidenten, fiele ein baulicher Wackerstein vom Herzen.

Nachdem Logan ihm zugesichert hatte, er werde alsbald, nach Beendigung seines gegenwärtigen Auftrags, tätig werden, ging Welser daran, den unmittelbaren Brandherd zu löschen, indem er allerlei Mittel, die der Bund ihm fürs kommende Jahr bewilligt hatte und die vorrangigen Aufgaben wie der Einstellung zusätzlicher Lehrer an den überforderten Schulen in Berliner Problemzonen, dem Bau von Flüchtlingsunterkünften, der Einrichtung neuer Kitas etcetera zugedacht waren, stattdessen den Bauriesen Voith und Vasold in den weit aufgerissenen Schlund warf. Aber reden wir nicht von Veruntreuung. Welser bezweifelte nicht, dass er das selbstgenehmigte Darlehen sehr rasch würde zurückzahlen können, denn auf Logan war bedingungslos Verlass. Bis dahin musste er eben die eine oder andere Zahlungsfrist etwas dehnen; darauf verstand er sich.

Nicht lange danach erhielt er die anonyme Nachricht, dass er seine Tochter binnen kurzem wieder in die Arme schließen könne; er möge alle väterliche Sorge fallen lassen, noch vor Weihnachten sei sie zurück.

Frau Christiane beruhigte sich zwar, doch an die Stelle ihrer Angst traten Erbitterung und Wut auf den Gatten. Selbstverständlich war er die Ursache der traumatischen Erfahrung, die sie und vor allem ihre Tochter durchmachen mussten. Aus dem ehelichen Schlafzimmer konnte sie ihn nicht verbannen, sie schliefen längst getrennt. Nur den Wagner konnte sie der Küche verweisen, sie duldete keine bombastischen Klangkulissen zum Frühstück mehr. Eine recht magere Strafe, würden wir sagen. Aber immerhin.

Es entwickelte sich dann anders, als Welser und sein amerikanischer Freund ausgeheckt hatten, tatsächlich aber sehr viel besser. Albert Schwarz war ein Füllhorn, das seinen Inhalt unfreiwillig dem bis über den Scheitel verschuldeten Bauherrn vor die Füße kippte. Genötigt durch Logan, den schlauen Hund. Der, sobald er sich von anderweitigen Verpflichtungen freimachen konnte, nach

München flog und sich dort mit den Gegebenheiten vertraut machte, das heißt Fragen beantwortete wie: Was für einer ist dieser Schwarz, wo ist seine Achillesferse und wo die Sicherheitslücke in seiner Brandmauer, durch die ein gewiefter Hacker ins Innere des sicher hochinteressanten Netzwerks eines intransparenten Geschäftsmannes eindringt?

Ganz einfach war es nicht, Logan brauchte, nachdem er sich in seinem Hotelzimmer eingerichtet hatte, tatsächlich einen ganzen Tag, bis er sich endlich Zugang zu Albert Schwarzens Computersystem verschafft hatte, doch als er eingedrungen war, traute er seinen Augen nicht, denn zwischen allerlei Geschäftskonten entdeckte er einen Unterordner, der die schöne Bezeichnung „Opfer“ trug. Und als er ihn geöffnet hatte, verwandelte sich seine Miene zu einem Grinsen, dessen Charakterisierung als „breit“ die reinste Untertreibung wäre.

Sonntag, 10.5.2015, München

Begleiten wir Logan auf seiner Reise von Berlin nach München. Bis er endlich aufbrechen konnte, waren allerdings noch ein paar Monate ins Land gegangen, in denen Welser die Grenze der Legalität leider überschreiten musste, um seine Bauunternehmer von schlimmeren Schandtaten als der Entführung von Angehörigen abzuhalten, aber nachdem er die Grenze dann auch in umgekehrter Richtung überschritt und zweckentfremdete Gelder, die er als Finanzierungsüberbrückung hatte einsetzen müssen, wieder zurückgab, wollen wir jetzt nicht darauf herumreiten. Sondern stattdessen die in München und Sterntal zusammenlaufenden und im Filz des Verbrechens verschwindenden Fäden betrachten.

Den „stinkend reichen Geschäftsmann aus dem Süden“ kennen wir von einer Seite, von der keiner seiner Geschäftspartner etwas ahnt respektive wissen will, wir kennen ihn als verzweifelt Liebenden und immer wieder zurückgewiesenen Begehrenden. Der aber neben seinem romantischen Herzensgrund vor allem eines besitzt: Pragmatismus. Niemals versänke einer wie er dauerhaft in Liebesleid oder gar Depression; Albert ist ein Mann der Tat – das sehen wir schon daran, wie er – die klassische freudianische Sublimierung – seine weiblicherseits verschmähte Liebesenergie in lohnendere Objekte investiert und seit neuestem sein Auto liebt. Und seinen sonstigen Reichtum. Und aus seiner Geschäftstüchtigkeit nicht wenig Stolz bezieht. Mit Recht.

Eines Sonntagabends, als er – nicht zufrieden, aber befriedigt – wieder einmal aus Tuttling zurückkam, stellte er den Rolls in seiner Luxusgarage ab und ließ sich von der PMS-eigenen Chauffeurin mit einem weniger auffälligen Wagen zu seinem Münchner

Penthouse bringen. Dort begab er sich auf seine Dachterrasse hoch über der Stadt, wo ihn nicht urbane Abgase umwölkten, sondern der Duft des eben erblühenden Jasmins, und machte sich mit einem Glas schottischem Single Malt (Ardbeg, selbstverständlich ohne Eis) in einem Liegestuhl breit, um über sein Leben nachzudenken. Und wie die eine oder andere Änderung zum Besseren herbeizuführen sei.

Erstens wollte er heiraten. Dies aus praktischen Erwägungen: Er hatte definitiv genug davon, sich Frauen kaufen zu müssen. Ukrainerinnen in Tuttling, völlig lächerlich. Er wollte eine eigene besitzen, die ihn zu Hause erwartete, wenn es ihn, müde vom Tagwerk, nach Zärtlichkeiten verlangte. Ferner verlangte es ihn nach wenigstens einem männlichen Nachfahren, den er nach seinem Bild zu gestalten gedachte, auf dass der Sohn das väterliche Lebenswerk – sein Imperium, ein Konglomerat aus Finanz- und sonstigen Dienstleistungsunternehmen, mit dessen systematischer Schaffung er erst begonnen hatte! – würdig fortführte und ausbaute. Eine Ehefrau, die seinen Willen umsetzte, konnte er sich leisten, das war nicht das Problem; er hätte sich auch zehn Ehefrauen leisten können. Nur – woher nehmen? Sich selbst auf die Suche zu machen kam nicht infrage; damit musste man eine Agentur beauftragen, der er gezielt seine Wünsche mitteilte. Gut, das wollte er gleich am nächsten Tag in Angriff nehmen; mit externer Unterstützung dürfte die Ermittlung der geeigneten Gattin ja nicht allzu schwierig sein.

Zweitens aber, viel wichtiger und nur aus eigener Kraft zu bewerkstelligen: Vermehrung von Reichtum und Macht. Reichtumsmehrung durch Ausgabenminderung schied aus, sein Steuerverkürzungsmodell war bereits optimiert. Auf seinen Firmenfilz, der einem Berlusconi Ehre gemacht hätte, wollen wir hier nicht eingehen, denn dieses Schattenreich zwischen Ill- und Legalität ginge, so es sie kümmerte, Erdas Kollegen von der Wirtschaftskriminalität etwas an; uns hingegen interessiert sein Geschäftsfilz nur als solcher – insofern nämlich, als wir Alberts Wesen und Weltanschauung kurz und prägnant charakterisieren können, indem wir sagen: ein Berlusconi vor Ausbruch jener Form des Leichtsinns, die zu Selbstüberschätzung und Fall führt. Womit nicht behauptet sein soll, dass Albert für alle Zeit gegen Selbstüberschätzung und Fall gefeit wäre: Er hat einfach noch nicht das Alter dafür. Sein Geschäftsimperium jedenfalls ist unanfechtbar und steueroptimiert. 45 Prozent raubt ihm zwar das Finanzamt, Spitzensteuersatz, daran führt kein Weg vorbei, solange er auf einem Münchner Wohnsitz besteht, aber 45 Prozent von einer Jahresmillion sind ein anderes Kaliber als 45 Prozent von x Jahresmillionen (wirklich nur Millionen? …), praktisch Hasenschrot gegenüber Elefantenmunition. Dieses Feld hat er als allererstes beackert, versteht sich; sein Firmen- und sein Privatvermögen sitzen in jedem Schlupfloch, das die Steueroasen dieser Welt zu bieten haben, und sind unangreifbarer als die sicherste Schweizerbank. Damit halten wir uns aber nicht auf, das führt zu weit und kümmert uns auch nicht; soll er doch tun, was er will. Zur Information unserer Leser sei jedoch kurz das PMS-Modell skizziert.

Madame du Rhin ist seine gleichberechtigte Partnerin, mit ihr teilt er Gewinne und – nun ja, theoretische: in der Praxis undenkbare – Verluste genau hälftig. Du Rhins Mitarbeiterinnen, die Rheintöchter, wie er sie bei sich zu nennen pflegt, arbeiten ebenfalls auf Teilungsbasis, und zwar im Verhältnis 20 zu 80. Wenn also eine Rheintochter an einem Wochenende bei maßvollem Arbeitseinsatz, sagen wir, fünfzehntausend Euro erwirtschaftet, gehen 80 Prozent davon ans Haus, also zwölftausend. Die anteilig zu tragenden Kosten – für Miete, Unterhalt, Energie, Reparaturen, Versicherungen, Catering, Kleininvestitionen und Security – belaufen sich laut der neuesten Analyse der Steuerberaterin Frau Dr.

Verena Krauthuber auf gut 60 Prozent davon. Abzuziehen sind ferner die Rücklagen für größere Investitionen, etwa in den Ausbau des Reitstalls oder in Einrichtungsgegenstände. Die dann verbleibenden dreitausendachthundert Euro teilt er sich mit Catherine du Rhin; es bleiben noch neunzehnhundert, von denen er theoretisch knapp die Hälfte dem Staat schenken sollte – in diesem Punkt ist er großzügig nicht nur gegen sich, sondern auch gegen die Rheinmutter und alle ihre Töchter, um deren Steuererklärungen er sich kümmert; aber nehmen wir der Korrektheit halber an, es bleiben ihm rund 950 Euro.

950 korrekte Nettoeuro von dem, was eine Dame an einem maßvollen Wochenende erwirtschaftet. Der Monat hat mehrere Wochenenden und mehrere Wochentage, deren Nächte von mehreren PMS-Damen und ihren Besuchern genutzt werden …

Es sei jedem Leser und jeder Leserin anheimgestellt, die Rechnung fortzuführen. Wenn sie, die Leser und -innen, danach vom Schwindel ergriffen sind, den Bleistift von sich werfen und sich Vorwürfe machen, dass sie den falschen Beruf gewählt haben, sei ihnen trosteshalber gesagt, dass eben nicht alle Welt Talente wie Albert und seine Damen besitzen kann. Zucken sie hingegen die Achseln und sagen: Das kann ich längst!, so sei ihnen gesagt, dass bei Albert der PMS-Posten ja nur einer von ungezählten weiteren ist, die er allesamt seinen Talenten verdankt …

Wie dem auch sei: Er könnte, auf seiner Dachterrasse liegend, eine ganze Flasche Single Malt leeren, bis er sich seine gesamten Einkünfte, die offiziellen und die realen, exakt ausgerechnet hätte. Er überschlägt sie, das reicht. Und findet sich noch immer nicht reich genug, denn, wie gesagt, er strebt eine Gattin sowie Nachwuchs an, und derlei kostet bekanntlich einiges. Zumal wenn der Nachwuchs optimiert werden soll und wenn die Gattin nicht mit goldenem Charakter und natürlichem Charme zu gewinnen ist, sondern mit Geld, Immobilien, Diamanten und, nun ja: Charmanz.

Aber nein, nein, er hätte es doch nicht nötig gehabt! Was bringt einen Menschen dazu, immer noch mehr zu wollen? Albert hat doch alles; er hat mehr, als er jemals brauchen kann; er könnte seine zehn Ehefrauen im Luxus ertränken, nebenbei noch zehn wohltätige Stiftungen einrichten und sich dennoch jährlich einen antiken Silberoldtimer und den einen oder anderen Beltracchi kaufen. Was also bringt Albert Schwarz auf die Idee, sein immenses Vermögen ausgerechnet auf kriminelle Weise noch weiter zu vermehren? Leichtsinn der erwähnten Art – der Esel, den es zum Tanz aufs Eis zieht? Vielleicht. Plausibler scheint aber, dass den Kern seiner Dachterrassenidee die in Jahrzehnten angestaute Frustration bildet: Man schätzt und akzeptiert ihn, weil er reich an Geld und Geist ist, aber man liebt ihn nicht; die Frauen, die er begehrt, bekommt er niemals, und die, die er bekommen kann, begehrt er nicht; und aus dieser chronisch enttäuschten, im Keim erstickten Liebessehnsucht erwachsen Neid, Missgunst, schwarze Gedanken an Rache. Und der schale, mit zu viel Whisky übertünchte Nachgeschmack der Tuttlinger Ukrainerin wird wohl auch eine Rolle spielen – in manchen Stimmungen ist selbst der beste Whisky ein selbstmitleidsförderndes Gift. Dieser Einsicht aber versperrt sich Albert: Er will es nicht anders; er will auf seiner Dachterrasse liegen, sich mit Single Malt betrinken und sich an der Welt rächen.

Wir können leider auch nur berichten, wie es war; nicht, wie es hätte sein sollen. Aus Whiskyrausch in Kombination mit Jasminduftbetörung und zu Kopf gestiegener Machtfülle, sprich Größenwahn sinnt er auf Methoden, seinen Mitmenschen zu schaden und daraus Kapital zu schlagen.

Dass die Mitmenschen, denen er schaden will, im Umkreis der PMS zu suchen sind, versteht sich: Gegen sie richtet sich doch sein Groll; Zorn und Hass gegen deren weiblichen Teil; Missgunst und Neid gegen seine privilegierteren Geschlechtsgenossen.

Wie also, überlegt Albert, ließ sich die Rendite aus dem Sexgeschäft erhöhen? Weibliche Ausbeutung schied aus, *leider!*, derlei schadet der Qualität des Service, damit dem Ansehen des Hauses, damit dem sprudelnden Einnahmequell. (Und die goldene Dorothea arbeitet ohnehin am Rand ihrer Kapazität: dies allerdings freiwillig; zu dieser Übererfüllung zwingt sie niemand, im Gegenteil, aber anscheinend braucht sie das Geld, oder sie bekommt, ähnlich wie er, den Hals nicht voll.) Auch die Kundschaft zahlt bereits so viel, dass man sie nicht weiter schröpfen kann, ohne Abwanderung an andere Häuser fürchten zu müssen. (Er hat diverse Recherchereisen durch Europa unternommen und ist unter anderem in einem sehr edlen, in einer Renaissancevilla am Comer See untergebrachten Etablissement gewesen: gesalzene Preise bei, das wohl, exzellentem Service, was angesichts der vielen Schweizer Stammgäste nicht weiter verwunderlich ist; dennoch reichen die Tarife nicht an sein Sterntaler Niveau heran.) Die Aufnahmen der in den Museumssälen installierten Überwachungskameras zu verwenden kam nicht infrage … Oder doch? Nein, in der Mehrzahl der Fälle verbietet es sich. Seine zahlungskräftige Klientel verdankt er unter anderem dem obersten Gebot des Hauses, der *Diskretion*. Nur ein Idiot käme auf die Idee, das Huhn mit den goldenen Eiern zu schlachten. Ohnehin eignet sich nicht jeder als Opfer einer Erpressung – was hätten Kunden wie die Berliner Bauriesen zu verlieren? Deren Ehen gründeten auf gegenseitiger Duldung, solange die außerehelichen Eskapaden nicht geschäftsschädigend zu werden drohten, und dafür verbürgt sich die PMS-Philosophie. Solange sich einer nur hier vergnügt, hat er nichts zu befürchten. Dasselbe gilt für die Politiker unter seiner Kundschaft, eigentlich für alle im Scheinwerferlicht öffentlicher Neugier stehenden Personen. Wen interessiert heute noch, mit wem und womit der Mensch, ob verheiratet oder nicht, seine Freizeit verbringt?

Aber … Gibt es nicht den einen oder anderen, der Erpressung *verdiente*? Einen dieser scheinheiligen Kirchenmänner, die Wasser predigen und Wein saufen und sich, statt zu beichten und zu büßen und Besserung zu geloben, wie es sich gehört, masochistische Sühneaktionen ausdenken, mit denen sie ihr schwarzes Gewissen mundtot zu machen versuchen, dabei aber nur neue Sünden aufhäufen und zudem auch noch Geld verschleudern, das nicht ihres ist, sondern ihrer Gemeinde oder Diözese, jedenfalls ihrer Kirche gehört, die Besseres damit anfangen könnte als es einer Dorothea in den unersättlichen Hals zu stopfen?

Einen wie den Guldenschuh.

Auf dem Rückflug von Mumbai hat er ihn für einen sympathischen Burschen gehalten, aber was ihm zu Ohren gekommen ist, seitdem der Guldenschuh – sein Name ist ja Programm! – zu regelmäßigen Sühnemissionen in Sterntal verkehrt und der unersättlichen Dorothea verfallen ist … Ach! Ein Psycho. Wenn er sühnen will, dann richtig, sagt sich Albert, nicht nur mit klerikalen Masospielen. Er hat jüngst ein Kreuzigungsfilmchen archiviert, in dem Guldenschuh als Protagonist auftrat: Das mochte als Einstieg ganz brauchbar sein, um ihn darauf aufmerksam zu machen, dass er beobachtet wird. Und dann will er ihm mal auf den Zahn fühlen, was er sonst noch so treibt, der heilige Aurel, er und seine Mitwisser oder -täter. Denn auch die Kirche hat ihren Filz, der sich mit Filzen anderer Herkunft überschneidet und deckt oder überhaupt ein filziges Ganzes bildet. Ein weites Feld. Eine gemähte Wiese für einen, der zu recherchieren versteht! Dazu die persönlichen Schwächen – oder soll man sie Neigungen nennen? Nächstenliebe? Tierliebe? Vorlieben jedenfalls! – ihrer Repräsentanten, von denen er, Albert, etliche persönlich kennt, und das, als PMS-Kunden, aus einer intimen Nähe, die ihnen nicht recht sein kann. Er ist kein Voyeur, unser Herr Schwarz, wirklich nicht; aber es kommt nun mal vor, dass man die Bilder einer Überwachungskamera zu sehen bekommt – flüchtig, nur aus dem Augenwinkel! –, und manchmal bleibt der flüchtige, eigentlich unbewusste Blick dann hängen und schaut weiter und macht dem Hirn des Schauenden allerlei Dinge bewusst, die ihm nicht zu wissen bestimmt sind, die er lieber nicht gewusst hätte, aber wenn er sie schon mal weiß … Wie auch immer, sagt sich der singlemaltschwere Albert, so geht es *nicht!*

Und der ursprüngliche Gedanke an Erpressung zwecks Reichtumsmehrung zwecks Familiengründung weicht einer selbstgerechten Empörung über das Tun scheinheiliger Mitmenschen. Und schon fühlt sich Albert Schwarz berufen, Strafen zu verhängen …

Für diesen Tag lässt er es gut sein. Er verkorkt die Whiskyflasche, die er sich, um sie griffbereit zu haben, während des abendlichen Sinnierens auf die Dachterrasse geholt hat, und geht ins Bett.

Aber so betrunken ist er nie, dass er anderntags nicht mehr gewusst hätte, mit welchen Gedanken er sich vom Tag verabschiedet hat! Sein schlafendes Hirn bebildert den Tagesausklang mit überaus befriedigenden Taten, und als er am Morgen erwacht, steht sein Entschluss fest.

Guldenschuh zuerst.

Freitag, 15.5.15, München

Es kam anders. Zwar widmete Albert während der ersten paar Tage nach dem Dachterrassenentschluss seine freie Zeit der Ränkeschmiede, aber es ging leider nicht den Gang, den er vorgesehen hatte.

Dabei war er eigentlich ein guter Planer. Da er immer zusehen musste, wo er blieb – ihm wurde ja wirklich nichts geschenkt –, war er ein scharfer und unbestechlicher Beobachter geworden und erkannte die Schwachstellen seiner Gegner auf Anhieb. Er legte also eine Liste an, in die er, hierarchisch gegliedert und mit ihren jeweiligen Schwachstellen versehen, seine Feinde eintrug; ferner die möglichen Hebelansatzpunkte sowie den Zeitplan, nach dem er anzugreifen gedachte. Als erstes Opfer war also der Guldenschuh vorgesehen, dann weitere Kirchenmänner, allen voran der dicke Bischof Hippolyt Helmreiter, eine Jugendbekanntschaft, damals noch nicht Bischof, dessen Kerbholz er aus eigener leidvoller Erfahrung kannte. In der zweiten Feindeskategorie standen die Politiker, bei denen er sich allerdings Ausweichoptionen offenhielt, weil er nicht allen dasselbe Maß an Antipathie entgegenbrachte. In die dritte Kategorie fielen Leute wie die Berliner Bauriesen; als Unternehmer waren sie zwar Alberts Kollegen, denen er an sich niemals an den Karren gefahren wäre, aber mit ihrer Körpergröße waren sie ihm ein Dorn im Auge. Wenn er mit dem einen oder dem anderen zusammentraf, musste er sich rasch setzen und auch den anderen zum Sitzen nötigen, denn dass er ihnen nur bis zum Brustbein reichte, empfand er als Schmach. Deshalb standen auch sie auf der Liste. Außerdem besaßen sie Tochterfirmen – beide –, die sich mit Facility-Management befassten: ein Bereich, den er selbst noch gar nicht abdeckte, aber begehrte: Statt Bargeld wollte er ihnen eine oder mehrere Töchter abnehmen.

Aber wie es im Leben häufig ist: Der Mensch macht einen Plan, und seine Mitmenschen – oder das Schicksal oder Allah oder eine andere höhere Macht – sind damit nicht einverstanden und durchkreuzen ihn. Diese Erfahrung machte auch Albert. Seine Excel-Tabelle war fertig und befand sich, samt Handy-Sicherheitskopie, auf seinem iPad in der Aktentasche, von der er sich niemals trennte, sie begleitete ihn sogar auf seine Ausflüge zu dem Tuttlinger Exbauernhof; und um nicht wieder auf seiner einsamen Dachterrasse im Single-Malt-Rausch zu enden, begab er sich in die Bar eines Hotels an einer Münchner Nobelmeile, nicht weit von seinem Zuhause. Dort fiel sein Auge auf eine offenherzige, langbeinige, kurvenschöne Kunstblondine, und er pirschte sich an sie heran. Sie würdigte ihn keines Blickes, was aber keine böse Absicht gewesen sein muss – ihre Aufmerksamkeit war von ihrem Smartphone in Anspruch genommen. Auf dessen Hülle stand, wie er sah, als sie es zur Herstellung eines Selfies vor illustrer Hotelkulisse hob: *Cute as fuck*.

„Kann man unbedingt bestätigen“, sprach Albert in ihr Ohr. Er stand, sie saß, da ging das gut.

Die Kunstblondine sah ihn verwirrt an. „Was …?“

„Dass Sie *cute as fuck* sind. Man möchte Sie *sofort* flachlegen, so süß sind Sie. Nur hätten Sie’s doch nicht nötig, Ihren Bewunderern den Wortlaut für Komplimente in den Mund zu legen.“

„Äh …“, sagte die Kunstblondine. Albert lächelte sie aufmunternd an. Sie wechselte das Thema. „Jane“, stellte sie sich vor und streckte ihm die Hand hin.

„Tarzan“, antwortete er mit ernster Miene, und sie fing erwartungsgemäß zu kichern an.

„Kenn ich“, sagte sie.

„Nur ein Künstlername“, sagte Albert, „in Wirklichkeit Albert Schwarz“, und schüttelte ihr die Hand. „Darf ich Sie einladen?“, fragte er dann. „Was trinken Sie?“

„Sex on the Beach“, sagte sie mit einem Augenaufschlag, über den sogar Albert, auf den ein weiblicher Anblick ihrer Kategorie ähnlich wirkte wie der Glockenton auf Pawlows Hund, lächeln musste.

Jane trug eine enganliegende schwarze Hose, ein transluzentes weißes Top mit fadendünnen Trägern, denen die viel breiteren Träger ihres weinrot glänzenden BHs die Schau stahlen. Nagellack und Lippenstift hatte sie passend zur Unterwäsche gewählt (ja: auch passend zum Slip, es war ein Ensemble, wie der tiefsitzende Bund ihrer Hose verriet), und ihren üppigen Busen trug sie vor sich her wie einen eben verliehenen Orden. Weil sie saß (geltungsbewusst, mit Hohlkreuz und herausgedrückter Brust) und Albert immer noch stand (neben ihr, fast auf Tuchfühlung), hatte er einen tiefen Einblick in ihr Dekolleté und nutzte seine Perspektive schamlos. Das lange Haar trug sie offen und immer so zur Seite gestrichen, dass die Tätowierung hinter dem rechten Ohr zu sehen war, aber er erkannte nicht, was es war – vielleicht ein chinesisches Schriftzeichen mit tiefsinniger Bedeutung. Ihr Teint war dunkel golden, die Augen, die ihn unter langen, dichten, schwarzen, aufwärts gebogenen Wimpern sinnlich anblickten, dunkelbraun, in ihren Ohren klimperten große ovale, unten spitz zulaufende Goldringe, und auch an den Händen funkelte es golden: zwei zusammenhängende Ringe, mit Glitzersteinchen bestückt, umschlossen Mittel- und Ringfinger gemeinsam, und ums Handgelenk gegenüber lag eine goldene Uhr mit schwerem Gliederkettenarmband. Sehr reizvoll, die Dame, äußerst anziehend und appetitlich, eigentlich ein Gesamtkunstwerk. Nur das Bleichen des Haars war misslungen, wie Albert feststellte, als er den schon recht breiten dunklen Scheitel betrachtete, der den Kopf in zwei Hälften spaltete: Bis zu dem braunen Mittelstreifen hatte sich das Haar unter dem wiederholten Kontakt mit aggressiver Chemie in etwas Weißgelbes, Strohiges, Totes verwandelt. Sie sei Amerikanerin, erzählte sie ihm in einem niedlichen Deutsch, an diesem Morgen aus Boston eingetroffen, und wolle weiter in die Schweiz, um sich dort um allerlei Bankangelegenheiten zu kümmern, und Albert wunderte sich, weshalb sich eine Frau ihres Aussehens, die noch dazu in einem der teuersten Hotels der Stadt wohnte und auf dem Weg in ein Zürcher Finanzparadies war, keine bessere Haarfärbung leistete.

Hätte es ihm zu denken geben sollen? Er konnte nicht denken, er war betört. Und was war eine missratene Bleiche im Vergleich zu diesem Prachtkörper! Albert fühlte sich über den roten Teppich schreiten, den ihm ihr Sexappeal ausrollte: keine sanfte, zurückhaltende Einladung, sondern eine geradezu aggressive Aufforderung. Musste man da nicht gehorchen?

Und wie angenehm es war, mit ihr an der Bar zu lehnen, vorsichtig und gleichsam versehentlich an ihre warme Haut geschmiegt, und mit ihr zu trinken, zu flirten, zu lachen! Was für eine göttliche Erleichterung, nach der Dauerserie von Körben, die er in letzter Zeit kassiert hatte, zur Abwechslung endlich willkommen zu sein!

Nach dem dritten Glas fühlte er sich schwanken, was ihm sonderbar schien, denn diese Cocktails – aus Solidarität hatte er ihr beim Strandsex Gesellschaft geleistet – enthielten doch kaum Alkohol. Sein alter Argwohn erwachte; hatte sie ihm etwas ins Glas getan, als er vorhin einer menschlichen Regung gefolgt war? Ihm wurde heiß. „Liebe Jane“, sagte er, während er den Barmann herbeiwinkte, „ich muss heim. Hier ist meine Visitenkarte. Solltest du Lust verspüren, unsere Begegnung zu vertiefen, ruf mich an. Ich hoffe sehr." Er reichte dem Barmann eine Kreditkarte, und bei der Erwartung frischer Luft verspürte er eine leichte Besserung. Er beglich ihrer beider Schulden, drückte Jane kurz an sich, um noch einmal ihren Duft zu atmen und ihre Hitze zu spüren, und wollte aufbrechen, doch sie ließ ihn nicht.

„Geh nicht, Honey", gurrte sie. „Wer weiß, ob ich je wieder nach München komme. Vielleicht sehen wir uns nie wieder! Dann tut's uns leid! Komm mit mir, ich hab ein schönes Zimmer mit sehr breitem Bett."

Und sie ließ sich von ihrem Barhocker gleiten und schob den Arm unter den seinen und bugsierte ihn zum Aufzug, und Albert wusste nicht mehr, ob ihm von dem Gift schwindelte, das sie ihm zweifellos ins Glas getan hatte, oder von ihrer sexgeladenen Ausstrahlung, wahrscheinlich von beidem, weil sie eine Schwarze Witwe war, die ihn verspeisen wollte, und auf jeden Fall schwindelte ihm bei dem Gedanken, dass er das, was sie von ihm erwartete, nicht mehr brachte, auf keinen Fall, völlig ausgeschlossen, nicht in diesem scheußlichen Zustand ... wahrscheinlich hatte ihn der Schlag getroffen, und das waren jetzt die Auswirkungen ... ob man vielleicht doch für immer auf Alkohol ...

Im Aufzug kehrten seine schwindenden Sinne noch einmal zurück, und er presste sich an sie, leider war auch diese Schöne im Stehen einen Kopf größer als er, aber es schien ihr nichts auszumachen, und er war es gewohnt. Er reckte sich und küsste sie innig auf ihren weinroten Mund, und dass sie seine Küsse erwiderte, ließ den Schwindel zurückkehren ... Egal. Er riss sich zusammen und ging mit ihr einen rotgoldenen Teppich entlang, während er die samtweiche Haut ihres Arms streichelte. Sie betraten ihr schönes Zimmer. „Jane ...", murmelte er willenlos und sank in sich zusammen. Ehe es ihn vollständig fällte, musste er sich aufs Bett legen. Sie stand vor ihm und blickte – nachdenklich, wie ihm schien – auf ihn hinunter, und er genierte sich, und gleichzeitig verfluchte er sich – vor ihm stand eine Göttin, die ihn wollte, ja, tatsächlich!, sie wollte ihn, *ihn,* Albert, den Zwerg, und er lag flach auf dem Bett und konnte sich nicht rühren, ein neuerlicher Hohn seines verfluchten Schicksals. Sie müsse kurz ins Bad, sagte sie, und zwinkerte ihm zu – es kam ihm endlos lang vor, dieses Zwinkern, die reinste Zeitlupe; war ihr Lidschatten so schwer, oder stellte sein Hirn den Betrieb ein?

Dies war sein letzter Gedanke. Dann umfing ihn – nicht Jane, auch nicht Morpheus, der Gott des Traums, sondern Hypnos. Bleierner Schlaf übermannte ihn.

Als sein Bewusstsein nach und nach zurückkehrte, war seine erste Wahrnehmung ein grauenhafter Kopfschmerz, der sich ekstatisch durch seine Großhirnrinde wühlte. Als er soweit bei Sinnen war, dass er seine Umgebung wahrnehmen konnte, sah er sich um – ohne den Kopf zu heben, nur mit den Augen – und registrierte trübes Lampenlicht, feuchte Kälte und einen Geruch nach Moder, bakteriellem Wirken, schwarzen Pilzen. Es gab kein Fenster, der Fußboden war aus Beton. Die Wände nur noch partiell verputzt. Der Raum war anscheinend schon früher als Arrestzelle genutzt worden, denn in den Putz waren Strichlisten geritzt, irgendwelche Sprüche in mehreren Sprachen, auch obszöne Zeichnungen, deren Ausführung hinter dem erotischen Anliegen weit zurückblieb. Von der Decke hing eine Glühbirne an ihrem Kabel; von dort kam das trübe Licht, höchstens 40 Watt. Seine Kleidung war dieselbe wie – wann? vor Stunden? Tagen? –, nur dass ein fremder, abstoßender Geruch von ihr ausging, der eine nicht näher bestimmbare Erinnerung weckte. Als er sein Kinn befühlte, schätzte er die geraubte Lebenszeit auf mindestens einen Tag.

Seine Zunge fühlte sich an wie Löschpapier, das an seinem Gaumen klebte. Er hielt sich die Hände vor die Augen, betrachtete, weil sie schmerzten, seine Handgelenke und entdeckte Spuren einer Fesselung. Keine Dorothea-Fesselung: das sah eher nach Kabelbindern aus. Wozu fesselt man einen Komatösen?

Dass er in dieser Lage war, verdankte er der kunstblonden Amerikanerin, fuck.

Seine Taschen waren geleert worden, Kreditkarten, Bargeld, Handy, alles weg. Auch die Armbanduhr. Er lag auf dem nackten Betonboden. Ein paar Möbel gab es hier, zwei Holzstühle, einen ramponierten Tisch, einen Blechkübel, der wahrscheinlich das Klo war, ein Regal – leer bis auf eine aufgeschlagene Zeitschrift. Eine Pritsche mit einer Decke. Hinter ihm war eine Tür; solider Stahl. Natürlich abgesperrt – überflüssig, sich zu vergewissern. In der unteren Hälfte hatte sie eine Klappe, nur von außen zu öffnen, natürlich. Direkt vor der Tür war der Boden anscheinend uneben, denn dort stand Wasser. Und bildete eine Pfütze. Und am Rand der Pfütze saß – Albert traute seinen Augen nicht – eine Kröte. Und starrte mit blicklosen gelb-schwarzen Augen vor sich hin. Nur der pulsierende Kehlsack wies sie als lebendes Wesen aus. Wo war er, um Himmels willen? Was wollte man von ihm? Natürlich war sein erster Gedanke, dass man ihn entführt hatte – aber das Lösegeld konnte er nur selber bezahlen; sein Bruder hätte keinen Finger für ihn gerührt, eine Ehefrau gab es ja nicht, und auf Catherine du Rhin war womöglich auch kein Verlass. Mühsam rappelte er sich auf und rüttelte an der Tür. Hämmerte mit beiden Fäusten dagegen. Nichts passierte. Nur die Kröte fühlte sich in ihrer Ruhe gestört und entfernte sich in eine dunklere Ecke. Albert fluchte laut: „Krötenkacke!“, schrie er, „Porca Madonna!“, und Schlimmeres, aber natürlich blieben auch seine Kraftausdrücke wirkungslos.

Er musste sich wieder auf den Boden legen, denn in vertikaler Haltung drohte sein Kopf zu platzen. Der stechende Durst, der ihn seit seinem Erwachen quälte, führte ihn in Versuchung, die Krötenpfütze auszutrinken … Vorläufig widerstand er.

Ringsum war es vollkommen still. Wenn er in einem Gefängnis war – gab es dann noch andere Gefangene? Er lauschte angestrengt. Kein Laut zu hören. Doch, jetzt – ein leises Tappen, ganz in der Nähe. Er hob den Kopf einen Zentimeter und sah: die Kröte, die auf ihn zuschritt. Im Passgang. Unerhört! Eine Handbreit vor seinem Gesicht hielt sie an und ließ sich nieder. Und betrachtete ihn mit einem Auge. Das sehr schön war, sah er jetzt, bernsteingelb, eigentlich golden mit einem tiefschwarzen waagrechten Spalt – ist das die Krötenpupille? Sie sah ihn an und er sie. Und auf einmal fühlte er, wie sich die Krötenseele seiner bemächtigte. Auf einmal war er kein Mensch mehr! Er nahm kein Unbehagen mehr wahr, keinen Kopfschmerz, keinen harten Betonboden, keinen Hunger, keinen Durst, sein Geist löste sich auf, Gedanken blieben ungedacht, er fühlte nur noch: hockte breit und behäbig auf glattem kühlem Boden, roch Feuchtigkeit und Moder und abgestandenes Wasser. Hob einen Fuß, schloss ein Auge. Öffnete es wieder. Fühlte ein geschwindes Pochen in seiner Brust und einen kurzen kleinen Atem, eine steinerne Ruhe erfasste ihn, und die Zeit blieb stehen.

Ist das wahrscheinlich? Kann man sich in ein anderes Wesen verwandeln? Ja, manche erleben es; meditierende Menschen erleben es leicht. Albert meditierte niemals und erlebte es dennoch. Es ist aber kein Akt des Willens oder Könnens, es lässt sich nicht mit Absicht herbeiführen. Eher ist es so, dass alles Wollen weicht und das Individuum sich auflöst und das Bewusstsein ganz sanft in eine andere Seinsweise hinübergleitet. Lieber würde man sich in einen Adler verwandeln oder in eine Alpendohle – zweckmäßiger wäre in Alberts Fall eine Mücke gewesen, die unter der Tür hindurchgepasst hätte, oder auch ein Wisent, das mit seiner Kraft und seinem Gewicht die Stahltür kurzerhand eingerannt hätte –, aber man kann es sich nicht aussuchen. Es war eine Kröte, die seinen Geist von ihm abzog. *Er* war eine Kröte und blickte mit Bernsteinaugen in seine schummrige, feuchtkalte Kellerwelt.

Warum erwähnen wir den Vorfall überhaupt? Albert Schwarz ist doch ein durch und durch materialistischer Mensch, dem alles Metaphysische („Esozeugs", sagte er) zuwider ist; wenn man ihm früher erzählt hätte, dass er einmal eine mystische Gestaltwandlung erleben würde, und zwar eben nicht in einen Schwan wie seinerzeit das hässliche Entlein, sondern in eine Kröte, so hätte er nur gelacht und geantwortet, seines Wissens sei es genau umgekehrt: Man müsse den Frosch – oder die Kröte – entweder küssen oder an die Wand werfen und bekäme davon einen Prinzen. Eventuell eine Prinzessin. Wir erwähnen Alberts Verkrötung, weil sie so kurios ist – ein Materialist und Tierfeind wie er wird zur Kröte, wie absurd ist das denn! – und weil sie der Beginn eines gewissen Niedergangs für ihn ist: nicht schlimm; es ruiniert ihn nicht, und er muss auch nicht sein Leben radikal ändern; aber es geht doch manches nicht mehr so weiter wie bisher.

Samstag, 16.5.15, Rumänien?

Wie lange dauerte dieser unerhörte Krötenzustand? Es mochten Stunden sein oder Minuten; er nahm die Zeit nicht mehr wahr. Es war sehr angenehm … Auf einmal aber war es vorbei. Mit einem Satz kehrte seine Menschenseele in ihn zurück, sein Geist fing an zu arbeiten und erkannte, dass dieser Krötenblödsinn nur eine Nachwirkung der Drogen sein konnte, die ihm die kunstblonde Amerikanerin eingeflößt hatte; sein Körper war wieder groß (*relativ* groß … im Vergleich mit einer Kröte riesig: ein interessantes, unbekanntes Gefühl) und unangenehm empfindlich, seine Beckenknochen bohrten sich in den Betonboden, seine Schulterblätter desgleichen, seine Wirbel kamen ihm vor wie Granit, und als er den Kopf hob, drohte sein Hals entzweizubrechen. Unter Aufbietung von viel Kraft und Beherrschung stand er auf.

Im selben Moment wurde draußen ein Riegel zurückgeschoben und die Klappe ging auf. Eine Hand stellte ein Tablett herein und ließ es knirschend über den Betonboden schrammen. Ein kleiner Laib Weißbrot lag darauf, daneben eine transparente Plastikflasche mit Wasser, ein Päckchen Kaugummi. Die Hand zog sich wieder zurück und wollte die Klappe schließen. Albert sprang hinzu und stoppte sie. „Halt!“, schrie er. „Ich verlange Auskunft! Wo bin ich, was wollen Sie von mir, wer sind Sie überhaupt? Was soll das alles?“

Der Mensch draußen versetzte der Klappe einen Fußtritt, sie knallte zu, und Albert war froh, dass kein Finger eingeklemmt war. Der Riegel wurde zugeschoben, Schritte entfernten sich. Gierig griff er nach der Wasserflasche und leerte sie in einem Zug bis zur Hälfte. Argwöhnisch beroch er das Brot, nahm aber nichts

Zwielichtiges wahr. Na gut, das musste nichts bedeuten, er hatte auch das Gift der Schwarzen Witwe nicht gerochen oder geschmeckt. Er schob seine Bedenken beiseite und aß es auf. Sah sich danach die Wasserflasche genauer an: eine Berglandschaft auf dem Etikett, und darunter stand *apă minerală*, ja, klar, was denn sonst. „Product of Romania", stand am unteren Rand des Etiketts. Seit wann gab es hierzulande rumänisches Mineralwasser? Hatte man ihn etwa nach Rumänien verschleppt?

Wer konnte hinter dieser Entführung stecken? Albert zermarterte sein schmerzendes Hirn. Er war doch alles andere als eine Person des öffentlichen Lebens! Wer kannte ihn, außer seinen Geschäftspartnern und ein paar professionellen Damen, wer wusste, dass bei ihm etwas zu holen war? Ging es gar nicht um die Erpressung eines Lösegelds, sondern … Um was ging es?

Er holte sich die Zeitschrift aus dem Regal. Schon etwas angejahrt, eine *Vanity Fair* vom August 2008, aufgeschlagen bei dem Artikel eines amerikanischen Journalisten, der sich im Selbstversuch der Foltermethode Waterboarding – „Believe Me, It's Torture" lauten sein Titel und sein Fazit – unterzogen hatte und sich einige Gedanken über so genannte Befragungstechniken diverser US-Behörden und vor allem der CIA im so genannten War on Terror machte.

Das hatte man ihm absichtlich hingelegt. Welchen Schluss sollte er daraus ziehen – dass er mit Folter zu rechnen hatte? Warum denn, um Himmels willen? Ja, zugegeben, er ging auch Aktivitäten nach, die nicht immer strikt gesetzeskonform waren, aber er hatte doch nichts mit Terrorismus zu tun! Zumal er seine kleine Erpressungsidee von der Dachterrasse noch nicht mal ansatzweise in die Tat umgesetzt hatte! Davon konnte niemand etwas ahnen! War er Amerikanern ins Netz geraten? Hatte man ihn ins Ausland geschafft – nach Rumänien! –, um ihn dort in Ruhe foltern zu können? Aber warum, was wollte man von ihm – es konnte sich doch nur um eine Verwechslung handeln!

Albert wurde zunehmend nervös und sehnte sich nach seiner Krötenruhe zurück. Die Zeit verging quälend langsam.

Wie viele Tage saß er schon in diesem Loch? Brot und Wasser hatte er mehrmals bekommen, aber in welchem Abstand? Er hatte keinen Hunger, aber sehr viel Durst; das sparsam dosierte *apă minerală* reichte bei weitem nicht.

Nach endlosem Warten, als Alberts Nerven weitgehend zermürbt waren, die Atemluft verbraucht und er sich schon freiwillig zum Meditieren auf die Pritsche legte, um nicht Beherrschung und Verstand zu verlieren, wurde die Tür aufgerissen, und ein Mann kam herein. Blond, groß, smart, sehr lässig. In der einen Hand eine Aktenmappe, in der anderen ein Feuerzeug. Die Tür ließ er offen; was draußen war, sah man nicht – ein leerer Flur, schwach beleuchtet, mehr bekam Albert nicht zu sehen. Aber es kam halbwegs frische Luft herein. Wohltat.

„Guten Morgen!“, sagte der Mann fröhlich. „Herr Schwarz! Logan mein Name. Interrogation Officer.“ Mit der Regelmäßigkeit eines Uhrenpendels ließ er den Deckel seines Feuerzeugs aufschnappen und klappte ihn wieder zu.

„Wie? Was?“, fragte Albert verblüfft.

„Interrogation Officer“, wiederholte der Mann, der einen leichten amerikanischen Akzent hatte. Er zog sich einen Stuhl an den Tisch. „Setzen Sie sich zu mir? Wir werden uns in den nächsten Tagen noch öfter treffen.“

„Ich wäre Ihnen dankbar, wenn Sie mich aufklären, was hier eigentlich gespielt wird.“

„Selbstverständlich. Von einem ‚Spiel' kann allerdings keine Rede sein. Wie Sie vielleicht erkannt haben, bin ich Amerikaner. Ich repräsentiere mein Land. Und wie Sie wahrscheinlich wissen, verlagern wir im Zuge unseres Kriegs gegen den Terror manche Befragungen in ein Ausland, in dem die Rechtslage eine andere ist als in den USA. Juristischer Sonderstatus auf exterritorialem Gebiet. Guantánamo zum Beispiel. Sie wissen Bescheid, ja?"

„In welchem Land bin ich?"

„Das tut nichts zur Sache. Sie sind in einem unserer exterritorialen Befragungszentren."

„Sind Sie verrückt? Mit welcher Begründung lassen Sie mich einfach entführen?"

„Ich würde Sie bitten, die Bedingungen unseres jetzigen und aller unserer künftigen Gespräche zur Kenntnis zu nehmen: Sie beantworten meine Fragen und nicht umgekehrt."

Der Feuerzeugdeckel schnappte auf und schloss sich. Niemand sprach ein Wort.

„Ich wüsste nicht, was ich Ihnen zu sagen hätte", sagte Albert nach einer Weile. „Sie haben mich durch eine Agentin, oder was sie sein soll, betäuben lassen und mich hierher verschleppt, und das Mindeste ist, dass Sie mir sagen, was Sie überhaupt von mir wollen. Sonst hören Sie von mir kein Wort mehr."

„Ja", sagte der Amerikaner, „das hab ich mir schon gedacht, dass Sie erst mal die Kooperation verweigern. Ich bin Ihnen aber nicht böse, das entspricht durchaus unseren Erfahrungen. Am Ende reden alle Verdächtigen, auch das lehren unsere Erfahrungen. Daher die Auslagerung gewisser Aktivitäten auf Territorien, die unter US-Kontrolle stehen, aber kein dem US-Recht unterworfener Raum sind."

Das Feuerzeug schnippte.

„Wie bitte? Ich bin ein völlig unbescholtener deutscher Staatsbürger! Mit welcher Begründung entf…“

„Al-Qaida-Mitgliedschaft“, fiel ihm Logan ins Wort. „So steht es in Ihren Transportpapieren.“

„Ich bin doch kein al-Qaida-Mitglied! Das ist doch aberwitzig! Es *muss* sich um ein Missverständnis …“

„Völlig klar, dass Sie leugnen. Hier steht es aber, Schwarz auf Weiß“, sagte Logan und tippte auf den Aktenordner, den er vor sich hingelegt hatte. „Entscheidend ist, was in den Papieren steht.“

„Ich sage gar nichts mehr.“ Albert hielt es für das Beste, sich mit Gleichmut zu wappnen und darauf zu hoffen, dass sich diese absurde Verwechslung bald aufklärte.

„Wie gesagt, ich akzeptiere Ihr Statement gern, sehe es aber nicht als endgültig an.“

„Ich will auf der Stelle hier raus! Lassen Sie mich gehen, es gibt nichts, was Sie mir zur Last legen können.“

„Ja, das kann ich mir denken, dass Sie fort wollen, es ist wirklich nicht schön hier, aber glauben Sie mir: Wenn Sie jetzt draußen wären, wüssten Sie nicht, wohin, und kein Mensch würde Sie verstehen. Haben Sie den Artikel gelesen, den wir Ihnen hergelegt haben?“

„Nein“, sagte Albert.

„Kein Problem. Sie haben alle Zeit der Welt. Lesen Sie nur, welche Erfahrungen Mr. Hitchens gemacht hat, das ist gut gegen die Langeweile. Morgen bringe ich Ihnen dann einen internen Lehrfilm der CIA. Wurde für ein Trainingsprogramm der US Army gedreht: SERE, das steht für ‚survival, evasion, resistance, escape'. Daran ist nichts geheim, den Film können Sie im Internet finden, wenn Sie wollen. Aber das können Sie jetzt natürlich nicht, daher brauchen Sie mich. Sie werden sehen, mit welchen einfachen Mitteln wir Ihre Aussagebereitschaft fördern können."

„Hören Sie, das muss ein Missverständnis sein. Ich habe mit al-Qaida nichts zu tun, und ich kann Ihnen nichts sagen."

„Das weiß ich doch. Ich will ja auch gar nichts über al-Qaida wissen."

„Wie bitte? Eben haben Sie noch behauptet, ich sei der al-Qaida-Mitgliedschaft verdächtig! Was soll das denn?"

„Das habe ich nicht gesagt. Hören Sie mir doch genau zu. Wir mussten lediglich einen Grund angeben, damit die amerikanische Regierung Ihren Flug und Ihren Aufenthalt bezahlt. Daher steht in Ihren Transportpapieren: Mutmaßliches al-Qaida-Mitglied. Sie können sich wieder abregen, *ich* verdächtige Sie keineswegs des Terrorismus. Ich habe lediglich eine Reihe von Fragen zu Ihren Vermögensverhältnissen und benötige ein paar Unterschriften von Ihnen, *that's all*. Sobald ich habe, was ich brauche, bringen wir Sie wieder zurück nach Deutschland. Bis dahin sind Sie unser Gast. So, ich muss leider weiter. War nett, mit Ihnen zu plaudern. Bis zum nächsten Mal."

Logan erhob sich und ging zur Tür und wurde draußen von einem militärisch uniformierten Bewacher in Empfang genommen, der eine Gesichtsmaske in Olivgrün trug und eine wahrscheinlich russische Maschinenpistole, dazu einen Patronengurt. Dann wurde die Tür wieder verriegelt, und zurück blieb ein Geruch nach Zigarettenrauch und Feuerzeugbenzin.

Albert ließ sich auf die Pritsche fallen und versank ins Grübeln. Die Umstände seines Aufenthalts hier schienen auf eine größere Organisation hinzuweisen. Aber da es nicht das deutsche

Finanzamt war, das ihn einschüchtern wollte, war er anscheinend in die Hände von Verbrechern gefallen. Dass ihn tatsächlich eine US-Behörde beziehungsweise deren ausführende Agenten kassiert hatten, konnte er nicht glauben: Weshalb sollten sie sich für ihn interessieren, unpolitisch, wie er war? Waterboarding … Die Drohung dieses Amerikaners war leider realistisch.

Was der historisch nicht besonders interessierte Albert nicht wusste: Trotz des Namens ist Waterboarding keine Erfindung der CIA, sondern ist schon im Zusammenhang mit der Spanischen Inquisition dokumentiert, damals *toca* genannt. Christopher Hitchens, Autor des Artikels, der damals für Furore sorgte, hat seinen Selbstversuch ja sehr anschaulich beschrieben: Man fesselt das Subjekt auf eine schiefe Bank, und zwar so, dass sich der Kopf an tiefster Stelle befindet, tiefer als die Lunge, damit kein echtes Ertrinken stattfinden kann, legt ihm ein Tuch über Mund und Nase und gießt Wasser darauf. Der Würgereflex sorgt dafür, dass das Opfer durchaus den Eindruck hat, zu ertrinken oder zu ersticken. Nahtoderfahrungen sind möglich, ein nachhaltiges Trauma ist fast immer die Folge. Die Methode wurde seit ihrer Erfindung immer wieder und international angewandt, durch die Medien ging sie in letzter Zeit häufig, weil in den USA in der Folge der Terroranschläge vom September 2001 der CIA erlaubt wurde, verschärfte Verhörtechniken anzuwenden, sprich Foltermethoden, darunter auch diese, die recht beliebt ist, weil sie beim Opfer keine nachweisbaren Spuren hinterlässt. Ranghohe Politiker billigen die Methode, förderen sie womöglich sogar; ein Geheimpapier des US-Justizministeriums über Verhörmethoden der CIA vom Oktober 2007 nennt Waterboarding nach wie vor gesetzeskonform, und noch Ende 2014 bezeichnete der Expräsident Bush die Methode als gerechtfertigt und nannte ihre Anwender Patrioten.

Als sich die Tür zu seiner Zelle das nächste Mal öffnete, war Albert schon deutlich entmutigter, er hatte seine Lage als ausweglos erkannt. Offensichtlich begehrte dieser gewaltbereite Amerikaner sein Geld. Von dem er, Albert, nichts hatte, wenn er – im besten Fall – bei Wasser, Kaugummi und Brot vor sich hinschimmelte und, im schlimmeren Fall, gefoltert wurde.

„Na, Herr Schwarz, wie geht's Ihnen heute?", begrüßte ihn Logan munter und ließ den Feuerzeugdeckel schnappen. „Sind Sie heute kooperativer?"

„Was ist, wenn nicht?"

„Das wissen Sie doch. Ich muss zu Methoden greifen, die ich als Humanist verachte. Ich muss Sie unseren Gastgebern überlassen, die Sie verschärft verhören. Ich werde auch gar nicht dabei sein, wenn Sie intensiv befragt werden, was für Sie bedeutet, dass Sie die Prozedur nicht abkürzen können. Denn Ihre Gastgeber verstehen kein Deutsch, haben aber ein intimes Verhältnis zur Gewalt, was das Ganze sehr zeitraubend, ineffektiv und für Sie unnötig unangenehm macht. Verstehen Sie – wenn Sie nach einer Minute schreiend aufgeben und bereit sind, alle Forderungen zu erfüllen, nützt Ihnen das gar nichts: Die Leute hier machen einfach weiter und ziehen ihr Programm durch. Und Sie können mir erst am nächsten Tag meine Forderungen erfüllen."

„Was wollen Sie?"

„Wir sind an Ihren laufenden Einnahmen interessiert, insbesondere deren Geschäftsgrundlage."

„Geht's ein bisschen genauer?"

„Sie haben ja tausend verschiedene Unternehmen und Beteiligungen etcetera. Die würden wir gern ein bisschen anzapfen. Aber keine Sorge: Ihre legalen Aktivitäten lassen wir erst mal ganz unangetastet. Und interessieren uns nur für das, was Sie nebenbei so treiben. Zum Beispiel für Ihr Edelbordell. Zufällig weiß ich, dass Sie auf einige der dort verkehrenden Herren einen Rochus haben und Aktionen erpresserischer Art gegen sie planen."

„Woher …", begann Albert, und Logan unterbrach ihn: „Woher ich das weiß? Ha! Raten Sie mal! Ich habe die besten Kontakte zu den Abhörspezialisten in meiner Heimat, was glauben Sie denn! Wir haben Sie schon eine ganze Weile im Auge. Und im Ohr. Haben Sie sich unbeobachtet gefühlt? Tja, so kann man sich täuschen. Ich finde Ihren Plan übrigens gut, den übernehmen wir gleich und fangen mit dem Herrn Guldenschuh an, über den haben Sie schon gutes Material zusammengetragen, das erspart uns viel Mühe. Danke dafür. Die Filme, die seine Leidenschaften dokumentieren, habe ich teilweise gesehen. *I'm impressed.* Versteht sich von selbst, dass er bezahlt. Also, ich sag Ihnen, was ich will. Ich will das gesamte Belastungsmaterial, und dafür nehme ich Ihnen die Arbeit ab, ich kümmere mich selber um den Guldenschuh. Und versichere Ihnen: Mir ist der Typ genauso widerlich wie Ihnen, Sie können sicher sein, dass ich in Ihrem Sinn handle. Wenn auch nicht in Ihre Tasche."

Albert war wider Willen beeindruckt. Er bezahlte ein Computergenie eigens dafür, dass es die dicksten Brandmauern um ihn errichtete, und telefonierte – angeblich! – abhörsicher, aber dieser rauch- und benzingeschwängerte Amerikaner hatte offensichtlich in Nullkommanichts sämtliche Hürden durchbrochen.

„Ich weiß", fuhr Logan fort, „dass die Kollegen und Vorgesetzten des Guldenschuhs bei dessen Bauvorhaben beide Augen zudrücken. Warum? Ich unterstelle, dass Guldenschuh seinerseits belastendes Material hortet, um das Wohlverhalten derer sicherzustellen, die ihn kontrollieren sollen. Wahrscheinlich Material über ein besonderes Verständnis von Kinderliebe, ist ja verbreitet in manchen Kreisen. Das dürfte wiederum er dokumentiert haben, und wir können alles brauchen. Als erstes gleichen wir unser jeweiliges Material miteinander ab, und Sie machen mir den Kontakt mit dem Guldenschuh, alles Weitere übernehme ich. Ach ja, natürlich brauche ich alle Unterlagen, die mir noch fehlen. Ist klar. Ich interessiere mich übrigens nicht nur für die Kirchenfürsten, sondern auch für die andere Mischpoke. Dieser Josef Bauer ist ja ein interessanter Fall – was tut man nicht alles, um Karriere zu machen … Damit könnte es vorbei sein. Frau Leander brauchen wir übrigens nicht; was sie betrifft, so haben uns die deutschen Kollegen vom Verfassungsschutz schon alles gesteckt, was wir wollten. Und dann natürlich Ihr silbernes Auto …“

„Mein Rolls?!“, fuhr Albert auf. „Nur über meine …“

„Leiche? Seien Sie doch nicht so radikal, Herr Schwarz. Und passen Sie auf, sonst akzeptiert noch jemand Ihr Angebot … Lassen Sie uns noch mal klein anfangen.“ Wie zur Veranschaulichung ließ Logan aus seinem Feuerzeug eine kleine Flamme schnellen. „Sie haben vierundzwanzig Stunden Bedenkzeit. Hier, ich habe Ihnen eine Liste gemacht“, sagte er und legte ein Papier vor Albert hin. „Sie stellen mir alle Daten zur Verfügung, die ich noch brauche, außerdem machen wir einen ordentlichen Kaufvertrag für den Rolls-Royce, für den ich Ihnen einen Dollar gebe. Als Gegenleistung erspare ich Ihnen die Behandlung durch unsere hiesigen Dienstleister. Wenn Sie morgen um diese Zeit immer noch nicht kooperativ sind, delegiere ich die nächste Runde an unsere Subunternehmer. Dann werden Sie mich zurückwünschen, glauben Sie mir. Besitz ist notwendig, da stimme ich Ihnen vollkommen zu. Nur muss er nicht immer in denselben Händen bleiben. Aber machen Sie sich keine Sorgen, Herr Schwarz: Wir haben keineswegs die Absicht, Sie zu ruinieren. Sie haben doch noch so viele Geschäfte, die ganz legal sind – die lassen wir Ihnen. Sehen Sie’s so:

Wir bewahren Sie davor, dass Sie kriminell werden. Und das Auto – ich weiß schon, das ist völlig korrekt erworben und teuer genug bezahlt. Ihr Herz wird bluten, klar. Aber meine Güte, kaufen Sie sich halt ein neues. Vielleicht eines, das weniger umweltfeindlich ist. Wie wär's mit einem kleinen Elektroauto?"

Logan stand auf und streckte ihm die Hand hin. „Unter vernünftigen Leuten einigt man sich schnell", sagte er. „Morgen komm ich wieder, und dann werden wir sehen, ob Sie vernünftig sind oder nicht. Machen Sie's gut."

Er wandte sich ab und ging zur Tür. „Ach ja, bevor ich's vergesse" – Hand an die gesenkte Stirn, eine Inspektor-Columbo-Imitation – „ich hab Ihnen doch was mitgebracht." Er winkte dem Gorilla vor der Tür, der hereinkam und einen Laptop brachte, dazu einige DVDs. „Da können Sie sich was anschauen. Material aus Guantánamo, Abu Ghuraib etcetera. Unsere Highlights. Und als Bonusmaterial kriegen Sie noch den SERE-Lehrfilm, den ich Ihnen versprochen habe, sogar den *Director's Cut*. Und denken Sie dran: Die Guten, das sind wir!"

Albert sah sich die Filme nur partiell an; er sah ein, dass Widerstand zwecklos war. Der einzige echte Verlust war sein Rolls-Royce. Der war sehr schmerzhaft. Aber wenn er nicht die gleiche Behandlung erleben wollte, wie sie in diesen Filmen dokumentiert war, musste er sich diesem Pyromanen fügen. Er hatte keine andere Wahl.

Er war, wie gesagt, Pragmatiker. Deshalb brauchte er für seinen Entschluss zur Kooperation keine vierundzwanzig Stunden Bedenkzeit.

Am nächsten Tag gab er die Passwörter preis, die Logan noch fehlten, sagte ihm, wo der Schlüssel zu seinem Bankschließfach mit bestimmten Datenträgern zu finden war, unterzeichnete eine Vollmacht, damit Logan ungehindert darauf zugreifen konnte, sowie einen Brief an Madame, in dem er ihr eine Erklärung für seine Abwesenheit lieferte und sie bat, dem Überbringer des Schreibens alle benötigten Auskünfte zu erteilen, außerdem Schlüssel und Papiere des Rolls-Royce zu übergeben.

Logan wiederum tauschte die Folterfilme gegen Pornofilme aus, quasi als Belohnung. Denn, sagte er, Albert müsse noch ein paar Tage hier ausharren, bevor er in die Freiheit entlassen werde. Aber statt der Pritsche wurde ein ganz ordentliches Feldbett mit sauberer Decke und Kopfkissen gebracht, frische Kleidung, und die Qualität des Essens verbesserte sich schlagartig. Jetzt wurde ihm Soljanka mit Kraut serviert, und zusätzlich zum *apă minerală* bekam er täglich ein kleines Glas Slibowitz. Und einen Apfel, gegen Skorbut.

Samstag, 23.5.2015, ebenda

Und Harald Welser hatte mit alldem nichts zu tun? Wusste nichts davon?

Nein, tatsächlich nichts. Er hatte, weil eine Hand die andere wäscht, Freund Logan um Hilfe aus der Bredouille gebeten; er hätte es ohnehin getan, weil Baustopp und Bankrott drohten, wenn er seinen Hauptbauunternehmern Voith und Vasold nicht sofort mehrere Millionen in den Rachen warf, seitdem aber sein Töchterchen entführt worden war und seine Frau ihm stündlich die Hölle heiß machte, hing sein Seelenheil nicht nur bautechnisch, sondern auch familiär von Logan sowie von dessen Schnelligkeit und Effizienz ab. Welche konkreten Maßnahmen Logan ergriff, ging einen ja nichts an, nicht wahr.

Logan wiederum war klar, wie sehr die Zeit drängte. Aber langwierige Verhandlungen mit Investoren waren ohnehin seine Sache nicht; sie langweilten ihn extrem, und wenn ein kürzerer Weg zum Ziel führte, so pflegte er ihn einzuschlagen: Für ihn war Diplomatie nicht Verhandeln, sondern die Kunst des Überzeugens. Er versuchte gar nicht erst, Albert Schwarz zu einer gehaltvollen Investition in das Projekt Berlin21 zu bewegen, sondern drang sofort und direkt, jetzt auch dank den freundlicherweise überlassenen Passwörtern in Alberts Rechnernetzwerk ein, wo er Zugriff auf alle privaten und geschäftlichen Daten hatte. Die einen erst einmal mit ihrer Fülle und Unübersichtlichkeit erschlugen, aber für Logan war es ein zeitsparender Glücksfall, dass er ziemlich zu Beginn seines Quellenstudiums auf den Erpressungsplan stieß. So ist das, wenn man exakte schriftliche Excel-Tabellen anlegt, statt sich auf den eigenen Kopf zu verlassen. Allerdings hätte es Albert auch nichts genützt, wenn er seine schriftlichen Spuren verwischt oder gar nicht erst angelegt hätte: Wir haben ja gesehen, wie schnell er angesichts der Folterdrohung kapitulationsbereit war.

Logan also hatte sein neuestes Opfer rasant von der Alternativlosigkeit der Lage überzeugt, wie ja jeder Stärkere, der keine Lust hat, Rücksicht auf einen Schwächeren zu nehmen, seine Position gern als alternativlos präsentiert, wie man das heute nennt, und dies natürlich nicht nur verbal, sondern mit Nachdruck, notfalls Drohung. Wie auch in diesem Fall: Albert sah die Alternativlosigkeit sofort ein. Nur in einem Punkt versuchte er einen kurzen Widerstand, nämlich was seinen Silberschatz betraf, seinen Rolls-Royce – nicht, weil er sich eine Chance ausrechnete, sondern weil er es nicht übers Herz brachte, ihn herzugeben. Dass sein Erpressungsplan in sich zusammengefallen war, konnte er verschmerzen, der Verlust des Rolls war unerträglich. Er hatte Catherine du Rhin schriftlich gebeten, dem Überbringer des Briefs die Wagenpapiere und Schlüssel auszuhändigen, aber den Zugangscode zu den elektronisch gesicherten Funktionen, ohne den der Wagen gar nicht erst startete, verschwieg er. Natürlich rechnete er sich keine ernsthafte Chance aus, sich herauswinden zu können, aber die Hoffnung ist eine zähe alte Tante, und wenn er sonst nichts bewirkte, dann sollte ihm der Ärger, den er dem Amerikaner bereitete, wenigstens das Spurenelement einer Genugtuung sein.

Logan hatte Albert eine Karenz von drei Tagen auferlegt, um in dieser Zeit alles Erhaltene – Passwörter, Codes, auch konventionelle materielle Schlüssel – zu kontrollieren, ferner einige finanzielle Transaktionen vorzunehmen, bei denen er Albert aus dem Weg haben wollte, und um vor allem zur Tat zu schreiten und diverse Erpressungen in die Wege zu leiten. Es pressierte ja.

Vier Tage vergingen ereignislos. Erst am fünften Tag, nach der fünften Soljanka-Mahlzeit, betrat Logan wieder Alberts Zelle.

Er entschuldigte sich mit einem Lufthansa-Pilotenstreik, dessentwegen er in Frankfurt gestrandet sei. (Das war natürlich eine Lüge: Logan hatte sich, nachdem er Madame kennengelernt und einen Eindruck von der PMS gewonnen hatte, kurzerhand einen mehrtägigen Aufenthalt in Sterntal gegönnt. Plausibel war sie allerdings, die Ausrede, angesichts der neuen Streikbegeisterung unter Piloten, Lokomotivführern und anderen Säulen der Gesellschaft …) Er legte Albert eine Liste vor, die *en détail* alle geplanten Maßnahmen enthielt: namentlich die zur Erpressung vorgesehenen Kandidaten samt den durch sie erschließbaren Geld- und sonstigen Bauförderungsquellen und das Material, mit dem sie, die Kandidaten, zur Kooperation genötigt werden sollten. Ferner die kleine Summe (zweistellige Eurohöhe), die Albert, wie er hiermit erfuhr, in den Bau des neuen Berliner Opernhauses zu investieren hatte, sowie die fortan jährlich von ihm zu entrichtenden Subventionen fürs berlinbrandenburgische Kulturleben in genau bezifferter, ebenfalls zweistelliger Eurohöhe. Warum? Symbolischer Scherz vermutlich. So was kann man ja nicht mal als Spende geltend machen. Den Kaufvertrag für den Rolls-Royce hatte Albert bereits unterzeichnet, den fälligen Dollar überreichte Logan ihm jetzt. Und sagte dazu lächelnd: „Da haben Sie noch was vergessen, wie? Das hohe Alter des Autos beschränkt sich ja nur auf die Karosserie, aber die mechanischen und elektronischen Vorrichtungen, die da in letzter Zeit eingebaut wurden, sind wirklich *state of the art*, Respekt. Ich brauche also noch den Zugangscode zum Bordcomputer. Wenn Sie bitte so freundlich sind.“ Im Gegenzug legte er ein von ihm unterzeichnetes Papier auf den Tisch, mit dem er sich verpflichtete, von weiteren Forderungen Abstand zu nehmen und Herrn Albert Schwarz unter der Voraussetzung, dass er seinen Jahresbeitrag zu Berlin21 in Höhe von zwölf Euro pünktlich entrichtete, fortan unbehelligt zu lassen. (Dass Logan eigentlich sehr gerne log, wenn es die Umstände erforderten, versteht sich. Die Umstände erforderten es häufig, und das Lügen war ihm ein Sport, den er mit Leidenschaft trieb. Gerade in den Graubereichen, in denen er sich vorwiegend bewegte, konnte er sicher sein, dass kein Gerechter vortreten und ihn der Lüge bezichtigen würde, denn dort, in den Schattenzonen, saß doch jeder im Glashaus und hielt sich mit dem Steinewerfen zwangsläufig zurück.)

Albert musste den Giftbecher bis zum letzten Tropfen leeren: Sein Schatz, sein silberner Rolls-Royce, war verloren. Innerlich kochte er vor Zorn, äußerlich ließ er sich nichts anmerken. Auf Rache zu sinnen wäre einstweilen leere Gedankenkunst gewesen – solange er in dieser Zelle saß, hatte er nichts gegen den Amerikaner in der Hand, er wusste ja nicht einmal, in welcher Richtung er seine Rache denken sollte. Nur in einem brach sein Zorn sich kurz Bahn, er wünschte Logan viel Unglück mit diesem Fahrzeug. „Der Schlag soll dich treffen“, sagte er grimmig, „unglücklich sollst du werden, immensen Ärger und immense Kosten soll dir dieses Auto machen, dir und jedem, der es besitzt, ach was, jedem, der sich auch nur hineinsetzt. Leiden sollt ihr alle.“ Er wusste, dass er sich pathetisch und lächerlich anhörte, und Logan lächelte mild. „So schlimm wird’s nicht werden“, sagte der Amerikaner herablassend. „Das Vergnügen ist sicher größer.“

Damit stand er auf und schüttelte Albert die Hand: „Danke für die gute Zusammenarbeit. Sie können gleich gehen; ich nehme mir einen kleinen Vorsprung, wenn Sie gestatten. Spätestens in einer Stunde sind Sie frei.“

Dann war er fort. Albert hörte, wie die Tür wieder verriegelt wurde, die Schritte sich entfernten. Alles war still.

Albert tigerte in seiner Zelle auf und ab. Jetzt, da seine Freilassung unmittelbar bevorstand, hatte er überhaupt keine Geduld mehr. Zornesadern schwollen. Vor seinen Augen senkte sich eine rote Wolke herab, und er packte einen Stuhl und schleuderte ihn gegen die Wand, Putz bröckelte, Holz splitterte, und der zweite Stuhl flog gleich hinterher. Albert stampfte zur Tür und packte die Klinke, um daran zu rütteln, aber seine Wut lief ins Leere: Die Tür ging einfach auf. Albert war wie ein Öltanker, wenn er angehalten wird: Die unmittelbare Wirkung ist null; das Schiff fährt erst mal drei, vier Seemeilen weiter, bis es endlich steht. So auch hier: Da die Tür sich nach außen öffnete, marschierte Albert bremsunfähig einfach weiter, durch den menschenleeren Flur, an einem zweiten Raum vorbei, in dem, wie er aus dem Augenwinkel sah, zwei Kisten mit leeren Wasserflaschen standen und ein Campingkocher, aber er hielt nicht an, er marschierte wie schiffsschraubengetrieben bis zur Tür am Ende des Flurs, auch diese ließ sich ohne Weiteres öffnen, allerdings ging sie nach innen auf, und diese Barriere stoppte den Öltanker.

Sprachlos blinzelte Albert mit lichtentwöhnten Augen in die sonnige Landschaft. Wiesen, Äcker, blaue Berge. Vereinzelte Bauernhöfe – die oberbayrische Bauart: riesige Einfirsthöfe mit Wohnteil, Stall, Stadel unter einem Dach – reiche Anwesen und fette Felder, wohlgenährte Kühe auf der Weide, braun-weißes Fleckvieh; am Horizont ein vertrautes Gebirgspanorama. Von wegen Rumänien, das war Heimat. Chiemgau. Es war ein Schock. Und im selben Moment wich seine Wut tiefer Scham: Er hatte sich von diesem pyromanen Ami hereinlegen lassen. Wahrscheinlich war er gar kein Ami. Und sicher kein Mitarbeiter irgendeiner Behörde, kein Vertreter eines Staates, sondern schlicht und einfach ein Verbrecher. Seine Folterfilme waren Raubkopien aus dem Netz, eine billige Einschüchterungsmethode, die grandios funktioniert hatte. Albert war eingeschüchtert wie ein Mädchen.

Albert Schwarz, steinreicher Unternehmer und begnadeter Geschäftsmann, hatte sich übers Ohr hauen lassen und seinen Rolls-Royce verloren.

Narzisstische Kränkung ohnegleichen.

Aber wie reagierte er jetzt? Anzeige erstatten gegen einen Unbekannten, der ihm sein Auto gestohlen hatte? Schöner Diebstahl, wenn er eigenhändig den Kaufvertrag unterschrieben und die Schlüssel, die Fahrzeugpapiere übergeben hatte! Anzeige gegen einen, der ihm seine Erpressungspläne aus der Hand genommen hatte, um sie an seiner Stelle in die Tat umzusetzen?

Ja, gute Idee. Käme bestimmt gut an bei der Polizei. Großer Lacherfolg.

Im Flur neben der Tür stand ein Korb mit seiner gewaschenen und gebügelten Kleidung, die er am Tag der Entführung getragen hatte. Ferner fand er darin eine Landkarte, sein Telefon, seine Hausschlüssel, sein Portemonnaie, einen Brief, ausgedruckt und mit unleserlicher Unterschrift, in dem ihm für seine Kooperation gedankt und „weiterhin alles Gute" gewünscht wurde. Albert stieß einen Wutschrei aus. Er riss sich den hässlichen Overall vom Leib, den er hinter sich in den Flur warf, und zog seine eigenen Sachen an.

Es blieb noch die Freiheitsberaubung: Die konnte er anzeigen. Aber niemand wird aus Jux und Tollerei entführt und freiheitsberaubt, dafür gibt es immer einen Grund, und die Polizei würde danach suchen. Und dabei auf unsaubere Geschäftspraktiken stoßen. An seinem sozusagen offiziellen Vermögen hatte er ja keinen Schaden erlitten, und wenn er so idiotisch war, einen Oldtimer mit einem Wert von mehr als drei Millionen (von seinem sonstigen Wert als Einnahmengenerator zu schweigen!) mittels Kaufvertrag für einen Dollar zu verkaufen, war das sein Privatvergnügen. Dass er bedroht worden war, konnte er behaupten; beweisen konnte er es nicht: In seiner Zelle fanden sich Pornofilme, weiter nichts. Und dieser exterritoriale Ami, den er nur bei schummrigem Licht gesehen hatte, von dem er außer seinem Geruch nach

Rauch und Benzin keine besonderen Kennzeichen hätte nennen, geschweige denn Informationen für ein Phantombild liefern können, wäre sicher nirgends aufzufinden. Sicher nicht.

So sehr er diesem Logan die Pest an den Hals wünschte, so wenig wünschte er Aufmerksamkeit auf sich selber zu ziehen. Wie man es drehte und wendete: Er hatte durch eine Anzeige nichts zu gewinnen. „Krötenkacke", murmelte er vor sich hin und machte sich auf den Weg.

Ein Blick zurück auf den Ort seiner Freiheitsberaubung zeigte ihm ein kleines altes Haus, Kleinstanwesen mit trüben Fenstern und verwildertem Gemüsegarten, sichtlich unbewohnt und auf dem Weg zur Ruine. Abseits gelegen und prima geeignet für die Aufbewahrung von Entführungsopfern.

Als er ins nächste Dorf kam, musste er, der Städter, feststellen, dass man dort zwar das Wort Taxi kannte, aber nie eines persönlich gesehen hatte; auf dem Land wird der Mensch in ein Auto hineingeboren, das mitwächst und bis zum Tod nicht mehr abgelegt wird, Fremdfahrzeuge sind überflüssig. Aber es gab, Relikt aus einer anderen Zeit, einen Bahnhof und einen Regionalzug, der ihn nach München bringen konnte, und es gab in Bahnhofsnähe sogar eine Wirtschaft mit Garten. Bis zur Abfahrt des Zugs hatte er eine Wartezeit von drei Weißbieren.

Albert Schwarz fuhr nach München und vom dortigen Bahnhof mit einem von zirka tausend bereitstehenden Taxis weiter zu seinem Penthouse. Nach ausgiebiger Dusche begab er sich auf die Dachterrasse und rief Madame du Rhin an, um sich nach der Lage der Dinge zu erkundigen, in Sterntal und anderswo. Sie war sehr überrascht, ihn zu hören, was wiederum ihn überraschte; er hätte mit Erleichterung, gar Freude gerechnet, dass er nach langer Abwesenheit wieder auftauchte, vor allem hätte er die Frage erwartet, wo er denn gewesen sei und ob es ihm gut gehe, ob alles in

Ordnung … Und als er wissen wollte, warum sie überrascht sei, ging ein zorniger Wortschwall auf ihn nieder. „Das fragst du im Ernst?! Und dass du dich außerdem aus dem Geschäft komplett zurückziehst und nicht mehr Gesellschafter bist – wieso denn überhaupt? Und du hältst es nicht für notwendig, mir deinen Entschluss persönlich mitzuteilen, geschweige denn zu erklären, sondern schickst mir diesen Menschen mit einem Brief von dir, und das, nachdem wir so viele Jahre so gut zusammengearbeitet haben und eigentlich eine freundschaftliche Beziehung hatten? Und jetzt fragst du, warum ich sauer bin? Spinnst du oder was?“

Albert war im ersten Moment sprachlos. Erst jetzt ging ihm das ganze Ausmaß der Loganschen Niedertracht auf. Er wollte ihr sagen, dass sie sich so bald wie möglich treffen müssten, er werde ihr alles erzählen, aber sie hatte aufgelegt. Seine Geschäftspartnerin und einzige echte Freundin.

Exfreundin. Wie brachte er das jetzt wieder in Ordnung?

Logan hingegen konnte sich ins Fäustchen lachen. Er hatte alles erreicht, was er geplant hatte, und es flossen bereits die ersten Finanzströme nach Berlin. Und so mühelos war alles gegangen! Erstaunlich – er hätte mit mehr Widerstand gerechnet. Aber wer, wie Albert, so viele Gruben aushebt, um andere hineinfallen zu lassen, der verliert leicht selber den Überblick und weiß nicht mehr, wo fester Boden und wo ein getarntes Loch ist. Und dann stürzt er eben ab und ist erst mal weg vom Fenster.

Doch in seiner Genugtuung über den erledigten Auftrag – nicht nur bravourös, sondern genial erledigt, fand er – unterlief Logan leichtsinnigerweise selbst ein kleiner, aber verhängnisvoller Fehler: Er sandte Schlüssel und Zugangscode des Rolls-Royce sowohl an Voith als auch an Vasold, vergaß dabei aber, ihnen mitzuteilen, dass weder der eine noch der andere alleiniger Empfänger sei, so dass sich sowohl Voith als auch Vasold für den auserwählten Exklusiveigentümer des Silberoldtimers und Goldesels hielten.

Es traf sich, dass beide wieder mal am selben Tag in Sterntal erschienen (sie trafen einander dort meistens am selben Tag, was den Vorteil hatte, dass sie sich notfalls gegenseitig ein Gattinnenalibi geben konnten), und es traf sich ferner, dass sie im Abstand von wenigen Minuten Madames Büro betraten und erklärten, sie wollten den Rolls abholen. Erst der eine, dann der andere. Beide konnten einen Vertrag vorlegen, demzufolge sie den Wagen als Teil und im Rahmen der Begleichung ausstehender Geldforderungen akzeptierten. Der Verkauf durch den früheren Eigentümer war ja juristisch unanfechtbar. Und Madame saß an ihrem Ziegenlederschreibtisch und verkündete ihrerseits, sie sehe nicht ein, weshalb sie den Wagen überhaupt hergeben solle, er stelle nämlich eine nicht unerhebliche Einnahmequelle dar, sie habe da auch noch ein Wörtchen mitzureden und werde leider erst prüfen lassen müssen, ob der Verkauf überhaupt rechtens sei.

Die beiden Herren wurden rasch laut, wie es ihre Art war. Denn beide beherrschte stets ein unterschwelliger Zorn gegeneinander, der nur auf eine Ausbruchsgelegenheit wartete und sich dann froh entlud. Zur Beruhigung der Gemüter bot Madame, die im Unterschied zu den beiden Herren ihren Anspruch auf den Rolls leider mit keinem vorzeigbaren Rechtstitel begründen konnte, erst einmal ihren interessantesten Whisky an, Slyrs, Bavarian Single Malt, und bat sie, Platz zu nehmen. Laut überlegten sie, was zu tun sei, und leise überlegte jeder für sich, wie die jeweiligen Konkurrenten aus dem Rennen zu werfen seien. Nach vielem Geschrei und mehreren Whiskys gelang es, den Streit vorläufig beizulegen, indem sie die Hinzuziehung eines neutralen Juristen vereinbarten, sozusagen eines Schiedsrichters (und Kunden des Hauses). Die Herren Voith und Vasold, sagte Madame, seien aber so gern gesehene und geschätzte Gäste des Hauses, dass sie böses Blut unbedingt vermeiden wolle; ob sich der erlittene Ärger denn mit einem kostenlosen Besuch bei der jeweiligen Lieblingsdame beschwichtigen lasse, quasi Wiedergutmachung?

Dienstag, 14.7.2015, München

„Guten Morgen“, sagte Erda, als sie am Tag nach ihrem Besuch in Sterntal das kleine, unerwartet aufgeräumte Büro ihres Assistenten betrat, und bei dem ungewohnten Anblick entfuhr ihr ein bewundernder Ausruf: „Ui, Meier, das ist ja nicht wiederzuerkennen hier! Entchaotisiert … und Sie sind unter die Künstler gegangen, sehe ich!“ Sie trat an die weiße Magnettafel und betrachtete die Collage aus Kärtchen, gelben Zetteln mit Notizen, einem Zeitungsbericht (*pars pro toto*) und Fotos (Leiche und Berlin21), die sich, mit Pfeilen verknüpft, um ein mit dickem Strich gezeichnetes schwarzes Kreuz rankten: das Herzstück, das dem Ensemble etwas Sakrales verlieh. Es gab etliche Nord-Süd-Nord-Pfeile, schwarze und rote, von Berlin nach Sterntal und zurück.

„Vielen Dank“, sagte Meier. „Nach Ihrer nächtlichen Mail habe ich mich heute früh gleich an die Arbeit gemacht und um Anschaulichkeit bemüht. Also. Da haben wir diese obskure Unternehmensberatung oder Coaching-Agentur, die PMS – was eigentlich, Consulting oder Coaching?“ Er deutete auf ein DIN A4-Blatt am unteren Rand, das mit zwei grünen Magneten an die Tafel geklemmt war. „Zwielichtig kam sie mir schon vor, bevor Sie dort waren.”

„Ist sie“, sagte Erda. „Sunny place for shady people.“

„Details erzählen Sie mir bitte auch noch!“, rief Meier begeistert. „Später. Erst dieses. Sie korrigieren mich gegebenenfalls. Also“, fuhr er fort, „Da ist zunächst mal die Dame von unseren westrheinischen Erbfreunden, Catherine du Rhin.“

„Sie ist keine Französin“, warf Erda ein.

„Nein? Künstlername?"

„Das sollten eigentlich Sie wissen. Die Personenrecherche überlasse ich Ihnen."

„Später. Kunden sind prominente, jedenfalls reiche Leute, Unternehmer, Politiker, Chefärzte, Anwälte, CEOs. Aus ganz Deutschland und nicht nur. Ist klar, dass die Coaching brauchen können." Anzügliches Grinsen, beiseite gerichtet. „Man will sein Potenzial ja voll ausschöpfen, und je reicher, desto potenzialer. Dass die Beratung nur von aufgebrezelten Damen gemacht wird, finde ich persönlich ja schon irgendwie auffällig, andererseits – was haben die schon zu verbergen. Kräht doch heute kein Hahn mehr danach, wo reiche Promis ihre Kohle hintragen. – Arbeiten die eigentlich mit dem Museum zusammen, oder haben sie sich einfach eingemietet?"

„Letzteres. Wobei ich nicht ausschließen will, dass mal was überschwappt. Vom Museum in die Agentur, umgekehrt wohl eher nicht. Obwohl – was weiß man. Wenn sie von weither anreisen und bis zum Abend warten müssen, können sie sich auch Kunst und Design anschauen. Hab ich ja auch gemacht. Interessante Sitzmöbel. Erst nur schauen, dann ausprobieren. Das hab ich nicht gemacht."

„Ist halt nur was für die Herren der Schöpfung", sagte Meier, wieder mit anzüglichem Grinsen. „Spaß beiseite", fuhr er dann fort. „Hier, der silberne Firmenoldtimer." Er deutete auf seine Collage. „Was hat es mit dem auf sich, wissen Sie das? Oder nur eine Spinnerei von Leuten, die nicht wissen, wohin mit ihrem Geld?"

„Das auf jeden Fall. Aber er ist außerdem Zankapfel zwischen mehreren Personen, die Du Rhin will da nicht so recht mit der Sprache heraus, mir scheint, dass der Voith und der Vasold ihn beide haben wollten, aber warum und mit welchem Recht, hat sie mir nicht verraten. Das kriege ich aber noch raus. Sie hängt selber an dem Teil. Das Auto ist jedenfalls verkauft, steht aber noch in der Garage. Erzählt hat sie mir, dass es Teil des Geschäftsmodells ist und hochgeschätzt und beliebt bei der weiblichen Kundschaft …“

„Die gibt’s also doch?“, fiel ihr Meier ins Wort. „Ist es doch nicht nur eine reine Herrenveranstaltung?“

„Wo denken Sie hin!“, sagte Erda. „Die Zeiten sind vorbei. *Au bonheur des dames* … Roman von Zola. Bei ihm war das ‚Paradies der Damen’ noch ein Kaufhaus, aber das brauche ich Ihnen nicht zu erzählen, oder? Heute hingegen … Jedenfalls verkehren dort auch Frauen, vorausgesetzt, sie sind reich genug und skurril genug, denn menschliche Partner finden sie dort nicht. Ja, ja, ich erzähl’s Ihnen, später“, fügte sie hinzu, als sie Meiers erwartungsvollen Blick sah. „Der silberne Rolls-Royce jedenfalls hat Albert Schwarz gehört, der ihn aber, wie gesagt, verkauft hat, womit Frau du Rhin nicht einverstanden war, und so, wie sie’s erzählt hat, verstehe ich nicht, warum der Verkauf sein musste, objektiv ist das nicht nachvollziehbar, aber vielleicht ist ja Erpressung im Spiel. Dieser Spur müssen wir unbedingt nachgehen.“

Der Assistent, dem natürlich klar war, auf wen sich „wir“ bezog, war ausnahmsweise nicht vergrämt über den stillschweigenden Exklusivauftrag. „Das heißt, diesmal fahre ich nach Sterntal, zum Museum? Jetzt gleich, das heißt heute?“

„Tun Sie’s heute Abend, wenn die PMS wieder Betrieb hat. Machen Sie sich schön und bezirzen Sie die Chefin. Vielleicht ist sie Ihnen gegenüber auskunftsfreudiger, als sie zu mir war. Finden Sie mir bitte alles über den Rolls-Royce heraus – Sie interessieren sich doch brennend für Autos. Und dann suchen Sie mir bitte die Adresse von Albert Schwarz. Finden Sie im Handelsregister.“ Sie tippte auf Alberts Namen an der Tafel, der als

„Geschäftsführer“ ausgewiesen war, doch innerhalb der Fahndungscollage ruhte er in sich wie ein Buddha, einsam und unbepfeilt – nichts führte zu ihm hin oder von ihm fort. „Die du Rhin sagt, er sei ausgestiegen. Aber sie weiß selber nicht, wieso. Er war längere Zeit verschwunden, etwa eine Woche, war völlig untergetaucht. Sie ist sauer auf ihn, weil er ihr die Sache mit dem Rolls-Royce angetan hat, und sie versteht auch nicht, warum er aus dem florierenden Geschäft rauswollte – sie bezeichnet ihn als unersättlich, finanziell und sexuell, und kapiert nicht, wieso er freiwillig verzichtet.“

„Vielleicht ist es ja nicht freiwillig.“

„Sie sagen es, Meier. Hier, seine Telefonnummern habe ich. Er meldet sich nicht. Probieren Sie's noch mal, und am besten, Sie besuchen ihn zu Hause. Und bringen heraus, wo und warum er untergetaucht war.“

„Gut“, sagte der Assistent, „darum kümmere ich mich als Erstes.“ Er fuhr mit der Erklärung seines Werks fort: „Das Kreuz hier, das steht für die Leiche und den Fundort. Der uns übrigens zu denken geben sollte“, sagte er mit bedeutungsschwerer Miene.

„Warum?“

„Weil dort nicht nur der König ertrunken ist oder ertränkt wurde oder was weiß ich, sondern weil an der gleichen Stelle auch Hirsche ins Wasser gescheucht und von Booten aus von königlichen Jagdgesellschaften erschossen wurden. So dass sich der See rot färbte … Vielleicht ist das auch eine Spur? Radikale Tierfreunde?“

„Na, das ist ja doch schon ein paar Jahre her“, sagte Erda stirnrunzelnd. „Wie kommen Sie drauf, dass das was mit unserem Toten zu tun haben könnte?“

„Voith war doch Jäger! Mitglied im Landesjagdverband Brandenburg. Das ist eine Spur, die man sich immerhin mal anschauen muss, finde ich. Und dann das Datum! Das kann doch unmöglich Zufall sein!“

„Wieso, welches Datum? Des Mords, meinen Sie?“

„Ja! Der 13. Juni!“

Die Frau Kommissarin sah ihn stumm an.

„Todestag von Ludwig Zwo!“ Meier griff zum Stift und zeichnete ein Krönchen über das Kreuz. „Gleicher Ort, gleicher Tag – vielleicht müssen wir uns auch bei den Guglmännern mal umschauen …“

„Meier, auch das machen Sie. Wenn Sie ein heimlicher Königstreuer sind, ist das Ihre Aufgabe. Mir scheinen die Brandenburger Jäger genauso an den Haaren herbeigezogen wie die monarchistischen Verschwörungstheoretiker“, sagte Erda. „Aber Sie tun es entweder in Ihrer Freizeit oder nachdem wir sämtliche anderen Spuren ausgewertet und noch immer keinen Täter haben. Für Sie habe ich hier einstweilen was anderes.“ Die Kommissarin zog einen Spurensicherungsbeutel aus ihrer Jackentasche, in dem sich ein feuerrotes Stück Stoff befand.

Sie heftete ihn mit einem Magneten auf eine schwarze Edding-Linie, die das Museum mit der PMS verband. Meier näherte sich der Tafel, um den Beutelinhalt genauer zu sehen. „Was ist das denn? Stoff? Ein Stofffetzen? Textilchen.“

„Sagen wir so: ein Symbol. Steht für die Doppelnutzung des Gebäudes als Museum und Puff. Gleichsam der Missing Link: Ich habe es bei meiner Museumsbesichtigung auf einer Designerliege gefunden, ziemlich gut versteckt zwischen Polstern, nur die Farbe hat es verraten. Meiner Meinung nach müssen wir den Mörder und sein Motiv unter den Leuten suchen, die dort verkehren, egal, ob sie nebenbei royalistische Tierfreunde sind. Ihre schwarzen Pfeile sind Fakten und die roten spekulativ, seh ich das richtig? Ich denke, Sie können auch die roten Nord-Süd-Pfeile einschwärzen. Sie haben ja selber diesen irrsinnigen Komplex Berlin21 ausführlich recherchiert: Wenn Sie schon von Zufall beziehungsweise Nichtzufall reden – ich bin überzeugt, dass es kein Zufall ist, dass die Protagonisten von Berlin21 sich in Sterntal alle wiedertreffen, und das regelmäßig. Also nehmen wir sie uns auch alle der Reihe nach vor. Ich fange in Berlin an und kontaktiere noch einmal den Harald Welser. Und den übriggebliebenen Bauunternehmer, den Vasold. Und Sie knöpfen sich die Hiesigen vor. Kommen Sie, wir machen eine Liste …“

Listen sind immer gut, sei es im Kampf gegen ein geschwächtes Gedächtnis, sei es um des Abhakens erledigter Punkte willen, das ein gutes Gefühl verschafft. Die beiden Ermittler waren sicher von keiner Gedächtnisschwäche betroffen, aber sie tappten doch sehr im Dunkeln, obwohl sie mit ihren Nord-Süd-Nord-Pfeilen auf der richtigen Spur, oder sagen wir: in der richtigen Himmelsrichtung unterwegs waren. Dass es Frau Schulze-K. wie selbstverständlich wieder nach Berlin zog, braucht uns nicht zu wundern, aber sie ist ja ohnehin zum Richtfest in Berlin eingeladen, und bis dahin dauert es nicht mehr lang. Was sie dort erfuhr, verblüffte sie sehr, denn sie hatte ein kompliziertes Verbrechen vermutet, wo es letztlich – was eigentlich? Sagen wir, es war ein Spiel über die Bande.

Aber erst wollen wir dem feinen Herrn Logan auf die Finger schauen und wissen, was er tut, nachdem er den bedauernswerten Albert ausgepresst hat.

Donnerstag, 28.5.2015, Berlin

Freund Logan hat Spaß an der Sache bekommen, er legt sich wirklich ins Zeug für Welser und Berlin21; er hat auch die Zeit dafür, weil ihn momentan kein Auftrag zur Achse des Bösen ruft. Von der öffentlichen, sichtbaren Politik hält er sich möglichst fern, doch aus dem Hinterhalt zu manipulieren, das war und ist seine Leidenschaft, und nachdem mit dem Schwarz alles so erfreulich glatt gegangen ist, macht er sich jetzt an die Behebung der Finanzierungsdefizite bei Welsers multifunktionalem Opernhaus und beschreitet dazu nicht nur erpresserische, sondern auch politische Wege. Manipulative Wege. In dieser Absicht sucht er Frau Leander in Berlin auf.

Julia Leander, Politikerin, Bundestagsabgeordnete, saß in ihrem Berliner Büro und brütete über ihrer Doktorarbeit. Ihr Thema war „Der Untergang des bourgeoisen Abendlands im Licht der Vorhersagen von Marx, Engels, Lenin, Stalin, Castro, Honecker, Chruschtschow, Mao und Kim Jong Il und im Schatten eines spätkapitalistischen und korrupten Bankensystems". Ein weites Feld. Mancher andere wäre verzweifelt, sie nicht. Sie war ein exzellent geschulter Geist, der das analytische Denken sozusagen im Schlaf beherrschte und auch angesichts immens weiter Felder nicht den Überblick verlor. So konnte sie sich erlauben, ihre Doktorarbeit selbst zu schreiben. Niemals wäre ihr eingefallen, den wissenschaftlichen Dienst des Bundestags mit der Abfassung ganzer Kapitel zu beauftragen oder gar Texte aus dem Internet zu kopieren; allenfalls ließ sie sich manchmal bei der Recherche ein wenig unter die Arme greifen, aber niemals wäre sie den Weg des geringsten Widerstands gegangen, wie manche Kollegen, die in grober Unterschätzung der Mainstreammedien und jenes neuen Phänomens namens investigatives Crowdsourcing der Versuchung nicht standgehalten hatten und sich jetzt nach alternativen Einkommensquellen umsehen mussten. Natürlich, das verbreitete Outsourcen von Dissertationen und anderen Renommierarbeiten kommt wiederum anständigen und – darum? – prekär- und unterbeschäftigten Akademikern zugute: Denken wir nur an Rosis Postdoc-Anfänge; sie hatte den Absprung respektive Aufstieg noch rechtzeitig geschafft und das Ghostwriting („Negern" hat man früher gesagt) erleichtert wieder aufgegeben. Aber wenn die Dissertationsauftragnehmer vor Überdruss ob dieser Maulwurftätigkeit ihren Arbeitsaufwand ebenfalls gering halten wollen und, statt an des Dissertanten Stelle in Bibliotheken Bücher zu wälzen und mit rauchendem Kopf zu denken, ihrerseits aus dem Internet abschreiben, dann ist es natürlich maximal peinlich, wenn es auffliegt: Der Inhaber des erkupferten Titels behauptet reinsten Gewissens und mit der Empörung der verfolgten Unschuld, ganz bestimmt nicht und niemals abgeschrieben zu haben, das sei ja völlig abstrus, und wird dennoch als Plagiator überführt … Mit den bekannten Folgen. Eine Schmach, die Julia Leander nie widerfahren wird. Vom Pfad der wissenschaftlichen Tugend wäre sie nie abgewichen. Auch von anderen Tugendpfaden wich sie im Großen und Ganzen nicht ab, dennoch hatte auch sie eine Achillesferse, die der gut vernetzte Logan mit seinen vielfältigen Kontakten zielsicher aufgespürt hatte und nun anstach.

Während sie also über ihrer Dissertation brütete, streckte der Assistent den Kopf zur Tür herein und raunte verschwörerisch, „Ihr Termin" sei jetzt da, der Herr Logan, ein „ganz süßer Amerikaner".

„Ach ja, der …", sagte Frau Leander, ungehalten über die Unterbrechung durch den zwar angekündigten, aber wieder vergessenen Besuch. „Schicken Sie ihn rein." Und schon stand er im

Zimmer, der Herr Logan, ein zwar sehr gut, aber auch seltsam verwechselbar aussehender Mann Mitte vierzig. Angekündigt hatte er sich als in Europa stationierter Mitarbeiter der US-Regierung.

Er lächelte mit strahlenden Zähnen, stellte sich vor, nahm ihr gegenüber Platz und zog Zigaretten und Feuerzeug aus der Tasche. Er schnippte eine Zigarette aus dem Päckchen und bot sie ihr an.

Frau Leander lehnte ab.

Der Assistent servierte Kaffee.

Logan rauchte.

„Kommen wir zur Sache?“, fragte Frau Leander schließlich. Sie stand auf, riss das Fenster auf und verwedelte beidhändig und hektisch den Rauch. „Was führt Sie zu mir, was kann ich denn für Sie tun?“

„Ganz einfach“, sagte Logan. „Ich interessiere mich für Ihre Haltung im Zusammenhang mit der bevorstehenden Abstimmung im Parlament über die Zuschüsse des Bundes zu Berlin21.“

„Meine Fraktion wird sie ablehnen.“

„Begründung?“

„Welser betrügt. Er hat vorsätzlich das Parlament belogen, die wahren Baukosten verschwiegen, und nicht nur verschwiegen, sondern absichtlich verschleiert. Und er will sich selber ein Denkmal setzen, einen Tempel, eine Walhalla stellt er sich hin, die das Land so dringend braucht wie einen Kropf. Er wird ja wohl nicht erwarten, dass wir einer derartigen Verschwendung von Steuergeldern zustimmen. Warum interessiert Sie das, sind Sie nicht im Auftrag der Regierung Obama tätig?“

Logan schnippte die kleingerauchte, aber noch glühende Zigarette aus dem Fenster. „In diesem Fall nicht. In diesem Fall verwende ich mich für meinen guten Freund Harald Welser. Und ich möchte, dass Sie sich dafür einsetzen, dass Ihre Partei für die Bundeszuschüsse stimmt."

„Da muss ich Sie leider enttäuschen. Wir haben in den Gremien darüber diskutiert und sind mehrheitlich der Meinung …"

„Ja, klar, das verstehe ich schon. Ich möchte Sie aber bitten, bei Ihrer Entscheidung einige Argumente zu berücksichtigen, die bei der letzten Besprechung noch nicht auf dem Tisch lagen, und dann die Diskussion noch mal neu aufzurollen."

Logan schob ihr einen USB-Stick über den Tisch.

„Was ist das?"

„Ein USB-Stick."

Frau Leander verdrehte die Augen. „Das sehe ich. Was ist drauf?"

„Sie finden darauf einige zündende Sätze über den antifaschistischen Aspekt von Berlin21: Ein Nazifundament wird triumphal mit einer kulturellen Einrichtung für alle Bürger überbaut – unschlagbare Symbolik. Sehr medienwirksam. Ist klar. Natürlich mit mehr Worten, damit es was hermacht. Aber das ist nur die theoretische Argumentationshilfe. Sie finden auch noch ergänzendes Bildmaterial, das nicht direkt mit Berlin21 zu tun hat, aber vielleicht Ihre persönliche Entscheidung und damit auch Ihr Engagement bei Ihren Kollegen beeinflusst. Schauen Sie sich's an. Ich will Sie auch gar nicht länger aufhalten, sondern Sie gleich wieder von meiner Anwesenheit befreien. Und keine Sorge: Die Dateien sind alle virengeprüft und sauber."

Julia Leander versprach ihm, was er wollte, nur um ihn wieder loszuwerden; das ständige Klicken des Feuerzeugs ging ihr fast ebenso sehr auf die Nerven wie das Rauchen an sich. Davon abgesehen, war sie erstaunt, dass die Begegnung so kurz und schmerzlos verlief, sie hatte eine längere Arbeitsunterbrechung gefürchtet. Der Mann verabschiedete sich mit einer angedeuteten Verbeugung, überreichte ihr seine Karte, strahlte mit allen Zähnen, wünschte gutes Vorankommen und kluge Entscheidungen und verließ den Raum. Sofort steckte sie den USB-Stick in den PC, scannte nach Viren, Trojanern und sonstiger Schadsoftware – ergebnislos – und staunte nicht schlecht, als sie ihre eigene Verfassungsschutzakte entdeckte. Die sie nur teilweise kannte: Sie hatte auf ihre Nachfragen hin immer nur gesäuberte Auszüge erhalten. Offenbar wurde sie noch immer rund um die Uhr beobachtet, was sie wurmte; die Immunisierung von Abgeordneten gegen Beobachtung, sei es durch Spione, sei es durch Paparazzi und andere Schnüffler, war eines ihrer großen Anliegen im Bundestag. Auch wenn sie persönlich sich nichts vorzuwerfen hatte: Trotz antibourgeoiser Geisteshaltung führte sie ein im Grunde recht bürgerliches Dasein und frönte keinen ersichtlichen Lastern.

Dennoch zuckte sie zusammen, als sie den Dateinamen „Sterntal“ entdeckte, Format .wmv. Ein Video. Wieso Sterntal? Ein Touristenfilm, der für die Schönheiten Bayerns wirbt, war das sicher nicht. Sie klickte die Datei an und sah mit Erschrecken – den silbernen Rolls-Royce, den sie dort hatten. Mit dem man Überlandfahrten unternehmen konnte. Besichtigungstouren auf kleinen Landstraßen. Diskret. Mit einer sehr dunkel getönten Zwischenscheibe gegen Chauffeursblicke abgeschirmt. Leider mit offenen Seitenfenstern – da war ja alles einsehbar! … Hatte man denn wirklich niemals Ruhe, nie und nirgends, nicht mal in den Parlamentsferien, nicht mal in der hinterletzten Provinz fernab des Hauptstadttrubels! Eine Schweinerei sondergleichen. Gegen die Dauerbeschattung der politischen und sonstigen Prominenz MUSS etwas geschehen!

Unglaublich und peinlich. Mit angehaltenem Atem sah sie das kurze Video. In einem Rolls-Royce mit Chauffeur war sie beobachtet und dokumentiert worden! Einem historischen Rolls-Royce, einem Karren, der Millionen wert war, weil, *horribile dictu*, aus massivem Silber. Und sie, überzeugte Philanthropin, der das Wohl nicht nur des Menschen, sondern der Welt am Herzen lag, in so einem Gefährt sinn- und zweckfrei übers Land fahrend – einer Karosse, aus der das Benzin praktisch unverbrannt hinten wieder hinausgeschleudert wurde, so unsäglich war der Verbrauch an fossilen Brennstoffen. Und sie ließ sich dabei filmen! Noch dazu – die Schamesröte wollte nicht mehr von ihren Wangen weichen – mit verzückter Miene und offenem Mund, den Kopf im Nacken. Schrecklich. Unsäglich. Grauenhaft! Nicht weil es irgendwie anstößige Aufnahmen gewesen wären; das war, wenn auch argwohnerregend, alles vollkommen jugendfrei. Aber das Auto! Inbegriff immensen Reichtums und elitärer Dekadenz! Und sie, Julia Leander, sinn- und zweckfrei durch die Landschaft gondelnd, breit auf der Rückbank sitzend. Verzückten Gesichtsausdrucks.

Wenn das ruchbar wurde …

Das Auto. Nicht das, was sie darin tat; das war nebensächlich. Aber das Auto! …

Es wurde ihr beinahe schwarz vor den Augen. Sie musste rasch aufstehen und sich aus dem Fenster lehnen, um sich in Berliner Luft von den Anwehungen aus einer jüngeren Vergangenheit in der bayrischen Provinz zu erholen.

Sie dachte an die letzte Ausfahrt zurück. Wie hatte sie sich darauf einlassen können! Aus der Soundanlage des Wagens, die vom Bordcomputer angesteuert wurde, kamen die „Children of the Revolution“, ausgerechnet. Albert Schwarz, der Chef dieses oberpeinlichen spätkapitalistischen Luxusunternehmens, in dem sie da zu Gast gewesen war, hatte ihr die Musik ausgesucht, sicher mit boshaften Hintergedanken, aber es war ihr egal gewesen, sie war anderweitig in Anspruch genommen. Sie hatte die Musik kaum gehört, hatte kaum den lauen Sommerabend draußen wahrgenommen, die letzten Sonnenstrahlen … sie hatte …

Energisch schob sie die Erinnerung beiseite und kehrte an ihren Schreibtisch und ins Inhaltsverzeichnis der Dateien auf dem Stick zurück. Sie fand die Pressemeldung eines Journalisten, der sich Gedanken über die NSA und deren Zugriff auf das Computersystem des Verfassungsschutzes machte; angeblich konnte sie, die NSA, sogar Akten komplett löschen.

In diesem Moment fasste Julia Leander den Entschluss, das Thema Bundeszuschüsse wieder auf die Tagesordnung für die nächste Fraktionssitzung zu setzen und alle Widerstände oder Sabotageversuche seitens der Kollegen abzuschmettern.

Sie hatte verstanden; dazu bedurfte es keiner weiteren Drohung.

Aber das Dokument mit den von Logan erwähnten Argumentationshilfen war tatsächlich sehr gut, fast perfekt – sie brauchte nicht einmal eine Stunde, um es rhetorisch so zu überarbeiten, dass sie es innerhalb der Fraktion vorstellen und weiterverwenden konnte. Ja, der berlinbrandenburgische Ministerpräsident hatte einen Bundeszuschuss von 230 Millionen beantragt. Gut. Griechenland hat seit 2010 etwa 230 Milliarden an Hilfskrediten erhalten – von denen angeblich ein Zehntel bei den Griechen tatsächlich ankam … und der Rest, apropos, ist wieder in den Taschen des internationalen Zehntels der Superreichen gelandet. Egal, darum ging‘s jetzt nicht: 230 Milliarden waren das Tausendfache dessen, was der Welser verlangte. Für sein Operhaus wollte er also nur ein lächerliches Promille dessen, was Griechenland … Für Kunst und Kultur. Und so, wie es präsentiert wurde, stand das Projekt ja auf einem recht soliden Fundament, im wörtlichen wie im übertragenen Sinn, oder? Diese Gebäudemehrfachnutzung war eine ganz vorzügliche Idee: Auslastung rund um die Uhr – das trug sich auf jeden Fall, das kam alles wieder rein. Und Brandenburg war opernmäßig sowieso unterversorgt, oder? Bis in die Berliner Innenstadt fuhren die Leute doch nicht, um einen Abend in der Oper zu verbringen: Man musste die Menschen schon dort abholen, wo sie standen, nicht wahr? Das heißt, man bringt die Kunst zu ihnen. Dorthin, wo sie opernmäßig ganz besonders unterversorgt waren, weit weg von den vorhandenen kulturellen Segnungen. Was für eine großartige Idee! Großer Wurf. Und eine lächerliche Summe im Grunde, ein Klacks, wenn man bedachte, was für Weiterungen das Projekt hatte! Fürs Volk! Für die Kultur! Und ach, die Arbeitsplätze nicht zu vergessen! Den Wirtschaftsmagneten, den eine derart ambitionierte kulturelle Einrichtung darstellte!

Ein Argument, dem man sich auf keinen Fall verschließen konnte, dessentwegen man unbedingt die Diskussion noch einmal auf die Tagesordnung setzen und auch den Bundestag von dem Projekt überzeugen musste, war natürlich, wie Logan eingangs erwähnt hatte, die geradezu atemberaubende Symbolik: Nazibau wird zu Weltopernbühne und kultureller Begegnungsstätte umgewidmet. Konnte jemand hergehen und aus dem Naziunterbau einen Strick drehen? Das Fundament war fruchtbar noch …? Nein, nein. Logan, der schlaue Hund, nahm den Bedenkenträgern und chronischen Kritikern gleich den Wind aus den Segeln und geht offensiv an die Sache heran; er wollte nicht nur das ursprüngliche Großprojekt, das auf diesem Unterbau hätte errichtet werden sollen, in aller Ausführ- und Scheußlichkeit dokumentieren, sprich didaktisch aufbereiteter Kontrast zur Ästhetik der neuen Architektur, sondern im Gebäude einen Gedenkraum für die in Berlin und im Land Brandenburg unter der NS-Diktatur umgekommenen Zwangsarbeiter einrichten. Und natürlich eine Erinnerungstafel mit sämtlichen Namen aufhängen. Ein Muss. Natürlich. Wir verschleiern doch nichts!

Logan hatte perfekt vorgearbeitet, um die parlamentarischen Hindernisse aus Welsers Weg zu räumen. Frau Leander war beeindruckt. Nein, mehr als das: Je tiefer sie sich in das Projekt Berlin21 – das sie früher, wie die meisten ihrer Kollegen, mit einem Achselzucken und mit allerlei abfälligen Adjektiven, von „uninteressant" bis „größenwahnsinnig", verworfen hatte – je tiefer sie sich einarbeitete und je zugänglicher sie sich Logans Argumentation machte, desto mehr geriet sie in Begeisterung. Der eben noch gefühlte Schmerz der Scham wich dem Feuer des Tatendrangs. Augenblicklich rief sie ihren Assistenten herein und unterbreitete ihm ihren Plan …

Ja, gewiss, Logan war listig. Und geschickt. Und sehr überzeugend. Sein Ziel war es, Repräsentanten und Meinungsführer der Parteien und sonstigen politischen und religiösen Organisationen für seinen Plan zu gewinnen, und der war jetzt die lückenlose Finanzierung von Berlin21 – denn er war von seinen bisherigen Erfolgen (Frau Leander war nicht die Erste, die er besuchte!) so beflügelt, dass es fast schien, als wäre es nicht mehr Welsers, sondern *sein* Projekt! Da spielten private Gelder, die er erpressen konnte, nur eine untergeordnete Rolle. Wichtig waren die Stimmen, die er für sein Anliegen gewann: Das und nichts anderes war der Hebel, der die wahrhaft großen Summen in Bewegung setzte. Vielmehr ins Fließen brachte.

Und Julia Leander war, wie gesagt, nur eine der Multiplikatorinnen und -toren, die er – wenn auch mittels einer gewissen Nötigung als Anschub – für seine Sache einspannte. Während sie sich mit dem Inhalt des USB-Sticks vertraut machte, war er längst auf dem Weg zum nächsten Kandidaten auf Alberts Erpressungsliste.

Auf der noch etliche Namen standen.

Wir schließen uns der Begeisterung gern an: Logans Plan war gut. Aber die Voraussetzung, die Randbedingung sozusagen, mit der Logans Plan stand und fiel, war die nicht eigentlich unmoralisch? Ist es nicht unmoralisch, die arme Frau Leander, die sich so wenig zuschulden kommen lässt, an ihrer Achillesferse – meine Güte! Was ist denn so schlimm dran, wenn man sich mal in einem silbernen Rolls-Royce herumfahren, der einem ja gar nicht gehört, und dabei auf unkonventionelle Weise erfreuen lässt! – ist es nicht unmoralisch, eine so integre, in jeder anderen Hinsicht unanfechtbare Frau an ihrer Achillesferse zu packen und sie daran herumzuführen wie eine Marionette? Tja. Dass der Zweck die Mittel heiligt, ist eine alte Erkenntnis der Machtpolitik, das wusste nicht erst Machiavelli.

Es ist eben ihr Charakter: Integrität, Unanfechtbarkeit, die stehen für sie an höchster Stelle, und dass eine wie sie achillesmäßig ausgebeutet wird, ist doch unverdient. Bei anderen, den Guldenschuhs dieser Welt, sagt jeder: „Geschieht ihm recht", wenn jemand daherkommt und Rechenschaft verlangt, auch in Form von klingender Münze. Sehr unterschiedlich sind unsere Maßstäbe …

Aber Julia Leander, ist sie wirklich so perfekt? Hat sie wirklich nur diese eine winzige Schwachstelle – *hatte*, müssen wir sagen, denn sie hat sie ja, einmal erkannt, sofort behoben?

Ja.

Und, wie ist sie? Eine schöne Frau ist sie, von jener nichtkonventionellen Schönheit, die sich nicht auf jeden, aber auf jeden zweiten oder dritten Blick erschließt. Stromlinienförmig ist sie nicht. *Ein* Zugeständnis an die Konventionalität macht sie allerdings, und das sind ihre – zugegeben: schönen – langen, glatten, blonden Haare. Übrigens weitaus besser gefärbt als die totgebleichten jener Jane, was allerdings kein Wunder ist: Frau Leander ist ja ein sehr anderes Kaliber. Sie ist ein paar Jahre älter als Logan, sagen wir Ende vierzig, groß und schlank, klug, gebildet, fast promoviert (warum sie an diesem Punkt ihrer Karriere noch einen Doktortitel zu brauchen glaubt, wissen wir nicht, aber warum denn nicht?) und vor allem: schlagfertig. Die Kombination dieser Eigenschaften macht sie begehrenswert, aber auch unnahbar, so dass sie, während sich ihre gleichaltrigen Kolleginnen schon längst Gedanken machen, ob sie den Doppelnamen wieder auf ihren Geburtsnamen verkürzen sollen, nicht nur unverheiratet ist, sondern auch frei von windigen Affären, wie sie den Paparazzi und anderen Promischnüfflern zur Freude gereichen. Politisch gehört sie zum kapitalismuskritischen Rand des Parteienspektrums, sie ist der exakte Gegenentwurf zum Typ des feisten, schwatzhaften Berufspolitikers, dessen Ansichten die Essenz von Volkes jeweiliger Meinung sind und der schneller im Wind rotiert als der bestgeölte Wetterhahn; sie ist introvertiert, nachdenklich, eine scharfe Analytikerin, die grundsätzlich überlegt, ehe sie eine Meinung äußert. Im Herzen Sozialistin, würde sie am liebsten sämtliche Großkonzerne verstaatlichen, und zwar weltweit, und sie ist sicher, dass sie den Zusammenbruch der kapitalistischen Gesellschaftsordnung noch mit eigenen Augen beobachten wird, auf jeden Fall aber beschleunigen kann. Zum Zeitpunkt unserer Geschichte strebte sie keine offiziellen Ämter in ihrer Partei an, aber dank ihren rhetorischen Fähigkeiten und speziell ihrer Schlagfertigkeit und darüber hinaus ihrer Medienwirksamkeit ist sie gern gesehener, häufig geladener Talkshowgast. Die Granden der Politunterhaltung sehen in ihr den optischen und intellektuellen Kontrapunkt zum politischen Establishment. Ihre Strahlkraft reicht bis in konservative Kreise des saturierten Bürgertums, von dem sie zwar niemals Wählerstimmen erhält, wohl aber Einladungen zu gesellschaftlichen Ereignissen. Sie nimmt sie selten wahr; sie machte sich nichts aus Events. Weil sie außerdem Kontakte nicht gerade suche und weder zum einfachen Wahlvolk hinstrebt noch zu ihren Parteigenossen und weil sie darüber hinaus die Männer in ihrem Umfeld für mehr oder minder indiskutabel hält, umgibt sie die Aura der Einsamkeit. Aus gesellschaftspolitischen Gründen beschäftigt sie keine Assistentin, sondern einen Assistenten, zu dessen Einstellungskriterien offenkundige Homosexualität gehört hat – so dass sie nebenbei auch allen etwaigen, von politischen Gegnern ausgestreuten Gerüchten den Boden entzogen hat.

Wenn aber das Parlament geschlossen in die Sommerpause geht und die Politik sich vom Volk erholt und das Volk sich von der Politik, fährt sie gelegentlich in den Süden der Republik, an den Sterntaler See, um fernab der Schlechtigkeiten dieser Welt auszuspannen. Hier muss sie gar nichts tun, kein Managergehalt geißeln, keine westliche Supermacht der Dekadenz überführen, keine Verstaatlichungen fordern, keine Welt retten, hier kann sie einfach Mensch sein und genießen.

Auf die Sterntaler Personal- und Managementberatung ist sie gestoßen wie zahlreiche ihrer Bundestagskollegen, durch verhaltene Mundpropaganda, diskrete Weitergabe eines hoch gehandelten Geheimtipps. Seit neuestem hat man dort speziell für Stressgeplagte – die nun mal die Mehrheit der PMS-Kundschaft bilden, weil Stressgeplagtheit und Reichtum häufig eine unselige Verbindung eingehen – eine Floating-Anlage angeschafft: einen geräumigen, schalldichten, ja gegen alle äußerlichen Reize abgeschirmten Tank futuristischen Designs, der mit konzentriertem, körperwarmem Salzwasser gefüllt wird. Dort hinein legt sich der ruhebedürftige Mensch, Mann oder Frau, allein oder zu zweit, und schließt den Deckel der Kabine und erlebt Tiefstentspannung dank Ausschaltung sämtlicher Reize. Die Sterntaler Version des Tanks erlaubte jedoch, optional, eine Zuschaltung ausgewählter Reize, nämlich in Form besonderer Licht- und Toneffekte, sowohl über als auch unter Wasser erzeugt, die selbst den entspannungsresistentesten Floater im Handumdrehen in Trance versetzen: Auf der Deckelinnenseite erstrahlt ein südlicher Sternenhimmel, der Blick versenkt sich in die Unendlichkeit des Firmaments, und der Mensch, auf das bloße Sein zurückgeworfen, fühlt sich eins mit dem Kosmos. Das stark salzhaltige Wasser sorgt für einen hohen Auftrieb, die körperliche Empfindung ist völlige Schwerelosigkeit. Das Gesicht liegt frei, Hinterkopf und Ohren aber sind eingetaucht und vernehmen die über Wasser unhörbaren Klavierklänge. Der Floater verlässt den Tank als neuer Mensch.

Man kann den Tank auch zu zweit nutzen: Manche Sterntaler Gäste haben es ausprobiert und mussten feststellen, dass Couple-Floating mehr was fürs Herz ist, etwas für Romantiker, für Verschmelzungsuchende, und zu dieser Kategorie gehören die Sterntaler Gäste eben nicht; sie wollen von ihren Hetären unterhalten werden, möglichst auf allen Gebieten – Natascha gibt ja sogar Cellokonzerte! –, aber verschmelzen wollen sie nicht mit ihnen. Mit einem Vergnügen, für das man bezahlt, verschmilzt man nicht. Daher suchen die meisten den Tank allein auf, zur Einstimmung auf das Kommende, und wenn aller geschäftliche oder politische Ärger von ihnen abgewaschen, aller Gedankenmüll entsorgt ist, können sie sich mit freiem Geist ins lustvolle Dasein stürzen.

(Müssen wir erwähnen, dass Harald Welser, der immer auf zu vielen Baustellen gleichzeitig tanzt, ein begeisterter Nutzer des Tanks ist? Wahrscheinlich hätte ihn ohne regelmäßiges Floating längst der Teufel geholt.)

Und Julia Leander, die nach diesem Video entschlossen ist, *nie wieder* nach Sterntal zu reisen, hat den Tank bisher bei jedem ihrer Besuche gebucht; und wenn sie dem Salzwasser entstiegen, sich geduscht und wieder schön gemacht hat, begibt sie sich hinaus auf den Steg über dem See, läßt sich einen Cocktail servieren und tritt anschließend, zur blauen Stunde, ihre Überlandfahrt im Silber-Rolls-Royce an. Und nach dieser Wellnesskur ist sie gerüstet, nach Berlin zurückzukehren und die Rettung der Welt wieder aufzunehmen.

Und für dieses harmlose Vergnügen, das sie sich nicht öfter als vier-, fünfmal gegönnt hat, läßt sie sich von Logan erpressen? Tja, die Leute sind verschieden. Hätten wir mehr von ihrer Sorte, wäre die Welt besser.

Mit dem Sterntaler Vergnügen muss es vorbei sein. Fast ist sie geneigt, ein Gelübde zu tun: Wenn aus diesem Video kein Skandal wird, will sie, trotz des fatalen Suchtpotenzials, das dieser Institution anhing, für immer auf die PMS verzichten. Stattdessen: ein neues Projekt, Lobbyarbeit zu Welsers Gunsten.

In Sterntal hat sie ihn übrigens, obwohl beide dort verkehren, nie getroffen; wer weiß, welchen weiteren Verlauf die schöne Julia genommen hätte, wäre sie ihm nicht nur in den nüchternen Fluren, Konferenzzimmern, Plenarsälen der politischen Institutionen in der Hauptstadt begegnet, sondern auf einer Dachterrasse hoch über dem nachtdunklen See, in den kontemplativen Räumen eines Museums oder an einem silbrigen Morgen beim Frühstück im Freien vor sonnenglitzerndem Wasser und blauen Bergen. Vielleicht wäre er ihr als nicht indiskutabel erschienen. Dazu kommt es aber nie. Und das ist auch besser so; er ist ein verheirateter Mann und nebenbei Polygamist, und das würde sie ohnehin nicht ertragen. Sie passt auch gar nicht in sein Beuteschema. Ihre Zusammenkünfte bleiben also, wie sie in der Vergangenheit waren: sachlich, prosaisch. Für sein Projekt engagiert sie sich, weil der Kulturauftrag sie überzeugt. Zum Glück, müssen wir sagen, kommt es nie so weit, dass sie sich von seiner Baufreude hätte berühren, von dem ganzen Welser hätte beeindrucken lassen. Julia Leander ist eine autarke Person. Und daher ist die Achillesferse, die Logan angestochen hat, eine vorübergehende Anfälligkeit, die mit seinem Besuch in ihrem Berliner Büro erkannt und gleich darauf geheilt wurde. Vom Pfad der Tugend weicht Frau Leander danach nicht mehr ab.

Stattdessen wird in naher Zukunft das Land Berlinbrandenburg ein grandioses neues Opernhaus haben, auf dessen Bühne die Gesangsstars unserer Zeit auftreten, in dessen Graben herausragende Musiker sitzen, an dessen Pult die großen Dirigenten stehen werden, die Crème ihrer Zunft, und dies ist in nicht unerheblichem Ausmaß ihrem Wirken und ihrem unermüdlichen Einsatz zu verdanken.

Auch ihr gebührt dann, wenn es an die Ehrung der an dem Projekt Mitwirkenden, der Freunde und Förderer geht, eine Messingtafel im Foyer.

Samstag, 30.5.2015, Guldenschuhs Bistum

Wie gesagt, Frau Leander war nicht die einzige. Alberts geplantes erstes Opfer war sein kurzzeitiger Reisegefährte von Mumbai nach Frankfurt, den er im Flugzeug kennengelernt hatte und mit dem ihn, wie er damals geglaubt hatte, freundschaftliche Gefühle und gemeinsame Interessen verbanden. Sie hatten in der Tat gemeinsame Interessen; aber das waren, wie sich zeigte, eher miese, erpresserische, nutznießerische, kleingeistige, selbstsüchtige, und der lachende Dritte, nachdem sich Albert durch Sturz in die eigene Grube selbstentsorgt hatte, war Logan.

Beim nächsten Opfer geht es, Sie wissen es schon, um Aurel Guldenschuh, den Bischof. Und an dieser Stelle, liebe Leserinnen und Leser, müssen wir eine Warnung aussprechen. Und erlauben Sie uns bitte vorher einen Exkurs.

Wir wollen keine ungerechte Sprache anwenden. Wir erkennen die Notwendigkeit der Geschlechtergerechtigkeit bis ins sprachliche Detail hinein ohne Einschränkung an. Und was heißt Geschlechter-, wir setzen uns für *jede* Gerechtigkeit ein, so wie wir uns auch für die Wahrheit einsetzen und Ihnen, nachdem Sie sich freundlicher- und dankenswerterweise entschlossen haben, unsere Aufzeichnungen zu lesen, nichts vorenthalten (dazu später mehr). Wir lehnen es ab, „Neger“ zu sagen (auch wenn wir es aus kindischem Trotz dann doch manchmal tun), und ebenso lehnen wir es ab, den Mann sprachlich etwa höher zu setzen als die Frau, wie es der Mensch jahrhundertelang getan hat, und umgekehrt: Auch die Frau gehört nicht über den Mann. Ist klar. Aber alle Lösungen, die in der letzten Zeit gefunden wurden, die „LeserInnen“, die „Leserinnenundleser“, die „Leser und -innen“ und so weiter – die sind doch recht unhandlich. Und, geben wir's zu, nicht wirklich schön. Und während sie zwar die erwünschte genderspezifische Satisfaktion gewähren, bringen sie doch auch immer etwas Pedantisches in einen Satz – der lesende Mensch möchte wissen, wie die Geschichte weitergeht, oder er denkt über die psychische Beschaffenheit der gerade im Vordergrund stehenden Person nach, schüttelt den Kopf und fragt sich, wie man nur so pervers sein kann oder so gierig oder so skurril … Wie auch immer: Er, der lesende Mensch, ist eigentlich mit anderem beschäftigt, und wenn dann ein Ungetüm wie beispielsweise „Multiplikatorinnen und -toren" daherkommt, stolpert er und denkt sich womöglich: Was für ein Korinthenkacker, dieser Rosenblatt, muss er tatsächlich jedem Zeitgeist hinterherrennen? Gut möglich. Aber das muss nicht sein! Die deutsche Sprache besitzt doch noch ein drittes, neutrales Geschlecht! Das, außer bei bestimmten als geschlechtsneutral empfundenen Jugendversionen des Menschen, wie „Baby", „Kind", „Mädchen", bisher nicht für Personen verwendet wurde. Wir tun das jetzt, erst mal nur versuchshalber; wir führen eine dritte, geschlechtsneutrale und darum wahrlich gerechte Version ein, die sich auf den Wortstamm beschränkt, wir sagen: „das Les". Und meinen damit alle weiblichen und männlichen Personen, die dankenswerterweise unseren Ausführungen folgen. Wir bleiben auch beim Singular – es liest ja doch meist ein jedes für sich und ist allein, während es liest! – und sprechen Sie, liebe Leserinnen und Leser, fortan als „liebes Les" an.

Sie sehen dann ja, ob Sie damit zurechtkommen.

Wenn ja, können Sie diese Lösung (die wir, nebenbei bemerkt, genial finden: handlich, praktisch, unaufdringlich und vor allem eines: gerecht!) auf alle anderen Begriffe anwenden, die eine Geschlechterunterscheidung erfordern, auf Berufsbezeichnungen zum Beispiel; wir geben sie frei. Und wir bestehen nicht darauf, dass Sie den Urheber nennen: Niemals werden wir Sie als Plagi verfolgen! (Anfangs ist die neue geschlechtergerechte Lösung vielleicht noch ein bisschen gewöhnungsbedürftig, aber das wird sich rasch geben: Das Plagi zum Beispiel meint die Plagiatorin und den Plagiator. Eigentlich ganz klar, oder?) Wenn Sie mithelfen, unsere Lösung zu verbreiten, praktisch Multiplik zu werden, ist uns das Lohn genug!

Ein Wort noch zur Bildung des neuen Begriffs: Der Wortstamm genügt. Bei den meisten Begriffen geht das ganz gut – das Lehr, das Bäck, das Stud, das Pfarr, das Putz, das Schriftstell, das Polit, das Ingeni (Letzteres besonders schön, weil das in dem Beruf ursprünglich angelegte, aber in Vergessenheit geratene „Genie“ wieder mehr in den Vordergrund rückt) (leider, hören wir, wird das Ingeni aussterben und durch das Bachel, sprich Bätschel, ersetzt werden!). Und so weiter. Natürlich wird hier und dort ein kurzes Zögern eintreten – was zum Beispiel machen wir mit dem Müllmann? (Gibt es eine Müllfrau?) In solchen Fällen können wir aus einem Pluralbegriff einen singularen Neologismus bilden: das Leut. Das Müllleut. Oder, wenn Ihnen das nicht gefällt: das Abfallentsorg. – Sie sehen, liebes Les, es ist ganz einfach. Nutzen Sie die wunderbaren Wortschöpfungsmöglichkeiten, entlassen Sie Ihre Fantasie aus dem Korsett der politischen Korrektheit! Sie sehen ja, dass Sie darum keineswegs ungerecht, diskriminierend oder sonst wie unangenehm werden und sich infolgedessen zur Zielscheibe verdienter Kritik machen müssen!

Ein Hoch also auf die deutsche Sprache mit ihrem dritten, neutralen Geschlecht, das diese salomonische Lösung erlaubt!

Allerdings: *Tertium non datur*, ein Drittes gebe es nicht, behaupten Teile der abendländischen Philosophie, die Logik, die Dualisten jeglicher Couleur, oder eben Nichtcouleur, weil für sie zwischen Schwarz und Weiß eine kosmische Leere klafft, wo eigentlich hundert Schattierungen, hundert – entschuldigen Sie den Kalauer – *shades of grey* sein sollten. Aber das stimmt doch nicht! Es gibt immer ein Drittes, vielmehr die hundert schönen Grautöne zwischen Reinschwarz und Reinweiß. Nichts ist alternativlos!

So auch das Problem der Geschlechtergerechtigkeit in der Sprache.

Dieser Exkurs schien uns nicht nur *per se* notwendig, weil wir einfach mal eine Lanze für unsere so häufig geschundene, missachtete, misshandelte, korsettierte und überhaupt verzwergte Sprache brechen wollen, sondern weil wir ausweichen. Weil wir eine unangenehme Aufgabe vor uns herschieben. Prokrastination nennt man diese Unsitte heute gern. Aber es hilft ja nichts, wir können so lange prokrastinieren, bis Sie die Geduld verlieren – drücken können wir uns nicht: Liebes Les, wir müssen an dieser Stelle eine Warnung aussprechen. Es wird nun um den Guldenschuh gehen. Den Guldenschuh haben sich Albert und nach ihm Logan nicht einfach aus Jux und Tollerei als Erpressungsopfer ausgesucht. Sondern weil er sich dafür anbietet, nein: aufdrängt. Der Guldenschuh frönt Lastern, und das soll er nicht. Nicht in seiner Position. Und wenn wir Sie, liebes Les, nachher exemplarisch eine – eine einzige – Szene aus Guldenschuhs geheimem Lasterleben mit ansehen lassen, so wird das die Zartbesaiteten unter Ihnen womöglich schockieren und anwidern. Guldenschuhs geheimes Lasterleben ist von einer gewissen Drastik. Einer sexuellen Drastik. Sie können diese Stelle überblättern, Sie verpassen nichts; überspringen Sie einfach nachher die kursiven Absätze zwischen 💣 und ☠. Dass wir die Sache überhaupt erwähnen, entspringt unserem Wunsch, Ihnen zu erklären, wie es zu den hier dargestellten Entwicklungen kommen konnte. Das heißt: auf plausible, nachvollziehbare Weise zu erklären. Nicht einfach zu behaupten: So und so war es, Punkt, nehmen Sie es hin oder erklären Sie es sich selber. Wir wollen

Ihnen die Zusammenhänge aufzeigen. Wie hätte zum Beispiel der Welser jemals, nachdem die legalen Quellen alle ausgeschöpft waren, sein aberwitziges Berlin21 finanziert, wenn die Welt nicht von Menschen wimmelte, die sich dem Verbrechen ergeben und/oder ihren Leidenschaften freien Lauf lassen, obwohl sie damit entweder ihre Mitmenschen beschädigen (und dafür eingefangen, verurteilt, eingesperrt gehören!) oder, wie in des Guldenschuhs Fall, hoch und heilig geschworen haben, sich für immer zusammenzureißen, weil sie eine Berufung haben, die das Zusammenreißen verlangt. – Und denken Sie jetzt nicht, das sei ein Widerspruch zu unserem obigen Widerspruch gegen die angebliche Alternativlosigkeit! Auch in diesem Fall hätte es Alternativen gegeben. Sublimierung, gut, das ist höhere Kunst, das kann nicht jeder. Aber Literatur! Es gibt alle möglichen Literaturen, die unterschiedlichsten Genres, auch bebildert, auch für die Liebhaber sexueller Drastik. Das wäre, angesichts des getanen Gelübdes, eine Alternative gewesen. Der Guldenschuh hat sie verworfen. Daher wurde er erpressbar. *He had it coming*, wie das Engländ sagt.

Damit weiter in der Geschichte. Schluss mit der Prokrastination.

Bischof Aurel Guldenschuh hielt sich in seinem Amtssitz auf, als er, ebenfalls durch einen Sekretär angekündigt, ebenfalls unangemeldeten Besuch erhielt. Der um ein Gespräch Ansuchende sei Mitglied der anglikanischen Kirchengemeinschaft in den USA, halte sich derzeit aus geschäftlichen Gründen in Deutschland auf und habe ein dringendes Anliegen, das er nur mit dem Bischof persönlich besprechen könne; eine Voranmeldung sei ihm leider auch nicht möglich gewesen, meldete der Sekretär. Ob ihn der Herr Bischof zu empfangen wünsche? Hier sei seine Karte.

Guldenschuh nahm die Visitenkarte entgegen. „Logan“ stand darauf. Darunter eine Telefonnummer in den USA, eine Mailadresse: logan@cia.gov. Durch die offene Tür wehte ein starker Geruch nach Tabakrauch, gleichsam der Vorbote seiner Quelle – wie der von einem großen Ereignis vorausgeworfene Schatten.

„Soll hereinkommen“, sagte Guldenschuh. „Aber in spätestens einer halben Stunde befreien Sie mich bitte wieder. Ich hab doch eigentlich überhaupt keine Zeit. “

Der Sekretär wich zurück und hielt die Tür auf. Der Rauchgeruch nahm zu, und herein kam Logan, der sich dem Anlass entsprechend hergerichtet hatte: schwarzes Jackett, schwarzes T-Shirt darunter, schwarze Hose, schwarzes Schuhwerk, das blonde Haar zurückgekämmt und mit Gel befestigt. Am Finger einen antik wirkenden Siegelring, schwärzliches Silber, ein stilisiertes Hirschgeweih. Mit zehn raschen Schritten durchquerte er das Amtszimmer, bis er vor Guldenschuhs Schreibtisch stand, und reichte dem Bischof, der sich andeutungsweise erhob, mit einer Verbeugung die Hand.

„Exzellenz“, sagte Logan feierlich.

„Guten Morgen“, begrüßte Guldenschuh seinen Besucher schlicht, nahm mit weichem Griff die gereichte Hand und ließ sich wieder sinken. „Nehmen Sie bitte Platz.“

Logan setzte sich dem Bischof gegenüber auf die Besucherseite des Schreibtischs und fragte, mit leichtem amerikanischem Akzent: „Darf ich rauchen?“ Der Erlaubnis gewiss, hatte er schon Zigarettenschachtel und Feuerzeug aus der Tasche gezogen.

„Bitte nicht.“

Logan legte beides vor sich hin, als erwartete er, dass ihm die Rauchlizenz nach dem, was er zu sagen hatte, doch noch erteilt würde. Schweigend betrachteten sie einander. Guldenschuh in schwarzer Soutane, Logan in seinem weltlichen Pendant.

„So“, sagte Guldenschuh schließlich. „Laut Ihrer Visitenkarte sind Sie CIA-Mitarbeiter. Was führt Sie denn zu mir? Beziehungsweise was will die CIA von mir? Oder sind Sie als Privatmann hier?“

Logan griff stumm in seine Innentasche und zog einen USB-Stick hervor, den er dem Bischof mit verbindlichem Lächeln überreichte.

Guldenschuh sah ihn fragend an.

„Schauen Sie sich an, was drauf ist“, sagte Logan. „Und bei allem, was Sie sehen, bedenken Sie bitte, dass Reichtum, wie Sie ihn genießen, nur das Durchgangsstadium von der Armut zur Unzufriedenheit darstellt. Auch wird es Ihrem allerobersten Chef“ – Logan richtete den Blick himmelwärts – „gefallen, wenn Sie von Ihrem sündigen Lebenswandel jetzt endlich ablassen.“

Bischof Guldenschuh fand keine Worte. Seine Reaktionsfähigkeit, sonst pfeilschnell, war vorübergehend gelähmt.

Wortlos nahm er den Datenträger entgegen und steckte ihn in seinen Computer. Das bekannte Fenster öffnete sich. Er klickte auf die Option „Ordner öffnen, um Dateien anzuzeigen“. Das Inhaltsverzeichnis öffnete sich. Guldenschuh erbleichte.

Er war offenbar erledigt.

Sein erster Gedanke: Hoffentlich liest niemand mit. – Sein Rechner war nicht autark, sondern Teil des Diözesannetzwerks. Er hatte keinen anderen.

Textdateien, Videodateien. Bilddateien.

In seinen Ohren rauschte es. Nur undeutlich nahm er wahr, dass der amerikanische Spion wieder zu sprechen begonnen hatte, und nur allmählich drang der Sinn der Worte in sein Bewusstsein.

„Im Brief des Jakobus", sagte Logan, „steht etwas, von dessen Wahrheit ich mich unlängst während eines ungeplanten Wochenendes in Bayern überzeugen konnte, nämlich dies: ‚Ihr habt wohlgelebt auf Erden und eure Wollust gehabt und eure Herzen geweidet am Schlachttag.' Sie werden besser wissen als ich, Herr Bischof, was mit dem Schlachttag gemeint ist, ich bin im Grunde meines Herzens Atheist und habe übrigens auch Ihrem Sekretär gegenüber glatt gelogen. Aber der Rest ist auch mir klar: Hier geht es um die Abrechnung, die jeden von uns früher oder später ereilt, ob am Jüngsten Tag oder bereits hienieden. Und für Sie, lieber Herr Bischof, gibt es zwei Abrechnungen, eine irdische – deren Exekutoren sind wir – und später eine göttliche. In die mische ich mich nicht ein. Die irdische Abrechnung sagt, dass jetzt Schluss ist mit Wollust und Dorothy."

Guldenschuh stockte der Atem. Der Mann wusste alles, Namen inklusive. Er klickte auf die Datei mit dem Namen „Cruzifixus" und erblickte als erstes ein Bild der nackten Dorothea. Fast nackt; sie trug Krankenhaus-Kompressionsstrümpfe, weiß, und um den Hals ihr Stethoskop, an einem Arm, den Augenblick lüsterner Entkleidung mimend, den weißen Ärztekittel. In der einen Hand hielt sie ihr Handy, mit dem sie sich mit Spiegels Hilfe porträtierte, in der anderen eine Brustwarze. Schmachtenden Blicks in die Selbstbetrachtung versunken. – Rasch schloss er die Datei wieder.

„Wie Sie sehen", sprach Logan weiter, „haben wir Ihnen eine kleine Dokumentation zusammengestellt, damit Sie sich überzeugen können, dass wir keine leeren Worte machen: Herr Schwarz hat dankenswerterweise alles aufgezeichnet, was Sie in Sterntal so treiben und mit wem. Und wir haben ein paar Wünsche an Sie, die

Sie uns in Ihrem eigenen Interesse bitte erfüllen, weil wir uns sonst gezwungen sehen, Ihre Vorgesetzten zu informieren. Nicht Gott, der weiß es sicher schon, aber den gesamten Vatikan vom Papst abwärts. Und damit der Vatikan nicht glaubt, die Angelegenheit unter den Teppich kehren zu können, geht gleichzeitig die Sache in allen Details an die Medien und ins Internet sowieso. Das wollen Sie nicht. Ich denke, Sie sterben lieber, als dass Sie sich diese öffentliche Schande antun. Aber Selbstmord ist eine Sünde, und Sünden haben Sie schon genug auf dem Kerbholz, und um von selber zu sterben, sind Sie zu jung und zu rüstig. Also wird es das Beste sein, Sie tun, worum wir Sie bitten."

Was für einer ist Aurel Guldenschuh? Er ist, wie gesagt, Bischof und regiert sein Bistum, über das er die Jurisdiktion innehat, das heißt die Rechts- und Verwaltungshoheit, von seiner Residenz aus, wie es sich gehört. Er ist also nicht nur für das geistliche Leben innerhalb seiner Diözese zuständig, sondern kümmert sich auch um deren umfangreichen, aus einer Vielzahl von Alt- und Neubauten bestehenden Immobilienbesitz. Auch er ist von Baufreude beseelt, die er, wie Harald Welser, gern mit Fremdgeld befriedigt, deren Früchte er allerdings, anders als Welser, für sich allein begehrt – das heißt, von außen soll seine Residenz dem Volk unbedingt Augenweide sein, aber innen nicht, da will er, mit Ausnahme weniger Getreuer und mit Ausnahme der für den Parteienverkehr vorgesehenen Räume, allein sein. Es trifft sich gut, dass ihm auch die Finanzen seiner Diözese unterstehen. Denn nur ein Teil des Berichtswesens ist öffentlich und somit offiziell; ein weit größerer Teil des Kirchenvermögens, bestehend aus Geldern des Bistums, Domkapitels, des Bischöflichen Stuhls und diverser Stiftungen, ist weder öffentlich einsehbar noch offiziell vorhanden. Wofür in der Industrie mindestens drei Vorstände zuständig sind, die außerdem von einem Aufsichtsrat kontrolliert werden, das lastet hier auf den Schultern eines einzigen Mannes. Das Budget umfasst die regelmäßigen Einnahmen – Immobilienrenditen, Kapitalerträge, Steuern, Gebühren, Spenden – sowie den Zugriff auf die geschlossenen Fonds. Darin hat sich angesammelt, was nach dem Zweiten Weltkrieg von verschiedener Seite an Spenden für kriegsbedingt verarmte und entwurzelte Menschen geflossen ist; selbstverständlich ist vieles davon an die rechtmäßigen Empfänger weitergeleitet worden, aber manches ist auch unverbraucht geblieben und in Vergessenheit geraten.

Auch staatliche Zuwendungen, die der Kompensation für die Enteignungen aus napoleonischer Zeit dienen, sind in geschlossene Fondsn geflossen. Das kommt so: Der Reichsdeputationshauptschluss von 1803, der die Entschädigung der infolge von Revolutionswirren beschädigten weltlichen Fürsten auf Kosten kirchlicher Besitztümer festsetzt, bewirkt nicht nur eine Enteignung und Entmachtung der Kirche, sondern auch eine administrative Straffung; letztlich ist sie eine frühe Flurbereinigung. Letzteres ist womöglich ein Segen, aber die vermögensrechtlichen Folgen, die sich aus den Enteignungen ergeben, sind heute noch ein staatskirchenrechtliches Problem. Auf jeden Fall findet eine Machtumkrempelung statt – der traditionelle Großmachthaber Kirche wird ein bisschen verkleinert und verkürzt, weltliche Machthaber, zumal die großen Fürstentümer, werden vergrößert und erhöht, Europa strukturiert sich neu, dagegen sind die Umwälzungen durch die EU eine Sandkastenumgrabung. Was für ein Mann, dieser Napoleon!

Aber das führt uns jetzt in eine Richtung, in die wir gar nicht wollen (wir prokrastinieren schon wieder …). Schenken wir uns und Ihnen, liebes Les, alle juristischen und historischen Details, die Sie auch anderswo nachlesen können, und erwähnen nur noch, dass es ohne Napoleon weder Beethovens *Eroica* gegeben hätte noch den im See versunkenen König Ludwig (um nur zwei Beispiele zu nennen) und dass noch heute, im 21. Jahrhundert, der derzeitige deutsche Staat für die seinerzeitige Trennung zahlt. So wie er ja auch für die Sünden aus brauner Vergangenheit zahlt. Und dass die Kirche, obwohl Frankreich wie Deutschland seit Napoleon diverse Staatsformen mehr oder weniger erfolgreich ausprobiert haben, nicht nur alle Regime überlebt, sondern finanziell von so manchem Wechsel profitiert hat. Selbst ein völliger Systemabsturz wie in Deutschland konnte der finanziellen Ausstattung der Kirche letztlich nichts anhaben. Noch heute generieren die kirchlichen Immobilienverwaltungen große Pachteinnahmen aus Grundstücken, die letztlich aus Beschlagnahmungen stammen.

Und damit legen wir dieses unübersichtliche Thema wirklich zur Seite. Und erwähnen nur noch ein Allerletztes: dass es auch in Guldenschuhs Bistum Schattenhaushalte unterschiedlichen Transparenz- beziehungsweise Vergessenheitsgrades gibt, die allein seiner Aufsicht unterliegen. Er verfügt darüber wie ein Kirchenfürst aus alten, aus Präsäkularisationszeiten. Es ist ihm gelungen, einen der Schattenhaushalte seines Arbeitgebers vollständig zu privatisieren, so dass er jetzt ein mittleres Vermögen zur exklusiven Verfügung besitzt: für Lustreisen. Er trägt es nach Sterntal, sein Lustreisenbudget, um sich dort der dorotheischen Leidenschaft hinzugeben.

Diese Leidenschaft aber hat jemand dokumentiert. Bei der PMS wird gern gefilmt; die meisten Aufnahmen verschwinden sehr rasch und für immer, doch Albert hat in letzter Zeit besonders empörendes Material, das er finsteren Zwecken zuzuführen gedachte, herausgezogen und archiviert, und Logan wiederum hat sich aus Alberts Archiv bedient und diverse Kopien hergestellt, die er auf seinen berühmten USB-Sticks an die jeweiligen Empfänger verteilt. Kann sein, dass ihm einmal der Überblick verlorengeht, dass ihm eine Verwechslung unterlief – Tatsache ist, dass einer dieser Datenträger in falsche Hände geraten ist, und die Folge ist eine gewisse Verwirrung. Zumal Logan viel mehr Kopien gemacht hat, als er tatsächlich braucht. Wir können nicht mit letzter Sicherheit rekonstruieren, welchen Weg dieser bestimmte USB-Stick genommen hat, er findet sich jedenfalls eines Tages in der PMS, wo ihn Logan, der Geschmack am Coaching gefunden hat, vielleicht verloren, vielleicht absichtlich hinterlegt hat; das weiß man nicht. Zu dem Zeitpunkt ist Voith bereits tot. Jemand nimmt den Stick an sich; wir glauben, es ist Rosi, die charakterlich leider kein Engel ist, sondern eine gewisse Freude am Verwirrungstiften und Intrigieren hat; über Rosi – die sich, unter dem Vorwand der Fortbildung, selbstverständlich mit seinem Inhalt bekanntmacht – gelangt er zu ihrem regelmäßigen Verehrer Welser: Das tut sie sicher aus Bosheit, denn sie hat eine irrationale Antipathie gegen alle Vertreter aller Kirchen und lässt keine Gelegenheit aus, einem eins auszuwischen; zwar hat man den Guldenschuh zu dem Zeitpunkt schon eine ganze Weile nicht mehr in der PMS gesehen, aber den Grund seiner Abwesenheit kann Rosi nicht wissen. Und Welser wiederum, der tatsächlich keine Ahnung hat, mit welchen Methoden Logan arbeitet – oder anders: Wenn er eine Ahnung hat, so will er auf keinen Fall Gewissheit haben –, hat andererseits ein großes Interesse daran, dass dieser Mordfall (der zu dem Zeitpunkt, als der USB-Stick in seine Hände gelangt, ja schon Wochen zurückliegt!) aufgeklärt würde; denn Voiths Ermordung hat den Fortgang der Großbaustelle empfindlich gestört. Und weil er sich seiner Exgerdi nach wie vor sehr verbunden fühlt und helfen will, gibt er ihn ihr, den Datenträger, natürlich nachdem auch er mehrere Blicke in seinen Inhalt geworfen hat und danach den – nicht ganz unberechtigten – Verdacht hegt, mit diesem Material könne Schindluder getrieben worden sein, das womöglich zum Tod seines Bauunternehmers geführt habe.

Seine Exgerdi – Erda – setzt sich und ihren Assistenten Meier in ihrer Münchner Dienststelle vor den Bildschirm, um das Material zu sichten. Sie wissen noch nicht, was ihnen blüht. Er hat die Füße auf dem Schreibtisch, sie auf der Kante der unteren Schublade, beide lehnen sich zurück, und der Film aus der Datei „Crucifixus“ beginnt.

Aurel Guldenschuh wird in einen kleinen Raum mit zwei Türen geführt, die eine der anderen gegenüber. Die Kamera befindet sich oben in einer Ecke. Der Raum ist maximal zehn Quadratmeter groß und karg: Ziegelsteinmauern, an einer Wand leere Kleiderhaken, ein kleiner Tisch, darauf eine Augenmaske und ein ledernes Halsband. Eine Holzbank, schlicht, ohne Lehne. Auf der Bank sind, auf den ersten Blick nicht leicht zu erkennen, Kronkorken festgeschraubt, ordentlich in Reihen untereinander; das Muster erinnert ein bisschen an eine Pflanzung – Baumschule oder Maisfeld. Jedes Blech exakt in der Mitte durchbohrt, die Zacken alle gleichmäßig nach oben gerichtet, saubere Arbeit. Guldenschuh steht in der Mitte des Raums, die Tür wird hinter ihm geschlossen. Eine Lautsprecherstimme ertönt: „Ausziehen, hinsetzen, Maske auf!“

Er entkleidet sich hastig, hängt seine Sachen an zwei Kleiderhaken, setzt die Augenmaske auf. Setzt sich selbst auf die Bank, vorsichtig, und lässt sich langsam in die Zacken einsinken. Das Halsband hält er in der Hand. Nichts geschieht. Man lässt ihn offenbar absichtlich warten. Er lüftet die Augenmaske ein wenig, und sofort meldet sich wieder die Lautsprecherstimme und herrscht ihn an: „Maske auf!“ Er zuckt zusammen. Es ist ganz still; aber sehr leise, sehr fern ist ein Solocello zu hören. Wehmütige Klänge.

Jetzt öffnet sich die andere Tür, eine Frau tritt herein. Gekleidet in schwarzes Leder, das übliche Domina-Outfit, nichts Besonderes – Stiefel bis übers Knie, Latexhandschuhe, Maske, an ihrem dornengespickten Zubehörgürtel hängen Handschellen, eine Lederpeitsche, neunschwänzig, ein Rohrstock. In einer Hand hält sie einen Jutesack wie der Knecht Ruprecht. Sie selbst klein, mager, aber mit ausladendem Hinterteil, die Gesten herrisch. Es ist Dorothea, unverkennbar.

Guldenschuh, nackt, mager, erigiert, hebt seine Augenmaske ein Stück hoch. Sie stellt sich breitbeinig vor ihn hin, lässt sich kurz bewundern.

„So, jetzt ist es gut. Maske wieder auf“, sagt sie, und Guldenschuh gehorcht. Er hält ihr das Halsband hin.

„Bitte!“, sagt er. Statt einer Antwort erhält er eine Ohrfeige.

„Wie heißt das?“, fährt sie ihn an, und sein Penis zuckt und richtet sich steiler auf.

„Bitte, Göttin!“

„Und?“

„... und? Ich verstehe nicht, Göttin ...“ Leise.

Sie schlägt ihn noch einmal, mit links. „Kapiert?", fragt sie. „Immer auch die andere Wange, so gehört sich das!"

„Ja, Göttin, danke", sagt Guldenschuh zerknirscht.

„Also was willst du?"

„Ich bitte dich, mir das Halsband anzulegen, Göttin."

Sie nimmt es, legt es ihm um den Hals, zurrt es fest, bis er sich rötlich verfärbt, und schließt die Schnalle.

„Müssen wir das sehen?", fragt errötet die Frau Kommissarin.

„Ja", antwortet ihr Assistent. „Ermittlungsrelevant."

„Ich habe mir für heute eine besondere Bestrafung für dich ausgedacht, Sklave."

„Ach! Was denn?"

Wieder setzt es eine Ohrfeige, und der Empfänger ist sichtlich überrascht, aber nach dem ersten Erschrecken bietet er gehorsam die andere Wange dar. „Verzeihung, Göttin. Was hast du dir für mich ausgedacht, Göttin?"

„Das wirst du spüren, Sklave. Wirst du jetzt gehorsam sein, oder muss ich die Peitsche anwenden?"

„Ja, Göttin, ich gelobe Gehorsam und bitte um gerechte Bestrafung."

„Gut. Gehorsam gehört zu den Kardinalstugenden." Sie packt ihn an der metallenen Öse seines Halsbands und zieht einmal scharf daran, so dass es ihm den Kopf nach vorn reißt. Sie lässt ihn los, greift nach seinem steifen Schwanz und zieht den ganzen

Mann daran hoch, bis er steht. „Stehenbleiben", sagt sie. Aus ihrem Sack zieht sie zwei lederne Armbänder, ebenfalls mit Öse und sagt: „Jetzt niederknien. Hier."

Er kniet nieder, und weil sie ihn dabei am Schwanz ein Stück zur Seite schiebt, landen seine Knie auf einer Unterlage für Fakire; man sieht nicht genau, was das ist, aber es sieht aus wie ein Metallrost in einem Holzrahmen. Sie drückt ihn mit einer Hand auf seiner Schulter tiefer in die scharfen Kanten hinein. Er ächzt leise.

„Schönes Muster hast du am Hintern. Rote Sternchen", kommentiert sie schadenfroh. Er schweigt. Sie legt ihm Fußschellen an, das Gegenstück zu den Armbändern, ebenfalls Leder mit metallener Öse.

„Züchtige mich, Herrin", murmelt er, kaum hörbar, während sie beschäftigt ist.

„Das denkst du dir so, wie? Hier bestimme ich, und du hast zu gehorchen."

„Ja, Göttin. Ich gehorche."

„Kriech!"

„Ja, Göttin. Ich krieche."

Sie hat eine Leine an seinem Halsband befestigt. Sie ruckt daran, um ihn in Bewegung zu setzen, zieht fester, als er nicht gleich reagiert. Auf allen Vieren, die Augen verbunden, bewegt er sich vorwärts, Richtung Tür. Sie führt ihn wie einen Hund. „Schneller", sagt sie.

Er kriecht schneller. Bis er mit dem Kopf an ein Hindernis stößt und es betastet. Er kann sich offensichtlich nicht denken, was das ist, denn seine Hand greift häufig ins Leere, aber die beiden Kriminalbeamten sehen es natürlich: eine Art Bock, wie das

Sportgerät, ledergepolstert, am Boden fixiert. Und schon ertönt das nächste Kommando: „Über den Bock legen, los!“

„Ja, Göttin“, murmelt er und richtet sich auf. Legt sich folgsam bäuchlings auf den Bock wie der Widder auf das Schaf und präsentiert sein rotgemustertes Hinterteil.

„Verprügelt sie ihn jetzt?“, fragt die Kommissarin. „Ich will das nicht sehen.“

Meier reagiert nicht. Sein Blick haftet am Bildschirm wie festgeklebt.

„Sind Sie etwa auch einer von der Sorte?“, fragt die Kommissarin.

Das reißt ihn aus seiner Starre. „Aber nein“, wehrt er ab. „Es interessiert mich nur. Das ist doch interessant, was die so treiben! Tun so, als wären sie das feinste Edelbordell mit lauter hochgebildeten und kultivierten Damen, und dann das.“

Unterdessen hat die Frau den Mann mit Handgelenken und Knöcheln an dieses Sexmöbel geschnallt; er ist fixiert und kann sich nicht rühren. „Entspann dich, Sklave. Das ist es doch, was du willst.“

Er aber presst die Hinterbacken zusammen; anscheinend fürchtet er sich vor Schlägen.

„Hörst du nicht, widerlicher Hund?“ Sie tritt ihm in den Hintern. „Du sollst lockerlassen.“ In ihrem Ton schwingt Verachtung mit, vielleicht Hass. „Ich sage es nicht noch einmal.“ Wieder tritt sie ihn mit der Stiefelspitze und hakt den Rohrstock von ihrem Gürtel. Es folgen vier Schläge.

Das wirkt anscheinend. Der nackte Guldenschuh auf dem Bock erschlafft. Die Domina hängt den Stock wieder an den Gürtel und holt das nächste Zubehör aus ihrem Sack: eine durchsichtige Flasche, schätzungsweise ein Liter Fassungsvermögen, gefüllt, Schlauch, Salbentube. Latexbehandschuht macht sie sich an seinem Hintern zu schaffen. Sie scheint ihn einzukremen. „Locker!“, fährt sie ihn an, als sie ihm den Schlauch einführt. „Hab dich nicht so, das ist doch kein Schmerz. Verklemmtes Würstchen.“

„Nein, Göttin, das ist wunderbar. Was ist das?“

„Merkst du das nicht? Ein Klistier.“

„Danke, Göttin.“

„Das ist absolut widerlich“, kommentiert die Kommissarin, während sie den Inhalt der Flasche in den Bischof fließen sieht, der wohlig seinen Hintern in die Kamera reckt und seine Erektion an dem Bock reibt. Da spricht sie uns aus der Seele: Es ist absolut widerlich! Sollen die Leute doch tun, was sie wollen – aber muss man ihnen dabei zuschauen? Und diese beiden bayrischen Beamten: wieso benutzen sie nicht den Schnellvorlauf? Wo, bitte, ist derlei ermittlungsrelevant? Das muss man sich wirklich mal vorstellen! Zwei Münchner Kommissare, bayrische Beamte, seit vielen Jahren gute Kollegen und privat nicht mal bekannt, ziehen sich mir nichts, dir nichts am helllichten Vormittag gemeinsam einen Klerikalporno rein. Unter dem Vorwand der Ermittlungsrelevanz. Ungeheuerlich.

Die Flasche hat sich zur Hälfte in den Bischof entleert, der allmählich unruhig wird. „Halt still. Was glaubst du denn, da geht noch viel mehr rein!“, sagt die Domina mit einer gewissen Genugtuung;

sie dürfte wissen, was in ihm vorgeht: Dass es nicht einfach ist, größere Mengen Wasser im Darm zu behalten, während man – nein, nicht man: ein Freund solcher Praktiken – von Lustgefühlen hingerissen wird. „Halt du ja dicht", sagt sie. „Wenn dir nur ein einziger Tropfen auskommt, schleckst du ihn wieder auf. Wie der Hund, der du bist. Mit der Zunge. Auf dem Bauch. Wenn du das nicht willst, reiß dich zusammen." Gnadenlos füllt sie den Inhalt der ganzen, recht großen Flasche in ihn hinein, und als sie den Schlauch endlich wieder herauszieht, stöhnt er und presst seine Hinterbacken zusammen.

„Deine Lieblingsfarbe, Sklave?"

Der Sklave ist verdattert und antwortet nicht gleich. „Violett, Göttin", sagt er schließlich, und wieder greift sie in ihren Sack und holt etwas heraus, das sie ihm in den Hintern stopft.

„Ich habe ausnahmsweise Mitleid mit dir. Du trägst jetzt einen Analplug. Aluminium, violett eloxiert, RAL 4006. Das klemmst du ein, dann hältst du dicht! Wehe, ich sehe auch nur einen einzigen Tropfen auf dem Boden." Sie befreit ihn von seiner Fixierung. „Wieder auf die Knie", sagt sie, und er löst sich von dem Bock und kniet wieder auf allen Vieren vor ihr, und weil er der Kamera den Rücken zudreht, sieht man, dass ihm etwas aus dem Hintern hängt, eine Kette mit etwas Glitzerndem daran, Glas wahrscheinlich, ein Glasstein mit Diamantschliff. Sie zieht kurz daran, wie um zu prüfen, ob er sich wirklich zusammenreißt und alles, was in ihn eingeführt wurde, gut festhält. Dann ruckt sie an seiner Leine und führt ihn zur Wand, wo sie ihn an seinem erigierten Penis packt und zum Aufstehen zwingt.

An der Wand ist ein Kreuz: Die Kamera schwenkt dorthin. Anscheinend steuert jemand die Aufnahme aus der Ferne. Die Domina hebt seine Arme, bis sie rechtwinklig abstehen, und fixiert ihn abermals. „Beine zusammen", sagt sie, bückt sich und befestigt seine Füße am Längsbalken. „Perfer et obdura", sagt sie.

„Was sagt sie?", fragt Erda ihren allwissenden Assistenten.

„Halte durch und bleibe hart", sagt Meier. „Aber das ist wirklich geschmacklos, da stimme ich Ihnen zu."

Erda steht auf. „Ich gehe. Sie schauen sich das von mir aus weiter an, ich brauche jetzt einen Kaffee und einen ästhetischen Anblick."

„Moment noch", sagt Meier, „jetzt macht sie was Interessantes. Was hat sie denn da, einen Fußball, oder was ist das?"

Erda kommt zurück und sieht, stehend und über Meiers Schulter hinweg, wie die Domina mit einem spitzen Gerät eine gelbliche Kugel anbohrt und ihm selbige über den Penis stülpt. „Eine Melone", sagt Erda, kopfschüttelnd, als das herausquellende Fruchtfleisch in Bröckchen langsam an den bischöflichen Beinen hinabfließt. „Also ich bin wirklich nicht spießig oder verklemmt oder was, aber mir graust es. Bis nachher." Und sie geht.

Nein, man mag ihr vorwerfen, was man will, aber eine Spießerin ist sie nicht, unsere Kommissarin, das kann man ihr nicht nachsagen, nicht bei sechs unehelichen Kindern von einem megalomanen Polygamisten, der sich für Gott hält. Und ihr Beruf zwingt sie ja auch, sich allerlei anzuschauen, bei dem andere längst den Blick abgewandt hätten. Verständlich, dass sie dort, wo sie nicht unbedingt hinschauen muss, den Blick sehr gern abwendet; wir schlügen selber gern die Augen nieder. Aber das geht nicht, es dauert noch einen Moment.

Unterdessen lässt die schwarzgewandete Domina die Melone auf dem Penis hin und her gleiten, immer unter Ausnutzung der vollen Länge. Der Bischof steht gefesselt am Kreuz und stöhnt und leidet sichtlich. Sie beobachtet ihn scharf, und sobald sie aus seiner Miene schließt, dass er dem Orgasmus nahe ist, hält sie inne und wartet, bis er sich windet. Dann fängt sie wieder an, und so geht das eine ganze Weile, dieses Wechselspiel zwischen Melonengleiten und Zwangspause, bis er sich bäumt und schreit. Er schreit lang und laut. Wahrscheinlich kostet ihn der Widerspruch, der ihm da abverlangt wird – vorderseits Entladung, hinterseits äußerste Verhaltung – übermenschliche Anstrengung. Er keucht und ringt nach Luft.

„Hab ich dir das erlaubt, Sklave?“ Sie schreit ebenfalls und schlägt ihn. Automatisch reicht er ihr die andere Wange. Sie schlägt ihn ein zweites Mal.

„Nein, Göttin“, sagt er. „Verzeihung. Ich konnte nicht anders.“

„Ich verzeihe dir nicht! Zur Strafe musst du hier ausharren. Du bist mir widerwärtig, und ich verlasse dich.“

Sie hantiert am Fuß des Kreuzes, und auf einmal beginnt sich das Kreuz zu drehen; es hebt ihn, es dreht ihn um 180 Grad, er steht auf dem Kopf. Nein, er hängt. Er hängt an den Arm- und Fußfesseln, es treibt ihm das Blut in den Kopf, sein Haupthaar zeigt zu Boden, der erschlaffte Penis ebenfalls. Melonenfleisch rinnt jetzt in die entgegengesetzte Richtung. In der Ferne sind wieder Celloklänge zu hören.

Die Domina verstaut ihre Gerätschaften im Jutesack und geht. Die Tür schlägt hinter ihr zu.

„Dorothea?“, fragt der Hängende. Niemand antwortet. „Hilfe“, sagt er leise.

Eine längere Zeit vergeht. „Hilfe!“, schreit er.

Die Tür geht auf, und herein kommt eine andere, eine unmaskierte und ganz alltäglich gekleidete Frau, die auf das Kreuz zugeht und es wieder umdreht. Guldenschuh steht in aufrechter Position und wird losgebunden. „So“, sagt sie. „Jetzt sind Sie auch innerlich heilig!“

„Was soll das heißen?“, fragt er.

„Herr Bischof! Sie haben uns ein kleines Fläschchen Weihwasser gebracht, zwanzig Milliliter! Das reicht ja nicht. Deshalb haben wir's verdünnt und einen ganzen Liter Klistierflüssigkeit draus gemacht! Das ändert nichts an der Heiligkeit, oder? Und in der Mikrowelle haben wir dann alles angewärmt, damit es eine angenehme Körpertemperatur hat! Hoffentlich schaden auch die Mikrowellen dem Holy Content nicht?“

Guldenschuh gibt einen erstickten Laut von sich und sagt nichts.

„Moment, ich nehme Ihnen noch die Augenbinde ab. Die Toilette ist hier nebenan“, fügt sie hinzu, als er wieder sehen kann. Mit einem entsetzten Blick auf die Melone, die halb ausgehöhlt und leicht zerbeult auf dem Boden liegt, enteilt er durch die Tür.

Der Bildschirm wird schwarz.

Natürlich ist man als Bischof erledigt, wenn so etwas an die Öffentlichkeit kommt. Nicht nur Schweinereien, die er nicht tun soll, weil er es geschworen hat, sondern gotteslästerliche Schweinereien. Unverzeihlich. Da ist jeder Kommentar überflüssig.

„Wenn Sie kooperieren", sagte Logan, als er Guldenschuh in dessen Residenz gegenübersaß und, obwohl ohne Erlaubnis, rauchte, „sorge ich im Gegenzug dafür, dass Sie unbehelligt bleiben und vielleicht auch weiterbauen können. Wenn auch in bescheidenerem Maß."

Der Bischof saß mit einer saugenden, übelkeitsverursachenden Leere im Magen am Schreibtisch und sah seine Zukunft voraus. Er sah sich strafversetzt im afrikanischen Busch, sah sich moskitozerstochen und wurmzerfressen unter feuchter Hitze stöhnen und afrikanische Kinder mit eitrig entzündeten Augen und schwärender Bilharziose unterrichten. Sah sich im Malariafieber auf einem harten Lager auf dem Boden. Keine Dorothea mehr, nie mehr. Kein Schweben in namenloser Wonne zwischen Angst und Lust. Keine Angstlust am Kreuz. Und kein Leben in behaglichem Luxus, keine geistige Nahrung durch kluge Gespräche und erbauliche Lektüre, kein weiches Bett, keine kostbaren Bilder an den Wänden, keine Bibliothek, keine Badewanne, kein Dienstwagen mit weichem Leder. Sondern primitive Sandalen und härene Kutte und eine Hütte im Dschungel. Mit Tigern und Schlangen. Keine Gottesnähe durch wilde Lust; stattdessen Gottesnähe durch Buße und Förderung der Neuevangelisierung afrikanischer Völker.

Grauen. Fegefeuer zu Lebzeiten.

Er musste nicht überlegen.

Guldenschuh nahm den Vertrag, den Logan ihm vorlegte. Er überflog ihn. Ein Zwanzigjahresvertrag über das exklusive Facility Management aller Immobilien seines Bistums. Vollkommen überteuert; unglaublich, welche Summen er für ein bisschen Gebäudeverwaltung berappen musste; das lief auf Millionen hinaus. Das konnte doch nicht rechtens sein!

Nein, natürlich war es nicht rechtens; es war Erpressung. Natürlich.

Vertragspartnerin war eine Tochterfirma von Voith. Den er aus Sterntal kannte. Alles ein Filz.

Tage später, als Guldenschuh sich wieder halbwegs gefasst hatte, bot er dem Papst an, auf sein Amt zu verzichten. Es wurde eine Weile hin und her telefoniert – natürlich wollte man im Vatikan die Gründe seines Rücktrittswunsches wissen –, und zuletzt reiste er selbst nach Rom. Seinem Wunsch wurde entsprochen, er gab sein Bischofsamt ab und nahm einen wirklich sehr subalternen Posten im Staatssekretariat des Vatikans an. Er wollte Buße tun und seine Dankbarkeit bekunden, dass ihm die Dschungelmission erspart blieb. Außerdem wollte er keine Aufmerksamkeit auf sich lenken. Und, nicht das Mindeste: Der prompte Bescheid über die zu erwartende sehr ansehnliche Pension versüßte ihm die Aussicht auf das subalterne Amt reichlich.

Er lebt heute in Rom und nennt sich Aurelio Scarpa d'Oro. Wir wissen nicht, wie es ihm geht. Er wird sich aber sicher wieder erholen. Er ist ja noch lang nicht alt. Vielleicht steht ihm noch eine Zweitkarriere bevor, wer weiß.

Unmittelbar nach Logans Besuch in der Bischofsresidenz erhielt Harald Welser eine Verzichtserklärung von Voith über die alle bis dahin aufgelaufenen Nachforderungen seiner Firma an das Land Berlinbrandenburg. Ganz einfach. Diese Verfahrensweise hatte den Vorteil, dass die Gelder ohne Umweg über Welser oder den Landeshaushalt an Voith und Vasold gingen und die Empfänger nur auf Forderungen gegenüber dem Land zu verzichten brauchten, so dass offiziell gar kein Geld floss, das Spuren hinterlassen konnte. Die Summen reichen zwar noch immer nicht aus, um die explodierenden Baukosten von Berlin21 langfristig zu decken, doch Voith und Vasold waren vorläufig befriedigt.

Leider war der Logansche Friede kein umfassender.

Montag, 1.6.2015, Berlin, München

Die PMS leistet sich nicht jeden, und nicht jeder potenzielle Coachingfreund leistet sich die PMS. Von den Wenigen, die sich die PMS leisten können, sind die Allermeisten unbescholtene Mitbürger, die in keiner Weise erpressbar sind. Ihre Eheverträge enthalten entweder entsprechende Klauseln, die ein Coaching durch außereheliche Spezialistinnen ausdrücklich vorsehen, oder die PMS sorgt ihrerseits dafür, dass keinem Angriff eine Fläche geboten wird. Mit dieser unbescholtenen Mehrheit, die nichts Schlimmeres tut als einen Batzen Geld, dessen Fehlen sie kaum oder gar nicht bemerkt, nach Sterntal zu tragen und sich ein Coaching für Leib und Seele dafür zu kaufen, von dem letztlich alle profitieren, nicht nur die direkt Betroffenen, das heißt die in Saus und Braus lebenden Gastgeberinnen und ihre gecoachten Gäste, sondern auch deren familiäre Weiterungen, die sich ihrerseits über ein ausgeglichenes, weil befriedigtes und erfreutes Oberhaupt freuen – mit dieser unbescholtenen Mehrheit können wir uns nicht befassen. Sie mag im wirtschaftlichen und kulturellen Leben der Republik herausragende, spannende und durchaus individuelle Rollen spielen – in unserer Geschichte spielt sie keine. Die Mehrheit der PMS-Kundschaft führt ein nicht weiter auffälliges, ja glückliches Leben.

Wie schon Tolstoj sagte, sind alle glücklichen Familien einander ähnlich, die unglücklichen aber auf je eigene Weise unglücklich, und für den einzelnen Menschen gilt das ganz genauso. Ein Albert Schwarz, seit neuestem noch weniger glücklich als sonst, weil jetzt gänzlich ohne Liebe: nicht nur seiner Natascha und überhaupt jeder Hoffnung auf Frauenliebe, sondern auch seines geliebten Rolls-Royce beraubt, – ein Albert Schwarz ist keiner, wie man ihn an jeder Straßenecke trifft. Sein Unglück ist individuell, und Häufungen, wie er sie erlebt, bleiben den meisten von uns erspart. Umso lieber schauen wir sie uns an, die Gestalten wie ihn, sehen ihnen zu, wie sie ihr Unglück tragen oder mit ihm hadern, und erbauen uns daran. Die Pharisäer und Selbstgerechten unter uns sagen über einen wie ihn: Selber schuld, jeder ist seines Glückes Schmied. – Dem widersprechen wir heftigst! Wenn einer unter solchen Auspizien gezeugt und geboren wird wie Albert, dann ist er bereits im pränatalen Alter – einer Phase, in der außer den beinharten Esoterikern noch keiner schmiedet! – Opfer von Manipulation und Fremdschmiedung geworden! Wie es für Albert postnatal weiterging, zumal mit dem Körper, mit dem er nun mal gestraft ist, haben wir ja kurz erwähnt; sein Leben ist kein Ponyhof. Das Selberschmieden musste er erst langwierig und mühselig lernen. Da klappt eben manches nicht so reibungslos wie bei anderen, und dass er sich keine glückliche Familie herbeischmieden konnte, darf man ihm weiß Gott nicht zum Vorwurf machen! Immerhin häufte er, wenn schon kein Liebesglück, so wenigstens Reichtümer an. Geschäftstüchtig war er ja, das immerhin.

Und auf seine Geschäftstüchtigkeit besann er sich auch jetzt wieder und begab sich nach seiner Erniedrigung durch Entführung, Erpressung und Beraubung erst einmal auf die Kaimaninseln, wo er ein bisschen Vermögen gebunkert hatte und Urlaub zu machen gedachte. Am Strand wollte er liegen, glutäugige Schönheiten betrachten, den lieben Gott einen guten Mann sein lassen und über die nächste Zukunft nachdenken. Schließlich galt es nach dem amerikanischen Angriff, wie häufig nach amerikanischen Angriffen, manches wiederherzustellen.

In Sterntal zog derweil Logan die Fäden, die Albert hätte ziehen wollen, und betätigte sich, mit wachsender Freude an der Aufgabe, als Geldbeschaffer für Harald Welsers Kunstbau.

Einer, an dessen Faden er zog, war Josef M. Bauer; wir kennen ihn: Der Bauer ist keiner, den wir zur unbescholtenen Mehrheit der PMS-Gäste zählen können. Er hatte sich sein Parteiamt unter Vorspiegelung falscher Tatsachen und Ausnutzung einer Minderheitenquote erschlichen und seinen niedersächsischen Vetter als seinen Lebensgefährten ausgegeben, um dadurch zu Amt und Würden zu gelangen, die er aus eigener Kraft niemals erreicht hätte. Logan, der ihn in letzter Zeit beim Busenmemory beobachtet und dokumentiert hatte, knöpfte sich ihn unter Vorlage eines seiner USB-Sticks vor und fragte ihn, wie er sich da wieder herauszuwinden gedächte. Bauer zuckte die Achseln und war unerschüttert. „Wen kratzt es, ob ich schwul bin oder nicht?", fragte er. „Ihre Partei vielleicht?", fragte Logan zurück. „Die einen wie Sie, der sich einen Grünen nennt und schamlos der Rüstungsindustrie in die Hände arbeitet, definitiv nicht brauchen kann, zumal wenn sie ein paar echte Schwule hat, die nachrücken können? Gar echte Grüne? Könnte ja sein."

Bauer stellte sich stur. Er hielt sich für unanfechtbar. Und für unverzichtbar. Wie kam er auf die Idee – Größenwahn? Logan trieb ihm den Wahn rasch aus. Er führte eine konzertierte Aktion in allen Medien durch, aus der ein rauchender Skandal wurde. Nach Veröffentlichung des Materials – das nicht nur aus Sterntal stammte, sondern auch abgehörte Telefonate mit Panzerkäufern enthielt, die Bauer als skrupellosen Waffenverschieber in die Krisengebiete der Welt entlarvten und eine Anklage des Staatsanwalts nach sich zogen – stürzten sich die Medien mit Genuss auf ihn, und Josef M. Bauer floh erledigt auf seine toskanischen Latifundien, wo er sich erst einmal verschanzte. So schnell ist man weg vom Fenster. Seine Partei ersetzte ihn sehr rasch. Sie hatte in der Tat würdigere Anwärter auf seinen Platz.

Albert hätte es gefreut. Er konnte Heuchler nicht ausstehen. Nicht alles, was Logan tat, lief seinen Interessen zuwider. Und interessant eigentlich, wie dieser Logan, während er seine Mitmenschen gegen deren Willen zur Finanzierung eines Kulturbaus zwingt, was man ja wirklich nicht tun soll, ganz nebenbei, gleichsam versehentlich einen moralischen Besen schwingt und seinerseits Missetäter aus dem Verkehr zieht. Schillernde Persönlichkeit, das jedenfalls. Was in ihm vorgeht, weiß man nicht.

Ein anderes Opfer Logans stolperte nicht über Größenwahn, sondern über Dummheit, Kleinmut, Eigennutz. Seinem Namen sind wir kurz begegnet, vielmehr seinem Spitznamen; er war derjenige, der Harald Welser nach Sterntal vermittelt hatte, und dafür war ihm der glückliche PMS-Gast für immer dankbar; dass er ihm nebenbei auch substanzielle Baufortschritte verdankte, wusste Welser gar nicht und hätte nie danach gefragt: ein Narr, der schlafende Hunde weckt!

Der Spitzname des Zwangsspenders war „Holzi"; mit bürgerlichem Namen hieß er Holger-Zacharias Oberhuber und arbeitete jetzt, nach einem flotten Karrierebeginn im Bayrischen Staatsministerium für Familie etc., als Länderfinanzausgleichsmittler und Integrationsbeauftragter für die Vorbeugung gegen Nord-Süd-Konflikte; seine Position erforderte häufige Reisen zwischen München und Berlin, und Welser kannte ihn von gemeinsamen fantasievollen Etatneuberechnungen her. „Holzi" nannten ihn alle, deren Zunge über „Holger-Zacharias" stolperte oder die ihn nicht immer nur „Oberhuber!" nennen wollten. Den Doppelvornamen verdankte er seinen kompromissbereiten Eltern: Die Mutter stammte aus Kiel, der Vater aus Mühldorf am Inn (Sie sehen, die Vermittlung in Nord-Süd-Konflikten war ihm in die Wiege gelegt), die Mutter wollte den Knaben „Boje" nennen, der Vater drohte damit, sie an die See zurückzuschicken, sah aber ein, dass sie unter Heimweh litt; kaufte ihr daher ein Segelschiff am Chiemsee und eine eigene Süßwasserboje und erwärmte sie für den gemäßigteren „Holger“, dem er, quasi als Gegengewicht, den „Zacharias“ beigab. Der von Kindesbeinen an gehänselte Knabe fraß seinen Kummer in sich hinein, hörte dann nicht mehr auf mit dem Fressen und wurde ein Dreizentnermann von elefantösem Format, dessen Äuglein zwischen Fettwülsten weitgehend verschwunden waren. Er hatte eine kleine magere Frau, die ihn, als er die Dreizentnermarke riss, des gemeinsamen Schlafzimmers verwies, und so wurde Holzi, der stets Loblieder auf die Familientugenden und -werte sang und niemals freiwillig fremdgegangen wäre, zum PMS-Kunden. Mit Billigung seiner im wahrsten Wortsinn erleichterten Frau. Das Geld dafür war zum Glück da.

Oberhubers außereheliches Tun war also keine Angriffsfläche für Erpresser. Es war weitaus schlimmer: Auf Holzi Oberhubers Gewissen lastete der Tod einer PMS-Mitarbeiterin. Dafür hätte ihn niemand eingesperrt, denn es war wirklich eine Verkettung fataler Umstände, die zu dem Unglück geführt hatte, und kein Mord. Aber danach, als die Dame tot war, verhielt sich Holzi leider mehr als ungeschickt: Er versuchte den Tod zu vertuschen, die Tote zu verschweigen, aber in einem so dicht besiedelten Landstrich wie Oberbayern kann man solche Hoffnungen von vornherein fahren lassen. Natürlich war er beobachtet worden. Von Albert. Keineswegs absichtlich. Aber Albert hatte sich eines schönen, ungewöhnlich warmen Abends Mitte April, als der eingefleischte Dachterrassenfan Welser in Berlin oder anderswo weilte und auch sonst niemand die Annehmlichkeiten dort oben nutzte, ein Bad mit Geisha über dem See gegönnt und dabei Befremdliches beobachtet. Er schickte seine Gefährtin fort, stieg aus der Wanne, die vergoldet war und an deren Heck ein bayrisches Fähnchen wehte (ist auch Albert heimlich ein Königstreuer? Es ist *seine* Wanne, die darf außer ihm niemand beliegen), und zückte sein Fernglas, das er, wen wundert's, häufig griffbereit hatte.

Dann stand er nackt auf dem Museumsdach und spähte auf den See hinaus.

In der Seemitte glitt langsam und leise ein Motorboot dahin. Darin schien ein Elefant auf dem Rücken zu liegen, und auf dem Elefantenbauch saß eine Zirkusreiterin. Sie kam ihm bekannt vor. War das eine seiner Mitarbeiterinnen? Und auf wem saß sie?

Es war schon fast dunkel, und man sah auch mit Fernglas wenig. Albert holte sein Telefon und ließ sich von der Empfangsdame seine Kamera heraufbringen, die dank einem Objektivadapter nachtsichttauglich war, und als er durch den Sucher blickte, meinte er Benita zu erkennen. Er begann zu fotografieren und hielt den weiteren Verlauf in einer Bilderserie fest.

Kurz gesagt, geschah Folgendes: Reiterin und Berittener gerieten zunehmend in Fahrt und bewegten sich heftig; sie galoppierte dahin wie ein Jockey auf der Pferderennbahn: weit nach vorn gebeugt, den Oberkörper fast waagrecht, schwebend. Zweifellos eine prekäre Haltung. Das Boot schwankte wild von einer Seite zur anderen. Albert hielt den Atem an, fotografierte aber weiter. Es kam, wie es kommen musste: Die Reiterin stürzte ab. Sie fiel über die Bordwand ins Wasser. Sie schrie und schlug um sich und spritzte. Der elefantöse Mann, mit dem sie zusammen gewesen war, klammerte sich an das schaukelnde Boot, hob den Kopf, blickte panisch um sich. Es dauerte eine Weile, bis das Schwanken nachließ, doch dann versuchte der Mann sich aufzurichten, und das Boot geriet erneut in ungestümes Schaukeln. Bis der Mann es geschafft hatte, die Bootsbewegungen mit seinem Vorhaben, nämlich Aufrichten-Ausschauhalten-Hilfeleisten, in Einklang zu bringen, war viel Zeit vergangen. Und das Boot fuhr unterdessen immer weiter, zwar langsam, doch stetig fuhr es heftig schaukelnd von der ins Wasser gestürzten Dame fort. Die noch immer um sich schlug! Ihre Schreie aber waren verstummt, ihre Bewegungen merklich schwächer. Und der Mann im Boot schien keiner von der kurzentschlossenen Sorte zu sein: Bis er es endlich fertiggebracht hatte, sich so weit herumzuwälzen, dass er die Fahrt stoppen, das Boot wenden und zurückfahren konnte, war die Dame nicht mehr zu sehen.

Nicht zu fassen. Sie konnte tatsächlich nicht schwimmen? Sie kann nicht schwimmen und lässt sich auf eine nächtliche Fahrt mit einem Walross in einem winzigen Schiffchen, einer Nussschale ein? Albert war fassungslos.

Noch fassungsloser war er, als er mit ansehen musste, dass das Walross in dieser Nussschale keine Anstalten machte, ihr etwa nachzuspringen, sie jedenfalls aus dem Wasser zu ziehen!

Was tat der Kerl?

Albert, zwischen Fernglas und Kamera wechselnd, beobachtete, wie der Mann sich ratlos umsah, wie er an der Stelle, an der er die Untergegangene vermutete, immer wieder im Kreis fuhr und ins Wasser spähte, doch nichts weiter unternahm. Der See war still, reglos das Wasser. Kein Laut zu hören außer dem leisen Tuckern des Bootsmotors und dem Klicken der Kamera. Albert, der soeben eine Mitarbeiterin an den See verloren hatte, fotografierte und überlegte. Der Elefant im Boot, der ihr nahe genug war, hätte ihr helfen können und tat es nicht. Er unterließ jede Hilfeleistung! Die Wasserwacht würde eine Tote bergen! Man musste sie bergen, so viel stand fest; und das Walross durfte man nicht ungestraft davonkommen lassen. Auch das stand fest. Aber sollte man es den Wegen der staatlichen Justiz zuführen, oder sollte man es erst einmal in der Sicherheit wiegen, nicht gesehen worden zu sein, und beobachten, wie es sich weiter verhielt?

Hätte Herr Oberhuber sich freiwillig angezeigt und selbst die Wasserwacht alarmiert, wäre alles rechtens gewesen, und Albert hätte seine Fotos archivieren oder löschen, jedenfalls aber nicht weiter verwenden können.

Das geschah nicht. Holger-Zacharias beging den kardinalen Fehler, die Sache vertuschen zu wollen. Er dachte an seine Karriere und Mission als Nord-Süd-Vermittler, dachte an seinen Ruf als vorbildlicher Familienmensch, tadelloser Staatsbürger, von keinem Skandal umwitterter Politiker, dachte an die seiner misslichen Lage innewohnende Schmach, dachte, mit anderen Worten, ausschließlich an sich. Und sah zu, dass er fortkam. Wand sich in seine abgelegten Kleidungsstücke, wickelte die Kleidungsstücke der Dame zu einem Knäuel, das er, mit irgendeinem an Bord gefundenen Gegenstand beschwert, im See versenkte, und steuerte das gegenüberliegende Ufer an. Man würde dort das verlassene Boot finden, natürlich, und man würde die Dame vermissen und suchen, wahrscheinlich würde man auch wissen, mit wem die Dame sich so leichtsinniger- wie fatalerweise aufs Wasser begeben hatte und ihren Begleiter zur Rede stellen. Das alles wäre nicht so schwer herauszubringen gewesen – wenn nicht Albert, ebenfalls wieder angekleidet, eine kleine Manipulation in den leider nur elektronischen, niemals schriftlichen Belegungsplänen der PMS-Mitarbeiterinnen vorgenommen hätte.

Zu dem Zeitpunkt hegte er noch gar keine Erpressungspläne. Aber einer wie Albert Schwarz denkt nie in geraden Linien, sondern immer gewunden, immer auf mehreren Ebenen; Geschäftstüchtigkeit ist auch dies: Mehrschichtdenken. Und so aufrichtig ihn der kopflose Eigennutz dieses weitgehend unbeweglichen, daher keiner Seenotrettung fähigen und leider auch keiner nachträglichen Einsicht zugänglichen Walrosses empörte, dachte doch auch er in eigennützigen Kategorien und sagte sich: Wer weiß, wozu es gut ist.

Dies war der Moment, in dem er zu seiner Manipulation schritt und den Namen Holger-Zacharias Oberhuber für diesen Tag aus dem Belegungsplan entfernte.

Bei der Gelegenheit konnte er sich auch vergewissern, dass er sich nicht geirrt hatte und die an den See verlorene Mitarbeiterin tatsächlich Benita war. Das arme Mädchen. Albert war betrübt. Er ließ sich einen Whisky kommen und hielt ein kleines Gedenken an Benita.

Für Logan war es ein gefundenes Fressen. Als er in Alberts Archiv eingedrungen war und dort die Fotoserie vom fahrerflüchtigen Oberhuber entdeckt hatte, befüllte er einen seiner USB-Sticks damit und suchte den Täter auf.

Der Täter saß bleich, zitternd, schwitzend vor ihm und machte keinen Versuch, sich etwa zu rechtfertigen oder gar zu leugnen. Er fragte nicht, woher dieser Amerikaner kam, in wessen Auftrag er handelte, mit welcher Befugnis er Forderungen an ihn stellte – er hatte Logan nicht einmal das Rauchen verboten.

Logan hatte, wie jedes Opfer, das ihm durch Albert in den Schoß gefallen war, auch Holzi einer gründlichen Analyse unterzogen – was hat er, was kann er, wie macht man ihn nutzbar? – und, als begabter Hacker, der er war, rasch ein elektronisches Leck auf dem Weg zwischen Bundestag und Bundesfinanzministerium aufgespürt, durch das man einen Geldstrom einen alternativen Verlauf nehmen lassen, dem Strom praktisch ein neues Bett graben konnte. Für das Gespräch mit Oberhuber hatte er einen Vertrag vorbereitet, mit dem er seinen Vertragspartner verpflichtete, einen unvollendeten Neubau mit kulturell wertvoller Funktion zu unterstützen. Logans Argumentation war überzeugend: Da der Kulturtempel als staatliche Einrichtung in Berlinbrandenburg errichtet werde und die Subvention von Bayern aus nordwärts fließen solle, könne von Veruntreuung keine Rede sein: Vielmehr gehe es um die Umwidmung einer ohnehin länderfinanzausgleichenden Summe; es fehle lediglich die ministerielle Anweisung dafür: ein Missstand, den Logan aber spurlos zu beheben versprach. Die Gesamtsumme sei innerhalb von zwei Jahren in mehreren Teilbeträgen zu überweisen, und wenn die vereinbarte Höhe (dreistelliger Millionenbetrag) erreicht sei, hätte Herr Oberhuber für immer Ruhe und könne wieder ehrenwerter Staatsdiener werden. Die Umwidmung sei wasserdicht; dafür verbürge er sich. Oberhuber könne sich gern überzeugen: Logan legte einen Vertragszusatz vor, der die geplante Vorgehensweise detailliert darlegte.

Oberhuber überzeugte sich. Er war wider Willen beeindruckt. Auf die Frage, ob er den Vertrag unterschreiben wolle, um die Alternative – Anzeige, Aussage eines Augenzeugen, Gerichtsverhandlung, Verurteilung, längere Haft – zu vermeiden, antwortete er feierlich, fast wie vor dem Traualtar: „Ja.“ Und er unterschrieb.

Ein Exemplar behielt er und legte es in seinen Safe, das zweite Exemplar steckte Logan ein. Sie reichten einander die Hand. Logan bedankte sich und ging. Holger-Zacharias Oberhuber sank auf seinem Schreibtischsessel zusammen und wischte sich den Schweiß von der Stirn.

Einige Stunden später war er so weit, dass er die Vorteile dieses Arrangements nicht nur erkennen, sondern auch schätzen konnte. Er war sowieso geliefert. Er hatte fahrlässig den Tod einer Frau verursacht und musste bestraft werden. Die Alternative des Amerikaners hatte gegenüber der Unausweichlichkeit einer Verurteilung als Mörder den Vorteil, dass immerhin die Chance des Nichtentdecktwerdens bestand: Es war tatsächlich möglich, die geforderte Summe offiziell als Subventionierung eines kulturellen Großprojekts für das kulturell vernachlässigte Land Berlinbrandenburg zu deklarieren, und solange kein Journalist oder investigationsfreudiger Abgeordneter auf die Idee kam, parlamentarische Untersuchungsausschüsse zu fordern, um den Weg dieser Entscheidung nachzuvollziehen, bestand berechtigte Hoffnung.

Wer hätte da kein Verständnis für Holzis Entscheidung? Wer bestünde darauf, immer wieder die Nord-Süd-Konfliktvermeidung zu finanzieren? Und nicht auch einmal die Kunst, die Oper?

Abgesehen von allen persönlichen Erwägungen gewissenstechnischer Art: Wir begrüßen es ausdrücklich und vorbehaltlos, dass Welsers Opernhaus für Berlinbrandenburg jede Unterstützung erfährt, *jede*!

Und wir pflichten Machiavelli, oder von wem immer die Erkenntnis über den Zweck und die Mittel stammt, aus ganzem Herzen bei.

Wir sind Ihnen aber noch einen Nachtrag schuldig, liebes Les. Benita ist nicht tot. Holzi denkt es nur, nein: dachte; inzwischen weiß er ja Bescheid. Sein Gewissen ist seither wieder aufgelebt, aber wochenlang litt er – Wochen, in denen er vollkommen sicher war, dass er sie im Sterntaler See hat absaufen lassen. Und die Schwärze seines Gewissens, die aufrichtige Reue ob seiner Untat spielten Logan in die Hände; Holzi emfpindet die Erpressung als Strafe Gottes und tut, was in seiner Macht steht, um die Forderungen des Erpressers nicht nur zu erfüllen, sondern auch bei der Umsetzung zu helfen. Harald Welser ist auch über diesen Finanzstrom mehr als froh. Und als Holzi Oberhuber Wochen später erfährt, dass seine Reiterin sich bester Gesundheit erfreut, ist es zu spät: Der Vertrag ist unterschrieben, die umgelenkten Gelder fließen in Welsers

Opernhaus und dienen der Kunst. Holzi ist sprachlos. Er braucht Tage, um darüber hinwegzukommen. Er hat seine Untat gesühnt geglaubt und muss feststellen, dass er sozusagen vorausgreifend gesühnt hat; dass das, was er für Sühne gehalten hat, seine eigentliche Tat war.

Gilt das? Darf man, wenn man – zum Beispiel – für einen nicht begangenen Mord im Gefängnis gesessen und unschuldig ganze Jahrzehnte verschmort hat, den vorausgebüßten Mord nach der Freilassung dann endlich begehen, weil er längst fällig war? Diese Frage sollen uns Moralphilosophen und Juristen beantworten. Wir begnügen uns mit der Feststellung, dass Holzi ja nicht besonders leidet: keine Rede von verschmorten Lebensjahrzehnten, er muss keinen Karriereknick, ja nicht einmal eine Trübung seines makellosen Rufs hinnehmen. Er hat sich, um sich reinzuwaschen, auch nicht sehr ins Unrecht setzen müssen. Er hat lediglich Subventionen, die benachteiligten Ländern hätten zugutekommen sollen, für ein elitäres Opernhaus zweckentfremdet. Für den Kulturbanausen Holzi mag das eine Sünde sein – unserer Ansicht nach ist es eine gute Tat. Sagten wir bereits, klar; aber man kann es nicht oft genug erwähnen. Es lebe die Kunst!

Wieso aber war Holzi so sicher, dass er Benita hat ertrinken lassen?

Die Panik trübte seine Wahrnehmung. Seine Leibesfülle verhinderte rasches Handeln. Verhängnisvolle Kombination. Bis er das Boot endlich gewendet hatte, war er tatsächlich schon recht weit von der Unglücksstelle entfernt. Es war jetzt vollkommen dunkel; kein Mond, kein Stern am Himmel, kein letzter Streif Dämmerung am Horizont, die Lichter am Ufer weit fort: Man sah tatsächlich so gut wie nichts. Holzi war derart entsetzt über das Geschehene, dass sein erster und letzter Gedanke die Flucht war. Das panische Gehirn macht es ja wie das kleine Kind, das die

Augen zusammenkneift und sich unsichtbar glaubt, weil es selber nichts sieht; es, das panische Gehirn, redet sich ein, dass Leugnung ein Zaubertrick sei, der Geschehenes aufhebt. Das Gewissen ist zwar nicht ganz geglättet, im Untergrund rumort es noch immer gewaltig, die Oberfläche aber ist ungekräuselt. Das war der Mechanismus, der Holzi ans Ufer trieb und Hals über Kopf davonrennen ließ.

In der Nacht fuhr hier kein Bus mehr, der Autoverkehr war spärlich, und er versuchte es zwar, fand aber keinen, der willens war, ein panisches Walross mitzunehmen. Holzi war lang unterwegs, bis er zu Fuß den nächsten größeren Ort an der Bahnstrecke erreicht hatte. Er fuhr nach Hause, zu seiner Frau. Die keine Fragen stellte, die Gute. Fragen hätten ihn jetzt um seine Beherrschung gebracht.

Um zwei Uhr morgens lag er endlich in seinem einsamen Bett, wo er sich unter Schreckensvisionen hin und her wälzte. In dieser und in vielen folgenden Nächten. Er schlief kaum noch. Er magerte ab, verlor im Lauf der Wochen rasant an Gewicht, ein halber Zentner dürfte es schon gewesen sein. Die PMS mied er wie die Pest. Er rechnete stündlich – ach was: minütlich damit, dass Polizisten vor seiner Tür stünden und ihn festnähmen. Aber zu seiner namenlosen Verwunderung geschah wochenlang nichts. Dann tauchte Logan auf. Der Rest ist bekannt.

Und Benita, wie hat sie überlebt?

Ganz einfach: Sie ist geschwommen. Wo gibt es das denn, dass man nachts mit einem Walross in einer Nussschale auf den See hinausfährt, wenn man nicht schwimmen kann; das wäre ja Selbstmord! Natürlich kann Benita schwimmen. Und das tat sie, nachdem ihr klar geworden war, dass vom Oberhuber keine Hilfe zu erwarten war, weil der sich längst auf dem Weg zum anderen Ufer befand. Sie schwamm, nackt, japsend vor Kälte, die erleuchteten Fenster des Museumsgebäudes fest im Blick. Es drohte ein langes Schwimmen zu werden.

Aber Albert war doch kein Unmensch! Er ließ doch nicht einfach eine Mitarbeiterin ertrinken und schaute zu! Während er mit einer Hand fotografierte, hielt er mit der anderen Hand sein Telefon und rief Andrea an, die Empfangsdame. „Andrea!“, schrie er. „Beweg sofort deinen Hintern und fahr mit dem Boot raus! Benita ist von einem Fettwanst abgestürzt und liegt im See, und der ist saukalt! Lass alles stehen und liegen und hol sie zurück!“

Andrea tat wie geheißen, warf ihr Handy hin und rannte hinunter zum Bootshaus, wo die PMS-eigenen Boote lagen. Das Motorboot, mit dem sie sonst gern fuhr, weil es schnell war und weil der Lärm schon von weitem die Schwimmer, Verzeihung: jedes Schwimm in die Flucht schlug, fehlte. Sie sprang ins Elektroboot, startete, fuhr lautlos und solarstromgetrieben auf den See hinaus, und es dauerte nicht lang, bis sie Benitas Kopf entdeckte und gleich darauf die entkräftete Nackte (die blaue Farbe – ja, auch sie frönte dieser Mode – war längst abgewaschen) aus dem Wasser zog.

Als sie getrocknet, angekleidet, mit Cognac versorgt auf der LC4 lag, sich allmählich wieder erwärmte und vom Schrecken erholte, kam Albert zu ihr und zeigte ihr seine Fotoserie. „Was meinst du?“, fragte er. „Willst du ihn wegen unterlassener Hilfe anzeigen? Du bist schließlich die Leidtragende. Oder behalten wir die Bilder erst mal für uns und schauen, was wir damit anfangen?“

Letzteres, fand auch Benita, die vom Umgang der Justiz mit Politikern und anderen Prominenten aus früherer Erfahrung recht enttäuscht war, hingegen schon Gelegenheit gehabt hatte zu beobachten, wie tatkräftig und wirkungsvoll Albert in Fällen wie diesem vorzugehen pflegte.

Dazu kam es dann ja nicht. Weil Logan andere Absichten verfolgte als Albert, ging Benita leider leer aus. Sie erhielt jedoch als Entschädigung von Madame du Rhin eine Gratifikation, die so bemessen war, dass das nächtliche Unbill im See zur erzählenswerten Kuriosität wurde und keinen Groll zurückließ.

Mittwoch, 3.6.2015, Helmreiters Bistum

Logan tritt noch ein letztes Mal in Aktion, ehe er sich fürs erste verabschiedet und wieder auf Reisen geht. Bei seinem jüngsten Deutschlandaufenthalt hat er praktisch Berge versetzt, man kann es nicht anders nennen, und eigentlich hätte er unter den Ehrentafeln für die Spender und Förderer im Foyer des künftigen Opernhauses die allergrößte verdient, doch er lehnte Welsers Angebot ab; wollte, bescheiden oder besonnen, nicht namentlich genannt sein: Logan bleibt Graue Eminenz. Und welches Glück für das Opernhaus, dass in Sterntal nicht wie in anderen, vergleichbaren Etablissements ganz gewöhnliche, wenn auch reiche Leute verkehren, sondern Schlüsselfiguren der Gesellschaft, Repräsentanten von Institutionen, die Macht und Geld und Einfluss besitzen und selbige einem guten Zweck zuführen, der sie an sich nicht die Bohne interessiert hätte, aber dann tun sie es doch, weil ein Multitalent wie Logan sie mit seiner Überzeugungskraft dahin gebracht hat, dass sie nicht mehr nein sagen können.

Ein Multitalent wie Logan könnten übrigens auch andere Bereiche der Kultur gut brauchen, nicht immer nur die allerhöchsten Ebenen, deren Repräsentanten sowieso gut bis exzellent bezahlt werden, und auch nicht immer nur die Prunkbauten, die sowieso staatliche Träger haben und ohne weiteres mit ihrem Budget auskämen, wenn nicht ständig an allen Ecken und Enden gepfuscht würde, wenn nicht ununterbrochen Nachträge notwendig wären, die die Baukosten in unvorhergesehene – in Wahrheit natürlich leider erwartbare – Höhen treiben, wenn nicht ständig absichtliche Verschleppungen und Korruptionen und kriminelle Selbstbereicherungen durch systematisches Lügen und Betrügen stattfänden, die aus so einer Großbaustelle eine systemimmanente Schatten-

oder Parallelwirtschaft entspringen lassen, und die verschlingt dann ein Budget, das mindestens das Doppelte dessen beträgt, was für den Bau ursprünglich veranschlagt war, und das Geschrei ist überall groß, aber unternommen wird nichts dagegen, es ist inzwischen gängigste Praxis, Beispiele gäbe es viele, und wenn dann alles komplett aus dem Ruder läuft, wenn schon der eine oder andere Wutbürger parat steht, um das Ding zu sprengen oder anzuzünden, damit die Welt das Elend nicht länger mitansehen muss, dann schreit man nach einem Logan, damit er mit seinen unorthodoxen Methoden dafür sorgt, dass doch wieder weitergebaut wird und keine Bauruinen das ohnehin verschandelte Antlitz der Erde verunzieren und keine Bauunternehmen mit hunderten Arbeitsplätzen in den Ruin getrieben werden. Aber die Logans dieser Welt sind leider spärlich gesät.

Von dieser unseligen Entwicklung sind natürlich alle möglichen Baustellen betroffen, nicht nur Kulturbauten. Nur hat die Kultur einen Logan ganz besonders notwendig, viel notwendiger als zum Beispiel Großflughäfen oder Automobilclubhauptverwaltungen oder unterirdische Bahnhöfe oder Chemiekonzernzentralen, die der Mensch mehrheitlich zu brauchen glaubt, so dass er sich von allein für deren Fertigstellung einsetzt, während er Kunst und Kultur heutzutage mehrheitlich als entbehrlich empfindet oder jedenfalls als kostenfreies oder kostenfrei-zu-sein-habendes Allgemeingut für die Verzierung des Alltags, aber nicht als Tun, von dem ein Mensch auch leben können sollte. Und so schön es ist, dass Logan sich für ein Opernhaus einsetzt – Berlin21 ist zwar auch, aber keineswegs nur Privatvergnügen! Es ist ein staatliches Bauvorhaben! Der Staat hat seine Notwendigkeit erkannt und beschlossen und finanziert es, und zusätzlich wird es von allen möglichen Seiten, aus EU-Töpfen und privaten Spenderschatzkammern, gefördert! Die Politik engagiert sich dafür (oder dagegen), die Medien berichten ausführlich und unermüdlich, es erntet öffentliches Lob und öffentliche Häme – kurzum, es kann sich nicht über mangelnde Aufmerksamkeit beklagen! Wo ist hingegen der Logan, der sich für die Kleinkulturschaffenden einsetzt, die Einzelkämpf, die keine Hängematten unter und keinen Riesenapparat hinter sich haben? Für die vielen, seien sie Künst, Schau- oder Quetschenspiel, Schriftstell, Übersetz, Satirik und so weiter, die einst Säulen der Gesellschaft waren, heute aber fast schon Geschichte sind und, je nach Pessi- oder Optiausrichtung ihres Charakters und je nach Ausmaß ihrer Vokation oder Getriebenheit, sich umschulen, aufhängen, reich verheiraten, wenn's geht, oder aber bankräubern, morden, betrügen, um dann, wenn sie geschnappt werden, ausnahmsweise mal auf Staatskosten zu leben? Die hätten es wirklich bitter nötig, dass sich mal jemand für sie einsetzt! Hoffentlich kommt er bald wieder, der Wohltäter Logan, Robin Hood der Neuzeit, Kanalisator der Gerechtigkeit, er wird dringend gebraucht …

Na ja. So golden, wie wir ihn hier darstellen, ist er nicht, wirklich nicht, da war wieder mal der Wunsch der Vater des Gedankens. Natürlich gibt Logan denen, die schon haben. Und es nicht zwingend brauchen: Wenn ein Welser sich übernimmt und bankrottgeht, *so what*; vom Dasein unter der Brücke ist so einer immer Äonen entfernt. Aber gut: Vielleicht ist Logan jetzt in einem Teil der Welt, der sein Eingreifen nötiger hat als der unsere, und macht sich verdient, und wenn er dann bei seinem nächsten Besuch hier nicht nur die Groß-, sondern auch die Kleinkunst fördert, nehmen wir unsere Bedenken zurück und verleihen ihm zwei goldene Orden.

Dies aber nur nebenbei; wir schweifen schon wieder ab, was für eine Unsitte, bitte, liebes Les, verzeihen Sie uns. Diesmal jedoch, keine Sorge, diesmal ist es keine Prokrastination. Dieser Exkurs musste sein, er war uns ein Herzensanliegen. Aber es kommt nichts Schlimmes nach wie jüngst mit dem Guldenschuh. Das heißt, „schlimm“ ist es insofern, als der Mensch als solcher gern schlimm ist, egal auf welchem Gebiet, nicht nur dem der sexuellen Drastik; die Schlechtigkeit liegt in seiner Natur. Frönte er nicht heimlichen Lastern, beginge er nicht Verbrechen zuhauf, würfe er nicht fremdes Geld aus dem Fenster, als wäre es seines, und raffte andererseits Fremdgeld an sich, das er unterschlagen, geraubt, sich erschlichen hat und so weiter, wir ersparen uns und Ihnen die Aufzählung menschlicher Missetaten, mit denen sich Seen füllen ließen, und beenden stattdessen rasch den Satz, ehe der Überblick verlorengeht: Wäre der Mensch nicht so schlecht, so hätte Logan ja gar keinen Hebel, um Kulturfinanzierungen zu erzwingen, wo sie nicht von allein fließen. Allerdings gäbe es dann auch gar keinen Handlungsbedarf für ihn. Ein Zirkelschluss. Die moralische Fragwürdigkeit des menschlichen Charakters, ja die Schlechtigkeit der ganzen Spezies ist womöglich der Hauptmotor ihres Handelns, der sich niemals erschöpfende, selbstperpetuierende Urgrund allen Wirtschaftens und zugleich die Existenzberechtigung, ja Existenznotwendigkeit der Logans dieser Welt. Wäre sie nicht so schlecht, die Spezies, so lägen ihre Bestandteile meditierend oder philosophierend in der nicht mörderisch klimagewandelten, sondern milden Sonne, ließen den lieben Gott einen guten Mann sein, versänken in der Betrachtung von Schönem, pflückten hin und wieder einen Apfel oder eine Blume, liebten einander und die Bestandteile anderer Spezies und richteten keine Schäden an, trieben weder ihre Mitgeschöpfe in den Tod noch die Temperaturen in höllische Höhen.

Warum geht das nicht – warum muss der Mensch erst seine Umwelt, dann die ganze Welt zugrunderichten, sich eingeschlossen, als wäre er ein Virus und kein höherer Organismus? Wegen der Erbsünde. Wissenschaftlich Hominisation oder Anthropogenese genannt. Aber jetzt reicht es mit der Abschweifung, wir haben eine Geschichte zu erzählen.

Das letzte Bubenstück, das Logan noch liefert, ehe er wieder andernorts tätig wird, gilt einem Herrn, der ein Coaching-Institut wie die PMS im Leben nicht betreten hätte. Bischof Hippolyt Helmreiter leitet, wie Aurel Guldenschuh, ein katholisches Bistum, allerdings im Südosten des Landes, und dort taucht eines Samstagmorgens in diesem höllisch heißen Sommer ein Amerikaner auf, der, anders als das Klischee es verlangt, mager und, nach dem Geruch zu schließen, starker Raucher ist, außerdem kann die Hitze ihm offensichtlich nichts anhaben, denn er kommt als eine Art Klerikalimitation, von Kopf bis Fuß in asketischem Schwarz, um die tagelang vorausvereinbarte Audienz beim Bischof einzulösen. Hippolyt Helmreiter empfängt ihn mit einer gewissen Neugier und bittet ihn in sein Arbeitszimmer.

„Darf ich rauchen?“ Die obligate Eröffnungsfrage.

„Wenn es sein muss“, antwortet der Bischof großzügig, reißt aber alle vier Doppelflügelfenster im Raum auf, die wegen der Mörderhitze eigentlich geschlossen bleiben sollten. „Nehmen Sie bitte Platz. Was führt Sie zu mir?“

Sie sind eine bemerkenswerte Kombination, diese beiden schwarz gekleideten Gestalten, die eine lang und mager, mit zurückgegeltem Blondhaar, die andere kahl, klein und sehr dick – breiter als hoch, wie man sagt; wäre er umgefallen, der Herr Bischof, hätte er eindeutig an Höhe gewonnen, aber so einer fällt nicht um, das verhindert die Lage des Schwerpunkts. Anders als Guldenschuh tut sich Herr Helmreiter nicht durch Baufreude hervor, architektonisch hat er alles, was er braucht. Seine öffentlich bekannte Leidenschaft liegt in der Anhäufung administrativer Ämter. So übernimmt er sehr gern Frühstücksdirektorenposten in verschiedenen Gremien und kümmert sich insbesondere liebevoll, oft auch sehr persönlich um die Jugendarbeit in seinem Bistum. Er ist, wie mancher seines Standes, von barockem Wesen, dessen sichtbarer Ausdruck seine äußere Erscheinung ist, er liebt die körperlichen Genüsse jeglicher Natur und beschränkt sich darin nicht auf ein einziges Gebiet wie sein scheinbar asketischer Amtskollege Guldenschuh, den man, wenn man ihn so sieht, für den reinsten Protestanten hielte, hat weiche, gepolsterte Gesichtszüge und wird ob seiner Maikäfertaille von seinen Untergebenen gern „Hippo“ genannt, aber das wagen sie nur hinter seinem Rücken, ins Gesicht hinein nennen sie ihn „Exzellenz“ und „Herr Bischof“, das heuchlerische Gesindel. Vom guten Leben hält er viel, zumal wenn es, wie gesagt, um die Leiblichkeit geht, auch verbriefte Bischofsprivilegien wie Dienstlimousine der Oberklasse und weitläufige Wohnung nimmt er gern in Anspruch, während er andere, etwa diskrete Alimentenzahlungen für etwaige Kinder, gar nicht benötigt, denn das wiederum liegt nicht in seiner Natur, aber insgesamt bedeuten Prunk und Protz ihm wenig, er setzt mehr auf die inneren Werte und auf Mitmenschlichkeit, Nächstenliebe.

An jenem höllisch heißen Tag sitzen sie also an dem mächtigen Bischofsschreibtisch einander gegenüber, trinken eisgekühltes Zitronenwasser, weil es für Kaffee oder Tee viel zu heiß ist, Hippos Blick ruht mit Interesse auf seinem Besucher. Er senkt ihn auf die überreichte Visitenkarte und stutzt.

„CIA?“, fragt er. „Sie sehen mich befremdet, Herr Logan. Hatten Sie sich nicht als Vertreter der Siebenten-Tags-Adventisten angekündigt? Habe ich da etwas missverstanden? Was verschafft mir die Aufmerksamkeit unserer lieben amerikanischen Freunde?“

„Herr Bischof, lassen Sie mich Ihnen erst einmal für den freundlichen Empfang danken.“

„Keine Ursache. Aber wollen wir zur Sache kommen? Sie sind also gar nicht in theologischer Angelegenheit hier? Was führt Sie her, was kann ich für Sie tun?“

„Tja, wissen Sie“, sagt Logan prokrastinierend, „es tut mir leid, dass ich diese Ausrede gebraucht habe. Es ging nicht anders. Gehe ich recht in der Annahme, dass ich niemals einen Termin für ein Gespräch mit Ihnen bekommen hätte, wenn ich von Anfang an die Wahrheit gesagt hätte?“

„Aber wo denken Sie hin! Wir sind doch für alle Menschen offen! Gleich, was sie auf dem Herzen haben! Wir sind doch alle Kinder Gottes, nicht wahr? Und Sie, lieber Herr Logan, Sie sind mir ebenso willkommen wie mein allernächststehender Glaubensbruder.“

„Vielen Dank“, sagte Logan, „sehr freundlich. Dann will ich Ihnen gleich verraten, warum ich hier bin. Es ist so, dass ich Stimmen in den deutschen Rundfunkräten sammle.“

„Wie bitte?“, fragte der Bischof überrascht. „Das ist ja eigenartig! Wozu?“

„Sie kennen sicher das Urteil des Verfassungsgerichts, demzufolge die Politik höchstens fünfzig Prozent der Stimmen stellen darf, die letztlich über das Programm der Rundfunkanstalten entscheiden. Damit wächst der Einfluss der anderen gesellschaftlichen Gruppen: Gewerkschaften, Naturschutzverbände, Frauen und so weiter. Aber auch der Kirchen. Nun würde ich Sie gerne dahingehend beeinflussen, dass Sie für die Besetzung bestimmter Positionen mit Personen sorgen, die unsere Werte teilen.“

Hippolyt Helmreiter kam aus dem Staunen nicht heraus. „Ich möchte nicht von Ihnen beeinflusst werden“, sagte er. „Ich übe meinen Einfluss im Sinn der Kirche aus und verwahre mich gegen Beeinflussung von außen.“

„Selbstverständlich. Das ist Ihr gutes Recht. Aber darf ich bitte zu bedenken geben, dass bisher der bevorzugte Gegenstand der Berichterstattung in den Medien, nämlich die Politik, in Gestalt der Staatsvertreter mehrheitlich über die Kontrolleure der Berichterstattung befindet. Nun hat aber das Bundesverfassungsgericht festgestellt, dass diese Konstruktion in solchen Fällen, in denen ein beherrschender Einfluss von Staatsvertretern gegeben ist, verfassungswidrig sei. Wird dem nun Rechnung getragen und das Verfassungsgerichtsurteil umgesetzt, so verschiebt sich naturgemäß das Verhältnis, und meine Freunde aus der Politik fürchten um ihren Einfluss. Das System hat sich in den letzten Jahrzehnten ja gut bewährt – auch zum Wohl der Kirche –, und mir ist daher an dessen vorauseilender Restauration gelegen. Wie Sie wissen, sind die Kirchen im Rundfunkrat selbstredend vertreten, jedoch nicht die Bevölkerungsgruppen der Atheisten und Agnostiker. Alles in allem ist also nicht der von der Verfassung gewünschte Querschnitt der Bevölkerung gegeben."

Logan hält inne, um sich eine neue Zigarette anzuzünden. Der Bischof sieht ihn starr vor Verwunderung an. „Ihr Anliegen ist speziell", sagt Hippolyt schließlich. „Darf ich fragen, was Sie das angeht? Ich meine, Sie sind US-Bürger! Mitarbeiter der CIA! Was interessiert Sie die Zusammensetzung unserer Rundfunkräte?"

„Da haben Sie ganz Recht, lieber Herr Bischof."

„Äh … Was sagen Sie darauf?"

„Nichts, lieber Herr Bischof. Meine Interessen sind häufig unerklärlich."

„Ich verstehe nicht …"

„Warten Sie. Ich schlage Ihnen ein Bündnis auf Gegenseitigkeit vor: Einige Ministerpräsidenten, vielleicht mehr als von Ihnen befürchtet, werden vielleicht eben jene bislang nicht vertretenen Atheisten und Agnostiker ins Gremium berufen. Das muss Sie doch schrecken wie den Teufel das Weihwasser, oder? Mindestens ein Drittel der Bevölkerung in Deutschland sind bekennende, sprich ausgetretene oder gar nicht erst eingetretene Atheisten, und selbst von jenen, die pro forma oder pro Aberglauben noch zahlende Mitglieder sind, können Sie nur einen Teil als gläubiges Kirchenvolk bezeichnen. Viele haben ihr eigenes Verhältnis zu Gott und kümmern sich wenig bis gar nicht um die kirchlichen Ansichten. Wenn diese mehr oder minder gottesfernen Personengruppen, wie stark sie auch sein mögen, Sitze im Rundfunkrat bekommen, verlieren Sie beziehungsweise Ihr Verein, äh, Ihre Institution den bisherigen Einfluss an die wachsende Zahl von Agnostikern, Buddhisten, Esoterikern in unserem Land … Nicht zu vergessen die Muslime, die es in hellen Scharen in Ihr Land zieht."

„Hören Sie auf."

„Sie wissen doch, dass auch der Islam inzwischen in Deutschland angekommen ist – wenn schon die Bundespräsidenten das sagen, dann ist es wahr."

Der Bischof, bisher die Ruhe in Person, wenn auch eine verwunderte Ruhe, verfärbt sich bei diesen Worten, in seine von Haus aus roten Wangen tritt etwas Purpurnes mit wachsender Neigung zu Blau. „Diese gottverfluchten preußischen Protestanten!", zetert er unbeherrscht. „Der Teufel soll sie holen und in ihrem Nordmeer ersäufen. In was die sich alles einmischen, die Ketzer, die lutherischen! Die sollen den Grüßaugust machen, wie's ihnen die Verfassung vorschreibt, und ansonsten das Maul halten! Dass einer wie dieses Windei Bundespräsident wird, ist ein Skandal! Und sein Nachfolger ist ja noch viel schlimmer, dieser lutherische Pfarrer und Ehebrecher! So ein hohes Amt und solche windigen Vertreter! Evangelen und Ungläubige, die ganze Bagage, ha! Und jetzt sperren sie auch noch den Muselmanen die Arme auf! Was er uns da alles hereinholt! Das sieht man ja jetzt schon! Aber es werden sich alle noch umschauen, umschauen werden sie sich bei dieser Völkerwanderung!"

Wie befremdlich. Sogar dem allergestrigsten Kirchenfürsten, sagen wir einem, der das Weib am liebsten an den Küchenherd kettete und zu immerwährendem Schweigen und Gebären verdammte, wird nicht entgangen sein, dass die Welt sich im Lauf der Jahrhunderte verändert hat und dass man sich am besten damit abfindet, auch wenn es einem gegen den Strich geht, denn jede Aufregung darüber ist die reinste Energieverschwendung. Aber zu denen, den Allergestrigsten, zählt Bischof Hippolyt doch überhaupt nicht! Er wäre sogar bereit gewesen, einen Adventisten zu empfangen, er beschäftigt sogar eine Haushälterin und eine Sekretärin, beide kinderlos! Trotzdem. Kommt das Gespräch auf das Thema der Glaubensspaltung durch Luther und die vielfältigen Folgen, muslimische Einwanderung inklusive, regt er sich derart auf, dass seine Mitmenschen ihn bang beobachten und mit seinem Tod durch Herz- oder Hirnschlag rechnen. – Gestatten Sie uns in diesem Zusammenhang bitte noch die Anmerkung, dass die despektierlichen Äußerungen des Bischofs ausschließlich aus seinem Mund stammen und keineswegs unserer Feder entsprungen sind (metaphorisch gesprochen, schon klar!). Wir zitieren nur seine Ansichten. Und haben auch ein bisschen zensiert, wir geben es zu. In Wirklichkeit redet er leider noch viel schlimmer.

„Sehen Sie, da liefern Sie selber den Beweis dafür, lieber Herr Bischof, was passiert, wenn man keine Stimmenpflege betreibt. Und fluchen Sie bitte nicht, das ist Ihrer doch nicht würdig. Stellen Sie sich vor, die Ministerpräsidenten votieren mehrheitlich dafür, dass ein Teil des Kirchensteueraufkommens direkt an die islamischen Gemeinden geht."

„Hören Sie bloß auf!"

„Eben. Daher schlage ich Ihnen folgenden Deal vor: Sie sorgen für freundliche Berichterstattung über Themen, die ich Ihnen von Zeit zu Zeit nennen werde, und behalten im Gegenzug

Stimmen, die Sie gar nicht mehr verdienen. Als Bollwerk gegen kirchenferne Kräfte. "

Der Bischof hat seine Wut wieder unter Kontrolle. Er lächelt. „Ich wüsste nicht, warum ich das tun sollte", sagt er.

Logan reicht ihm stumm einen verschlossenen Briefumschlag.

Der Bischof nimmt ihn entgegen, reißt ihn auf. Zieht ein Bündel Papier heraus, Ausdrucke, Bild- und Textdateien, betrachtet sie. „Wo haben Sie das her?", fragt er erbleicht.

„Aus dem Panzerschrank eines Freunds", sagt Logan, „aber pst, der weiß nichts davon." Der „Freund" war Guldenschuh, der inzwischen seine noch gar nicht ganz fertiggestellte Residenz bereits recht überstürzt verlassen hat und nach Rom aufgebrochen ist; Logan hat, nachdem er ihn zur Unterzeichnung jenes Zwanzigjahreswuchervertrags genötigt hatte und schon im Aufbruch war, noch einen Beuteblick in den Tresor geworfen, den der Guldenschuh als Teil eines Schrank-Regal-Ensembles in seinem Arbeitszimmer stehen hatte, und sich dieses Material mitgenommen, als Souvenir, wie er sagte; aber das war natürlich auch schon wieder eine Lüge, denn selbstverständlich wollte Logan Profit daraus schlagen. Guldenschuh, nervlich zerrüttet, hatte sich jeden Kommentars enthalten, als er den Briefumschlag in der Aktentasche verschwinden sah. Die nähere Begutachtung des Materials nahm Logan erst in seinem Hotelzimmer vor, und siehe da, es war ergiebig. An sich wäre es nicht mehr nötig, er hat beisammen, was er für Berlin21 braucht, jedenfalls vorerst; aber wie man so schön sagt, doppelt genäht hält besser, und angesichts der Explosionsneigung von Baukosten sagt er sich: Der kluge Mann baut vor. Nicht, dass Welser in einem halben Jahr schon wieder bei ihm anruft und ein Klagelied singt. Das wird ja sonst eine griechische Tragödie.

Warum hatte Guldenschuh dieses brisante Material im Schrank? Wahrscheinlich um sich Stillschweigen im Zusammenhang mit seiner maßlosen Bauwut zu erkaufen und um sich wohlwollende Prüfungen seiner Ausgaben zu sichern, aber es soll uns jetzt nicht mehr interessieren, wer wen womit in der Hand hat. Es ist sowieso alles ein Filz. Mit dem sollen sich bitte die Skandaljäger beschäftigen. Und die Staatsanwälte. Uns interessiert hier nur des Bischofs Achillesferse. Die Hippoferse. Und der daraus ableitbare Nutzen.

„Wie kommen Sie dazu? Was fällt Ihnen ein?", fragt Hippolyt Helmreiter nach Inaugenscheinnahme diverser Blätter, wächsernen Angesichts, aber entrüstet – ein ganz armseliger Versuch, die eigene so jäh ans Licht gekommene Schande durch den Verweis auf den offenbar auch nicht ganz goldenen Charakter des Amerikaners irgendwie abzuschwächen oder von sich zu schieben, aber so was funktioniert natürlich nicht. Es ist halt ein Reflex. Gerade bei Vertuschern kommt er gern vor.

„Die NSA weiß alles", lügt Logan, lustvoll, weil er das Gegenteil des Vertuschers ist, er zerrt die finsteren Seiten seiner Mitmenschen ans Licht und instrumentalisiert sie für seine Zwecke, und das Lügen ist ihm keine innere Notwendigkeit – wie etwa dem Herrn Helmreiter, der in der Tat einiges zu verheimlichen hat –, sondern Sport. Und berufliches Handwerkszeug natürlich.

Was ist es denn nun eigentlich? Na ja, Unschönes natürlich. Sehr Unschönes. Man sollte ihn absetzen, den Bischof, und nach Afrika in die unwirtlichste Dschungelmission schicken, er hätte es noch mehr verdient als der Guldenschuh. Vielleicht passiert das ja auch noch eines Tages, vielleicht gibt es eine kosmische Gerechtigkeit, die jede Untat bestraft, und der Hippo hat deren viele begangen. Es ist, so viel sei immerhin gesagt, die bebilderte Dokumentation der sogenannten Jugendarbeit innerhalb der Diözese, die der Helmreiter vor vielen Jahren zusammen mit einem Gesinnungsgenossen begründet und nach und nach ausgebaut hat; an sich ja nichts Schlechtes, diese ganzen Wochenendfreizeiten, Jugendgruppen, Sportveranstaltungen etc. pp., alle Pfarreien tun es, und meistens ist es gut, was sie tun, aber im Fall des Hippolyt war und ist es gar nicht gut, er hat schon immer sein jeweiliges Amt, vom Pfarrer aufwärts, missbraucht, um sich an die Jugend heranzuschleimen. Die männliche Jugend; Mädchen interessieren ihn nicht und Frauen sowieso nicht. Und die Enthaltsamkeit, die er an sich geschworen hat, interessiert ihn auch nicht. Über Jahrzehnte hat er es getan. Zusammen mit Gleichgesinnten, deren Zahl im Lauf der Jahre zugenommen hat. Es ist nicht allein Missbrauch, es ist inzwischen schon Brauch. Man muss das hier nicht mehr ausbreiten, Sie kennen es, es war in den letzten Jahren ein großes öffentliches Thema. In des Hippos Diözese ist wundersamerweise nichts ans Licht gekommen – noch nicht? –, und man hat diese abscheulichen Praktiken nach Ausbruch des Skandals auch sofort eingestellt, hält sich seither bedeckt und hofft. Entsprechend entsetzt ist der Helmreiter jetzt – er ist ja nicht nur Gründervater, sondern eines der aktivsten Mitglieder dieses Jugendmissbrauchsnetzwerks gewesen. Wie gut, dass Logan in Guldenschuhs Panzerschrank gestöbert hat – wer weiß, wie es weitergegangen wäre, höchstwahrscheinlich hätte man erst mal Gras über die Vergangenheit wachsen lassen und dann womöglich neu angefangen, womöglich mit Flüchtlingskindern, jedenfalls mit neuen, ahnungslosen, weil ungewarnten Opfern.

„Tja", sagt Logan, nach wie vor lustvoll, in Hippos entsetzte Miene hinein. „*Life is what happens while you are busy making other plans*. Ich will kein Geld von Ihnen – nicht, dass Sie denken, ich sei ein Erpresser. Ich will, erstens, dass das aufhört; ist klar, oder? Natürlich sorgen Sie sofort dafür, dass derlei nie wieder vorkommt, denn Sie wissen, wie es weitergeht, wenn dieses Material an die Öffentlichkeit gelangt, das haben Ihnen andere vorexerziert. Zweitens will ich das Facility-Management in sämtlichen Immobilien Ihres Bistums. Die Verträge, die demnächst auslaufen, werden neu vergeben, und zwar an die Firmen, die ich Ihnen nenne, und die Verträge, die dann geschlossen werden, mache ich. Drittens verhindern Sie durch Ihren Einfluss in diversen Rundfunkräten jegliche negative Berichterstattung über die Bauvorhaben diverser Ministerpräsidenten in Nord, Süd, West und besonders Ost sowie über die verschärften Verhörmethoden einiger besonders patriotischer Mitarbeiter der CIA. Das dürfte gerade Ihnen nicht schwerfallen, denn das Vertuschen und Verschweigen ist in Ihrem Verein eine jahrhundertelange Tradition. Sie selber sind darin ja auch sehr gut. Und viertens bemühen Sie sich erfolgreich um den Vorsitz in der Untersuchungskommission, die sich mit dem Filz rund um die Bauvorhaben Ihres Kollegen Guldenschuh befasst. Sie sorgen dafür, dass der Mann, falls er aus Rom zurückkommt, weiterbauen kann. Aber wo immer er sich dauerhaft niederzulassen gedenkt: Sehen Sie zu, dass ihm nichts passiert, wir brauchen ihn nämlich noch länger."

Bischof Hippolyt schweigt vernichtet.

„Was sagen Sie dazu?", fragt Logan nach einer Pause.

„Nichts."

„Gut. Ich habe alles vorbereitet." Logan holt aus seiner Aktentasche den Vertrag, den Hippo unterschreiben muss, und legt ihm ein Exemplar zur Lektüre vor; es sind insgesamt drei, je eines für die Nutznießer Voith und Vasold, die bereits unterzeichnet haben, und eines für den Bischof. „Luther hat gesagt: ‚Reichtum ist das geringste Ding auf Erden und die allerkleinste Gabe, die Gott einem Menschen geben kann. Darum gibt unser Herrgott gemeiniglich Reichtum den groben Eseln, denen er sonst nichts gönnt.'"

„Lassen Sie mich mit Ihrem Luther in Ruhe“, sagt Hippo matt.

„Schauen Sie“, versucht ihn Logan zu trösten, „Sie opfern doch gar kein Privatvermögen. Sie tun auch nichts Unrechtes – ausnahmsweise nicht –, wenn Sie Aufträge an Firmen vergeben, die ein bisschen mehr kassieren. Die Kirche ist so reich, die merkt das gar nicht. – Andere Frage“, sagt er dann und deutet mit spitzem Finger auf den Umschlag der Schande. „Wie erklären Sie das hier Ihrem Herrgott? Was sagen Sie ihm, wenn Sie eines Tages vor ihm stehen und er Sie fragt: Was hast du deinen Mitgeschöpfen angetan?“

Hippolyt winkt stumm ab.

„Glauben Sie nicht ans Jüngste Gericht?“

Keine Antwort.

„Na, dann ist es ja gut, dass wenigstens ich die Sache jetzt in die Hand genommen habe. So. Sind Sie fertig mit der Lektüre? Dann bitte jede Seite paraphieren und am Ende unterschreiben. Heute ist der dritte Juni.“

Montag, 22.12.2014, Odessa, Berlin

Und der Nutznießer all dieser Segnungen, dem Wagner-, Frauen- und Baufreund Welser – wie ist es ihm unterdessen ergangen? Mit dem Weihnachtsfest hat für Harald Welser eine Phase ungetrübten Glücks begonnen: Die Bauriesen stellten, nachdem beider Insolvenz erst einmal abgewendet war und Welser ihnen – offensichtlich überzeugend – versichert hatte, dass er neue Finanzierungsquellen aufgetan habe, ihre Drohungen ein, sie ließen ihn überhaupt weitgehend in Ruhe und taten, wozu sie beauftragt waren, sie bauten. Auch seine politischen Gegner – zu denen er unbedingt auch die Vertreter sämtlicher Medien zählte, die sich so gern zeckengleich an ihn hefteten! – hatten ihn aus ihrer Aufmerksamkeit entlassen, denn mit Berlin21 ging es sichtbar und skandalfrei voran, und seit neuestem machte es ihm wieder Freude, die Baustelle zu besuchen und sich mit eigenen Augen von den Fortschritten zu überzeugen. Mit Glücksgefühlen ging er nach umfassender Besichtigung von dannen und war schon tags darauf wieder da. Die Sterntaler Nächte freuten ihn wieder, und sogar das Verhältnis zu seiner Gattin war angenehm. Sie ließ ihn nicht nur in Ruhe, sie begegnete ihm anders als früher – mit einer stillen Verehrung, wie ihm schien. Vielleicht hatte sie erkannt, wie prekär ihr Glück und ihr Wohlstand waren, wie sehr deren Erhalt von ihm abhingen, und hatte, vielleicht, endlich begriffen, dass seine Größe weit mehr war als die Macht seines Amtes. Vielleicht war es auch einfach Dankbarkeit.

Denn pünktlich zu Weihnachten war Tochter Franziska nach längerer unfreiwilliger Abwesenheit in den Schoß der Familie zurückgekehrt. Frau Christiane fasste ihre Erleichterung in Worte der Zerknirschung: „Harald, es tut mir leid“, sagte sie am späten

Heiligen Abend, als die verlorene Tochter wieder akklimatisiert und der erste Freudentaumel über ihre Rückkehr abgeklungen war. „Ich habe an dir gezweifelt. Du warst sicher, dass unsere Tochter unbeschadet zu uns zurückkommt, und das ganz ohne Einschaltung der Polizei, und ich habe dir nicht geglaubt. Bitte verzeih mir. Es wird mir eine Lektion gewesen sein."

„Tja", sagte Welser und fragte sich, welche Botschaft hinter dem Gebrauch des Futur II stecken mochte, blieb aber ohne Antwort. „Ich freue mich, dass du es endlich verstanden hast." Mehr sagte er nicht. An der Oberfläche war die Harmonie des Familienlebens wiederhergestellt. Aber die Verteilung der Kräfte – von einem Gleichgewicht kann in dieser Familie keine Rede sein – hatte sich zu Christianens Ungunsten verschoben. Welser lebte seinen Triumph ungehemmt aus, ungehemmter denn je, ließ sich zu Hause kaum noch blicken, auch seine Tochter bekam ihn nicht oft zu Gesicht, nur einmal führte er sie stilvoll zum nachweihnachtlichen Vater-Tochter-Diner ins Luther & Wagner aus, allerdings mit dem Nebenzweck der Aushorchung.

„Franziska", begann er, „ich bin natürlich äußerst froh, dass du wieder da bist. Wie du sicher weißt, haben die Entführer darauf bestanden, dass wir keine Polizei einschalten. Was wir dann ja auch nicht getan haben, um dich auf keinen Fall zu gefährden. Daher wissen wir aber nichts über die näheren Umstände deiner Entführung, und du warst nicht gerade auskunftsfreudig, was deinen …"

„Ich hab euch alles gesagt, was war!", fiel sie ihm ins Wort. „Ich war in einem Hotelzimmer, man hat mich fast immer gut behandelt, nur dass ich einmal einen Gefängniskoller hatte, und ich habe die Brüder Karamasow aus…"

„Lass mich ausreden. Deine Lektüre in Ehren, aber ich will natürlich wissen, wer die Leute sind, die dich festgehalten haben.

Und wer die Auftraggeber. Verdacht reicht nicht, ich brauche Gewissheit. Also bitte noch mal der Reihe nach. Und nichts, nicht das geringste Detail auslassen, kann alles wichtig sein."

Franziska verdrehte die Augen. Aber sie berichtete noch einmal ausführlich von dem aparten jungen Cabriofahrer, der sie in der Hasenheide mit Sekt und Drogen betäubt hatte, beschrieb ihr Hotelzimmer und den Blick aus dem Fenster, den schlecht Deutsch und noch schlechter Englisch radebrechenden Aufpasser und Partner im Kartenspiel, schilderte ihren versuchten Aufstand und ihre Zähmung durch Isolationshaft, Unterhaltungs- und Nahrungsentzug und erwähnte zuletzt, dass sie ja offenbar der Hebel gewesen sei, mit dem ihrem säumigen Vater Beine gemacht werden sollten. Dies mit unüberhörbarer Genugtuung, als Rache für die missbilligende, mitleidslose Miene, mit der ihr Vater sich diese und frühere Schilderungen des ausgestandenen Ungemachs angehört hatte.

„Und wer war der Mensch, der mit dir Karten gespielt hat, wie hieß er, wie sah er aus, was für ein Landsmann?", fragte Welser.

„Russe", sagte Franziska. „Wahrscheinlich. Ich glaube, das waren alles Russen. Aber ich weiß es nicht. Der auf mich aufgepasst hat, war ein Dicker mit Glatze, aber nett. Er hieß Iwan."

„Klar. Alle Russen heißen Iwan."

Was Franziska nicht erzählte, war, dass sich der Widerspenstigen Zähmung bei ihr in augenblicklichem Wohlverhalten manifestiert hatte, das rasch zu einer Art von freundschaftlichem Verhältnis mit ihren Entführern geführt hatte, dem wiederum allerlei Vergünstigungen entsprangen. Die Entführer waren persönlich ja völlig unbeteiligt an der ganzen Geschichte, für sie war es ein Job mit fixem Lohn, Risiken waren nicht damit verbunden, zumal nachdem sie das Mädchen aus Deutschland fortgeschafft hatten.

Und so dauerte es nicht lang, bis Franziska, nachdem sie beim Leben ihrer Mutter geschworen hatte, keiner Menschenseele etwas zu verraten, Teile der Stadt Odessa kennenlernte. Der Bewacher, der sich Iwan nannte, ging einmal täglich mit ihr spazieren, führte sie zweimal zum Essen aus und keuchte mit ihr die Potemkinsche Treppe hinauf und wieder hinunter. Eisensteins Film kannte Franziska nicht, dennoch war sie beeindruckt und angemessen ehrfürchtig. Und am letzten Tag ihrer Luxushaft klopfte es zu einer ungewohnt frühen Zeit an der Tür, und auf ihr „Herein“ trat ein freundlicher, elegant gekleideter alter Herr ins Zimmer.

„Guten Morgen, verährtes Frollein“, sagte der Mann mit den weichen, leicht diphthongierten Vokalen des Russischen.

„Guten Morgen!“, antwortete Franziska überrascht.

„Ich habe Ähre, Ihnen mitteilen zu kennen, dass wir mit heute Tag Ihnen alle Freiheiten zukommen lassen, wenn es Ihnen konveniert.“

Franziska sah ihn stumm und fragend an.

„Verährtes Frollein, Ihr Papa hat seine Verbindlichkeiten losgebunden, und Sie kennen gähen, wohin wollen.“

„Oh wie schön! Ich darf wieder heim?“

„Selbstverständlich kennen Sie auch bleiben unser Gast. Noch mehr Stadt besichtigen und an Ufer von Schwarzes Meer sitzen.“

„Das ist aber nett, vielen Dank – ich würde eigentlich ganz gern noch einen Tag bleiben, geht das? Wann kommt man schon nach Odessa! Aber wie komme ich dann nach Hause?“

„Was immer wollen, gnädiges Frollein. Wir kaufen Ihnen Ticket erste Klasse nach Berlin. Präferieren Sie Lufthansa oder Aeroflot? Oder Eisenbahn“, fügte er hinzu. „Russische Eisenbahn sähr gut. Fast immer pinktlich. Erste Klasse mit Samowar und weiche Sessel. Aber nur Ticket bis Frankfurt an Oder. Deutsche Eisenbahn hat Streik. Aeroflot fliegt immer. Ist Eigentum von russische Staat. Russische Eisenbahn ebenfalls."

„Staatlich ist die Deutsche Bahn doch auch?"

„Russische Arbeiter von Staat niemals Streik, sonst Sibirien. Deutsche Staat zu liberal."

„Ja, dann sollte ich lieber fliegen, oder? Geht ja auch schneller. Schade nur, dass man nichts sieht. Aber wenn die Bahn streikt, soll es halt die Lufthansa sein."

„Sehr gern. Viel Glück." Ein Lächeln huschte über das Gesicht des Russen. „Wann wollen fliegen?"

„Übermorgen? Noch zwei Tage in Odessa? Noch mal die Treppe sehen und ans Meer und shoppen gehen! Für Weihnachten!"

„Sähr gärn, Frollein!", sagte der Russe mit einer angedeuteten Verbeugung. „Lasse Sie abholen in Stunde für Shoppen. Gute Ware aus Russland. Sie können kaufen Kaviar, Wodka und bunte Damenunterwäsche. Für Tourismus Sie bekommen Begleitung, damit nicht abirren von Weg."

Franziska lachte. „Schöner junger Mann, ja?", fragte sie halb ironisch, halb erwartungsvoll.

„Freilich. Kommt abholen in Stunde. Meine Empfehlung. Bis später."

Franziska fühlte sich auf Händen getragen. Ihre vereinten Entführer – Iwan, der höfliche alte Herr und der schöne junge Mann, der, wie sie insgeheim gehofft hatte, tatsächlich der Fahrer des Lancia Beta Spider aus Berlin war und dem sie längst vollständig verziehen hatte – bereiteten ihr zwei herrliche Tage und eine unvergessliche Nacht in Odessa, einzeln und dreifach: Zu viert speisten sie vornehm zu Abend, mit Iwan machte sie Besichtigungstouren, mit dem höflichen alten Herrn besuchte sie ein Kaufhaus und mit dem schönen jungen Mann kleine Boutiquen; mit Letzterem teilte sie in der Nacht, ihrer letzten in Odessa, auch das Kissen; die Aufgabenverteilung erwies sich als perfekt. Nichts davon erfuhr ihr Vater. Väter müssen nicht alles wissen.

Am Nachmittag des zweiten Tages, des 24. Dezember, verabschiedete sie sich von den beiden älteren Herren und dankte ihnen sehr für die Gastfreundschaft. Im Gepäck hatte sie einige in Odessa erstandene Weihnachtsgeschenke für ihre Lieben zu Hause und das eine oder andere folkloristische Kleidungsstück, mit dem man in Berlin einen interessanten Effekt erzielen konnte. Von dem schönen jungen Mann ließ sie sich zum Flughafen bringen – nicht im Cabrio, sondern in einer schwarzen Limousine – und bestieg nach einem überraschend wehmütigen Abschied die erste Klasse einer Aeroflot-Maschine, die über Moskau nach Berlin flog, denn die Boeing der Lufthansa, mit der sie ursprünglich hätte fliegen sollen, war in Düsseldorf geblieben. Sie saß am Fenster und zerdrückte ein Tränchen beim letzten Blick auf die Stadt, in der sie eine so außergewöhnliche, so reiche Zeit verbracht hatte. Der Flug verlief problemlos, und als sie gelandet war, rief sie ihren Papa an, der sie, weil Weihnachten war, sogar persönlich abholte.

Welser, bei Luther & Wagner seiner Tochter gegenübersitzend, war nicht besonders zufrieden mit ihrem Bericht, aber es half nichts, mehr war aus ihr nicht herauszuholen. Natürlich bezweifelte er keine Sekunde, dass Voith & Vasold hinter dieser Entführung steckten, aber was hatte er letztlich davon, wenn er es ihnen nachweisen konnte, den Bau von Berlin21 hätte es nicht befördert.

Im Frühsommer 2015 begann dann eine neue Phase für ihn, eine Phase verschärften Glücks, denn das Geld floss in Strömen, die Baustelle brummte, und auch sonst ging ihm alles leicht von der Hand, die Herzen flogen ihm zu, ob in den Fluren der Macht, in den Räumen des Museums oder den Salons der Gesellschaft. Welser fragte nicht, woher diese Leichtigkeit kam, er wunderte sich nur, weshalb ihm Logan den kleinen Gefallen, den er ihm einst erwiesen hatte, so reichlich vergalt.

Logan traf sich einmal mit ihm auf ein Bier in einer sehr lauten, sehr heißen Berliner Kneipe und wollte ihn detailliert über sein Vorgehen aufklären – nicht zuletzt weil er stolz darauf war, wie elegant und effizient, ja virtuos ihm die Kulturförderung gelang, und weil sogar er, der doch über den Dingen stand, für Lob nicht unempfänglich war –, und Welser lobte ihn zwar, doch was die Aufklärung betraf, so winkte er ab. Musste abwinken: Woher die Wohltaten seines amerikanischen Freunds rührten, durfte ihn nicht interessieren, denn dass die Quelle trüb war, aus der sie kamen, stand außer Frage. Er, Welser, war nicht nur als Ministerpräsident, sondern auch als Privatperson angreifbar genug, er konnte es sich nicht erlauben, über krumme Geschäfte Bescheid zu wissen. (Später erfuhr er dann aber doch vieles, mehr, als ihm lieb war.) Wer aus der Not heraus lügt – und ohne Not hätte Welser sowieso niemals gelogen, einer wie er hat das Lügen nicht nötig –, verheddert sich leicht im Gespinst der Erfindungen und hält dann keinem Investigativen mehr stand; besser, man wäscht seine Hände in Unschuld und versichert jedem, der nachfragt, im Brustton des guten Gewissens, die neuen Finanzströme, die dem Bau von Berlin21 so unverhoffte Fortschritte bescherten, seien der hervorragenden Öffentlichkeitsarbeit seiner Staatskanzlei, speziell seiner Pressereferentin, dem eigenen Talent als Netzwerker und Überzeuger sowie eifriger politischer Lobbyarbeit zu verdanken. Davon ist nichts wirklich gelogen; und was Logan getan hat, ist ja im Grunde eine Art Lobbyarbeit – wenn auch vielleicht ein bisschen frei ausgelegt. Und Logan selbst ist kraft seines Status als Beauftragter der US-

Regierung ohnehin unangreifbar, weil immun gegen juristische Belangung, solange er sich keine schweren Delikte zuschulden kommen lässt. Natürlich, der investigative Journalismus … Das eine oder andere wird zwangsläufig Argwohn erregen, sagte sich Harald Welser, doch als unverwüstlicher Optimist ist er sicher, dass man ihm nichts anhaben kann. Logan hat so gut gearbeitet, und wenn doch einmal etwas herauskommt, ist Berlin21 längst fertig und eingeweiht und – sein Lieblingswort – operativ. Stehen erst einmal die Stars der internationalen Opernszene auf seiner Bühne und reißt das Publikum sich um die Karten, wird ihm niemand ernsthaft an den Karren fahren. Im allerschlimmsten Fall muss er zurück-, von der politischen Bühne abtreten. Kein Problem, er ist noch lang nicht zu alt, um sich noch ganz andere Tätigkeitsfelder zu erschließen. Einer wie er bewegt doch die Welt, egal, was er tut.

Aber ehe er sich neuem weltbewegendem Tun zuwenden kann, passiert noch einiges. Ein Mord.

Und Logan, ach! Nur seiner Sterntaler Herzensdame hat er anvertraut, wohin es ihn zieht; wir wissen es nicht, und sie verrät es nicht. Sie sagt nur, dass er uns alle, blasierte Bewohner des saturierten Westens, gründlich satthat. Er habe, sagt sie, zum Abschied Obskures zitiert – „Ihrem Ende eilen sie zu, die so stark im Bestehen sich wähnen, fast schäm ich mich, mit ihnen zu schaffen“ – und sei ohne Hinterlassung einer funktionierenden Mobilnummer abgereist.

Freitag, 12.6.2015, Berlin, Sterntaler See

In Brandenburg wurde wieder eifrig gebaut, Berlin21 wuchs, der einseitigen Absenkung des Fundaments, die zu jener fatalen „architektonischen Skoliose“ geführt hatte, wurde durch nachträgliche Einstellung von Gründungspfählen entgegengewirkt – weitere Millionen, die in den märkischen Sand gesetzt wurden, diese aber waren weise, weil im wahrsten Wortsinn dorthin platzierte, katastrophenverhindernde Millionen. Voith und Vasold, die Hauptbauunternehmer, trafen einander nach wie vor regelmäßig in Sterntal, wo sie abwechselnd mit dem silbernen Rolls-Royce herumfuhren, oft, aber nicht immer mit weiblicher Begleitung und meist ohne Chauffeur, der Wagen war ja nun ihr Eigentum, die PMS hatte nichts mehr mitzureden, kassierte nur ein bisschen, so viel, wie sich gerade noch vertreten ließ, für die Unterbringung: Stellplatzmiete und regelmäßige Pflege innen und außen, sozusagen die Stallgebühr.

Madame du Rhin hatte nachgeben müssen. Der Hausanwalt hatte den Kaufvertrag, den Albert Schwarz ohne ihre Zustimmung geschlossen hatte, auf Herz und Nieren geprüft und keinen Angriffspunkt gefunden. Sie musste die Kröte schlucken und den Rolls hergeben. Da beide Bauriesen Anspruch auf ihn erhoben und keiner zum Nachgeben bereit war, stand er nach wie vor auf dem Gelände, ärgerte sie täglich mit seinem Anblick, und was sie am meisten fuchste, war, dass sie jedes Mal wieder zwischen seinen neuen Eigentümern vermitteln musste, weil die Idioten sich aufführten wie zornige Knaben im Sandkasten. Oft schrien sie sich vor Publikum an! Peinliches Ärgernis! Sie hoffte täglich, dass die zwei sich endlich duellierten, wenn sie sich schon nicht einigen konnten, damit der verdammte Krach endlich ein Ende hätte, aber vergebliche Hoffnung.

Was für Madame du Rhin ein Ärgernis war, empfanden Voith und Vasold als Brennpunkt ihrer jahrzehntealten Zwietracht, die meistens ein Schwelbrand im Keller war, weil sie sich keinen offenen Krieg leisten konnten, gelegentlich aber kam Luft an die Glut, und dann war gleich wieder Feuer unterm Dach, sie wollten sich gegenseitig an die Gurgel. Im übertragenen Sinn natürlich – zu echten Handgreiflichkeiten kam es dann doch nicht; sie arbeiteten ja sehr eng zusammen und hätten sich nur ins eigene Fleisch geschnitten.

Aber der Rolls-Royce war, um im Bild zu bleiben, der Luftzug, der aus dem unterirdischen Schwelen Flammen des Hasses lodern ließ. Interessant eigentlich, wie zwei erwachsene Männer, seit Jahrzehnten erfolgreiche Unternehmer mit vielen hundert Mitarbeitern, Tendenz expandierend, und weltumspannender Auftragslage, leider aber auch mit Ehefrauen, die Schwestern waren, so dass man einander sogar privat immer wieder treffen musste, weil ja auch die lieben Kleinen als Vetter- und Kusinchen miteinander verkehrten, – wie diese beiden Männer einander derart unversöhnlich hassten, dass sie sich jetzt um den Besitz eines Oldtimers, den sie sowieso nur selten nutzen konnten, weil sie ja gar nicht die Zeit dafür hatten, und sich also ohne Weiteres friedlich hätten teilen können, bis aufs Messer stritten.

Und leider war der Hass ansteckend. Madame du Rhin begann Voith & Vasold zu hassen und erwog bereits ein Hausverbot, Voiths Assistentin – ja, dieselbe, die nach seinem Tod beim Gespräch mit Erda vor Trauer ins Telefon schluchzte! – wurde eines Tages von intensivem Zorn auf ihren Chef ergriffen und begann ihn zu sabotieren, wo sie konnte; Vasold wiederum verkrachte sich mit seiner Gattin, mit der er bis dato in Harmonie zusammengelebt hatte, weil beide ihrer Wege gingen und, vom Nachwuchs abgesehen, keine gemeinsamen Interessen mehr verfolgten; und sogar die Firmenanwälte, die mit der unmöglichen Aufgabe betraut waren, den jeweils anderen als Rolls-Royce-Eigentümer auszuschließen, dampften vor Wut, weil jede Einigung, die sie aushandelten, vom einen oder anderen ihrer Mandanten auf der Stelle wieder gekippt wurde. Und Dorothea schließlich bestrafte beide, wenn sie nacheinander zu ihr kamen, mit echtem Sadismus und musste nachher notgedrungen die eine oder andere Wunde versorgen.

Wären sie abergläubisch genug gewesen, um an den Fluch zu glauben, den Albert gegen Logan als den ersten neuen Eigentümer des Rolls ausgestoßen hatte? Oder an Maxens Verwünschung? Sie wussten nichts davon. Albert setzte derzeit keinen Fuß nach Sterntal, verkehrte auch nicht mit Madame, auch Logan ließ sich nicht mehr blicken, nachdem er diese lukrativen Verträge für sie ausgehandelt hatte, – wie hätten sie davon hören sollen. Sie hätten es nicht geglaubt, Hass und Streit zwischen ihnen waren so lange schon Teil ihres Lebens, dass sie über die Idee, es könnte für den neuen Krach eine externe Ursache geben, die mit ihrer Privatfehde nichts zu tun hatte, nur gelacht hätten. Warum war sie überhaupt ausgebrochen? Man weiß es nicht. Menschen hassen einander nun mal, als Individuen und als Gruppen, war das etwa je anders? Haben die Völker, die bei den Eroberungskriegen seit grauer Vorzeit die Verlierer waren, etwa deshalb verloren, weil sie weniger blutrünstig waren als die Sieger? Oder waren sie einfach nur ein bisschen langsamer im Kopf, nicht erfindungsreich genug – kämpften noch mit Keulen, während die Gegner bereits als Speerwerfer und Bogenschützen aus der Ferne töteten? Letztlich sind die Opfer nichts anderes als Täter ohne die entsprechende Ausrüstung.

Heute hasst man auch gern übers Internet und die diversen sozialen beziehungsweise antisozialen Medien, aber Vasold war

Old Europe, er hasste fäustlings. Nachdem beide Anwälte wieder einmal das Handtuch geworfen hatten und die neuerliche Pattsituation sich als nicht auflösbar erwies, beschloss er, andere Wege zu beschreiten.

Er fantasierte von mafiösen Tötungsmethoden – einen Killer beauftragen, einfach umlegen lassen, die Füße in Beton eingießen und im Wannsee versenken. Oder, klassisch, im Fundament eines Neubaus. Einfach einmauern, und gut ist es. Er malte es sich in allen Farben aus.

Und verwarf es wieder. Man konnte ihn nicht umbringen. Zu viele gemeinsame Projekte. Es hätte säckeweise Sand ins Getriebe gekippt. (Der Gedanke, dass ihm die Polizei auf die Schliche kommen könnte, kam ihm interessanterweise gar nicht: Die Aussicht auf Strafe hatte bei ihm nicht den geringsten Abschreckungswert.)

Alternative: der Allzweckrusse Dmitri mit seinen hilfswilligen Kontakten. Nachdem die Entführung der Welsertochter so gut über die Bühne gegangen und zu allseitiger Zufriedenheit geführt hatte, dachte Vasold gelegentlich darüber nach, Dmitris Dienste abermals in Anspruch zu nehmen. Nicht als Killer natürlich: sondern zur Einschüchterung. Eines Tages im schönen Monat Mai ließ er Dmitri gegenüber die Bemerkung fallen, er müsse womöglich einen säumigen Kunden diskret warnen, und Dmitri bot sogleich seine Hilfe an. Natürlich wurde man in solchen Fällen nicht persönlich tätig, man hatte seine Subunternehmer. Ein in der Bauwirtschaft ganz alltäglicher Vorgang: Man versubbt. Vom Subunternehmer geht der Auftrag weiter an den Subsubunternehmer und so weiter bis ans Ende einer langen Kette, und dort hängt dann einer, der mit dem Anfang der Kette keine Verbindung und wahrscheinlich nicht mal mehr Kenntnis von ihm hat, geschweige denn genaue Vorstellungen vom Auftrag. Aber dieses Stille-Post-Prinzip sorgt dafür, dass an jedem Punkt der Wertschöpfungskette ein

Profit herausspringt, und deswegen ist das Modell nicht nur in der Bauwirtschaft beliebt und erfolgreich.

Der Urauftrag an Dmitri lautete: Einschüchterung. Subtext, von Vasold gegenüber Dmitri nicht explizit formuliert: Hör auf, den verdammten Rolls-Royce zu begehren, der gehört mir; wenn du brav bist, leihe ich ihn dir mal, aber ohne meine Erlaubnis lässt du deine Drecksfinger von ihm. Und lässt mich vor allem mit deinen dauernden Anwaltsattacken in Ruhe, sonst gnade dir Gott.

Dmitri macht sich niemals selbst die Finger schmutzig. Dafür hat er eine gute, bewährte Zusammenarbeit mit Angelo, der einer italienischen Partnerorganisation angehört; man kennt einander seit Jahrzehnten. Beim Übergang des Auftrags von Dmitri zu Angelo wurde aus einer nachdrücklichen Warnung, die heimlich zu erfolgen habe, eine für den Empfänger deutlich spürbare Abreibung, auf leisen Sohlen verpasst.

Angelo macht sich niemals selbst die Finger schmutzig. Dafür unterhält er gute Kontakte zum rumänischen Zweig seiner Organisation. Italiener und Rumänen verstehen sich sprachlich ganz gut, aber nicht perfekt, und so wurde aus der Abreibung eine Prügelstrafe und aus „deutlich spürbar“ eine medizinische Behandlungsbedürftigkeit. Die metaphorischen leisen Sohlen verwandelten sich in wörtlich gemeinte Gummischuhe.

Mircea, Angelos rumänischer Kontaktmann, macht sich niemals selbst die Finger schmutzig, aber er hat einen guten Kontakt zu einem Albaner, Ejyp heißt er, der gelegentlich Frischfleischtransporte nach Deutschland durchführt, die er von Mädchenhändlern aus der Region entgegennimmt; und angesichts der ständig sinkenden Frachttarife nimmt er die Gelegenheit, sich ein Zubrot zu verdienen, ganz gern wahr. Die Übersetzung vom Rumänischen ins Albanische brachte eine weitere Verschlimmerung mit sich, aus der Krankenhausreife des Abgeriebenen wurde eine

Form der Abreibung, die nicht überlebbar ist. Die Gummischuhe gaben dem Albaner Rätsel auf, wozu das denn, wunderte er sich, aber nur kurz, denn auch er behielt den Auftrag samt der geforderten Fußbekleidung nicht für sich.

Da sich auch Ejyp niemals selbst die Finger schmutzig macht, gelangte der Auftrag schließlich an einen Subalbaner, einen fernen Verwandten von Ejyp, von dem nicht einmal mehr der Vorname bekannt ist. Dieser Subalbaner, der ein karges Dasein fristet, weil er vor der in seiner Heimat weithin praktizierten Blutrache über die Grenze nach Griechenland geflohen und um jeden Job froh ist, sei es Erntehilfe oder Auftragsmord, empfing die Botschaft folgendermaßen: Er solle jemanden töten, gleichgültig, wie, außerdem sei es wichtig, dass der Leiche anschließend Schuhe aus Gummi angezogen würden – nimm irgendwas, sagte Ejyp, mir völlig egal, Badelatschen oder Gummistiefel, Hauptsache, es wird so erledigt, wie der Auftraggeber es will; die Schuhe des Toten kannst du behalten. Der Namenlose seinerseits wunderte sich überhaupt nicht über die Sache mit den Schuhen, vermutete irgendein geheimes Zeichen, eine Botschaft an jemanden, der sie schon verstehen würde, freute sich einstweilen auf neue Schuhe, hoffte auf lederne (die ihm dann, wie sich herausstellte, acht Nummern zu groß waren) und machte sich reisefertig. Die Mitfahrgelegenheit fand er im Hafen von Thessaloniki, wo ihm ein Bekannter einen Platz in einem Lastwagen vermittelte, der sich schon am folgenden Tag auf den Weg nach Westeuropa machte.

Nach einer langen und mühseligen Reise stand der Namenlose an der deutsch-österreichischen Grenze, wo er nach einem weiteren verwarteten Tag von einem Rumänen in Empfang genommen wurde, der ihn ganz in die Nähe von Sterntal brachte, in ein kleines Dorf. Dort lieferte er ihn bei einem albanischen Kollegen ab – was der Kommunikation sehr zugute kam: Der

Namenlose freute sich, einen Landsmann zu treffen, mit dem er reden konnte –, und dieser hatte weitere Instruktionen für ihn, diesmal schriftlich: Datum, ungefähre Uhrzeit, mehrere Wegbeschreibungen. Das Problem mit den geforderten Gummischuhen war ungelöst, doch da der Namenlose noch zwei ganze Tage totzuschlagen hatte, ging er viel spazieren, dabei durchsuchte er gewohnheitsmäßig einen Altkleidercontainer, in dem er jene gelb-schwarzen Füßlinge entdeckte, deretwegen die Polizei sich später den Kopf zerbrach und ein unschuldiger Kölner behelligt wurde. Sie schienen ihm sehr passend für seinen Zweck, und er steckte sie ein. Er entdeckte ferner ein T-Shirt mit dem Aufdruck *I used to be schizophrenic, but now we are ok*, das er schick fand; es war tadellos, flecken- und lochfrei, roch nur ein bisschen seltsam, aber nicht wirklich schlecht. Auch das T-Shirt steckte er ein. Er wollte es später tragen.

Es kam der 12. Juni, der vereinbarte Tag. Ein Freitag. Es war fortgeschrittener Abend, der Namenlose saß auf seinem Posten, genauer: in der Umgrenzungsvegetation – Buschzeug und Heckenartiges – um den Parkplatz eines Gastronomiebetriebs unweit jener Stelle am Seeufer, an der auch schon ein berühmter König 129 Jahre früher eines rätselhaften Todes gestorben war. Er wusste, wie der zu Ermordende aussah, man hatte ihm mehrere Fotos zur Verfügung gestellt; er wusste nicht, dass der Mann derart riesig war, und der Anblick, als das auserkorene Opfer dann tatsächlich aus dem Gebäude trat und im Laternenlicht auf den Parkplatz zukam, ließ seine Hoffnung auf die Inbesitznahme eleganter Lederschuhe zerplatzen.

Bernhard Voith, zufrieden nach einer guten Geschäftswoche, einigermaßen befriedigt von seinem Zusammentreffen mit einer PMS-Dame am gegenüberliegenden Seeufer, danach gesättigt von einem guten Essen, kam kurz nach Mitternacht aus dem Restaurant, verabschiedete sich von den drei Herren, mit denen er offenbar gespeist hatte, woraufhin sie alle in verschiedenen Richtungen davon- und zu ihren Autos strebten. Auch Voith überquerte völlig ahnungslos, daher furchtfrei, den Parkplatz, ging auf seinen Wagen zu, einen riesigen SUV-Panzer, den größten, den sie bei der Autovermietung hatten, stand dann längere Zeit herum, telefonierte und durchsuchte seine Taschen nach dem Wagenschlüssel, den er erst fand, als die anderen schon davongefahren waren (was ein Glück für den albanischen Improvisationskünstler war, der sich nicht nur spontan für das Mordzubehör entschieden hatte, sondern auch die Möglichkeit anwesender Zeugen unprofessionellerweise überhaupt nicht bedacht hatte), betätigte die Fernbedienung, und in diesem Moment traf ihn ein krachender Schlag auf den Hinterkopf, der ihn augenblicklich fällte. Riese, der er war, hatte er noch die Kraft, sich am Auto festzuhalten und vorerst nur auf die Knie zu sinken, und als er den Kopf nach der Ursache des Schlags drehte, war der letzte Eindruck, den seine Netzhaut empfing, die Zeile *now we are ok*, schwarz auf rotem Grund. Dann schwand sein Bewusstsein, er sank um, und gleich darauf verlöschte sein Lebenslicht. Auf dem Asphalt bildete sich eine Blutlache. Bernhard Voith, Bauunternehmer aus Berlin, war tot.

Der Namenlose zog der Leiche die Lederschuhe aus und die gelb-schwarzen Zehenschuhe an, was nicht ganz einfach war, die Füße waren einfach viel zu groß; noch viel schwieriger aber war der Abtransport: Er hatte sich eine Sackkarre besorgt – wirklich ein Mann, der auf die spontane Eingebung vertraut! – und bei sich im Gebüsch versteckt, aber bei dieser Körpergröße war es eine Herkulesaufgabe, dem Toten die knappe Ladefläche so unterzuschieben, dass er sich unter Schleifen und Scharren und großer Anstrengung bis zum Ufer befördern ließ, das an dieser Stelle mit einer Mauer befestigt ist. Er leerte dem Toten sämtliche Taschen aus und untersuchte den Inhalt; Geld, Ausweise und Smartphone behielt er, diverse Zettel, Bewirtungsbelege, Visitenkarten zerknüllte er und schob sie sich in die Hosentasche. Dann kippte er die Leiche über die Mauer, ein Mäuerchen eigentlich. Sie fiel platschend ins Wasser und versank nicht: zu seicht.

Warum ließ er Voith nicht einfach auf dem Parkplatz liegen, warum setzte er sich der Gefahr aus, beim Leichentransport beobachtet zu werden? Wer weiß es. In Albanien hat man vielleicht spezielle Ansichten über Leichen auf Asphalt.

Die Sackkarre jedenfalls ließ der Namenlose stehen, die Mordwaffe, einen Eispickel, nahm er mit, um sie irgendwo auf seinem weiteren Weg zu entsorgen. Er kehrte zu dem Wagen zurück, hob den zu Boden gefallenen Schlüssel auf (wobei – schon klar! – „Schlüssel" eine unzulängliche Bezeichnung für diesen als Fahrzeugöffner dienenden Multifunktions-Kleincomputer im Plastikgehäuse ist), verriegelte den SUV-Panzer wieder, steckte auch das Schlüsselding ein, holte seine Reisetasche aus dem Gebüsch und verstaute die Lederschuhe.

Zu Fuß begab er sich dann in den übernächsten in südlicher Richtung am Ufer gelegenen Ort, wo er von einem anderen, ihm unbekannten Rumänen aufgelesen wurde. Eine Stunde später war er in Österreich, auf einem Parkplatz an der Autobahn, wo ihn nach kurzer Wartezeit ein albanischer Kleintransporter in Empfang nahm. Darüber hinaus ist nur noch bekannt, dass er zwei Tage später in Tirana seine Erfolgsprämie abholte, die ihm über Western Union überwiesen worden war; danach verliert sich seine Spur. Und die aus Budapest stammenden Maßschuhe seines Opfers wurden angeblich auf einem Kleidermarkt in Tirana gesichtet; riesig waren sie zwar, Größe 50, aber ob es wirklich Voiths Schuhe waren, weiß man nicht.

So wurden durch Versubbung aus ein paar geplanten blauen Flecken an einem Quicklebendigen salamanderfarbene

Gummischuhe mit Einzelzehumhüllung an einer Leiche. So kann's gehen. Vasolds Bestürzung, als er vom Tod seines Kollegen, Feinds und Schwippschwagers erfuhr, war groß.

Allerdings stellte er zunächst keinen Zusammenhang mit seiner Bemerkung gegenüber Dmitri her.

Und er erfuhr es auch nicht sofort, denn vorerst berichteten nur die Lokalsender vom Fund einer nicht identifizierten Leiche am Westufer des Sterntaler Sees. Und bis die Kommissarin Schulze-Klemmbach den Fall übernahm, verging ziemlich viel Zeit; selbstverständlich war der namenlose Albaner längst über alle balkanischen Berge und seine Spur erkaltet, kein Hinweis führte die Polizei zu ihm, die Interpol-Suche ergab nichts.

Der Wagen, der gemietete SUV-Panzer, stand noch eine ganze Weile auf dem Restaurantparkplatz und wurde von niemandem reklamiert. Bargeldlos gemietete Leihwagen erregen bei Nichtrückgabe höchstens dann Aufmerksamkeit, wenn der nächste Kunde umsonst wartet; bis dahin sammeln sich einfach die Tagessätze auf der Kreditkarte. In diesem Fall gab es keinen unmittelbaren nächsten Kunden. Irgendwann fiel dann doch jemandem – einem der Restaurantköche, der beim Rauchen gern über den Parkplatz flanierte – auf, dass hier etwas faul war; er meldete den herrenlosen Panzer, und diese Spur führte zwar über die Autovermietung zu Bernhard Voith, doch inzwischen war die Identität des Toten schon auf anderem Weg ans Licht gekommen …

Dienstag, 14.7.2015, München

Wochen später hatte also Erda die Ermittlungen übernommen, und sie hatte von ihrem Besuch in Berlin Voiths persönlichen Terminkalender mitgebracht, den er nach alter Sitte in Papierform geführt hatte, aber Außenstehende wurden selten schlau aus seinen Kritzeleien. Für den Abend vor seinem Tod fand sich die Eintragung: *Sterntal IRIS, Essen Berg MTH*. Die Assistentin konnte oder wollte keine Auskunft geben, sie führe nur die offiziellen Termine, sagte sie, und das natürlich elektronisch; das Papierding sei Voiths Privatangelegenheit, aber eine äußerst ärgerliche Sache, denn er mache ständig Termine, die er dann in Outlook einzutragen vergesse, auch wenn sie überhaupt nicht privat … Sie stockte, nachdem ihr wieder bewusst geworden war, dass sich ihre Klage erübrigt hatte.

Voith war also in Sterntal verabredet gewesen. Wer oder was war IRIS? Assistent Meier geriet gleich wieder in Fahrt. Eine geheime Organisation? „Islams Rache in Syrien“? Blödsinn; eher etwas Berufliches – „International Research for Innovative Statics“. Voith, das hatte Meier recherchiert, war Polónyi-Fan und hatte sich schon immer für innovative Konstruktionen interessiert, das Dach von Berlin21 war so gewagt, dass nur eine spezialisierte Baufirma wie die seine in der Lage war, es umzusetzen. Aber die Recherche unter den innovativen Statikern ergab nichts Erbauliches.

Natürlich nicht. Erda war sicher, dass „IRIS“ nur eine Frau dieses Namens sein konnte, und zwar eine Mitarbeiterin jenes Edeletablissements in Sterntal-am-See, und während sie mit Madame telefonierte, verfasste Meier eines seiner berühmten Memoranden, in dem er allerlei Spekulationen über die vermeintliche Abkürzung „IRIS“ anstellte – Incorporated Research Institutions for

Seismology“, „Integrated Risk Information System“ etc. –, aber die nahm nicht einmal er selber ernst. So wenig wie die Schwertlilie gleichen Namens: Gärtnerische Absichten hatte Voith wohl nicht in Sterntal verfolgt. Die Islamspur hingegen war ihm eine genauere Recherche wert, und das nicht nur im Internet: Er befragte zwei V-Männer in unterschiedlichen islamischen Untergrundorganisationen – der eine winkte sofort ab, der andere wurde immerhin nachdenklich und wollte den Chef seiner Organisation fragen, der jedoch gegenwärtig außer Landes sei, zu Ausbildungszwecken bei den Schwarzhemden des Propheten, weshalb er um Geduld bitten müsse –, er befragte etliche Kollegen von der Wirtschaftskriminalität und der Steuerfahndung, für die der Sterntaler Landkreis, nach der Häufigkeit zu urteilen, mit der sie dort beruflich zu tun hatten, praktisch zweite Heimat war, doch alle seine Hoffnungen, sofern er tatsächlich solche Hoffnungen gehegt hatte, verliefen im Sand.

Erda hatte unterdessen mehrere Telefonate geführt, interessehalber auch mit Voiths Witwe. Das Gespräch ergab, dass ihr verstorbener Mann sich natürlich gelegentlich in Süddeutschland aufgehalten habe, doch über den Zweck seiner Reisen könne sie nichts sagen, sie hätten nie darüber gesprochen, schließlich seien sie lang genug verheiratet gewesen, und sie sei ja selber meist ohne ihn unterwegs, sehr gern in der Toskana, dafür habe sich ihr Mann leider auch nie interessiert. Den Vortrag über den Unterschied zwischen sozialer und sexueller Treue, zu dem die Witwe Voith eben ansetzen wollte, unterband Erda mit der Frage, ob sie denn nun Alleinerbin des Unternehmens sei.

Ja.

Allerdings: „Hätte er ein halbes Jahr früher ins Gras gebissen, wäre ich total unverdächtig gewesen, da war die Firma in einem Zustand, dass sie keiner geschenkt hätte haben wollen. Staatlicher Großauftrag, und der Bauherr zahlt nicht – Sie können sich denken, was das bedeutet. Alptraum. Die Insolvenz stand vor der Tür, so was geht ja oft rasend schnell. Aber jetzt ist alles wieder ganz anders, und ich kann mich sozusagen freuen. Ich freue mich aber nicht, denn ich bin keine Unternehmerin, sondern Malerin, Künstlerin, und die Firma geht mir am … Na gut, man wird sehen, erst mal läuft der Betrieb sowieso weitgehend normal weiter, und ich werde eben einen Geschäftsführer engagieren müssen. Aber finanziell – finanziell habe ich natürlich ausgesorgt. Hatte ich aber schon vorher. Schon seit unserer Hochzeit. Jetzt noch mehr. Verdächtigen Sie mich?“

Nein. Die Witwe war des Gattenmords gewiss unverdächtig. Sogar wenn Voith in Bayern eine große Liebe gehabt hätte – der Frau war es egal; Bedürfnisse von Leib & Seele stillte sie nicht mehr bei ihm, und in materieller Hinsicht hätte ihr auch eine Trennung nichts anhaben können. Ob sie wusste, dass ihr Mann keineswegs eine ordentliche Affäre unterhielt, sondern ins Bordell ging? Unwichtig; sie hatte kein ernstzunehmendes Motiv. Hingegen hatte sie ein Alibi, ein toskanisches … Nein, Frau Voith war nicht die Mörderin ihres Mannes.

Erda seufzte. Und sie seufzte abermals, als Meier hereinkam und ihr seine Spekulationen auftischte. Er liebte ideologische Tatmotive – nach den militanten Tierschützern und den Königstreuen war er jetzt für einen womöglich islamistischen Terror entflammt; wäre er nicht ein so tüchtiger Rechercheur und insgesamt verträglicher Mensch, hätte sie längst seine Versetzung beantragt. „Sollen wir nicht immer und grundsätzlich das Nächstliegende annehmen?“, fragte sie. „Nämlich, dass es eine Frau Iris gibt und dass sie, nachdem ihr Name in einem Atemzug mit Sterntal genannt wird, im Edelpuff-am-See arbeitet? Ich hätte mit Ihnen wetten sollen, bevor ich mit der Chefin telefoniert habe. Zu spät. Also hier meine Erkenntnisse: Iris ist auch eine von denen, und Voith ging immer zu ihr, wenn die dauerverplante Domina Dorothea keine Zeit für ihn hatte, so auch ein paar Stunden vor seinem Tod. Die du Rhin hat mir ihre Mobilnummer gegeben, ich habe vorhin mit Fräulein Iris telefoniert. Und sie sagt ja, er war bei ihr, am Abend des 12. Juni, und auf meine Frage, warum sie sich denn nicht bei der Polizei gemeldet habe, sie sei ja wohl eine der letzten Personen gewesen, die ihn lebend gesehen hätten, sagt sie, dass sie überhaupt keine Verbindung mit seiner Ermordung hergestellt hat. Tja, die Hellste ist sie wohl nicht. Jedenfalls war Voiths Termin bei ihr völlig unspektakulär, ganz normales Coaching, wie sie das dort nennen, gepflegte Gespräche, sagt sie, kleiner Aperitif, Massagen etcetera, keine Masospiele und auch kein Sex im eigentlichen Sinn, nur manuelle Bearbeitung, er war nicht in Stimmung, oder vielleicht kann er auch nur, wenn ihn die Dorothea entsprechend hernimmt – egal. Er war jedenfalls nicht lang bei ihr, eine Stunde vielleicht, dann ging er wieder, er war noch zum Essen verabredet. Mit Geschäftsfreunden, sagt Iris."

In ihrer Telefonposition, sitzend, die Füße auf der Kante der unteren Schublade, reichte Erda dem vor ihrem Schreibtisch stehenden Meier einen Zettel hinüber, auf dem die Namen der drei Herren standen, mit denen Voith zu Abend gegessen hatte.

„Nur zu Ihrer Information", sagte sie. „Während Sie mit Ihren V-Männern telefoniert haben, hab ich nach diesen drei Typen gesucht und mit einem von ihnen auch schon gesprochen. Das ist auch keine Spur. Die drei sind oder waren keine Geschäftsfreunde von ihm, sondern Leute vom Denkmalamt. Das wiederum weiß ich vom Chef des Restaurants in Berg, die sind dort so was wie Stammgäste: Mettner, Tauber, Hofreiter. Die Abkürzung im Kalender. Voith hat im Landkreis eine Villa erstanden, spätes neunzehntes Jahrhundert, allerdings im Hinterland, Seeblick nur aus der Ferne. Die stand eine Zeitlang leer, und davor wohnten zwei alte

Schwestern drin, die natürlich nix gemacht haben, das heißt die Hütte ist ziemlich baufällig und muss totalrenoviert werden, Voith wollte dabei auch bestimmte Umbauten vornehmen, und das Denkmalamt ist – natürlich – dagegen. Jedenfalls: Wenn hier einer zum Mörder werden konnte, dann war das Voith; der hätte ein Motiv gehabt, die Denkmalfritzen umzulegen, und sei's im Affekt; sicher nicht umgekehrt. Aber anscheinend war hier niemand in Mordlaune, sie haben sich prächtig verstanden, behauptet jedenfalls der Architekt Mettner, mit dem ich telefoniert habe, und sind in heiterer Stimmung voneinander gegangen. Mettner sagt, sie waren auf dem besten Weg, sich zu einigen. Böses Blut war nicht."

„Also weit und breit kein Motiv", sagte Meier. „Jedenfalls nicht hier unten bei uns."

„Das würde ich so nicht sagen", antwortete Erda. „Wenn Sie mich fragen, bin ich überzeugt, dass der Mörder genauso in diesem Puff verkehrt wie sein Opfer; dass wir den Faden, der uns zu ihm führt, genauso gut dort finden können. Allerdings ist das höchstwahrscheinlich eine Verbindung, die mit Bayern nur insofern zu tun hat, als das Bordell nun mal hier unten ist. Aber das Motiv für den Mord, das ist irgendeine Sache zwischen Berlinern. Ich muss noch mal mit dem Welser reden. Und Sie reden mit Vasold, dem Zweiten im Bunde, der bei Berlin21 genauso dick drinsteckt. Irgendwas ist zwischen denen – Voith und Vasold und Welser. Das muss ich rausfinden. Am Samstag ist Richtfest in Berlin, und ich bin eingeladen."

Anfang Juli 2015, Berlin

Vasold, nun Alleinherrscher über den Rolls, wurde auf die Dauer nicht glücklich mit seinem Besitz: Reparaturen, deren im Lauf der Zeit nicht wenige anfielen, erwiesen sich als vollkommen unmöglich, da nur Max die vielen Einbauten durchschaute. Die technischen und erotischen Finessen bedurften ständiger, auch vorbeugender Wartung, die nun nicht mehr stattfand. Max Schwarz war nicht ansprechbar, reagierte weder auf Anrufe noch auf Mails, nicht einmal auf Drohungen mit dem Anwalt; Bruder Albert hatte ihm anscheinend verboten, für den Rolls auch nur einen Finger zu krümmen, und Max gehorchte wie immer. Für den Automechaniker, den Vasold eigens für dieses Fahrzeug engagiert hatte, wurde selbst das Auswechseln einer simplen Schraube zum Problem. Zoll oder metrisch? Links- oder Rechtsgewinde? Es fehlte ihm am geeigneten Werkzeug. Der Mechaniker, obwohl begabt und an bayrischen Nobelkarossen geübt, scheiterte auf ganzer Linie. Zumal er angehalten war, bei allen Wartungsarbeiten weiße Handschuhe zu tragen, was seinem Berufsethos vollkommen zuwiderlief und womöglich eine innere Verweigerung hervorrief. Vielleicht hätte er mit der entsprechenden Motivation mehr zustande gebracht, wer weiß es. Die hatte er nicht.

Die Umbauarbeiten hatte Max entweder nicht dokumentiert, oder er hatte seine Dokumentation auf brüderliches Geheiß vernichtet; Betriebsanweisungen existierten nicht. Als Vasold verzweifelt nach einer Anleitung suchte, wie sich wenigstens die Sitze verstellen ließen, entdeckte er auf der Innenseite der Fahrertür hinter blanken Silberbeschlägen eine geheime Klappe, und als er sie nach mehreren verbissenen Versuchen endlich offen hatte, fand er darin ein Buch. Vasold frohlockte, sein Herz hüpfte, er hielt die lang vermisste Reparatur- und Wartungsanleitung in der Hand! Nein, Irrtum. Der Titel ließ ihn erstarren: *Zen und die Kunst, einen Rolls-Royce zu warten.* Nach Schrift und Layout zu urteilen aus den fünfziger Jahren stammend, der Autor ein zweifellos längst verstorbener Amerikaner. Dennoch schlug er es auf, blätterte darin und stieß eine Fluchkaskade aus: nichts als intellektuelles Geschwafel, keine einzige technische Zeichnung, nicht der geringste praktische Nutzwert! Das Buch endete im Altpapiercontainer.

Nur sechs Mal seit Beginn seiner Alleinherrschaft war er mit dem Wagen gefahren. Dann gab der Touchscreen, über den man den Startercode eingeben musste, den Geist auf. Nichts rührte sich mehr. Nicht einmal ein einsames App verlangte nach Aktualisierung.

Vasold, vor sich hin fluchend, suchte erneut den Papiercontainer auf und kramte nach dem weggeworfenen Buch. Zog es wieder heraus. Begann in seiner Verzweiflung zu lesen – vielleicht hatte es doch einen tieferen Sinn, dass das Ding sich im Auto befand? Aber Zen! Was für ein grandioser Blödsinn! Ließ sich ein Auto durch Meditation in Gang setzen? Fuhr es mit energetisch aufgeladenem Wasser statt mit verbleitem Benzin? Konnte Feng-Shui Schmieröl ersetzen? Frierte Kühlwasser nicht mehr ein, wenn es geweiht war? Vasold fluchte und las und fluchte und zündete am Ende das nur zu einem Fünftel gelesene Buch an. Es loderte so hell wie sein Zorn.

Einem Defekt an der reinen Fahrzeugtechnik hätte man abhelfen können, denn die örtliche Rolls-Royce-Vertretung gab sich bei der Reparatur von Vorkriegsmodellen alle erdenkliche Mühe, doch auch sie konnte keine Ersatzteile herbeizaubern: Die kleinste Schraube musste spezialgefertigt werden und brauchte Monate, bis sie geliefert wurde. Und an der Elektronik, Maxens Hauptwerk, ein

Opus magnum der Verschlüsselung, zerbrachen auch die Oldtimerspezialisten.

Dieses verfluchte Auto, schimpfte Vasold – und ahnte nicht, dass er damit den Nagel auf den Kopf traf. Das war keine leichtfertige Behauptung. Man flucht ja ganz gern vor sich hin, schreit „Sakrament", „Kruzifix" und so weiter, und fast immer verpufft es wirkungslos, kümmert niemanden, weder auf Erden noch höheren Ortes. Aber manche Flüche treffen doch. Und wirken. Und gegen dieses Leiden hilft nicht einmal Meditation.

Am Ende konnte er seinen Schatz nur noch betrachten. Konnte ihn, im wahrsten Sinn des Wortes, nur besitzen: Er saß in der Garage hinter dem Steuer und sah sich alles an, fuhr wehmütig mit der Hand über das Lederpolster, streichelte die Armaturen, umfing den Schaltknüppel. Nichts rührte sich. Er stieg wieder aus, schloss das Garagentor, Trauer im Herzen.

Samstag, 18.7.2015, Berlin

Von der Fertigstellung, gar Eröffnung war das Opernhaus noch immer weit entfernt, doch der Bau erlebte eine schon seit längerem anhaltende Glücksphase, es ging voran, die beteiligten Firmen behinderten sich gegenseitig fast nicht, sondern arbeiteten, o Wunder, zusammen, hielten, noch größeres Wunder, Termine ein, so dass Anschlussarbeiten planmäßig erledigt werden konnten, das Heer der Anwälte hatte wenig zu tun und hielt sich weitgehend zurück, und für das Volk gab es derzeit keinen Anlass, über die unfähigen Architekten und Ingenieure zu lachen. Das, fand Welser, war der richtige Zeitpunkt für eine Aktion, die Berlin21 in der Öffentlichkeit in ein anderes Licht stellte. Gleichsam einen Pfeil, der rot leuchtend auf sein Großprojekt wies und schmetternd verkündete: Volk, sieh her! Hier entsteht ein Tempel der Kunst, und es läuft alles nach Plan!

Diese Aktion sollte das Richtfest sein, mit einem großen Konzert als Herzstück. Zwar war das Dach noch nicht fertig, woran der Tod des ausführenden Unternehmers Voith nicht ganz unschuldig war, doch war der traditionelle Dachstuhl, einst das entscheidende Kriterium für ein Richtfest, hier einer überaus komplizierten Stahlkonstruktion gewichen, so dass der richtige Zeitpunkt ohnehin Ermessenssache war. Einstweilen standen die Außenfassaden und diverse Binnenstrukturen, aber wo dereinst das Opernpublikum über Marmor wandeln würde, war eine Art Steinbruch, auf dem kurz zuvor noch die Baumaschinen hin und her gefahren waren. Einen geschlossenen, womöglich beheizbaren Raum brauchte es aber nicht, schließlich war Hochsommer und die Temperatur meist eine mörderische, auch wenn Berlin vom Äquator etwas weiter entfernt ist als München, eher hätte es einer Kühlung bedurft, damit sich die Instrumente nicht ständig verstimmten, aber man konnte nicht alles haben. Eine exzellente Akustik ließ sich immerhin herstellen. Vorbild für Improveranstaltungen dieser Art war das Schleswig-Holstein-Musikfestival, bei dem Konzerte in luftiger Umgebung, etwa in zugigen Schiffswerften unter mehr oder minder freiem Himmel, schöne Tradition sind. Was die Fischköppe können, können wir schon lang, lautete die Devise des Veranstalters, und Welser pflichtete ihm von Herzen bei.

Der Ministerpräsident holte seinen Kultusminister Dr. Hammer ins Boot. International berühmte Sänger konnten gewonnen werden, am Pult der Berliner Philharmoniker in großer Besetzung sollte einer der Nachwuchsstars der Opernszene stehen. Und nach Konzert und Empfang war ein Feuerwerk vorgesehen, das den würdigen Abschluss des Festes bildete und sozusagen mit Blitz und Donner Zeichen setzte. Während der Vorbereitung wurden die Bauarbeiten zwar nicht ganz eingestellt, doch stark zurückgefahren, die Verantwortung für den neuerlichen Verzug wurde dem Kultusminister aufgebürdet, der ja seinerseits ein Interesse an der Veranstaltung hatte, denn um für das laufende Subventionsjahr Mittel aus der EU-Kulturförderung zu bekommen, musste er unbedingt noch eine weitere Konzertaktivität vorweisen. Er trug sie, die Verantwortung, nur symbolisch.

Und nur ein recht kleines Kartenkontingent ging in den freien Verkauf, den Löwenanteil machten die Freikarten für die Prominenz aus Politik und Wirtschaft aus. Natürlich hatte Welser seine diversen Familien eingeladen; nicht alle konnten kommen, aber die eheliche, Frau Christiane und Tochter Franziska, hatte fest zugesagt, und seine Exgerdi reiste eigens aus München an. Es kamen auch alle Mitwirkenden an der Baustelle – ohne die ukrainischen Leiharbeiter natürlich, überhaupt ohne das bauende Personal, aber die obere Etage kam, die Architekten, Bauleiter,

Bauingenieure, Nachtragsmanager und Antinachtragsmanager und, nicht zu vergessen, die unverzichtbaren Anwälte. Vasold hatte einen Ehrenplatz in der ersten Reihe, den er womöglich dem leeren Stuhl neben ihm verdankte: Ohne den mit einer schwarzen Schleife garnierten Betroffenheitsplatz für Voith hätte er vielleicht ein paar Reihen weiter hinten sitzen müssen. Zur allseitigen Überraschung war sogar Logan zu einem Berliner Gastspiel angereist – mit ihm hatte niemand gerechnet, wer weiß, woher er kam. Madame du Rhin war geladen und gekommen, hatte auch die eine oder andere interessierte Mitarbeiterin mitgebracht (nicht Dorothea, die interessiert sich nicht für Kunst, dafür Natascha umso mehr); Albert hätte die Veranstaltung gefallen, aber er war – Gipfel aller Kränkungen, die ihm in letzter Zeit zugefügt worden waren! – nicht eingeladen. Warum nicht? Genierte sich da jemand, wie übel ihm mitgespielt worden war, und wollte dem Opfer nicht ins Auge blicken müssen? Oder wurde der wenig hübsche Albert auf dieser Party der Reichen & Schönen als unpassend empfunden? Wie auch immer – Albert war in München geblieben, arbeitete an seiner Rückkehr in die PMS-Geschäftsführung und sann auf Rache, und wenn Albert auf Rache sann, ging man am besten in Deckung, aber von den in Berlin versammelten Reichen & Schönen wusste das noch niemand.

Ja, und auch Erda war gekommen, pardon: Frau Schulze-Klemmbach, Welsers Gerdi, die ihre Anwesenheit hier zwar als dienstlich empfand, doch immerhin drei ihrer Welserkinder mitgebracht hatte. Welser wiederum freute sich sehr, dass sie da waren, hätte gern in dieser Stunde des Triumphs alle sechs Gerdikinder um sich geschart, hatte aber Verständnis für die Sachzwänge, die es verhinderten, und erkannte darüber hinaus, dass es auch einen Vorteil hatte, wenn seine gegenwärtige Gattin nicht allzu vehement mit seinen sonstigen Familien konfrontiert wurde, sie empfand derlei leicht als Provokation. Er hatte mit Gerdi und ihren Kindern die versprochene Baustellenführung veranstaltet und sich von ihr in ein informelles Ermittlungsgespräch verwickeln lassen, bei dem er sie zwischendurch auch einmal beiseite nahm und bat, die Existenz der PMS nicht im Beisein Christianes zu erwähnen, und erst bei Gerdis erstauntem Blick begriff er, dass ja auch sie nichts von seiner Sterntaler Nebenaktivität wusste, und er begann sich schauerlich zu verheddern und war drauf und dran, in die Grube zu stolpern, die ihm sein Cäsarentum, sein Multifunktionalismus immer wieder aushob, wären nicht in dem Moment Christiane und Franziska angerückt, woraufhin ein großes Hallo einsetzte. Halbgeschwister und Welserfrauen begrüßten einander aufs Herzlichste, und bei allem, was man Welser zum Vorwurf machen konnte: Er war ein vorbildlicher Familienmensch, hatte nicht nur klaglos alle Alimente bezahlt, die er seiner Nachkommenschaft schuldete, sondern auch immer dafür gesorgt, dass in und zwischen seinen Familien Harmonie herrschte, die Frauen sich vertrugen, Eifersucht gar nicht erst entstand oder sehr schnell wieder ausgelöscht wurde. Meistens war es gelungen. Und die Kinder hatten sich sowieso immer gut verstanden. Mit anderen Worten: Das Richtfest von Berlin21 war für Harald Welser ein Tag des politischen Triumphs und des privaten Glücks.

Als alle auf ihren Plätzen saßen – unter Sternenhimmel wie in der Veroneser Arena; nur die Musik hatte ein Plexiglasdach, damit die Töne, ehe sie zum Himmel strebten, die Zuhörerohren wenigstens streiften –, als sie alle saßen, begann – nein, noch lange nicht das Konzert, es begann der Marathon der unvermeidlichen Reden. Welser als Gastgeber sprach als Erster; es folgten die Bundeskanzlerin, der berlinbrandenburgische Kultusminister, der Berliner Bürgermeister, der Intendant eines der Berliner Opernhäuser, ein bekannt selbstloser Mann, der aber an diesem Tag seine notorische Großmut noch übertraf, denn er feierte die scharfe Konkurrenz, die Berlin21 ihm zu machen gedachte, als großartige

Bereicherung des internationalen, nationalen und regionalen Kulturlebens. Dann sprach auch noch der Vorsitzende von Welsers Partei, und während ein Teil des Publikums betäubt von Hitze und Langeweile nach und nach davondämmerte, träumte Welser von dem Gedenkstein, den er hatte errichten wollen, von dem ihn aber sein Imageberater noch in letzter Minute mit der Begründung hatte abbringen können, dass der Aufschrei aus dem Lager der politischen Korrektheit bis in die Mongolei zu hören wäre, wenn die Inschrift, die Welser sich ausgedacht hatte, tatsächlich Wirklichkeit würde. Sie lautete: *Von Hitler geplant / von Speer gegründet / von Churchill bereinigt / von Welser vollendet*.

Grandios, fand er nach wie vor und hatte kein Verständnis für die ewigen Bedenkenträger. Geschichtsvergessenes Volk, das nicht wissen will, worauf das neue Opernhaus steht! Aber noch war nicht aller Tage Abend, lasst die Oper erst in ihrer ganzen Pracht erstrahlen und operativ sein, dann würden wir sehen, was auf den Ehrentafeln und Gedenksteinen und Sockeln von Gründerstandbildern, mindestens Gründerbüsten steht.

Nun aber trat endlich der letzte Redner vom Podium ab, der Dirigent hob den Taktstock, die Streicher den Bogen, und es begann Mahlers zweite Symphonie. *Was entstanden ist, das muss vergehen / Was vergangen, auferstehen! / Hör auf, zu beben! / Bereite dich, zu leben!* Das passte natürlich hervorragend zu Berlin21. Welser nickte befriedigt, als er im Heft diese Zeilen las. Es war ein seltsam schweres Programm – Franz Lehár, Johann Strauß hätten zum Anlass besser gepasst, aber für Welser konnte es ja nie schwer genug sein. Bis zuletzt hatte man ihn – und die Öffentlichkeit – im Unklaren über das Programm gelassen; er hatte sich seinen geliebten Wagner gewünscht, was ihm rundheraus abgelehnt worden war, wahrscheinlich auf Betreiben des Kultusministers, mit dessen Partei er notgedrungen koalieren musste und der das gesamte Gewicht seines Amtes und seiner Person in die Waagschale geworfen hatte, um den Wagner zu verhindern. Aus reiner Willkür! Das letzte Wort hatte dann natürlich der Dirigent. Daher folgte als zweiter Programmpunkt das Deutsche Requiem von Brahms.

Auferstehung und Untergang. Erst Auferstehung, dann Requiem!? *Herr, lehre doch mich, dass ein Ende mit mir haben muss.* Welchem Wahnsinnigen hatte man diese Programmgestaltung zu verdanken? War auch daran der Minister Hammer schuld? Oder der Dirigent? Natürlich würde sich die Kritik diese goldene Gelegenheit, ihn, Welser, in die Pfanne zu hauen, nicht entgehen lassen – es war ja bekannt, dass allein er mit seinem unbändigen Willen das Projekt ins Dasein gezwungen hatte. Man würde ihm nicht nur zum x-ten Mal das sinkende Nazifundament unter die Nase reiben, sondern würde behaupten, dass er sich hier sein eigenes Mausoleum baute. Und dass er es ausgerechnet mit einem Requiem einweihte ... Heißer Zorn wallte in Welser auf, eine rote Wolke senkte sich vor seine Augen, und er nahm sich vor, Konsequenzen zu fordern.

Aber erst war Konzert: von einer Minderheit als schön, von der Mehrheit als elend lang empfunden, weil noch dazu pausenfrei. Irgendwann war es dann doch zu Ende, und das Publikum erwachte aus seinem Dämmer. Anhaltender Applaus brandete auf, der wahrscheinlich mehr der Freude auf die erwartete Stärkung des Leibes entsprang als einer Ergriffenheit der Seele. Die Zuhörer wechselten von der Publikumstribüne auf die mit rotem Teppich belegte Baustellenüberplankung, den Ort des Empfangs unterm Sternenhimmel. Das Büffet war erlesen und köstlich, die Getränke waren es ebenfalls, vielstimmiges Gelächter stieg in den brandenburgischen Himmel empor, alle waren voll des Lobes über dieses unvergessliche Richtfest. Die Stimmung war, nachdem der Kulturteil endlich ausgestanden war, mit einem Schlag so vorzüglich, dass auch die Baustelle mit einhelligem Lob überhäuft wurde, wer hätte das gedacht. Ist es nicht ein Naturgesetz, dass kein Lob ohne Kritik durchgehen darf? An diesem himmlischen Abend war es anscheinend außer Kraft gesetzt.

Doch nicht alle Gäste genossen einen sorgenfreien Abend. Vasold zum Beispiel hatte vor dem Konzert zufällig ein paar Sätze des Gesprächs zwischen Erda und Welser aufgeschnappt, in denen es um albanischen Mädchenhandel ging, und nach dem ersten innerlichen Achselzucken – er war schließlich keiner, der sich für die Probleme anderer Leute interessierte – hatte sich ihm doch ein Floh ins Ohr gesetzt, der sich während des Konzerts zu Wort meldete und ihm zunehmend auf die Nerven ging.

Denn aus irgendeinem Grund hatte sein Hirn eigenmächtig eine Verbindung zwischen dem albanischen Mädchenhandel und seinem Allzweckrussen Dmitri hergestellt, der die Welsertochter hatte entführen lassen. Mädchenhandel war das ja weiß Gott nicht gewesen, eher ein Luxusurlaub für das verwöhnte Gör. War es das Albanische an der Kombination, das sein Unterbewusstsein hatte aufhorchen lassen und unversehens den Russen in seine Gedanken geschoben hatte? Von dem ja bekannt war, dass er sich niemals selbst die Finger schmutzig machte. Vasold hatte ihm – siedend heiß war die Erinnerung! – vor einiger Zeit durch die Blume einen Sonderauftrag erteilt, eine Einschüchterung hatte es werden sollen, die dafür sorgte, dass sein Konkurrent vom Rolls abließ, aber das war doch lange vor Voiths Tod gewesen, dachte er, sehr lang. Oder? Vor kurzem war Dmitri, wie immer, als freier Berater über eine der Vasoldschen Firmen abgerechnet worden, und Vasold meinte gesehen zu haben, dass der Betrag diesmal recht hoch war, viel höher als sonst, höher sogar als bei Franziska. War da etwas schiefgegangen? Ein Missverständnis?

Vasold entfernte sich von der Menge, und als er außer Hörweite war, rief er Dmitri an. „Hör zu“, sagte er, dennoch leise, ins Telefon, „wir haben doch vor längerer Zeit mal über Bernhard Voith geredet, weiß nicht mehr genau, wann das war, muss aber locker sechs, acht Wochen her sein. Du hast dich angeboten, die Sache zu übernehmen. Was ist draus geworden?“

„Oh“, sagte es am anderen Ende, und nach einer Pause: „Da bin ich momentan überfragt. Muss mich erkundigen. Du weißt ja, ich gebe Aufträge gern weiter, kümmere mich nur um die Abrechnung und seh zu, dass alles korrekt zugeht und die Leute ihr Geld kriegen. Aber hat der Voith nicht ungefähr um dieselbe Zeit das Zeitliche gesegnet? Vielleicht hat sich die Sache damals von allein erledigt?“

„Kann sein. Schau du mal in deiner Buchhaltung nach und lass uns morgen telefonieren. Ich will das schleunigst geklärt haben.“ Ein Schauder überlief ihn, als er das Gespräch beendete. Von allein erledigt? Und stellt dann eine Riesenrechnung, der Kerl? Von dem Mord an Voith war in allen Medien die Rede gewesen, das konnte auch Dmitri nicht entgangen sein; warum tat er jetzt so unschuldig?

Unterdessen waren Erda und Welser wieder auseinandergedriftet. Welser erfüllte Gastgeberpflichten, erteilte freigebig Auskünfte über alle architektonischen und technischen Angelegenheiten, wehrte jedoch Journalistenfragen nach dem Baufortschritt und dem geplanten Eröffnungsdatum rigoros ab, denn er war, trotz seines Ärgers über die Programmgestaltung, von Bauherrenfreude und Musik erfüllt und fühlte sich momentan nicht als Politiker.

Passend zu seiner alltagsfernen Stimmung erspähte er in der Menge der Gäste Madame du Rhin nebst drei Mitarbeiterinnen, drei allerliebsten Rheintöchtern, Natascha, Iris und Roswitha. Letztere in einem Dirndl, das offensichtlich maßgeschneidert und wirklich elegant war, Rock und Mieder aus anthrazitfarbenem Leinen, die Schürze aus violetter Seide, dazu ein weißes Spitzenblüschen mit sehr dezentem Ausschnitt; das geflochtene Walkürenhaar umkränzte ihr blondes Haupt, und sie war eine imposante Erscheinung, nach der sich die Köpfe drehten. Anscheinend gehörte auch Trachtenkunde zu ihren ethnologischen Studien, denn ihre Aufmachung war tadellos stilsicher.

Iris hingegen war nach einem Streit mit Madame aus der PMS ausgeschieden und nach Berlin zurückgekehrt; jetzt aber standen die vier Damen beisammen, als wäre nichts geschehen, sie scherzten und nippten am Champagner, und keine säuerliche Miene sprach von latenter Zwietracht. Vielleicht waren die einstigen Kontrahentinnen auf dem Weg der Versöhnung, oder Iris war von Welser persönlich eingeladen worden, zumal ihr Vater ja der bekannte Berliner Ultramarinblauproduzent war, und Welser ließ keine seiner Ehemaligen fallen, auch keine so flüchtige Nachtabschnittsgefährtin wie Iris. Die womöglich auf ein Wiederengagement hoffte, sich jedenfalls in einem hautengen, bodenlangen Kleid in Dunkelgrün sehr vorteilhaft zur Geltung gebracht hatte. Das kunstblonde Haar wallte über ihre Schultern, und ihr zweiter Blickfang, der zwar verhüllte, doch für Kenner trotz Verhüllung erregende Busen mit seiner blauen Zier, war gleichsam ihre Vorhut und darauf ausgerichtet, Kontakte zu knüpfen, denn für eine freie Trainerin wie sie sind Beziehungen das A und O des Berufs.

Natascha wiederum, die einzig wirklich Musikinteressierte unter den Rheintöchtern, war in einem nachtblauen Abendkleid erschienen; sie trug ihr Schwarzhaar, mit dem obligaten Bleistift fixiert, auf dem Kopf getürmt, und als Welser, aus der Ferne von seiner Gattin misstrauisch beäugt, auf die vier Damen zutrat, um sie zu begrüßen, verwickelte ihn Natascha sogleich in eine Fachsimpelei über den Dirigenten, einen Landsmann von ihr, in die sie völlig unvermittelt die Bemerkung hineinwarf: „Wir wollen unseren Rolls-Royce wiederhaben!“

Welser, einigermaßen verdattert, sagte: „Sie wenden sich an den Falschen, schöne Frau, den Wagen hätte ich selber gern, allein, ich bin machtlos. Den hat Urs Vasold seiner Sammlung einverleibt, wie Sie sicher wissen. Ihn müssen Sie fragen.“

„Können Sie denn gar nichts tun, Herr Welser? Ein mächtiger Mann wie Sie – machtlos?“

Welser war ins Mark getroffen. Einen Moment lang war er versucht, Logans Rückkehr als Wink des Schicksals zu nehmen und ihm auch die Oldtimer-Frage ans Herz zu legen, doch er verwarf den Gedanken rasch: Eine derart potente Geheimwaffe wie Logan durfte man nur für die wirklichen wichtigen Probleme des Lebens in Stellung bringen, sonst stumpfte sie ab oder verweigerte den Dienst. „Es tut mir leid“, sagte er nur, wünschte den Damen einen vergnüglichen weiteren Abend und schied mit dem von einem beziehungsreichen Lächeln begleiteten Wunsch: „Viel Erfolg allerseits!“

Er hielt Ausschau nach Logan, entdeckte ihn auch bald, doch der Weg durch die Gäste zog sich in die Länge, denn als Gastgeber wurde er natürlich von allen angesprochen. Logan aber hatte Zeit und wich nicht von der Stelle; er stand abseits, an eine einsame, keine Last tragende Säule gelehnt, versenkte sich in die Betrachtung der Menge und rauchte dazu eine Zigarre.

„Auch eine?“, fragte er, als Welser endlich bei ihm war.

„Oh ja, sehr gern.“

Logan zog eine Zigarre aus der Innentasche seines Jacketts und reichte sie Welser. „Habano", sagte er. „Von jungen Kubanerinnen auf feuchten Schenkeln handgerollt, versteht sich. Besonderes Aroma. Besonderer Vertriebsweg. Die Dinger werden über Guantanamo als Diplomatengepäck nach Berlin importiert. Geht schnell und kostet nix, und der Zoll macht auch keinen Ärger."

„Und die Steuer ebenso wenig", sagte Welser schmunzelnd.

„Du kannst froh sein, Welser, dass Steuerverschwendung nicht genauso bestraft wird wie Steuerhinterziehung. Für den Fiskus ist es dasselbe", kommentierte der Amerikaner, während er seinen Zigarrenstummel in einem Kartoffelbreiberg auf einem verlassenen Teller auslöschte, der – lustiger Gag – aus Porzellan war, aber nach Imbissbudenpappe aussah. Dort steckte der Stummel wie ein kleiner Soldat, der in einen Morast geraten war: eine Vorhut, der bald ein ganzes Regiment aus Zigarettenkippen folgen würde. Und Welser, der sinnierend seinen Rauchwolken nachblickte, fragte sich, ob es wohl Zufall war, dass Logan ihm Bemerkungen auftischte, die auch seine Gattin im Munde führte.

„Zufrieden?", unterbrach Logan seinen Gedankengang, der ins Düstere abzubiegen drohte.

„Im Prinzip ja", antwortete Welser. „Was genau meinst du?", fragte er nach einer Pause.

„Alles! Jetzt läuft es doch. Dein Protzbau wächst und gedeiht. Wenn du jetzt keinen Mist baust und wenn du außerdem andere am Mistbauen hinderst, wird er sogar fertig, die Finanzierung dürfte vorerst gesichert sein. Dein Ansehen ist enorm gestiegen, und wenn das Haus erst eröffnet ist, wird es für immer mit deinem Namen verbunden sein. Arbeitsplätze zuhauf! Kulturmagnet der Region! Deine Wiederwahl ist für die nächsten hundert Jahre gesichert."

„Und jetzt schulde ich dir wieder einen Gefallen, richtig? Steht was an?“

„Zurzeit nicht. Ich bin jetzt erst mal weg. Aber wir hören uns, keine Sorge.“

„Schade um den Rolls“, sagte Welser. „Der war schon eine feine Sache. Alle haben ihn geliebt, alle trauern um ihn. Aber gut – Berlin21 ist gerettet, und das ist natürlich wichtiger.“

„Ich persönlich bin auch sehr zufrieden“, sagte Logan, „aber an deiner Stelle wär ich’s weniger. Okay, politisch stehst du gut da, dein Bankrott ist erst mal vom Tisch, das Volk liebt dich wieder. Aber ich schätze, die Probleme werden nicht abreißen. Albert Schwarz wird es nicht so einfach hinnehmen, was wir ihm angetan haben, der schlägt irgendwann zurück. Und diese Münchner Kommissarin, die macht mir einen irgendwie verbissenen Eindruck. Auch wenn sie dir persönlich nichts anhaben kann – offiziell kann dir sowieso niemand was anhaben. Aber was ist sie für eine, will sie dir Ärger machen?“

Welser winkte nur stumm ab. Seine Gerdi doch nicht!

„Vor diesem Schwarz würde ich mich an deiner Stelle in Acht nehmen“, fuhr Logan fort. „Und was die Finanzierung betrifft – störungsanfällig ist sie leider sehr wohl. Menschen werden abgesetzt, entlassen oder fallen von selber um. Oder werden aufmüpfig und befreien sich aus dem Schraubstock, in dem man sie festgezurrt meint. Und Schwund ist bekanntlich auch immer …“

„Jaja“, sagte Welser, der keine Lust hatte, an diesem Abend, an dem ausnahmsweise Harmonie herrschte und kein akuter Brandherd einen Noteinsatz verlangte, über die Chronizität seiner Probleme zu diskutieren. „Und du, was hast du jetzt vor? Wieder was Spannenderes als hier? Auf internationaler Bühne? Im Nahen und Mittleren Osten schießen schon wieder wildgewordene

Turbanisten und andere Fanatiker aufeinander, da hast du gut zu tun. Deine von Freiheit und Demokratie beseelten Arbeitgeber lassen sich dämlicherweise in alles hineinziehen, und wir sind aus den Schlagzeilen raus. Wie schön. Übrigens hat mein Pressereferent drauf geachtet, dass heute Abend nur ausgewählte Journalisten eingeladen wurden. Nur Hofberichterstatter aus dem leider immer kleineren Kreis der wertkonservativen Presse."

„Dämlich ist gut. Ihr Deutschen wart im letzten Jahrhundert immerhin dreimal ohne Einladung im Balkan unterwegs und habt euch jedes Mal nicht gerade beliebt gemacht. Immerhin seid ihr soweit schlauer geworden, dass ihr keine Kriege mehr anfangt. Ihr wartet erst mal ab, schaut euch an, was geboten ist in der Welt, und entscheidet dann, ob ihr mitmacht oder uns den Dreck allein wegschaufeln lasst … Und die Pressetante, die da auf uns zukommt, gehört sie zu deinen ausgesuchten Journalisten? Früher hattest du aber einen besseren Geschmack …"

In der Tat, die sich nähernde junge Dame war von der Presse. Und sie war nicht nur als Person jung, sondern auch als Journalistin, sie war neu in der Branche, hatte zwar keine Anstellung, aber viel Idealismus, glaubte noch ans Gute im Menschen und an die Veränderbarkeit von Missständen … Na ja. Es gibt zweifellos veränderbare Missstände; so pessimistisch sind wir keineswegs, dass wir das nicht gern zugäben. An der Chronizität der Welserschen Probleme aber lässt sich leider nichts ändern, hier fehlt es am Willen. Das gilt übrigens auch für viele andere mehr oder minder chronische Problemkreise, denen die junge Dame von der Presse an diesem Abend auf den Grund zu gehen trachtete.

Sie war nämlich aus Versehen hier, normalerweise hätte eine wie sie nie und nimmer hier auftauchen dürfen, aber das wusste sie nicht; sie dachte, es sei alles genauso beabsichtigt, und fühlte sich daher aufgerufen, für die Zeitung, bei der sie unterzukommen hoffte, anschließend eine Beschreibung der Veranstaltung zu verfassen, die mit Schwefelsäure getränkt war. Welser, vielmehr seine Pressestelle hatte neben etlichen anderen eine Mitarbeiterin von der FAZ eingeladen, die man seit vielen Jahren kannte und wegen ihrer wohlwollenden und stets loyalen Berichterstattung schätzte, doch aufgrund einer nicht nachvollziehbaren Verwechslung war an ihrer Stelle eben jene junge Dame fast identischen Namens erschienen, eine junge Wilde, die freie Mitarbeiterin der TAZ war, Monika Schmidt hieß die eine und Monika Schmitt die andere.

Frau Schmidt von der FAZ fehlte, und Frau Schmitt von der TAZ war zivilisationskritisch gestimmt und plante, die hier versammelten Reichen & Schönen in ihrer sozioethischen Disorientiertheit vorzuführen. Sie hatte sich vorbereitet, kannte die Gesichter der Anwesenden, die sie anzusprechen gedachte, und hatte Zahlenmaterial parat. Zunächst geriet sie an Logan – eigentlich hatte sie es auf Welser abgesehen, doch der hatte sich, als er sie herannahen sah, sehr schnell aus dem Staub gemacht, weil er seinen harmonischen Gemütszustand nicht gefährden wollte; Logan aber war die Lässigkeit in Person und begrüßte sie freundlich. Da er sich, ungeachtet des ihm anhaftenden Rauch- und Benzingeruchs, als US-Bürger zu erkennen gab, hielt sie ihm gleich ihr Mikrofon unter die Nase und stellte ihm eine ihrer amerikakritischen Fragen: „Allein in den USA werden jährlich hunderte Millionen Tonnen Grundnahrungsmittel – Mais, Raps, Zuckerrohr, Soja – vernichtet, um daraus Biokraftstoffe herzustellen. Dafür werden anderswo Urwälder gerodet und Ackerflächen, auf denen Nahrung erzeugt werden könnte, für den Anbau von Energiepflanzen abgezweigt. Wo Regenwälder standen, wachsen heute Monokulturen, deren Folgen für Klima und Umwelt wir noch gar nicht ermessen können. Der Boom des Agrosprits gilt als die Hauptursache für den weltweiten Anstieg der Lebensmittelpreise – zu dieser Einschätzung kommt sogar die Weltbank, die ja sehr konservativ ist. Dreißig Millionen

Menschen wurden dadurch in letzter Zeit in die Armut getrieben. Was sagen Sie als Amerikaner dazu?“

„Nonsense. Wir leben in Gottes eigenem Land.“ Logan zückte eine zweite Zigarre und entfachte sie. „Bei uns hungert keiner. Wussten Sie, dass auf der Welt mehr Leute an Fettleibigkeit leiden als an Unterernährung?“

„Nicht zuletzt deshalb landen täglich viele Millionen Tonnen Lebensmittel im Müll. Allein davon könnten sich zwei Drittel der Weltbevölkerung ernähren.“

„Nur zu. Sollen sich bedienen, ich habe nichts dagegen“, sagte Logan, Zigarrenrauch verbreitend. „Leben und leben lassen.“

„Mehr als eine Milliarde Menschen haben keinen Zugang zu sauberem Trinkwasser!“

„*So drink Coke*. Aber wissen Sie, liebe gnädige Frau, ich bin nicht der richtige Ansprechpartner für Sie, ich bin weder Entwicklungshelfer noch Umweltschützer, noch Ökonom, meine einschlägigen Kenntnisse sind begrenzt, und ich habe zu diesem komplexen Thema auch keine Meinung.“

„Was sind Sie denn?“

„Spion.“

Frau Schmitt starrte ihn ungläubig an.

„Doch, doch! Und daher müssen Sie mich jetzt auch bitte entschuldigen, die Pflicht ruft. Leben Sie wohl“, sagte Logan und entfernte sich.

Frau Schmitt sah sich unschlüssig um, hielt nach einer Alternative Ausschau und entdeckte Urs Vasold, der aus der Menge ragte. Sie kannte ihn – wer kennt ihn nicht, er ist in der Hauptstadt eine Person, ja ein Leuchtturm des öffentlichen Lebens; sie aber kannte ihn sogar persönlich, sie hatte ihn schon einmal zu Berlin21 befragt. Sie näherte sich von hinten und drang unhöflich in seine Unterhaltung mit zwei älteren Herren ein. „Herr Vasold!“, rief sie betont munter, „wie schön, dass ich Sie hier treffe, darf ich Sie um ein kurzes Gespräch zum aktuellen Stand von Berlin21 bitten?“

„Nein“, schnauzte er, noch viel unhöflicher, „Sie sehen doch, dass ich beschäftigt bin. Wenn Sie was wollen, wenden Sie sich an mein Büro. Und jetzt lassen Sie uns in Ruhe.“ Er drehte ihr seinen mächtigen Rücken zu.

Frau Schmitt ließ sich nicht so leicht abwimmeln. „Herr Vasold!“, sagte sie. „In gewissen Kreisen geht das Gerücht, Sie hätten Ihren Konkurrenten Voith auf dem Gewissen, was sagen Sie dazu?“

„Dass ich jetzt gleich meinen Anwalt kontaktiere und Anzeige gegen Sie erstatte, und falls Sie die Absicht haben, in Ihrem Schmierblatt derart infame Lügen über mich zu verbreiten, sitzen Sie nächste Woche im Knast. Verschwinden Sie.“

„Das bin ja nicht ich, die so was verbreitet, das habe ich nur gehört! Aber wir werden sicher bald erfahren, was dran ist an dem Gerücht! Unsere Berliner Polizei ist ja tüchtig! Eine Frage noch: Der Rolls-Royce, der draußen auf dem Gelände steht und einen eigenen Leibwächter hat, der gehört tatsächlich Ihnen, ja? Und Sie fahren tatsächlich damit herum, mit so einer benzinfressenden Umweltpest? Warum fahren Sie ausgerechnet Rolls-Royce?“

„*Because it's good for my voice!*“

„Ach!“, sagte Frau Schmitt, „planen Sie denn einen Berufswechsel? Ist Ihnen das Pflaster zu heiß geworden, nachdem Ihr Konkurrent mit eingeschlagenem Schädel in einem bayrischen See gefunden wurde?“

Vasold hatte seine beiden Gesprächspartner am Ellenbogen ergriffen und schob sie durchs Gedränge. „Kommen Sie“, sagte er, „wir gehen. Ich weiß einen Ort, an dem wir von der Journaille unbehelligt sind.“

Frau Schmitt nahm einen letzten Anlauf. „Deutschland ist ein tief zerklüftetes Land“, sagte sie, während sie ihm hinterhereilte. „Das viertreichste Land der Erde, in dem jeder Fünfte von Armut betroffen ist. Es wird demnächst eine Lawine der Altersarmut auf uns zukommen. Und da fahren Sie mit einem Rolls-Royce herum, der wahrscheinlich Millionen wert ist und eine eigene Leibwache braucht, damit ihn keiner anzündet. Finden Sie das nicht ein bisschen provokativ?“

„Keineswegs“, zischte Vasold über die Schulter. „Ich besitze und genieße.“

Frau Schmitt ließ sich zurückfallen. Natürlich hatte sie nicht mit ernsthaften Gesprächen gerechnet – es musste ja immer alles Wochen im Voraus angekündigt werden, spontane Interviewversuche wurden ihr fast immer abgeschmettert –, aber dass sie es ihr derart leichtmachten, sie als arrogante, oberflächliche Parvenüs hinzustellen, als Aristokratie von eigenen Gnaden, die sich aufführte wie einst im prärevolutionären Frankreich, das hatte sie nicht erwartet.

Hätte sie nur gewusst, dass der Rolls-Royce aus Mangel an Ersatzteilen, Wartung und überhaupt sachkundiger Zuwendung gar nicht mehr fahrtüchtig war! Dass Vasold mit seinem gebrochenen Herzen drei zuverlässig verschwiegene Mitarbeiter beauftragt hatte, den Rolls-Royce am frühen Morgen mithilfe eines Containersattelzugs zum Ort der Veranstaltung zu bringen, wo er, an prominenter Stelle geparkt, rund zwanzig Stunden lang in seiner leider nur noch dekorativen Pracht strahlen durfte, um anderntags in aller

Stille wieder abgeholt zu werden: Was für ein wunderbarer, schwefelsaurer Seitenhieb hätte sich mit diesem Wissen führen lassen!

Aber sie ahnte nichts davon. Konnte daher auch keine Schwefelsäure in Vasolds Herzwunde gießen, sondern musste sich nach anderem Material für ihren Bericht umsehen. Sie entdeckte eine junge Frau, die vor einiger Zeit einen Kurzauftritt in der Klatschpresse gehabt hatte, und zwar aufgrund eines rätselhaften Verschwindens, das wegen der Prominenz des Vaters und dessen hartnäckigen Schweigens eine Zeitlang Gesprächsthema gewesen war; eines der ungezählten Welserkinder. Wahrscheinlich Drogenentzug, Aufenthalt in einer privaten Psychoklinik. Jetzt aß es Äpfel, das gute Kind, und tat asketisch.

Es war in der Tat, treffend erkannt, Franziska Welser. Sie stand – obwohl kontaktfreudig wie ein Kohlenstoffatom, obwohl Blickfang in atemberaubendem Türkis mit viel nacktem Rücken – mit einem unangebissenen Apfel in der Hand ein bisschen verloren herum und bot sich als Opfer an. „Frau Welser", begann Monika Schmitt, „verraten Sie mir, wo Sie vor einem halben Jahr waren, als Sie wie vom Erdboden verschwunden waren? Waren Sie wirklich auf Weltreise, wie man behauptet hat? Sie können sich das leisten, oder? Noch dazu mitten im Schuljahr – der Papa wird's schon richten, er schwimmt ja im Geld, nicht wahr?"

Franziska heftete den Blick auf das Namensschild der aufdringlichen Frau Schmitt und sagte: „Ich weiß wirklich nicht, was Sie …"

„Alle fünf Sekunden verhungert auf dieser Welt ein Kind unter zehn Jahren", sagte Frau Schmitt rasch. „Vierzigtausend Menschen sterben jeden Tag am Hunger. Ein Kind, das verhungert, wird ermordet. *Wir* ermorden es. Was sagen Sie dazu, haben Sie dazu eine Meinung?"

„Oh“, sagte Franziska, „das tut mir leid.“

„Wenn es Ihnen leidtut, wie bringen Sie’s dann fertig, sich hier mit Champagner und Häppchen abzufüllen?“

„Das tue ich doch gar nicht. Ich esse, wie Sie sehen, einen Apfel. Auf dem Büffet steht ein ganzer Korb voll. Bedienen Sie sich doch, sie sind köstlich.“

In dem Moment kam Franziskas gegenwärtiger Begleitherr, ein Nachwuchsarchitekt aus dem Büro, das Berlin21 geplant hatte, mit zwei Gläsern Champagner von der Bar zurück und reichte das eine der jüngsten Welsertochter.

„Doch Champagner?“, sagte Frau Schmitt listig und fragte gleich weiter: „Haben Sie mal ausgerechnet, wie viel CO_2 bei der Herstellung der Baumaterialien für dieses Gebäude frei geworden ist? Haben Sie kein schlechtes Gewissen wegen dieses gewaltigen Beitrags zum Klimawandel, den Ihr Vater – und Ihr Auftraggeber“, fügte sie, an den Nachwuchsarchitekten gewandt, hinzu, „sich da erlaubt?“

„Nein“, antwortete der Architekt, „überhaupt nicht. Erstens ist dieser Wert völlig unerheblich, denn um eine korrekte Rechnung anzustellen, müssten wir ja auch den Kohlenstoffanteil im vorgefundenen Betonfundament ausgleichend berücksichtigen, und da fehlen uns genaue Daten. Und zweitens – wer sagt, dass der Klimawandel eine derartige Katastrophe ist, wie ihr Medienleute immer behauptet? Wandel bedeutet Veränderung, und Veränderung ist Leben. Wissen Sie, wie viele Menschen auf diesem Planeten jeden Tag am Hunger sterben?“

Frau Schmitt war leider gezwungen, die zuvor selbst genannte Zahl zu wiederholen. „Vierzigtausend“, sagte sie.

„Eben. Jetzt stellen Sie sich vor, wie die sibirischen Permafrostböden auftauen, wenn es auch dort endlich wärmer wird, und wie das verdammte Grönlandeis endlich schmilzt: Was glauben Sie, wie viel Ackerfläche auf diese Weise entsteht! Die dringend gebraucht wird, um die exponentiell wachsende Weltbevölkerung zu ernähren!"

„Aber der dann steigende Meerwasserspiegel wird ..."

„Wissen Sie, wie hoch Amsterdam liegt?", fiel ihr der Architekt ins Wort. „Sechs Meter unter dem Meeresspiegel! Und das seit mehreren hundert Jahren. Eingedeicht nicht mit modernster Technik, sondern mit Schaufeln und Schubkarren. Glauben Sie, wir wären mit unseren heutigen Mitteln nicht in der Lage, ganz Hamburg und Umgebung einzudeichen? Das ist doch lächerlich. Schauen Sie sich doch an, was wir alles können!" Stolz wies der Architekt mit einer ausladenden Armbewegung auf die momentan ruhende Großbaustelle ringsum. „Tja", fügte er hinzu. „Gute Recherche macht oft die beste Story kaputt."

Franziska sah ihn bewundernd an. „Schönen Abend noch", sagte sie, um auch etwas Cooles beizusteuern, und die beiden schlenderten champagnertrinkend davon.

Von der Barbarei in die Dekadenz ohne Umweg über die Zivilisation, dachte die stehengelassene Frau Schmitt und überschlug im Geist, ob sie genügend Material für einen schwefligen Artikel hatte, als Frau Welser d. Ä., die derzeitige Gattin, in ihr Gesichtsfeld trat. „Oh, Frau Ministerpräsidentin", rief sie und stellte sich ihr in den Weg. „Gestatten Sie mir eine Frage: Sie feiern hier an der Seite Ihres Mannes, während überall auf der Welt brandgerodete Wälder Tonnen von CO_2 in die Luft blasen, denn man muss ja immer mehr Biokraftstoffe erzeugen, weil die fossilen nicht reichen, und immer mehr SUV-Panzer herstellen und in den Verkehr schicken, damit sie die Straßen verstopfen, das Klima vergiften und kleine Kinder und Hunde totfahren. Finden Sie das okay?"

„Junge Frau, erstens bin ich nicht Ministerpräsidentin, sondern die Ehefrau des Ministerpräsidenten. Zweitens haben Sie vollkommen Recht, die Freisetzung von immer mehr Treibhausgasen ist verwerflich, und ich verurteile alle, die nicht ihren Beitrag zum Schutz unseres Planeten leisten."

Frau Schmitt, bis an die Zähne gerüstet, fühlte ihre geladenen Kanonen ins Leere zielen: Der Feind schien aus dem Blickfeld verschwunden. Indessen:

„Ist der kleine Diamant in Ihrer Nase übrigens echt?", fragte Frau Welser.

„Äh", sagte die Journalistin überrumpelt. „Ja", antwortete sie dann kühn, obwohl sie den Verdacht hatte, dass ihr Exfreund, der ihn ihr geschenkt hatte, auf eine Glasversion ausgewichen war, denn er hatte sich als Polygamist entpuppt, und sie konnte sich nicht vorstellen, dass er sich trotz hohen Einkommens die Ausstattung eines Harems mit echten Diamanten zu leisten imstande war, aber egal, was ging das die Frau Welser an, doch im selben Moment begann sie zu ahnen, dass sie lieber nein gesagt hätte, denn schon klaffte wieder eine Falle.

„Sehen Sie", sagte Frau Welser, „so lange die Menschen nicht auch noch den letzten Diamanten auf Erden verbrennen, ist weniger CO_2 in der Atmosphäre, als zu Urzeiten war. Jeder reine Kohlenstoff auf diesem Planeten war mal CO_2, und Diamanten sind reiner Kohlenstoff. Und Sie wollen doch sicher nicht Ihren Diamanten verbrennen, oder?"

„Nein …"

„Dann passen Sie gut auf ihn auf, damit das Anthropozän nicht jetzt schon zu Ende geht!“

„Was ist das denn für eine absurde Argumentation?“, protestierte Frau Schmitt.

„Und das ist noch nicht alles“, fuhr Frau Welser fort. „Sie werden mir jetzt sicher gleich vorrechnen, was wir allein mit diesem Fest an Strom verschwenden, stimmt’s? Zu schweigen vom Bau als solchem und zu schweigen erst recht vom Betrieb des künftigen Opernhauses! Dabei, Frau Schmitt, ist der Strom doch immer noch viel zu billig! Auch bei sechs Cent EEG-Umlage im Strompreis! Denn wenn wir die Ewigkeitskosten der Atom- und der Kohleenergie mit einrechnen, und das müssten wir anständigerweise tun, dann muss der Endpreis für Strom mehr als doppelt so hoch sein!“

„So dass Feste wie dieses schon überhaupt nicht mehr vertretbar wären …“

„Eben nicht! Denkfehler! Das Kind ist doch längst in den Brunnen gefallen! Unsere Nachkommen müssen sowieso schon damit leben, dass sie die Leichen des Atomzeitalters im Keller haben! Wenn wir jetzt *weniger* Strom verbrauchen, wäre die Kilowattstunde ja noch viel teurer! Jede Kilowattstunde, die wir hier verheizen, macht Ihren ganz persönlichen Energieverbrauch günstiger! Schreiben Sie das, Frau Schmitt, schreiben Sie das! Ich erwarte keinen Dank, aber Verständnis. Guten Abend!“

Damit wandte Frau Welser sich ab und entschwand, und Monika Schmitt beschlich das äußerst unangenehme Gefühl, in ein Irrenhaus geraten zu sein. Wir hingegen fragen uns, von wem Christiane Welser indoktriniert war: Ist sie nicht Pathologin und Pferdefreundin und sollte berufs- und neigungshalber von solchen Polemiken Abstand nehmen? Warum redet sie ein Zeug daher, als wäre die Journalistenabwehr ihre Aufgabe? Wir wissen es nicht. Vielleicht hat sie sich, von allen unbemerkt, mit dem Zyniker Logan angefreundet. Jetzt ist sie jedenfalls davongerauscht, und Frau Schmitt findet, dass sie genug gesehen und gehört hat, um einen schwefelgelben Artikel zu verfassen.

Ehe sie ging, begab sie sich allerdings noch zum Büffet, um sich immerhin einen gastronomischen Luxus zu gönnen – als freischaffende Journalistin zählte sie zu jenen, die unorthodoxe Unterstützung Loganscher Spielart sehr gut gebrauchen könnten, und seitdem ihr polygamistischer Freund weg war, musste sie froh sein, wenn sie mal was geschenkt bekam. Und während sie am Büffet entlangschlenderte und ihren Teller mit Köstlichkeiten füllte, hörte sie mit halbem Ohr zwei Bankmenschen, die anscheinend über die Preisentwicklung von Weizen sprachen. Sie horchte auf. Sie konnte sich nicht zurückhalten. „Sie spekulieren mit Weizen?", warf sie dazwischen. „Eine Milliarde Menschen hungert, und Sie füllen sich hier mit Schampus und Kaviar ab und spekulieren mit *Weizen*?"

Die beiden musterten die Journalistin angewidert. „Nein", sagte der eine. „Wir spekulieren keineswegs mit Weizen, sondern wir handeln mit Optionen auf den Weizenpreis. Das ist völlig unabhängig vom Hunger auf der Welt, denn wir machen unsere Geschäfte an der Börse, und wir machen sie mit anderen Marktteilnehmern aus dem Kreis der institutionellen Investoren. Nicht mit dem Endkonsumenten. Eine Option ist nur ein virtuelles Papier, das hin und her wandert, nichts Materielles. Essen können Sie das nicht. Oder glauben Sie etwa, dass ein Pferd schneller oder langsamer läuft, nur weil wir auf seinen Sieg wetten?"

„Oh. Was für eine arrogante Einstellung …"

„Niveau", erwiderte der andere Banker, „sieht von unten immer wie Arroganz aus. Wir handeln mit virtuellen Werten, Ihre hungernden Inder aber wollen reale Kalorien in ihrem Essnapf. Die Korrelation ist bestenfalls eine schwache."

„Journalistin sind Sie?", fragte der erste. „Besonders gut kennen Sie sich nicht aus, wie? Keinen blassen Schimmer, wie's zugeht in der Welt, oder? Aber Hauptsache Riesenklappe. Sie befassen sich wahrscheinlich mit Schöngeistigem. Literatur und so. Tja, da müssen Sie nur noch ein bisschen warten, bis die Oper eröffnet wird, dann haben auch Sie vielleicht was, über das Sie nachdenken und schreiben können."

Frau Schmitt hatte es den Appetit weitgehend verdorben. Sie sah sich nach einem Platz um, an dem sie ihren Teller abstellen konnte.

„Falsch und feig ist, was dort oben sich freut", sagte es in diesem Moment schräg über ihr, und als sie den Kopf hob, blickte sie in Logans lächelndes Gesicht. „Lassen Sie sich's trotzdem schmecken", fügte er hinzu und schlenderte davon, um sich irgendwo in der Menge wieder mit Harald Welser zu vereinen. Und als sie einander wiedergefunden hatten, deutete er mit einer Kopfbewegung über die Schulter zu der einsamen Journalistin, die recht verloren neben dem Büffet stand, und sagte: „Wir lassen sie abblitzen, weil sie nicht gut vorbereitet ist und naiv argumentiert, aber Unrecht hat sie im Grunde ja nicht."

Welser winkte ab. „Weichherziges Weibergezücht", sagte er. „Warum wird sie nicht Kindergärtnerin? Und wenn sie schon unbedingt Journalistin sein muss, soll sie halt über das Liebesleben der Promis berichten." Er lachte.

Logan aber war unerwartet ernst. „Ja, wir leiden alle unter der Boulevardisierung der Berichterstattung. So schnell geht die Welt zwar nicht unter, sogar dein absinkendes Fundament ist vorläufig fixiert, aber auf längere Sicht werden wir das

Wohlstandsgefälle gegenüber der Südhemisphäre nicht aufrechterhalten können. Das sehen wir ja jetzt schon, wie sie hereindrängen zu uns. Die Flüchtlinge jetzt sind erst der Anfang, das hört nicht mehr auf. Wir hocken hier oben auf der Sahne, während der viel größere Teil der Weltbevölkerung sich irgendwo tief unten durch den Sumpf wühlt. Gut, dass wir hier mit Berlin21 etwas außerhalb der Stadt sitzen, sonst hätten wir hier permanent die Demos der Habenichtse. Wenn dein Opernhaus fertig ist, Welser, geht's gleich wieder weiter mit der Finanzierungsnot, dann müssen die Subventionen fließen, tausend Euros pro Platz und Jahr oder mehr, sonst kannst du den Laden bald zusperren. Nur damit du deinen Wagner hören kannst. Das geht auf die Dauer nicht gut, das sag ich dir."

„Spinnst du?", fragte Welser. „Was ist denn los mit dir, haben sie dir was in den Whisky getan? Heute ist Richtfest, und bald ist Eröffnung, Einweihung, Sieg! Hör du bloß auf mit deiner Unkerei! Pass auf, jetzt fängt gleich das Feuerwerk an, komm mit auf die Tribüne, dort haben wir einwandfreie Sicht."

Ja, der Höhepunkt des Abends stand noch bevor: das choreografierte Feuerwerk.

Weil das Baubudget auch nach der Loganschen Intervention auf Kante genäht war, hatte Welser seinen Wissenschaftsminister Dr. Ulf Fröhlich genötigt, aus dem Forschungs- und Wissenschaftsetat einen nicht unerheblichen Betrag abzuzweigen, der verwaltungsrechtlich insofern abgesichert war, als er an einen klaren didaktischen Zweck gebunden war: praktische Übungen in den Fächern Pyrotechnik und Ballistik. Sechs begabte Studenten (ja, Studenten! Nicht aufregen, liebes Les: Sie waren wirklich alle männlich) des Instituts für Luft- und Raumfahrttechnik hatten unter Anleitung zweier erfahrener Pyrotechniker zahlreiche Raketen gebaut, die sie nun, freudig erregt und angetrieben von einer explosiven Mischung aus Enthusiasmus und Schießpulver, nach einem genauen Plan selbst zünden durften.

Sie hatten lang und intensiv gearbeitet. Für das Ergebnis, das sie zustande brachten, hätten wir sie, wären wir Festveranstalter, vom Fleck weg engagiert. Mit solchen Mitarbeitern wären wir Krösus.

Kurz vor Mitternacht fing es an: Die Festbeleuchtung erlosch, auch auf der Baustelle gingen die Lichter aus. Kein Mond stand am Himmel, kaum ein Stern. Das Schauspiel begann.

Es war grandios. Ein Wunderwerk! Nie hat man dergleichen gesehen!

Es begann langsam, gemächlich fast, mit kleinen bunten Leuchtkugeln, die in den Himmel aufflogen und in einer Parabel zur Erde zurückkehrten. Dann hüpften kleine weiße Lichter durch die Dunkelheit, manche flogen hoch in die Luft, andere schafften es kaum über Mannshöhe; es zischte, und es folgten ähnliche Lichter in Rot, die wie Vögel vorüberflatterten. Ein lauter Knall ertönte, ein violetter Schein erstrahlte und verlöschte wieder. Im Publikum herrschte erwartungsvolle Stille. Eine Minute lang geschah nichts.

Dann brach ein fürchterliches Gewitter los, es blitzte und donnerte, oft jagten mehrere Blitze gleichzeitig durch die Finsternis, weiß und in giftigem Lila, der Donner grollte vom einen Ende des Himmels zum anderen und klang manchmal krachend wie splitterndes Holz, wie umknickende Bäume, und dazwischen prasselte es wie Hagelschlag, so dass man sich unwillkürlich duckte, Zuflucht suchen wollte, aber es war nichts, es war nichts. Es war nicht real.

Das Unwetter verebbte; hier und dort zuckte noch ein Blitz, dann war es vorbei. Und die nächste Phase begann, jetzt wurde es bunt – rot, grün, violett und blau, mit goldenen und silbernen Sonnen durchsetzt, eine pausenlose Aufeinanderfolge sich entfaltender Päonien, Chrysanthemen und Rosen, die am Himmel erblühten wie junge Sterne, immer mehr und immer größer wurden sie, immer ausladender türmten sie sich übereinander und überboten sich gegenseitig, und als nach vielen atemlosen Minuten wieder eine Pause der Schwärze eintrat und das Publikum schon applaudierte, weil es das Ende der Vorstellung gekommen wähnte, setzte ein Spektakel ein, bei dem den Zuschauern Hören und Sehen verging, weil sie nicht mehr glauben konnten, dass dies noch Kunst sei, Technik.

Denn begleitet von Heulen und Pfeifen zog jetzt ein Meteorschauer über den Himmel, überwölbt von sieben geschweiften Kometen; drei Supernovae in Purpur und Türkis leuchteten auf und verlöschten, und am Horizont wuchs ein Polarlicht heran, das sich wie ein durchscheinender grüner Vorhang vom Himmel senkte und immer näher rückte, bis es schließlich unmittelbar vor den sprachlosen Zuschauern stand. Und aus dieser grünen Wand stieg die letzte Rakete empor und entfaltete einen mehr-, nein sechsfarbigen Schweif, den sie hinter sich herzog. In allen Spektralfarben leuchtend. Er zeichnete einen wunderbaren, fast perfekten Halbkreis in den Himmel: Über dem unfertigen Bau von Berlin21 stand, sekundenlang, ein illuminierter künstlicher Regenbogen.

Freitag, 31.7.2015, München

Epilog I

So, und jetzt – war's das jetzt? Bleibt der Mord etwa unaufgeklärt?

In gewisser Weise ja; auf jeden Fall bleibt er ungesühnt. Das kommt leider nicht so selten vor. Und wir sind ja nicht beim Fernsehen; wir wissen zwar, was passiert ist und wie sich das eine zum anderen fügt; wir kennen die Umstände der Erpressungen, die nicht aus niedrigen Motiven wie Eigennutz und Habgier erfolgten, sondern der Vermehrung von Schönheit dienten; wir wissen, wie und warum der Rolls-Royce den Besitzer gewechselt hat, wie dem armen Voith von einer Parze der Lebensfaden abgeschnitten und wie Albert von seinem Thron gestoßen wurde. Aber eine Gerechtigkeit herbeizwingen können wir auch nicht.

Erda kommt schließlich auch dahinter – der Weg ihrer Erkenntnis führt letztlich über Berlin und das Richtfest, auf dem sie Logan kennenlernt, und der erzählt ihr zu fortgeschrittener Stunde – nach dem Feuerwerk, als sie und er und Welser noch bei Zigarren und Whisky beisammen sitzen – vieles, worauf sie von allein niemals gekommen wäre, nie hätte kommen können; sie erfährt von der ganzen obskuren Angelegenheit ebenso viel, wie auch wir erfahren und Ihnen weitererzählt haben.

Mit Abscheu begreift sie, dass Voith einer in der Baubranche völlig üblichen Unsitte, der Versubbung, zum Opfer gefallen war; dass sein Tod von keinem, der ihn kannte und mit ihm zu tun hatte, beabsichtigt oder gewünscht, sondern ein Kollateralschaden unserer globalisierten Wirtschaft war, weil die Welt seit einem frühen Sündenfall, dem Großbauprojekt Turm zu Babel, nun mal verschiedene Sprachen spricht, und selbst wenn alle ein halbwegs passables Englisch sprächen, wäre das noch lang keine Garantie für echtes Verständnis.

Voith ist sozusagen aus Versehen gestorben. Wen soll man dafür jetzt zur Verantwortung ziehen? Es waschen sich alle die Hände in Unschuld, Vasold sowieso, der ja tatsächlich keinen Auftrag zum Mord erteilt hat, die Subunternehmer ebenfalls, die persönlich nichts getan haben; und denjenigen, der Voith mit dem Eispickel erschlagen und in den See gekippt hat, wird man nie aufspüren, er ist wieder in der Wildnis des Balkans untergetaucht, und man kennt nicht mal seinen Namen. Auch das ist eine Nebenwirkung der globalisierten Wirtschaft: Durchsichtiger wird sie durch die Erweiterung auf immer mehr Beteiligte aus aller Herren Länder nicht.

Aber der Staatsanwalt, dem die Kommissarin ihre Erkenntnisse vorträgt und dem sie zuletzt sagen muss, dass sie weder Beweise beibringen könne, die vor Gericht Bestand hätten, noch sich Zeugen fänden, die zu einer Aussage bereit seien, – dieser Staatsanwalt sieht sie am Ende nur ratlos an.

„Und, was machen wir jetzt?“, fragt er.

Beide zucktn die Achseln.

„Warten wir ab“, sagt Erda. „Vielleicht passiert noch was.“

Epilog II

Vielleicht haben Sie sich, liebes Les, unterwegs mal gefragt, was unser Titel eigentlich bedeuten soll, ob das etwa ein mäßig verschlüsselter Hinweis auf den Ort des Geschehens sei (nein: der Sterntaler See liegt nicht an der Isar; und Berlin könnte nicht weiter entfernt sein) oder auf den Silberschatz, den Rolls-Royce, der ein Objekt der Lust und der Zwietracht ist.

Auch nicht; vielmehr ist es eine Hommage an den Ort, an dem das Urheb dieser Seiten die erste Begegnung mit jenem Silberschatz hatte. Bedenken Sie dabei aber, dass das Material der Karosserie dem Laienauge nicht unbedingt ersichtlich ist: Das Silber ist so dunkel angelaufen, dass man einen ungleichmäßig anthrazitfarbenen Lack vermutet. Was es wirklich ist, muss einem jemand sagen, oder man erkennt es durch sehr genaues Hinsehen. Wie so oft – es ist nicht alles Gold, was glänzt, und manches, das überhaupt nicht glänzt, kann edelstes Material sein. Und es gibt Momente, in denen die Isar glänzt wie reinstes Silber.

So ein Moment ist das gewesen: Morgenstimmung in der Au, an einer Stelle, an der das Isartal sich weitet, kilometerbreit wird; es besteht hier aus Schotterflächen mit interessantem Bewuchs, Orchideen, Wacholder, Glockenblumen; dahinter Auwald und Vogelnistgebiete und immer wieder einzelne Arme, die sich vom Fluss davonschlängeln und zu ihm zurückkehren. Am Horizont das Gebirge: An diesem Morgen sind es scharf umrissene blaue Silhouetten, Farbflächen ohne Struktur, zum Horizont hin durchscheinend, die niedrigeren Höhenrücken im Vordergrund dunkler, kompakter. Der Himmel ist rosa; die Farbkombination müsste eigentlich kitschig sein, aber das ist sie nicht, gar nicht; vielleicht weil sie nicht gemacht ist. Über dem Boden hängen Nebelstreife, silbrig schimmernd, wie von innen her leuchtend. Und die Isar funkelt und blitzt und gleißt im Licht der frühen Sonne wie flüssiges Silber. Es ist Sommeranfang. Morgentau, Vogelgezwitscher, der Ruf eines Reihers. Reinstes Paradies, ohne eine Menschenseele, man könnte sich glatt einreden, das Anthropozän habe noch nicht begonnen. Dann plötzlich ein Motorengeräusch – sehr leise, aber doch ein Motor. Eindringen der Technik ins Naturschutzgebiet. Man meint erst, sich verhört zu haben, doch dann taucht sie auf, die Quelle des Geräusches: ein Rolls-Royce, Baujahr 1925, auf der einzigen asphaltierten Straße, die sich schmal und fast verschämt durch den Auwald schlängelt und sich unsichtbar zu machen versucht. Man traut den eigenen Augen nicht. Am Steuer Albert Schwarz. Dem Regeln und Gesetze kein Achselzucken wert sind. Daher gönnt er sich das Vergnügen, an einem wolkenlosen, verheißungsvollen Frühsommermorgen mit einem silbernen Rolls-Royce durch die Isarauen zu fahren.

Beachtliches Erlebnis.

Am Ende der Au ist eine Wirtschaft mit einem Pferch daneben, in dem ein Esel und zwei Maultiere frühstücken, auch etliche Hennen gehen ihrer Hennentätigkeit nach, eine Katze sitzt im Gras und wartet noch auf das Frühstück. Die Gastronomie hat natürlich noch zu, aber Albert setzt sich schon mal in den Biergarten und bewundert sein Auto. Und erzählt, wie er dazu gekommen ist. Eine Geschichte fängt an.

Über indayi edition

Aus einem Traum ist eine Idee entstanden und aus der Idee ist ein Verlag geworden: indayi edition, der erste FAIR Verlag!

Fair zu den Autoren
faire Literatur
für eine faire Welt

indayi edition wurde von Dantse Dantse 2015 in Darmstadt gegründet und ist somit der erste Verlag eines Migranten aus Afrika in Deutschland. Dantse kommt ursprünglich aus Kamerun und lebt seit über 25 Jahren in Deutschland, wo er auch studiert hat. Bücherschreiben ist schon lange seine Leidenschaft und mit der Zahl der veröffentlichten Bücher stieg der Wunsch nach einem eigenen Verlag, um seinem Stil und seiner unkonventionellen Art treu bleiben und unabhängig von Verlagsvorgaben und -regeln schreiben und veröffentlichen zu können.

Wir möchten unkonventionelle Literatur fördern. Alles was den Menschen helfen kann wird bei uns veröffentlicht, auch wenn es gerade kein Trendthema ist, oder sogar tabuisiert wird. Außerdem liegt uns Literatur von Menschen mit Migrationshintergrund am Herzen – ihre Erfahrungsberichte, Romane, Erzählungen, Rezepte, ihr Blick auf die Gesellschaft, auf aktuelle Fragen, auf „die Deutschen“, ihr Humor und ihre Kultur. Unser Ziel ist es, Bücher herauszugeben, die der Verständigung zwischen den Kulturen dienen und die die Menschen dazu bringen, die Welt und sich selbst besser zu verstehen. Gute, unkonventionelle Bücher, die dem Mainstream nicht entsprechen, die aber Themen haben, die der Gesellschaft helfen.

Die Bücher von indayi sind anders

...weil wir Themen nicht oberflächlich behandeln, sondern den Sachen auf den Grund gehen

...weil unsere Autoren authentisch, einfach und leserlich schreiben und auf abgehobene Fachsprache verzichten

...weil wir uns für das Fremde interessieren, und versuchen es so darzustellen, wie es wirklich ist – ungeschönt und ohne Vorurteile, damit der Leser sich fühlt, als sei er mit dabei

...weil unsere Bücher Probleme lösen und den Menschen Halt, Hoffnung und Motivation geben und ihnen außerdem ein Lächeln schenken

...weil wir Menschen mit Migrationshintergrund eine Stimme geben

...weil wir die deutsche Sprache für Integration und Frieden zwischen den Kulturen nutzen

...weil alle unsere Kinderbücher von Kindern illustriert werden und nicht von Profis – so zeigen wir, wie Kinder die Welt und die Geschichten sehen

Wir wollen denjenigen eine Stimme geben, die sonst keine haben. Die Erfahrungen, Träume, Ideen, Fantasien, Weisheiten von Menschen mit Migrationshintergrund, ihre Einblicke in ihre Welt eröffnen uns neue, ungewohnte Sichtweisen und bereichern uns, genauso wie die Texte anderer, unkonventioneller, querdenkender Autoren.

indayi will Lustiges, Nachdenkliches, Philosophisches, Erotisches, Hilfreiches, Bewegendes, Berührendes, Wissenswertes, Spannendes, Unterhaltsames, Kontroverses, Streitbares, Erkenntnisreiches, Amüsantes, Erstaunliches veröffentlichen.

Besuche unsere Website: indayi.de

Abonniere unseren Newsletter, um immer auf dem Laufenden zu sein: https://indayi.de/newsletter/

Das Team von indayi edition!

Weitere Bücher von indayi edition (Auszug)

Dantse Dantse
Liebes-Schach in Paris
Mein afrikanisches Hausmädchen ist die Ehefrau meines afrikanischen Ehemannes - aber die Liebe siegt
basiert auf wahren Begebenheiten
Roman

FILOU
Papaya Tanz in Afrika
Der angebliche afro-amerikanische Milliardär aus New York, die schöne afrikanische Braut und ...die Illusion des amerikanischen Traums
Komödie · Roman
basiert auf einer wahren Geschichte
Dantse Dantse

Larissa S.
DEPRESSION
BORDERLINE
ANGSTSTÖRUNG
SELBSTHASS
Sammelband
LARISSAS KAMPF ZWISCHEN HIMMEL & HÖLLE
LARISSAS ENTSCHEIDUNG LEBEN ZU WOLLEN
Tagebuch der Selbstzerstörung und der Hoffnung: Das bewegende Minutenprotokoll 31.01.-02.03.
Vier Wochen tiefe Einblicke in die Seele einer psychisch kranken Frau

Reggae Love
Liebe auf afrikanisch
Drei weiße Frauen, ein schwarzer Mann
Band 1
Die lustige und spannende Suche nach der weißen Frau „Visum"
Band 2
Der ergreifende Liebeskampf
Liebesworte oder Liebesbeweise?
Roman
Eine wahre Geschichte, wie man sie sich nicht vorstellen kann
Dantse Dantse

Die verkrebste Generation
Hilfe, der Wohlstand bringt mich um!
Nahrungsmittel sollen uns ernähren und uns nicht umbringen
Programmiert, um an Krebs zu sterben
Band 1 Krebs unter uns
Krebserregende Chemikalien und Gifte in Lebensmitteln
Ein Handbuch für Verbraucher zur Prävention gegen Krebs. Alles übersichtlich auf einen Blick und für jeden leicht verständlich
DANTSE DANTSE

Die verkrebste Generation
Hilfe, der Wohlstand bringt mich um!
Kosmetik soll uns schöner machen und uns nicht umbringen
Programmiert, um an Krebs zu sterben
Band 2 Krebs unter uns
Krebserregende Chemikalien und Gifte in Kosmetika
Ein Handbuch für Verbraucher zur Prävention gegen Krebs. Alles übersichtlich auf einen Blick und für jeden leicht verständlich
DANTSE DANTSE

Die verkrebste Generation
Hilfe, der Wohlstand bringt mich um!
Unser Zuhause soll ein sicherer Ort sein und uns nicht umbringen
Programmiert, um an Krebs zu sterben
Band 3 Krebs unter uns
Krebserregende Chemikalien und Gifte in Haushalt und Wohnung
DANTSE DANTSE

Die verkrebste Generation
Hilfe, der Wohlstand bringt mich um!
Technologie soll unser Leben erleichtern und uns nicht umbringen
Programmiert, um an Krebs zu sterben
Band 4 Krebs unter uns
Krebserregende Chemikalien und Gifte in der Technologie
Ein Handbuch für Verbraucher zur Prävention gegen Krebs. Alles übersichtlich auf einen Blick und für jeden leicht verständlich
DANTSE DANTSE

Die verkrebste Generation
Hilfe, der Wohlstand bringt mich um!
Medizin und Medikamente sollen uns heilen und uns nicht umbringen
Programmiert, um an Krebs zu sterben
Band 5
Krebs unter uns
Krebserregende Chemikalien und Gifte in der Medizin und in Medikamenten
Ein Handbuch für Verbraucher zur Prävention gegen Krebs.
Alles übersichtlich auf einen Blick und für jeden leicht verständlich
DANTSE DANTSE

Die verkrebste Generation
Hilfe, der Wohlstand bringt mich um!
Landwirtschaft soll uns ernähren, unser Arbeitsplatz soll sicher sein und uns nicht umbringen
Programmiert, um an Krebs zu sterben
Band 6
Krebs unter uns
Krebserregende Chemikalien und Gifte in Landwirtschaft, Tierzucht und am Arbeitsplatz
Ein Handbuch für Verbraucher zur Prävention gegen Krebs.
Alles übersichtlich auf einen Blick und für jeden leicht verständlich
DANTSE DANTSE

Die verkrebste Generation
Hilfe, der Wohlstand bringt mich um!
Nahrungsmittel sollen uns ernähren, Kosmetik uns schöner machen und uns nicht umbringen
Programmiert, um an Krebs zu sterben
SAMMEL BAND 1&2
Krebs unter uns
Krebserregende Chemikalien und Gifte in Lebensmitteln und Kosmetika
Ein Handbuch für Verbraucher zur Prävention gegen Krebs.
Alles übersichtlich auf einen Blick und für jeden leicht verständlich
DANTSE DANTSE

Die verkrebste Generation
Hilfe, der Wohlstand bringt mich um!
Medizin soll uns heilen Nahrungsmittel uns ernähren, Kosmetik uns schöner machen, Technologie unser Leben erleichtern, unser Zuhause ein sicherer Ort sein und uns nicht umbringen
Programmiert, um an Krebs zu sterben
Das 600 Seiten Gesamtwerk
Krebs unter uns
Krebserregende Chemikalien und Gifte in Lebensmitteln, Kosmetika, Medizin, Technologie, im Haushalt, in der Wohnung und am Arbeitsplatz
Ein Handbuch für Verbraucher zur Prävention gegen Krebs.
Alles übersichtlich auf einen Blick und für jeden leicht verständlich
DANTSE DANTSE

Dantse Dantse
Am Anfang war
DER DARM
Band 2
Erstaunliche, neue Erkenntnisse über den
UNTERSCHÄTZTEN HEILER
DAS MEDIZINZENTRUM DES KÖRPERS
Den Darm
reinigen
regenerieren
stärken
heilen
leicht gemacht
Durch
basische, bittere & ballaststoffreiche Lebensmittel
pflanzliches Öl
Vitamin D
Sex und Bewegung
Tropenlebensmittel
Power-Smoothies
heilt Körper und Seele
stärkt die Psyche
macht glücklich
stärkt Potenz & Libido
formt die Persönlichkeit
entscheidet, wen du liebst
DNL die innovative therapeutische Ernährung für eine sofortige und bleibende Darmgesundheit

Dantse Dantse
Am Anfang war
DER DARM
Band 1
Erstaunliche, neue Erkenntnisse über den
UNTERSCHÄTZTEN ZERSTÖRER
Wie verursacht eine gestörte Darmflora
Depressionen
Demenz
Krebs
Autismus
Übergewicht
Ängste
negative Gedanken
Lustlosigkeit
Impotenz
Sucht
Unfruchtbarkeit
...und vieles mehr?
DER KRANKHEITSHERD DES KÖRPERS
manipuliert und beeinträchtigt
Liebe
Gefühle
Gedanken
Persönlichkeit
Sex
afrikanisch inspiriert - wissenschaftlich fundiert
Jede Krankheit beginnt im Darm
Wie Ernährung die Darmflora zerstört und Körper und Seele krank macht

Dantse Dantse
Am Anfang war
DER DARM
Sammelband
Erstaunliche, neue Erkenntnisse über den
UNTERSCHÄTZTEN CHEF
Alles über den Darm
was ihn zerstört
wie er Krankheiten verursacht
wie er unser ganzes Gehirn steuert und manipuliert
wie er Krankheit & Psyche heilt
wie er Persönlichkeit & Leistung stärkt
wie du ihn mit diesen einfachen Tipps sanierst
Jede Krankheit beginnt im Darm
Jede Heilung beginnt im Darm

Dantse Dantse
DANTSE
DAINU-VEGAN
Das Referenzbuch der veganen Ernährung für Fleischliebhaber
cool
Mit DAINU-VEGAN Wunder erleben:
Muskeln aufbauen
Gewicht verlieren
Krankheiten bekämpfen
Psyche stärken
Potenz fördern
DAINU-VEGAN
der perfekte Ernährungsstil für erfolgreiche Menschen
sexy
Kompletter Körper- und Psyche-Reset in 35 Tagen

Unwiderstehlich
Dantse Dantse
weiblich
Das Merkel-Geheimnis
und erfolgreich
Weiblichkeit ist Macht, Kraft und die stärkste Waffe der Frau
EINE ENTDECKUNGSREISE DURCH DIE
POSITIVE MODERNE WEIBLICHKEIT
MIT VIELEN SPANNENDEN PERSÖNLICHEN GESCHICHTEN

CHOUATAT DANTSE ROSTAND
Dieses Buch möchte Mut machen zur Veränderung
Denkansätze für eine bessere Welt entstanden aus einer persönlichen Antwortsuche
1000 Dringlichkeiten
und eine Notwendigkeit
Ein Wort sagt mehr als 1000 Bilder
Neues Denken: Vordenken statt Nachdenken

Dantse Dantse
KÖRPER-ALARM
Krankheiten früh erkennen
auch wenn du kein Arzt bist
Sammelband
ALARMZEICHEN AUF DEN ERSTEN BLICK
ERKENNEN UND SCHNELL HANDELN

Dantse Dantse
Wie Profis und Geheimdienste
afrikanisch inspiriert
Durchschaue dein Gegenüber
Wie erkennst du
Ich weiß, was du willst, was du denkst, was du fühlst und was du vorhast, bevor du deinen Mund aufmachst
Manipulation Dritter erkennen!
Der Körper täuscht nie, er verrät!
Sammelband:
Psychologie, Lebenshilfe, Manipulations- & Psycho-Tricks, Sexualität, Beziehungen, schwierige Persönlichkeitsstörungenstypen
schneller erkennen, besser vorausplanen

DANTSE DANTSE
„Ich hasse glückliche Menschen“
12 wahre Geschichten aus dem Leben
Jeder ist seines Unglückes Schmied
oder
Wie mache ich mich richtig unglücklich?
Ein Plädoyer für das Glücklichsein

PRIMITIV DENKEN, ERFOLGREICH SEIN
Glücklich und frei sein wie ein Vogel, das kannst du auch!
Die 4 Glückssäulen der Primitiven
So einfach wirst du glücklich und bleibst es, egal was passiert
DAS PRAXISBUCH
Glücksarchitekten
Glückstechniker
Glücksarbeiter
Glückshelfer
helfen dir, die Gesetze des Glücklichseins fest in dir zu installieren
DANTSE DANTSE

DANTSE DANTSE
Arzt weg!
Apotheke weg!
Krankheiten weg!
Mit ungewöhnlichen „Medikamenten“ fast alle Krankheiten und Beschwerden heilen!
Heil dich selbst sonst heilt dich keiner
„Ich zeige dir 14 banale und einfache Tricks, die deinen inneren Heiler aktivieren und dich wirksam vor Krankheiten schützen!“
Auto-Heilung: Die Aktivierung der Selbstheilungsprozesse in deinem Körper

DANTSE DANTSE
DANTSELOG
Die revolutionäre Selbst-Dialog-Kommunikations-Technik
zum Lösen von Problemen
Beruf & privat
Teil 1:
Die Dantselog-Lehre
Wie du Wunder erwirkst!
Ziele erreichen
Lösungen finden
Leistung steigern
Persönlichkeit stärken
Schicksal gestalten & meistern
Krankheit heilen & Trauma bewältigen
DIE GANZHEITLICHE WUNDERKRAFT DES SELBSTGESPRÄCHS

Dantse Dantse
DANTSE
FETTWAMPE?
JA, ABER RICHTIG!
Durch Ernährung
Wie und welche Lebensmittel Po, Bauch, Hüfte, Beine und Brust dick machen und dich außerdem krank
OHNE MÜHE
- Käse-Wampe
- Weizen-Speckrollen
- Pasta-Fetthintern
- Milch-Schenkel
- Cola-Rettungsringe
- Wasser-Wanst
- Burger-Wabbelbrust
mit der
DantseLOGIK™
Meistere dein Gewicht
Garantie -
das erfolgreiche
Coaching
endlich als Buch

Dantse Dantse
DANTSE
ABNEHMEN
MIT CHARME
durch Ernährung
OHNE DIÄT
- Fett weg
- Bauch weg
- Rettungsringe weg
- Speckrollen weg
- Impotenz weg
- Krankheiten weg
- Fitnessstudio weg
- Kilos weg
UND ALLES BLEIBT WEG
...ohne Wenn und Aber...
bebildert!
mit der
DantseLOGIK™
Meistere dein Gewicht
Garantie -
das erfolgreiche
Coaching
endlich als Buch
Nur mit Lebensmitteln
OHNE SPORT
- Muskeln definiert
- Bauch straff
- Po knackig
- Cellulite und Falten weg
- Seele glücklich

Dantse Dantse
DANTSE
DAS ESSENS-DRAMA UND
DAS ENDE DES ÜBERGEWICHTS
Wieso?
Warum?
Woher?
WIE DENN NUR?
= FETT & DICK
= KRANK & ALT
Essen macht schlank und gesund
Essen macht potent, fit und jung
Essen macht muskulös und glücklich
Essen macht dick und krank
Essen macht fett und unglücklich
Essen macht lustlos, schlapp und alt
= FETT & KILOS WEG
DantseLOGIK™
Garantie -

Dantse Dantse
Smart Coaching - knapp auf den Punkt gebracht
Das ultimative
Anti-
KREBS
Buch
NEU: afrikanische Anti-Krebs-Kochrezepte
Unsere Ernährung -
Freund und Feind
Krebszellen-Fütterer
Krebszellen-Killer
Krebszellen-Verhinderer
mit neuen Erkenntnissen und Top-Tipps, die wirklich helfen
Lebensmittel und eine afrikanisch inspirierte Ernährung, die dich vor Krebs schützen und ihn bekämpfen!

Dantse Dantse
EGO-ELTERN
Erziehungsfehler vermeiden – afrikanisch inspiriert
„Papa, Mama, lasst mich einfach Kind sein!“
Warum werden unsere Kinder immer
•tyrannischer •ängstlicher
•aggressiver •antriebsloser
•überforderter •depressiver
und vor allem immer unglücklicher?
Wie Eltern diese Schwächen in Kinder einprogrammieren

SÜNDIGE & GEHEIME FAMILIENSEXUALITÄT
Dantse Dantse
ohne Gewalt
ohne Beweise
ohne Erinnerung
Subtiler sexueller Missbrauch in der Kindheit durch Mama und Papa
Ein Tabu, das still und leise eine ganze Generation krank macht

Dantse Dantse
VOLKS-DROGEN
durch Irrlehre, Irrglaube, industrielle Manipulation zum
Junkie
ZUCKER-WEIZEN-MILCH-SALZ
legales Kokain für das Volk
wie sie
• unser Gehirn manipulieren
• unseren Willen erzwingen
• unsere Gedanken steuern
• uns abhängig und süchtig machen
und so unsere Identität prägen
2 Wochen intensiver Konsum von Zucker, Weizen, Milch & Salz: Das ist mit mir passiert!

BURNOUT-GENERATION
PROGRAMMIERT, UM VÖLLIG AUSZUBRENNEN
Dantse Dantse
Inklusive kleinen, einfachen Erziehungstipps, die deine Kinder vor Erschöpfung, Stress und Überforderung im Erwachsenenalter schützen
WIE BURNOUT-ANFÄLLIGKEIT UND ERSCHÖPFUNGSMENTALITÄT IN DER KINDHEIT EINGEPFLANZT WERDEN

Die Lust der Frauen neu erwecken
LIBIDO
POTENZ
EREKTIONS BOOSTER
FÜR FRAUEN
nur durch die Ernährung
K.T.N. Len'ssi
Ohne Wenn und Aber
Diese Ernährungstherapie bringt
den Körper sexuell in Wallung

Frauen die Orgasmusmuffel
LUST
POTENZ
EREKTIONS KILLER
BEI FRAUEN
K.T.N. Len'ssi
nur durch die Ernährung
Schluss mit
dem Tabu
Die 16 Feinde der weiblichen Libido und
die 9 absoluten Potenz- und Erektionskiller
bei Frauen, die sie nie vermuten würden

K.T.N. Len'ssi
SEXUELLE
MONOGAMIE
Ist eine Perversität, freiheitsraubend,
menschenverachtend, eine Gefahr
für Familie und Gesellschaft
LIEBESEXKLUSIVITÄT
macht aus uns unglückliche, depressive,
impotente und böse Menschen:
Lügner
Eifersüchtige
Ehebrecher
Alkoholiker
Pädophile
Gewalttäter
Freiheitsräuber
Pornoliebhaber

K.T.N. Len'ssi
NO SEX
Flaute
im Bett
Keine Lust mehr auf Sex
kann man lernen!
Oder die Kunst, den Partner
sexuell lahmzulegen und die
Libido in der Beziehung zum
Erlöschen zu bringen

WirmachenDruck.de
Sie sparen, wir drucken!